PETER MAYLE

Cézanne gesucht!

Buch

Starfotograf Andre Kelly, der für ein exklusives New Yorker Ambiente-Magazin zu einem Fototermin an die Côte d`Azur gereist ist, traut seinen Augen kaum: Denn als er vor dem Anwesen der Familie Denoyer in Cap Ferrat steht, muß er zusehen, wie deren kostbarer Cézanne (*Frau mit Melonen*) in einen verbeulten Lieferwagen verfrachtet und abtransportiert wird. Andre hat das deutliche Gefühl, daß hier etwas faul ist – erst recht, als seine Neuigkeit bei den Besitzern keineswegs besondere Aufregung verursacht.

Was ist mit dem Cézanne geschehen? Ist ein solches Gemälde überhaupt verkäuflich? Und was hat Camilla, Andres kapriziöse Chefin, mit der Sache zu tun? Zusammen mit Lucy Walcott, seiner karamelbraunen Assistentin, und dem Kunsthändler und Genießer Cyrus Pine begibt sich der Fotograf auf die Fährte des Gemäldes.

Rund um die Welt, von der Provence bis New York, von der Karibik bis Paris, jagt der Autor seine Helden dem kostbaren Gemälde hinterher – durch eine turbulente Story, zu farbigen Schauplätzen und zu endlosen Schlemmermahlzeiten, die einem das Wasser im Munde zusammenlaufen lassen!

»Wie ein Kir Royal – süffig, spritzig, prickelnd, elegant!«
Recklinghäuser Zeitung

Autor

Der Engländer Peter Mayle war 15 Jahre lang als Werbetexter erfolgreich, ehe er 1975 seinen Job aufgab, sich ein Haus in der Provence kaufte und zu schreiben begann. Bereits seine ersten beiden Bücher, »Mein Jahr in der Provence« und »Toujours Provence«, wurden millionenfach verkauft und lösten einen solchen Besucherrummel in Mayles Dorf aus, daß er 1995 seiner Wahlheimat den Rücken kehrte und in die USA umsiedelte. Mittlerweile ist Peter Mayle jedoch wieder nach Südfrankreich zurückgekehrt.

Außerdem lieferbar:
Vive la fête! Roman (45396)
Ein guter Jahrgang. Roman (geb. 89667)

PETER MAYLE

Cézanne gesucht!

Roman

Aus dem Englischen
von Ursula Bischoff

GOLDMANN

Die englische Originalausgabe erschien unter dem Titel
»Chasing Cézanne« bei Hamish Hamilton, London

Umwelthinweis:
Alle bedruckten Materialien dieses Taschenbuches
sind chlorfrei und umweltschonend.

Der Goldmann Verlag ist ein Unternehmen
der Verlagsgruppe Random House GmbH.

Einmalige Sonderausgabe Mai 2005

Umschlaggestaltung: Design Team München
Umschlagmotiv: Corbis/Ink
Druck: GGP Media GmbH, Pößneck
Made in Germany · Titelnummer: 46010

ISBN 3-442-46010-7
www.goldmann-verlag.de

Für Ernest

1

Die Dame am Empfang paßte genau zur Inneneinrichtung: ein menschliches Accessoire, perfekt abgestimmt auf die verhaltene, fast strenge Eleganz des Ambientes. Mit makellosem Make-up, gekleidet in kühles Beige und Schwarz, sprach sie mit gedämpfter Stimme ins Telefon, wobei sie den zerzausten jungen Mann, der vor ihr stand, keines Blickes würdigte. Der Hauch eines Stirnrunzelns drohte die glatte kosmetische Fassade zu sprengen, als ihr Blick auf die abgewetzte, lederne Schultertasche fiel, die der Besucher auf ihrem ansonsten jungfräulich unberührten Schreibtisch aus schimmerndem Platanenholz abgestellt hatte. Sie legte den Hörer auf und strich eine blonde Haarsträhne zurück, um den goldenen Ohrring wieder anzuklipsen, den sie aus Gründen der Bequemlichkeit für die Dauer des Gesprächs abgenommen hatte. Ihre Augenbrauen, zu formvollendeten Bögen gezupft, schnellten fragend in die Höhe.

Der junge Mann lächelte. »Guten Morgen. Ich bin mit Camilla verabredet.«

Die Augenbrauen blieben oben. »Ihr Name?«

»Andre Kelly. Sind Sie neu hier?«

Ohne ihre Zeit mit einer Antwort zu verschwenden, streifte die Vorzimmerdame ihren Ohrring wieder ab und griff zum Telefonhörer. Andre fragte sich, warum Camilla fortwährend Zimtzicken wie diese einstellte. Sie blieben selten länger als ein paar Monate und wurden dann gegen ein neues Modell ausgetauscht, das den Vorgängerinnen wie ein Ei dem anderen glich – herausgeputzt wie ein Weihnachtsbaum, schnippisch und gnadenlos herablassend. Wo sie wohl nach ihrer Kündigung ein neues Betätigungsfeld fanden? In der Kosmetikabteilung von Barney's? An der Rezeption eines gewieften Bestattungsunternehmers, als wandelndes Demonstrationsobjekt für die Schminkkünste des Etablissements? Oder in der Horizontalen, bei einem der zahllosen Freunde Camillas aus den niederen Gefilden des europäischen Adels?

»Sie ist noch in einer Besprechung.« Der lustlos ausgestreckte Finger verwies auf die Sitzecke an der gegenüberliegenden Seite des Rezeptionsbereichs. »Sie können dort drüben warten.«

Andre lächelte sie an und nahm seine Tasche. »Ist die Unfreundlichkeit bei Ihnen eigentlich angeboren, oder mußten Sie einen Kurs besuchen?«

Doch sein Spott stieß auf taube Ohren. Der Hörer war bereits unter den glänzenden Haarschopf geklemmt und die unterbrochene, gedämpfte Unterhaltung fortgesetzt worden. Andre nahm auf einem Sessel Platz und bereitete sich auf eine längere Wartezeit vor.

Camilla war bekannt für ihre sprichwörtliche Unpünktlichkeit – die manche sogar bewunderten –, aber auch für ihre Fähigkeit, auf zwei Hochzeiten gleichzeitig zu tanzen, was ihre Termine anging. Dabei war sie eine Meisterin in der Planung von Situationen, die sowohl ihr Charisma als Herausgeberin einer auflagenstarken Zeitschrift als auch ihre gesellschaftliche Bedeutung deutlich werden ließen. In der Welt des Powerplay, wo im Rahmen eines Arbeitsessens Entscheidungen von strategischer Bedeutung getroffen werden, hatte sie einen neuen Rekord aufgestellt, indem sie am selben Tag zur selben Stunde zwei Tische im Royalton bestellte. Dabei war es ihr spielend gelungen – ein Blättchen Rucola- und Endiviensalat hier, ein Schlückchen Evian-Tafelwasser da –, zwischen ihren Pflichten als Gastgeberin eines wichtigen Anzeigenkunden und der eines vielversprechenden Architekten aus Südamerika hin- und herzupendeln. Keiner der Betroffenen fühlte sich gekränkt, was sie mit Sicherheit auch ihrem sagenhaften Ruf zu verdanken hatte, und der Lunch im Doppelpack wurde zu einer Übung, die Camilla in ihr gesellschaftlich-geschäftliches Repertoire aufnahm, um bei Gelegenheit darauf zurückzugreifen.

Letztendlich ließ man ihr solche Eskapaden natürlich nur deshalb ungestraft durchgehen, weil sie Erfolg hatte, und den Erfolgreichen sieht man, zumindest in New York, jede nur erdenkliche Grille nach. Ihr war es gelungen, eine in die Jahre gekommene Zeitschrift vor dem Ableben zu bewahren, indem sie ihr ein zeitgemäßes Outfit und einen neuen Namen verpaßte, die altgediente Redaktionsriege aufs Altenteil schickte, einen zündenden, aber sozial engagierten Leitartikel mit der Überschrift »Brief eines Herausgebers« aus der Taufe hob und sowohl die Aufmachung der Titelseiten, das Schriftbild und Layout als eben auch das äußere Erscheinungsbild der Empfangsdame und des Empfangsbereichs auf Vordermann brachte. Die Auflage hatte sich seither verdreifacht, der Anzeigenteil wuchs ständig, und für die Inhaber des Verlagshauses war das Magazin zwar immer noch ein Verlustgeschäft, aber dafür sonnten sie sich im Glanz eines strahlenden neuen Sterns am Medienhimmel. Die Zeitschrift machte Furore, und Camilla Jameson Porter besaß, im Augenblick zumindest, Narrenfreiheit.

Der kometenhafte Aufstieg des Magazins war, obwohl zweifellos von den kosmetischen Korrekturen im äußeren Erscheinungsbild unterstützt, dennoch vor allem auf einen besonders tragfähigen Stützpfeiler des Erfolgs zurückzuführen: auf die Philosophie seiner neuen Herausgeberin.

Diese hatte auf sonderbare Weise Gestalt angenommen. Zu Beginn ihrer beruflichen Laufbahn als ehrgeizige, aber unbekannte Journalistin, zuständig für die K&T-Seite (Klatsch und Tratsch) einer Londoner Boulevardzeitung mit sozialem Anspruch, war es ihr gelungen, sich einen gutbetuchten Ehemann aus der Oberschicht zu angeln – den hochgewachsenen, dunkelhaarigen und ansonsten völlig belanglosen Jeremy Jameson Porter. Camilla hatte sich sowohl seinen Namen (der um einiges besser klang als Camilla Boot, der Name, der ihr in die Wiege gelegt wurde) als auch seine Freunde angeeignet, die über nützliche Beziehungen verfügten. Bedauerlicherweise hatte sie aus einer dieser Beziehungen nach Dafürhalten ihres Göttergatten zu großen Nutzen gezogen und war dabei in flagranti erwischt worden. Der gehörnte Ehemann reichte prompt die Scheidung ein, aber zu diesem Zeitpunkt stand Camilla mit den oberen Zehntausend bereits so lange auf vertrautem Fuß, daß sie eine Lektion gelernt hatte, die ihr in New York ungemein zustatten kommen sollte.

Es war im Grunde ganz einfach. Die Reichen waren ständig darauf bedacht, ihren Wohlstand zu mehren, und, von einigen wenigen löblichen Ausnahmen abgesehen, neigten sie außerdem dazu, ihn entsprechend zur Schau zu stellen. Schließlich besteht der halbe Spaß eines privilegierten Lebens darin, den Neid auszukosten, den es bei anderen erregt. Und wozu sollten seltene und teure Besitztümer gut sein, wenn niemand ahnt, was man sein eigen nennt?

Dieser mehr oder weniger naheliegende Gedanke ging Camilla immer wieder durch den Kopf, während sie über ihre Zukunft als alleinstehende Frau nachsann, die ihre Brötchen selber verdienen muß. Und dann fand sie eines Tages den Sesam-öffne-dich, um ihre Philosophie zu versilbern.

Sie saß gerade im Wartezimmer ihres Zahnarztes, als ihr Blick auf die Titelseite eines grellbunten Klatschmagazins fiel. Es zeigte einen weltweit bekannten Kunstsammler mit Adelsprädikat, der mit seiner unlängst erstandenen Ehefrau vor seinem unlängst erstandenen Tizian posierte. Was hatte das Paar wohl bewogen, sich in der Regenbogenpresse ablichten zu lassen? Der dazugehörige Bericht lieferte die Antwort auf Camillas Frage. Sie war nichts anderes als moderne Hofberichterstattung, schamlos in ihrer schmeichelhaften Beschreibung des Sammlers, seiner kurvenreichen frischgebackenen Ehefrau und des vor Kunstobjekten strotzenden Liebesnests, eines Anwesens mit 57 Zimmern, das auf einem der begehrtesten Hügel hoch über dem Comer See thronte. Das seichte Geschwätz wurde von zahlreichen Fotos begleitet, kunstvoll ausgeleuchtet und gleichermaßen schmeichelhaft. Jedes Wort, jedes Bild bezeugte, daß es sich hier um ein Traumpaar handelte, das ein Traumleben in einem Traumhaus führte. Sieben Seiten Gehirnwäsche, die dem Leser immer wieder die gleiche Botschaft einhämmerten.

Camilla blätterte die restlichen Seiten des Blättchens flüchtig durch, eine illustrierte Chronik der Verrichtungen, denen der unausgelastete Teil der Gesellschaft in Europa nachging – Wohltätigkeitsbälle, Werbeveranstaltungen anläßlich der Markteinführung eines neuen Parfüms, Galerieeröffnungen –, nichtige Zerstreuungen, die eine Rechtfertigung dafür boten, daß sich die Schickeria – *quelle surprise!* – fortwährend in Paris, London, Genf und Rom über den Weg lief. Seitenweise nichts als lächelnde Gesichter, monotone Überschriften und Ereignisse, die in jeder Beziehung Lückenbüßer darstellten. Trotzdem nahm Camilla das Magazin heimlich mit, als sie die Zahnarztpraxis verließ, und dachte den ganzen Nachmittag über die Titelgeschichte nach. Langsam begann ihre Idee Gestalt anzunehmen.

Erfolg erzielt man selten, ohne daß der Zufall seine Hand im Spiel hat, und in Camillas Fall leistete Fortuna in Form eines Anrufs von einer befreundeten Journalistin aus New York Schützenhilfe. In der Medienwelt Manhattans blühte die Gerüchteküche über die Gebrüder Garabedian und ihren unvermuteten Einstieg ins Verlagswesen. Nachdem sie mehr als nur ein Vermögen mit Pflegeheimen, Fakturiermaschinen und Abfallentsorgung erwirtschaftet hatten, war ihr neuester Zukauf eine Unternehmensgruppe, zu der auch ein nicht erwähnenswerter Buchverlag, ein Regionalblättchen, das nur auf Long Island erschien, und mehrere Fachzeitschriften mit geringer Auflagenhöhe gehörten, alle in unterschiedlichen Stadien der Hinfälligkeit oder des Zusammenbruchs. Allgemein wurde angenommen, daß sich die Gebrüder Garabedian diesen »Gemischtwarenladen« lediglich wegen seines größten Aktivpostens einverleibt hatten, einer Immobilie in bester Lage an der Madison Avenue. Es gab aber auch Gerüchte, der jüngere Garabedian-Bruder habe verlauten lassen, eine oder zwei der Fachzeitschriften sollten am Leben erhalten und, so der jüngere Garabedian, »aufgepäppelt« werden. Finanzanalysten deuteten diese Bemerkung als Anspielung auf eine ansehnliche, geschäftsbelebende Kapitalspritze. Und eines der dahinsiechenden Objekte, das sich nach allgemeiner Ansicht zum Aufpappeln eignete, war *Decorating Quarterly*.

Die Zeitschrift gehörte genau zu der Art, wie man sie – mit gewellten und vergilbten Seiten – im Salon eines seit langem leerstehenden hochherrschaftlichen Wohnsitzes in Newport erwarten könnte: ein Blatt mit gediegenem Charakter und vernachlässigtem äußeren Erscheinungsbild. Die Inserate, an einer Hand abzuzählen, warben überwiegend für Vorhangstoffe aus schwerem Brokat und prunkvolle Pseudolüster. In den Artikeln wurden die Freuden vergoldeter Bronzeobjekte und die richtige Pflege des Porzellans aus dem achtzehnten Jahrhundert hervorgehoben. Redaktionell stellte sich das Magazin blind für alles, was auch nur im entferntesten in den Ruch geraten könnte, modern zu sein. Dennoch war es ihm gelungen, einen harten Kern von Stammlesern bei der Stange zu halten, während es seinem Ende entgegendämmerte und einen unerheblichen, schrumpfenden Gewinn abwarf.

Garabedian der Ältere warf einen Blick auf die Bilanzen und plädierte dafür, der Zeitschrift den Dolchstoß zu versetzen. Sein Bruder indessen war mit einer jungen Frau verheiratet, die, nach eigener Beschreibung, ein Händchen für Innendekoration besaß und von den Wunderwerken des Designers Philippe Starck gelesen hatte. Sie überredete ihren Mann, eine Rettungsaktion in Betracht zu ziehen, und der Schwanengesang von *Decorating Quarterly* wurde bis auf weiteres verschoben. Und wer weiß, wenn man das richtige Erfolgsrezept zusammenbraute, hatte die Zeitschrift möglicherweise sogar eine Zukunft.

Die Parole wurde ausgegeben und die Buschtrommel gerührt. Camilla, von ihrer Freundin über den neuesten Stand der Entwicklung in Kenntnis gesetzt, kam mit einem ausgefeilten Sanierungskonzept nach New York, das sie in ihrem kürzesten Minirock dem jüngeren der beiden Garabedian-Brüder vorlegte. Die Präsentation dauerte von zehn Uhr morgens bis vier Uhr nachmittags, mit einer zweistündigen Mittagspause, die für einen kleinen Flirt genutzt wurde. Garabedian war, wie verlautet, in gleichem Maß von Camillas Ideen wie von ihren Beinen beeindruckt und setzte sie auf seine Gehaltsliste. Ihre erste Amtshandlung als frischgebackene Verlegerin bestand in einer Taufe: Der Name *Decorating Quarterly* wurde in *DQ* geändert. New York sah gebannt zu und harrte der Dinge, die da kamen.

Wie bei frischgebackenen Herausgebern üblich, die einer Neuerwerbung ihren eigenen Stempel aufdrücken wollen, investierte Camilla unverzüglich eine beträchtliche Summe von Garabedians Kapital in die Förderung ihres eigenen Image. Sie wurde – natürlich teuer und entsprechend dem Anlaß gewandet – bei allen wichtigen gesellschaftlichen Ereignissen gesehen, wo sie alle wichtigen Teilnehmer mit einem strahlenden Lächeln bedachte, während der Zauber des Augenblicks von ihrem persönlichen Paparazzo, der dankenswerterweise just im richtigen Moment auf der Lauer lag, im Bild eingefangen wurde. Lange bevor die erste Ausgabe von *DQ* erschien, hatte Camilla ein gewisses Maß an Berühmtheit erlangt, das sich vorwiegend auf ihr Stehvermögen in der guten Gesellschaft stützte.

Die zahllosen Abende unter dem Motto »Sehen und gesehen werden«, an denen es galt, Beziehungen zu knüpfen, zu pflegen und während nachfolgender Mittagessen im Dutzend zu vertiefen, zahlten sich letztlich aus. Camilla lernte alle kennen, die zu kennen sich lohnte – will heißen, die Reichen und Überdrüssigen, die gesellschaftlichen Gipfelstürmer und, vielleicht noch wichtiger, ihre Designer und Innendekorateure. Letzteren widmete Camilla besondere Aufmerksamkeit in dem Wissen, daß deren Einfluß auf ihre Klientel häufig weit über Beratungen bei der Wahl der Stoffe und des Mobiliars hinausging; und sie wußte um das Bestreben dieses Berufszweigs, im Rampenlicht zu stehen.

Und so spannte Camilla in den seltenen Situationen, wenn eines der auserwählten Opfer ihres Magazins zögerte, einer Invasion von Fotografen, Reportern, Floristen und Stylisten neben einer Horde schwarzgekleideter Handlanger mit Handy Zugang zum trauten Heim zu gewähren, den Innendekorateur vor ihren Karren. Der nahm seinen Kunden in die Mangel. Und schon öffneten sich die Türen.

Auf diese Weise gelangte Camilla in das Allerheiligste von Häusern, bei denen kein anderes Hochglanzmagazin den Fuß auch nur über die Schwelle zu setzen vermochte. Ihre erste Ausgabe des frisch renovierten Magazins war ein Knüller und Zeugnis eines zweifachen Triumphs: Einlaß in ein Luxusdomizil an der Park Avenue, bestehend aus drei zusammengelegten Wohnungen (ein Impressionist in jedem Badezimmer) und Zugang zum Mustique-Cottage (drei Bedienstete pro Gast), in dem Richard Clement von den Wall-Street-Clements residierte. Der zurückgezogen lebende Junggeselle, der praktisch das Dasein eines Eremiten führte, war von seinem ständigen Begleiter, einem jungen Italiener (der selbst Innendekorationsnovize war), und Camilla gleichermaßen bekniet worden. Der daraus resultierende Artikel, zwanzig Seiten honigsüßer Lobpreisungen und Aufnahmen, die eine wahre Augenweide darstellten, hatte weithin Beachtung und Anerkennung gefunden. Ein glänzender Auftakt für *DQ*.

Drei Jahre waren seither vergangen, und da sich die Zeitschrift strikt an ihr Credo hielt – »Unter gar keinen Umständen auch nur ein häßliches Wort verlauten lassen« –, florierte sie. Im nächsten Jahr würde sie, ungeachtet Camillas Ausgaben, einen satten Gewinn abwerfen.

Andre griff nach der neuesten Ausgabe und schlug die Seite mit den Aufnahmen auf, die er von Buonaguidis Apartment in Mailand gemacht hatte. Er lächelte, als er sich daran erinnerte, wie Camilla den kleinen Industriemagnaten und seine Leibwächter angewiesen hatte, den Canaletto für die Fotos an einen Platz umzuhängen, an dem er ihrer Meinung nach besser zur Geltung kam. Wie sich herausstellte, hatte sie recht gehabt. Er arbeitete gern mit ihr zusammen. Sie war amüsant, besaß ein gutes Auge und ging großzügig mit Garabedians Geld um. Wenn er noch ein Jahr lang regelmäßig Aufträge von ihr erhielt, hatte er genug auf der hohen Kante, um eine Zeitlang zu pausieren und an seinem Fotoband zu arbeiten.

Er fragte sich, was für einen Auftrag sie heute wohl für ihn in petto haben mochte, und hoffte, daß er ihn weit weg in sonnige Gefilde führte. Der Winter in New York war bitterkalt gewesen, und deshalb schien nur wenigen Leuten aufgefallen zu sein, daß die Müllabfuhr wieder einmal streikte. Der bestialische Gestank des verrottenden Abfalls, in aller Regel ein unschlagbares Argument in den Tarifgesprächen, war durch das eisige Klima vom Verhandlungstisch gefegt worden. Die Gewerkschaftsbosse zählten die Tage bis zum Frühjahr und dem Beginn des Tauwetters, das diesmal wohl mit unangenehmen Gerüchen einhergehen würde.

Hohe Absätze klapperten auf dem blankgewienerten Schieferboden, und Andre konnte den Kopf gerade noch rechtzeitig heben, um Camilla vorbeistöckeln zu sehen, die Hand unter den Ellbogen eines jungen, bärtigen Mannes geschoben, der ein schwarzes, zeltähnliches Gewand trug. Als sie vor dem Aufzug stehenblieb, erkannte Andre Olivier Tourrenc, einen Pariser Designer, der im Augenblick der letzte Schrei war. Er war für seinen minimalistischen Einrichtungsstil bekannt und derzeit damit beschäftigt, die weitläufigen Hallen einer Fleischverpackungsfabrik im New Yorker Künstlerviertel SoHo in eine Nobelherberge zu verwandeln.

Der Aufzug hielt. Hingehauchte Abschiedsküßchen – einer für jede Wange und ein zusätzlicher als Glücksbringer – wurden ausgetauscht. Als sich die Fahrstuhltüren lautlos schlossen, trippelte Camilla zu Andre hinüber.

»Hallo, Schätzchen! Wie geht's? Es tut mir schrecklich leid, daß du warten mußtest.« Sie packte ihn am Arm und lotste ihn am Schreibtisch der Empfangssekretärin vorbei. »Dominique hast du gewiß schon kennengelernt.«

Die Vorzimmerdame blickte hoch und verzog in einer gekonnten Bewegung die Mundwinkel, so daß ihr Lippenstift nicht über Gebühr strapaziert wurde.

»Ja, zu meinem Leidwesen.«

Camilla seufzte, während sie Andre den Korridor entlangführte. »Gutes Personal zu finden ist heutzutage ja *so* ein Problem. Sie wirkt zwar ein bißchen griesgrämig, hat aber einen ungemein nützlichen Vater.« Camilla warf Andre über den Rand ihrer dunklen Brille einen mutwilligen Blick zu. »Sotheby's.«

Camillas Sekretär folgte ihnen auf dem Fuße, ein gertenschlanker Mann mittleren Alters mit Notizblock und tiefgebräuntem Gesicht, das nicht zur Jahreszeit paßte. Er begrüßte Andre mit einem Lächeln. »Hallo, mein Lieber. Machen wir immer noch so himmlische Aufnahmen?«

»Wir tun unser Bestes, Noel. Wo haben Sie Ihren Urlaub verbracht?«

»Palm Beach. Kommen Sie bloß nicht auf die Idee, mich zu fragen, mit wem!«

»Das fiele mir im Traum nicht ein.«

Noel machte ein enttäuschtes Gesicht. »Mr. G. möchte dringend mit Ihnen sprechen«, verkündete er, an Camilla gewandt. »Alles andere kann warten.«

Camilla marschierte unruhig hinter ihrem Schreibtisch auf und ab, das Telefon zwischen Wange und Schulter geklemmt, und schnurrte fast zärtlich ins Telefon. Andre erkannte auf Anhieb ihre typische Garabedian-Stimme und fragte sich, ob sich die Beziehung wohl auf das rein Geschäftliche beschränkte. Für seinen Geschmack war Camilla auf beruflicher Ebene anstrengend und eine Spur zu dominant. Aber sie war zweifellos eine attraktive Frau, gewillt, jedes erdenkliche Opfer zu bringen, um dem Zahn der Zeit zu trotzen. Sie brachte gerade noch so viel Gewicht auf die Waage, daß man sie als gertenschlank statt zaundürr bezeichnen konnte; der Hals war noch glatt und faltenlos, Arme, Oberschenkel und Po fest und knackig, das Ergebnis des Fitneßtrainings, das jeden Morgen um Punkt sechs auf ihrem Programm stand. Üppig war an Camilla nur eines: ihr Haar. Dunkelbraun, wie ein Helm geschnitten, glatt, gesund, glänzend und dynamisch, genoß es beim Edelcoiffeur Bergdorf's einen legendären Ruf, wo man sich seiner dreimal in der Woche annahm. Andre beobachtete, wie es ihre Wangen umschmeichelte, als sie sich vorbeugte und sich mit einem gehauchten »Auf Wiedersehen« von Garabedian verabschiedete.

Sie blickte Andre an und verzog das Gesicht. »Mein Gott, diese gesellschaftlichen Verpflichtungen! Er gibt eine Dinnerparty im armenischen Stil. Kannst du dir das vorstellen?«

»Das müßte doch ganz nach deinem Geschmack sein. Endlich eine Gelegenheit, in armenischer Landestracht zu erscheinen.«

»Und wie sieht die aus?«

»Frag Noel. Er leiht dir vermutlich seine.«

»Das finde ich nicht komisch, Schätzchen. Überhaupt nicht komisch.« Camilla kritzelte eine Notiz auf den Block und warf einen Blick auf den protzigen Rolex-Goldklumpen an ihrem Handgelenk.

»Ach du liebe Zeit, ich muß mich beeilen.«

»Camilla? Du hast mich gebeten herzukommen, weil du etwas mit mir besprechen wolltest. Erinnerst du dich?«

»Ich bin spät dran. Lunch mit Gianni. Ich wage es nicht, ihn warten zu lassen. Nicht schon wieder.« Sie erhob sich. »Um es kurz zu machen – es geht um Ikonen, mein Lieber. Ikonen an der Riviera, vielleicht auch ein paar Objekte von Fabergé. Du sollst die Fühler ein bißchen ausstrecken. Die Besitzerin ist eine alte Russin, blaublütig und verwitwet. Alles Weitere wird Noel mit dir klären.« Camilla ergriff im Vorübergehen ihre Handtasche, die auf dem Schreibtisch lag. »Noel, ist der Wagen vorgefahren? Wo ist mein Mantel? Rufen Sie Gianni im Royalton an und sagen Sie ihm, ich sei im Stau steckengeblieben. Am besten auf dem Rückweg von einer aufwühlenden Beerdigung.«

Camilla warf Andre eine Kußhand zu, bevor sie mit klappernden Absätzen und dynamisch wehenden Haaren zum Fahrstuhl rauschte, während die junge Sekretärin an ihrer Seite mit dem Mantel und einer Handvoll Notizen Schritt zu halten versuchte. Andre schüttelte den Kopf, ging zu Noels Schreibtisch und setzte sich auf die Kante.

»Also Ikonen, Schätzchen. An der Riviera. Das ist alles, was ich weiß.«

»Sie sind ein Glückspilz.« Noel warf einen Blick auf seine Notizen. »Dann wollen wir mal sehen, was wir haben. Das Anwesen liegt ungefähr fünfunddreißig Kilometer von Nizza entfernt, direkt unterhalb von Saint-Paul-de-Vence. Ospaloff lautet der Name der reizenden alten Dame, und sie behauptet, eine Prinzessin zu sein.« Noel blickte hoch und zwinkerte ihm zu. »Wer wäre das nicht gern? Also, wir haben für drei Nächte ein Zimmer im Colombe d'Or auf Ihren Namen gebucht. Camilla will auf einen Sprung vorbeischauen, um das Interview zu machen, bevor sie nach Paris weiterfährt. Sie wird über Nacht bleiben, freuen Sie sich also auf ein romantisches Abendessen zu zweit. Aber tun Sie nichts, was ich nicht auch tun würde.«

»Keine Sorge, Noel. Ich werde Kopfschmerzen vortäuschen und unpäßlich sein.«

»Wunderbar. Hier, bitte.« Noel schob eine Mappe über den Tisch. »Flugscheine, Bestätigung der Auto- und Hotelreservierung und Mütterchen Rußlands Adresse und Telefonnummer. Verpassen Sie Ihr Flugzeug nicht. Die Dame erwartet Sie übermorgen.«

Andre verstaute die Mappe in seiner Schultertasche und stand auf. »Kann ich Ihnen irgend etwas aus Frankreich mitbringen? Wie wär's mit Espadrilles? Oder einer Rubbelcreme gegen Orangenhaut?«

Noel verdrehte schaudernd die Augen. »Wenn Sie mich schon fragen, eine kleine Flasche Lavendelessenz wäre schön.« Das Telefon läutete. Noel hob ab und winkte ihm zum Abschied zu, als Andre sich umdrehte und das Weite suchte.

Die Riviera. Andre hüllte sich in den Gedanken ein wie in eine kuschelige Decke, bevor er sich in den gefrorenen Schneematsch der Madison Avenue hinauswagte. Der bitterkalte Wind war so schneidend, daß einem die Haut wie von tausend Nadelstichen durchbohrt prickelte. Fußgänger hasteten mit zusammengekniffenen Augen und eingezogenen Köpfen vorbei. Die Nikotin-Liga – jene dichtgedrängten Knäuel hartgesottener Raucher, die sich, nach einem Zug gierend, wie Verschwörer in kleinen Grüppchen vor den Eingängen der Bürogebäude einfinden – trug eine noch schuldbewußtere und unbehaglichere Miene zur Schau als sonst, die Gesichter in der eisigen Luft wie in einen Schraubstock gezwängt. Bibbernd standen sie da, zogen ab und zu an der Zigarette. Andre hatte es immer als Ironie des Schicksals empfunden, daß man Raucher diskriminierte und auf die unwirtliche Straße verbannte, während ihre Kollegen, die eine Schwäche für Kokain hatten, ihrem Laster in der Wärme und relativen Bequemlichkeit der Bürotoiletten frönen konnten.

Er stand an der Ecke 51st/Fifth Avenue und hoffte auf ein Taxi, das ihn Downtown bringen würde. Die Riviera. Dort würden bereits die Mimosen blühen, und die abgehärteten Bewohner des Küstenlandstrichs genossen ihr Mittagessen bereits in einem Straßencafé unter freiem Himmel. Es war die Zeit, in der die Strandbadbetreiber wieder einmal die Preise nach oben korrigierten und sich fragten, mit welchem Hungerlohn sich die dienstbare Meute der *plagistes* in diesem Sommer wohl zufriedengeben würde. Die Zeit, in der die Bootsbesitzer Kalk und sonstige Ablagerungen vom Schiffsboden abkratzten, den Anstrich ausbesserten und die Broschüren mit ihren Rundfahrten und Verleihpreisen drucken ließen. Und die Inhaber der Restaurants, Boutiquen und Nachtclubs lachten sich bestimmt schon ins Fäustchen angesichts der Aussichten auf die alljährliche Ausbeute, trotz der Schinderei von Mai bis September, die ihnen gleichwohl gestattete, sich für den Rest des Jahres auf die faule Haut zu legen und die Früchte ihrer Arbeit zu genießen.

Die Riviera hatte Andre schon immer gefallen; ihm imponierte die mühelose, zumeist charmante Art, mit der man dort den Touristen das Geld aus der Tasche zog und ihnen gleichzeitig das Gefühl vermittelte, ihnen einen Gefallen zu erweisen. Klaglos nahm er hin, eingequetscht wie eine Sardine an den überfüllten Stränden zu liegen, und er murrte auch nicht über den gelegentlichen Mangel an guten Manieren, die häufig abartigen Preise, den höllischen Verkehr während der Sommermonate – für eine Prise des südfranzösischen Zaubers konnte er all das und Schlimmeres verschmerzen. Seit Lord Brougham in den 1830er Jahren Cannes ein zweites Mal zu erfinden geruhte, hatte der Küstenstrich wie ein Magnet Aristokraten und Künstler, Schriftsteller und Milliardäre, Glücksritter, lustige Witwen, hübsche Mädchen auf der Suche nach einem freigebigen Begleiter und junge Männer auf der Suche nach einer ebenso freigebigen Begleiterin angezogen. Die Riviera mochte dekadent sein und war fraglos teuer und überlaufen, aber langweilig war sie nie. Und warm würde es dort sein, dachte Andre, als endlich ein Taxi hielt und ihm Frostbeulen ersparte.

Er war noch dabei, die Tür zu schließen, als der Wagen auch schon losbrauste, sich haarscharf an einem Bus vorbeiquetschte und eine rote Ampel überfuhr. Andre erkannte, daß er sich in den Händen einer Spielernatur befand, eines notorischen Dränglers und Rasers, der die Straßen Manhattans als Testgelände für Mensch und Maschine betrachtete. Er stemmte seine Knie gegen die Abtrennung und machte sich darauf gefaßt, jederzeit und blitzschnell die Fötusstellung einzunehmen, wie von den Fluggesellschaften im Falle eines Absturzes empfohlen, während der Fahrer mit aufheulendem Motor seine tollkühnen Überhol- und todesmutigen Ausweichmanöver auf der Fifth Avenue ausführte, wobei er das Verkehrsgewühl in einem rätselhaften, gutturalen Idiom verfluchte.

Endlich bog das Taxi schlingernd in den West Broadway ein, und der Fahrer versuchte, sich in einer Sprache verständlich zu machen, die Andre vertraut vorkam.

»Fertig. Wo Nummer?«

Andre, der das Gefühl hatte, seine Glückssträhne werde nicht ewig währen, beschloß, die letzten Häuserblocks zu Fuß zurückzulegen. »Ist schon gut.«

»Gut?«

»Ja, bestens. Halten Sie hier an, bitte.«

»Sie sagen.« Der Fahrer trat mit voller Wucht auf die Bremse, was den Wagen hinter ihnen veranlaßte, ebenfalls mit Brachialgewalt zum Stillstand zu kommen, woraufhin die Räder blockierten und das Gefährt rutschend, im Zeitlupentempo, das Taxi rammte. Der Taxifahrer sprang ins Freie, umklammerte seinen Hals und verfiel wieder in seine Muttersprache, um mit schmerzverzerrtem Gesicht eine Schimpfkanonade vom Stapel zu lassen, in der Andre nur zwei Worte bekannt vorkamen: »auspeitschen« und »Scheißkerl«. Er zahlte und machte sich schleunigst aus dem Staub.

Das Gebäude, das er nach einem flotten Spaziergang von nicht mehr als zwei Minuten erreichte, hatte als Bekleidungsfabrik das Licht der Welt erblickt. Nun war es trotz seiner proletarischen Herkunft, wie viele Immobilien im Künstlerviertel SoHo, durch etliche aufgepfropfte Veredelungsmaßnahmen geadelt worden. Man hatte die hellen Räume mit den hohen Decken parzelliert, durch Trennwände unterteilt, gestrichen, neue Leitungen verlegt, neue Sanitäranlagen eingebaut, Grünflächen angelegt und, was sich von selbst versteht, zu neuen Preisen vermietet. Die Bewohner waren vornehmlich kleine Firmen, in den Bereichen Kunst und Kommunikation tätig, und hier hatte Image Plus, die Agentur, die Andres Schaffenskraft feilbot, ihren Hauptsitz.

Image Plus war von Stephen Moss gegründet worden, einem jungen Mann mit Köpfchen, Geschmack und einer Vorliebe für milde Klimazonen. Seine Klientel bestand aus Fotografen und Illustratoren, die sich auf Themen fern der Modebranche spezialisiert hatten – Moss hatte, völlig zu Recht, die Nase gestrichen voll von den Launen und Komplikationen, die bei der Arbeit mit Kleidern und zweibeinigen Kleiderstangen an der Tagesordnung waren. Nach den Anfangsjahren, die vom Kampf ums nackte Überleben gekennzeichnet waren, leitete er nun eine straff geführte, gewinnträchtige kleine Agentur. Er strich fünfzehn oder zwanzig Prozent von den Einnahmen der Künstler ein, die er vertrat, als Gegenleistung für die Repräsentation, die eine ganze Latte von Dienstleistungen umfaßte, angefangen von der Karriereberatung bis zu Steuertips und Honorarverhandlungen. Er besaß ausgezeichnete Kontakte, eine geistig minderbemittelte, in ihn vernarrte Freundin, einen Bilderbuch-Blutdruck und hatte noch sämtliche Haare auf dem Kopf. Sein einziges Problem war der Winter in New York, den er zutiefst verabscheute.

Es war Stephens Angst, in diesen Breiten zu erfrieren, aber auch der Wunsch nach Expansion seines Unternehmens gewesen, die ihn bewogen hatten, Lucy Walcott zu seiner Geschäftspartnerin zu machen. Neun Monate später war er so sicher, die richtige Wahl getroffen zu haben, daß er im ersten grauenvollen Teil des Jahres, von Januar bis März, Lucy das Regiment im Büro überließ. Die alleinige Verantwortung zu haben gefiel ihr. Ihm gefiel wiederum die Sonne in Key West. Und Andre gefiel die Zusammenarbeit mit einem hübschen Mädchen. Als er Lucy besser kannte, hatte er nach einer Chance Ausschau gehalten, die Beziehung zu vertiefen, aber er war zu häufig auf Reisen, und Lucy schien jede Woche einen neuen, beängstigend muskulösen jungen Mann in ihren Bann zu ziehen. Bisher war es ihnen noch nicht gelungen, sich außerhalb der Büroräume zu treffen.

Der Summer ertönte, und Andre wurde duch eine Stahltür geschleust, die in einen hohen, weitläufigen Raum führte. Abgesehen von einer Couch und einem niedrigen Tisch in einer Ecke, beschränkte sich die Einrichtung auf einen ausladenden, rechteckigen Arbeitstisch, an dem vier Personen Platz hatten. Drei der Stühle waren leer. Lucy, den Kopf über die Computertastatur gebeugt, saß auf dem vierten.

»Lulu, heute ist dein Glückstag.« Andre ließ seinen Umhängebeutel auf die Couch fallen und ging zum Schreitisch hinüber. »Mittagessen, Lulu, ein richtiges Mittagessen mit allem Drum und Dran – Chez Felix, Bouley, wo immer du möchtest, die Wahl liegt bei dir. Ich habe gerade einen Auftrag an Land gezogen, und ich verspüre den überwältigenden Drang, das Ereignis gebührend zu feiern. Na, wie wär's?«

Lucy lächelte verschmitzt, als sie den Stuhl zurückschob, aufstand und sich streckte.

Rank und schlank, mit pechschwarzer, gelockter Mähne, die sie größer erscheinen ließ als die 1,68 Meter, die in ihrem Reisepaß angegeben waren, sah sie für eine New Yorkerin im Winter viel zu gesund aus. Ihr Teint rangierte irgendwo zwischen Milchschokolade und Honig, ein sanft schimmernder, dunkler Karamelton, der einen Teil des Sonnenlichts ihrer Heimat Barbados eingefangen hatte. Über ihre Herkunft befragt, machte sie sich bisweilen einen Spaß daraus, sich als reinrassige Viertelschwarze zu bezeichnen und das höfliche, ungläubige Kopfschütteln zu beobachten, das gewöhnlich auf diese Eröffnung folgte. Sie dachte, daß es vielleicht interessant sein könnte, Andre näher kennenzulernen, wenn er jemals lange genug in der Stadt verweilte.

»Nun?« Er sah sie hoffnungsvoll, mit einem angedeuteten Lächeln, an.

Sie zuckte bedauernd die Achseln und deutete mit einer Handbewegung auf den verwaisten Schreibtisch. »Die beiden Mädels sind heute nicht da. Mary hat die Grippe, und Dana muß ihren

Pflichten als Schöffin nachkommen. Ich kann nicht weg.« Selbst nach einem Dutzend Jahren in New York hatte Lucys Stimme die Fröhlichkeit bewahrt, die für die Bewohner der Westindischen Inseln typisch ist. »Ein anderes Mal?«

»Ein anderes Mal.«

Lucy nahm einen Stapel Aktenordner von der Couch und schuf Platz für beide. »Erzähl schon. Der Auftrag hat aber nicht zufällig etwas mit meiner Lieblingsverlegerin zu tun, oder?«

Die Abneigung zwischen Lucy und Camilla war beidseitig und bestand seit einiger Zeit. Es hatte angefangen, als Lucy zufällig zu Ohren kam, daß Camilla sie »Mohrenkopf« genannt hatte, und danach war die Beziehung zunehmend frostiger geworden. Camilla war der Meinung, daß es Lucy eindeutig an Respekt mangelte und sie viel zu forsch war, wenn es um die Künstler ging, deren Interessen sie vertrat. Lucy fand Camilla arrogant und großspurig. Aus rein geschäftlichen Gründen gelang es den beiden freilich, den Schein eisiger Höflichkeit zu wahren.

Andre nahm neben Lucy auf der Couch Platz, nahe genug, um ihr Parfum wahrzunehmen: ein Duft nach Zitronen. »Lulu, du weißt, ich kann dich nicht belügen. Camilla möchte, daß ich in Südfrankreich Ikonen für sie fotografiere. Das wird zwei oder drei Tage dauern. Ich fliege morgen.«

Lucy nickte. »Und ihr habt nicht über Geld gesprochen?« Zwei riesengroße braune Augen blickten ihn eindringlich an.

Andre hob beide Hände, einen Ausdruck blanken Entsetzens im Gesicht. »Ich? Nie im Leben. Du hast mir doch immer eingeschärft, dieses Thema mit keiner Silbe zu erwähnen.«

»Ja, und zwar deshalb, weil du nicht die Bohne davon verstehst.« Sie machte sich eine Notiz auf ihrem Schreibblock, lehnte sich zurück und lächelte. »Gut. Es ist ohnehin Zeit für eine Gehaltserhöhung. Sie bezahlen dich wie einen von ihren festangestellten Hintertreppen-Fotografen, obwohl sie deine Arbeiten in fast jeder Ausgabe bringen.«

Andre zuckte mit den Schultern. »Erspart mir Unannehmlichkeiten.«

»Das bezweifle ich.«

Es trat eine kurze, verlegene Stille ein. Lucy strich sich das Haar aus der Stirn, so daß die makellosen, zarten Konturen ihrer Wangenknochen sichtbar wurden. Sie blickte ihn an und lächelte. »Ich werde mit denen schon handelseinig werden. Konzentrier du dich auf die Fotos. Wird sie auch dort sein?«

Andre nickte. »Abendessen im Colombe d'Or, Schätzchen«, ahmte er Camilla nach. »Eines von den Nobelrestaurants, die offiziell ihren Segen haben.«

»Nur du und Camilla und ihr Coiffeur. Wie romantisch.«

Andre zuckte zusammen. Bevor er die Chance hatte, darauf zu antworten, läutete das Telefon. Lucy nahm den Hörer ab, lauschte aufmerksam und runzelte die Stirn; dann legte sie die Hand über die Sprechmuschel. »Das wird ein Marathongespräch.« Sie warf ihm eine Kußhand zu. »Gute Reise.«

Als der Chauffeur aus der Parkbucht vor dem Royalton herausfuhr und sich in den fließenden Verkehr einfädelte, griff Camilla nach dem Telefon – mit spitzen Fingern, wegen ihrer Nägel – und tippte die Nummer ein. Es war ein langes, aber fruchtbares Arbeitsessen gewesen, und der liebe Gianni hatte sich wie immer als hilfreich erwiesen. Sie beschloß, ihm ein Kistchen Zigarren ins Hotel schicken zu lassen.

»Ja?« Die Stimme am anderen Ende der Leitung klang beschäftigt.

»Schätzchen, ich bin's. Paris geht klar. Gianni hat alles arrangiert. Irgendeiner der Dienstboten wird mich durch die Räume führen. Ich habe den ganzen Tag zur Verfügung, wenn ich will.«

Die Stimme ließ deutlich mehr Interesse erkennen. »Die Bilder werden dort sein? Kein einziges für den Winter eingelagert? Kein einziges als Leihgabe außer Haus?«

»Alle vollzählig an Ort und Stelle. Gianni hat sich vor seiner Abreise aus Paris persönlich vergewissert.«

»Hervorragend. Das hast du gut gemacht, meine Liebe. Sehr gut. Dann bis später.«

Im Dämmerlicht seines prachtvoll eingerichteten Arbeitszimmers legte Rudolph Holtz den Hörer behutsam auf die Gabel zurück, trank einen Schluck grünen Tee aus einer Meißener Porzellantasse und widmete seine Aufmerksamkeit wieder dem Zeitungsartikel, den er gerade gelesen hatte. Er stand in der *Chicago Tribune*, mit Londoner Datumszeile, und berichtete, wie es der auf Kunst- und Antiquitätenraub spezialisierten mobilen Einsatztruppe von Scotland Yard gelungen war, das berühmteste, auf fünfundvierzig Millionen US-Dollar geschätzte Gemälde Norwegens, *Der Schrei* von Edvard Munch, aufzuspüren. Es war 1994 gestohlen und zwei Jahre später in einem Keller im Süden Norwegens entdeckt worden, eingewickelt in Bettlaken. Holtz schüttelte den Kopf.

Er las weiter. Nach »vorsichtiger« Schätzung übertraf der Wert der weltweit gestohlenen oder unauffindbaren Kunstwerke mehr als drei Milliarden US-Dollar, wie der Journalist meinte, eine Statistik, die Holtz ein zufriedenes Lächeln entlockte. Er konnte von Glück sagen, daß er vor zwei Jahren Camilla begegnet war.

Ihre Beziehung hatte sich auf der gesellschaftlichen Ebene angebahnt, im Rahmen irgendeiner Ausstellung in einer Galerie, die Holtz in seiner legitimen Eigenschaft als Kunsthändler regelmäßig besuchte. Die Bilder hatten ihn gelangweilt, doch Camilla weckte seine Aufmerksamkeit. Er spürte intuitiv, daß sie gleichgeartete Interessen haben könnten, und seine Ahnung bestätigte sich während des gemeinsamen Mittagessens in der darauffolgenden Woche, bei dem er vorsichtig das Terrain sondierte. Bei ihrem oberflächlichen, höflichen Geplauder schwang von Anfang an ein gewisser Unterton mit, ein erstes Anzeichen dafür, daß sich zwei Gleichgesinnte mit einander ergänzenden Bestrebungen gesucht und gefunden hatten. Mehrere Mittagessen folgten, wobei die verbale Spiegelfechterei einer Offenheit Platz machte, die an Aufrichtigkeit grenzte, und als sich Camilla endlich bereit fand, Holtz' Himmelbett im luxuriösen Ambiente seines Apartments in der Park Avenue zu teilen, war beiden klar, daß sie füreinander geschaffen waren, Seelengefährten, die vor allem eines miteinander verband: ihre Habgier.

Ach ja, die gute Camilla. Holtz trank den letzten Schluck Tee und erhob sich, um aus dem Fenster auf die Graupelschauer zu blicken, die der Wind vor sich herpeitschte. Es war schon nach vier, und im eisigen Dunst der Park Avenue kämpften fünfzehn Stockwerke tiefer die Passanten verbissen um ein Taxi. Auf der Lexington Avenue standen sie sicher, bis auf die Haut durchnäßt, Schlange und warteten auf den Bus. Wie angenehm es doch war, hier im Warmen zu sitzen; erst recht, wenn man sein Schäfchen im trockenen hatte.

2

»Haben Sie die Taschen eigenhändig gepackt?«

»Ja.«

»Waren sie seither zu irgendeinem Zeitpunkt unbeaufsichtigt?«

»Nein.«

»Führen Sie Geschenke oder Gegenstände mit, die Ihnen von einer anderen Person übergeben wurden?«

»Nein.«

Die junge Frau am Business-Class-Check-in der Delta Airlines blätterte im Paß. *Name: Andre Kelly. Geburtsort: Paris, Frankreich. Geburtsdatum: 14. Juni 1965.* Sie blickte zum erstenmal hoch, um zu überprüfen, ob das Exemplar in Fleisch und Blut Ähnlichkeit mit der Fotografie besaß, und sah ein sympathisches, markantes Gesicht unter einem schwarzen Bürstenhaarschnitt, ein Gesicht mit auffallend grünen Augen, die sie unverwandt musterten. Sie hatte vorher noch nie so grüne Augen gesehen und ertappte sich dabei, wie sie ihn fasziniert anstarrte.

Andre grinste. »Mein Vater ist Ire. Grüne Augen liegen bei uns in der Familie.«

Die junge Frau errötete. »Sieht ganz so aus. Tut mir leid, aber wahrscheinlich passiert Ihnen das öfter.« Sie befaßte sich wieder mit dem Flugschein und den Gepäckanhängern, während Andre seinen Blick über die Mitpassagiere auf dem Nachtflug nach Nizza schweifen ließ. Bei den meisten handelte es sich um französische Geschäftsleute. Ihre Gesichter wirkten müde und abgespannt, kein Wunder, nachdem sie das Wetter, den Lärm, die geballte Energie und das maschinenartige Stakkato des New Yorker Sprachgebrauchs hatten verkraften müssen, den Welten von dem wohltemperierten Englisch trennten, das ihnen in der Berlitz-School beigebracht worden war.

»Alles in Ordnung, Mr. Kelly.« Die junge Frau gab ihm den Reisepaß und den Flugschein zurück. »Darf ich Sie etwas fragen? Wie kommt es, daß Sie als Ire in Paris geboren sind?«

»Meine Mutter hielt sich zum Zeitpunkt der Niederkunft dort auf.« Andre steckte seine Bordkarte in die Brusttasche seines Mantels. »Sie ist Französin. Ich bin eine Promenadenmischung, wie Sie sehen.«

»Oh, tatsächlich? Wunderbar. Nun, dann wünsche ich Ihnen einen guten Flug.«

Er stellte sich an das Ende der Schlange, die sich schrittweise an Bord der Maschine schob. Er hoffte, der Sitz neben ihm möge frei bleiben oder von einem hübschen Mädchen oder – eine dritte, zwar weniger erfreuliche, aber immerhin annehmbare Möglichkeit – von einem Geschäftsmann eingenommen werden, der zu ausgelaugt war, um eine Unterhaltung zu beginnen.

Er hatte sich gerade auf seinem Sitz eingerichtet, als er spürte, wie sich jemand über ihn beugte; als er aufblickte, entdeckte er den mit schwerem Handgepäck beladenen Körper und das angespannte, schmale Gesicht einer Frau mit dunklem, streng geschnittenem Kostüm und Attachéköfferchen, der Standarduniform der Karrierefrau; eine ausgebuchtete schwarze Umhängetasche baumelte von ihrer Schulter. Andre stand auf, um sie zum Fensterplatz durchgehen zu lassen.

Die junge Frau rührte sich nicht von der Stelle. »Mir wurde versichert, ich hätte einen Sitz am Gang. Ich sitze immer am Gang.«

Andre überprüfte noch einmal die Nummer auf seiner Bordkarte und stellte fest, daß er auf dem richtigen Platz saß. Er zeigte der jungen Frau den Kontrollabschnitt.

»Sie verstehen das nicht. Ich leide unter einer Fensterphobie.«

Andre hatte noch nie von einer solchen Unpäßlichkeit gehört und nicht die geringste Lust, in den nächsten sieben Stunden darüber aufgeklärt zu werden. Um des lieben Friedens willen bot er der jungen Frau seinen Platz am Gang an, deren Gemütszustand sich daraufhin sichtlich besserte. Er wechselte auf den Fensterplatz hinüber und beobachtete seine Nachbarin, die auf der Stelle begann, Dokumente und ihren Laptop vor sich auf dem Klapptisch auszubreiten, um die erforderliche geschäftliche Atmosphäre zu schaffen. Nicht zum ersten Mal ging ihm der Gedanke durch den Kopf, daß Reisen in der heutigen, modernen Zeit eine bei weitem überbewertete Freizeitbeschäftigung ist: Man muß drangvolle Enge, nicht selten Langeweile, häufig Unbequemlichkeiten und fast immer einigen Ärger in Kauf nehmen.

»Fliegen Sie nicht gerne?« erkundigte sich die Karrierefrau, die bester Laune zu sein schien, nachdem sie ihren Willen durchgesetzt hatte. »Ich meine, es ist doch was, nach Südfrankreich zu reisen. Das ist so…«

»Französisch?«

Sie warf Andre einen schiefen Blick zu, unsicher, wie sie diese Antwort auffassen sollte. Er nickte ihr kurz zu und schlug sein Buch auf. Sie widmete sich wieder den Dateien ihres tragbaren PCs.

Für den Airline-Passagier, der sich nach einigen wenigen Stunden ungestörter Ruhe sehnt, ist der kritische Moment gekommen, sobald die Mahlzeiten an Bord serviert werden, weil es dann außer Frage steht, Schlaf vorzutäuschen, und es physisch unmöglich ist, sich hinter einem Buch zu verschanzen und gleichzeitig zu essen. Als der Trolley, beladen mit den typischen Pseudo-Köstlichkeiten für Fluggäste der Business-Class, näher rollte, konnte Andre nicht umhin, die gelegentlichen verstohlenen Blicke seiner Sitznachbarin wahrzunehmen, die ihre Mensch-Maschine-Kommunikation unterbrochen hatte und darauf erpicht schien, einen erneuten Anlauf für ein Gespräch zu wagen. Kaum war sein Hühnchen gelandet – offenbar ein Vielflieger mit mehreren hundert Flugstunden –, setzte er deshalb gleich seinen Kopfhörer auf, beugte sich tief über das Tablett und tat sein Bestes, sich durch Nachsinnen über seine Zukunft von den eklatanten Schwächen der Bordküche abzulenken.

Es war an der Zeit, daß er aufhörte, dauernd in der Weltgeschichte herumzureisen. Seine gesellschaftlichen Kontakte, sein Liebesleben und seine Verdauung litten bereits erheblich darunter. In seinem Studio in Manhattan kampierte er mehr, als daß er dort wohnte, etliche Kartons mit Büchern und Kleidung waren, acht Monate nach seinem Umzug, immer noch ungeöffnet. Seine New Yorker Freunde, die es leid waren, auf den Anrufbeantworter zu sprechen, hatten es endgültig aufgegeben, sich bei ihm zu melden. Seine französischen Freunde aus der Studentenzeit in Paris wiederum schienen ausnahmslos Kinder in die Welt zu setzen und häuslich zu werden. Zwar akzeptierten ihre besseren Hälften Andre, aber mit Vorbehalt und einigem Mißtrauen. Er galt als unverbesserlicher Don Juan. Er blieb bis in die Puppen auf. Er war einem Gläschen nicht abgeneigt. Mit anderen Worten: Er stellte eine eheliche Bedrohung dar. Man fürchtete seinen schlechten Einfluß auf junge Ehemänner, die noch nicht ganz an die Freuden und Pflichten des domestizierten Lebens gewöhnt waren.

Allerdings blieb ihm nicht genug Zeit, sich einsam und isoliert zu fühlen. Sein Leben bestand aus Arbeit, aber zum Glück liebte er sie; den größten Teil jedenfalls. Camilla, daran gab es nichts zu rütteln, wurde mit jeder Ausgabe des *DQ* exzentrischer und tyrannischer. Sie hatte außerdem die kräftezehrende Marotte entwickelt, darauf zu beharren, daß Andre Nahaufnahmen von sämtlichen Gemälden machte, die gleichwohl, wie ihm aufgefallen war, selten den veröffentlichten Artikel begleiteten. Doch das Honorar war immer gut, und er hatte sich inzwischen in der Branche einen Namen als einer der wenigen Topfotografen für Inneneinrichtung gemacht. Einige Buchverlage hatten ihn bereits darauf angesprochen, ob er nicht daran interessiert sei, einen Bildband herauszubringen. Nächstes Jahr, gelobte er sich: Dann würde er sein eigenes Arbeitstempo bestimmen, seine eigenen Motive wählen, sein eigener Herr sein.

Er gab den halbherzigen Versuch auf, das Hühnchen zu bezwingen, knipste das Licht aus und lehnte sich im Sitz zurück. Morgen würde er eine richtige Mahlzeit mit allen Schikanen genießen. Er schloß die Augen und schlief ein.

Als er die Einwanderungskontrolle passierte und die Hauptankunftshalle des Flughafens von Nizza betrat, hieß ihn der vertraute Geruch Frankreichs willkommen, ein Aroma, dessen Komponenten er oft zu analysieren versucht hatte. Stark gebrühter, schwarzer Kaffee, Tabak, eine Spur Dieseltreibstoff, ein Hauch Eau de Cologne und der unwiderstehliche Duft goldgelber Backwaren, die mit Butter zubereitet wurden: Das Gemisch war so unverkennbar wie die Nationalflagge und für Andre erster Anlaß zur Freude nach der Rückkehr in ein Land, in dem er einen großen Teil seiner Jugend verbracht hatte. Andere Flughäfen rochen undefinierbar und international. Nizza roch eindeutig französisch.

Die Karrierefrau im dunklen Kostüm stand an der Gepäckausgabe, blickte immer wieder nervös auf ihre Armbanduhr und kaute an ihrer Unterlippe, während die schwarze Gummiraupe des Gepäckkarussells ohne Hast und ohne Last eine Nullrunde entlang der Postenkette der Passagiere drehte, bevor sie in ihr Schlupfloch in der Wand zurückkehrte. Der Gesichtsausdruck der Frau war New York, wie es leibt und lebt: gerunzelte Stirn, ungeduldig, energiegeladen. Andre fragte sich, ob sie sich wohl jemals gestattete, voll zu entspannen. Sie tat ihm leid.

Sie zuckte zusammen, als er ihr auf die Schulter tippte. »Sie sehen so aus, als hätten Sie es brandeilig. Kann ich irgendwie helfen?«

»Wie lange brauchen diese lahmen Schnecken eigentlich noch, bis sie das Gepäck aus dem Flugzeug geschafft haben?«

Andre zuckte mit den Achseln. »Wir sind hier in Südfrankreich. Da geht nichts ruckzuck.«

Die junge Frau blickte wieder auf ihre Armbanduhr. »Ich habe eine Besprechung in Sophia Antipolis. Wissen Sie, wo das ist? Wie lange wird das Taxi dorthin brauchen?«

Das Geschäftszentrum von Sophia Antipolis, oder der *Parc International d'Activités*, wie die Franzosen es getauft hatten, lag abseits in den Hügeln zwischen Antibes und Cannes. »Kommt auf den Verkehr an«, erwiderte Andre. »45 Minuten dürften reichen.«

Die junge Frau wirkte erleichtert. »Wunderbar. Danke.« Sie rang sich beinahe ein Lächeln ab. »Wissen Sie, was ich während des Fluges dachte? Ich dachte, Sie wären ein Klugscheißer.«

Andre seufzte. »Ich doch nicht. Dazu bin ich viel zu gutmütig.« Er entdeckte seine Reisetasche, die ihm gerade auf dem Gepäckband entgegenkroch. »Machen Sie sich nach Ihrer Besprechung so schnell wie möglich aus dem Staub.«

Ihre Augen weiteten sich. »Ist es dort gefährlich?«

Andre schüttelte den Kopf und hob seine Tasche vom Gepäckkarussell. »Das nicht, aber das Essen ist grauenvoll.«

Er verließ die Küstenstraße bei Cagnes-sur-Mer und bog in seinem gemieteten Renault auf die D6 ab, die in einer Windung den Loup überquert und nach Saint-Paul-de-Vence führt. Die Luft war prickelnd, es herrschte eine frühmorgendliche Kühle, die bald verschwinden würde. Die Sonne schien bereits warm durch die Windschutzscheibe, das glitzernde Weiß auf den Gipfeln der fernen Berge zeichnete sich scharf gegen den blauen Himmel ab, und die Landschaft sah wie frisch gewaschen aus. Manhattan und der Winter waren nur noch wie eine Erinnerung an einen anderen Stern. Andre kurbelte die Fensterscheibe herunter, und sein Kopf wurde allmählich klarer nach einer Nacht, in der man den Sauerstoff rationiert hatte.

Er kam gerade rechtzeitig in Saint-Paul an, um zu sehen, wie der Dorfpolizist das Café verließ, ein Gendarm mit beträchtlicher Leibesfülle und dem Ruf, der Schnellste in ganz Frankreich zu sein, wenn es galt, Strafzettel für Falschparker zu verteilen. Der Ordnungshüter hielt auf der Türschwelle inne und wischte sich mit dem Handrücken über den Mund, während er wieselflink die kleine *place* in Augenschein nahm, um den ersten Gesetzesbrecher des Tages zu orten. Er beobachtete gespannt, wie Andre rückwärts in die Parklücke fuhr, die für diesen Zweck freigegeben war und daher eine Rarität darstellte. Er warf einen flüchtigen Blick auf seine Armbanduhr. Dann nahm er mit knarzenden Stiefeln und langsamen, gemessenen Schritten, wie es seiner Stellung als Autoritätsperson geziemte, Kurs auf Andres Auto.

Andre nickte ihm zu, als er den Wagen absperrte. »*Bonjour.*«

Der Gendarm erwiderte das Nicken. »Sie haben eine Stunde Zeit. Danach« – er tippte auf seine Uhr – »*contravention*«. Er rückte seine Sonnenbrille zurecht und stiefelte davon, bereit, auch nur die kleinste Andeutung einer Gesetzesübertretung zu ahnden, und offenbar zufrieden mit seinem ersten kleinen Triumph an diesem Morgen. Wie unsäglich er sich auf den Juli und August freute! Das waren seine Lieblingsmonate, weil er sich dann mit grimmigem Gesicht am Eingang des Ortes postieren und die endlose Blechlawine in die Wüste schicken konnte. An einem guten Tag gelang es ihm, mehrere hundert Autofahrer zur Weißglut zu bringen. Das waren die Sternstunden seines Berufs.

Im Café bestellte Andre ein Croissant und einen Becher Kaffee; er blickte auf die Mitte des Dorfplatzes hinaus, wo, wenn das Wetter mitspielte, das ganze Jahr über teuflische Boule-Partien stattfanden. Er erinnerte sich an seinen ersten Besuch in Saint-Paul, als er noch ein Kind war, zu jener Zeit, als der Schauspieler Yves Montand im schwarzweißen Kellnerhabit beim Boule-Spiel gegen die alten Männer des Dorfes anzutreten pflegte, während seine Frau Simone Signoret kettenrauchend zuschaute und der Schriftsteller James Baldwin an der Hotelbar saß und trank. Andres Mutter hatte ihm erzählt, daß diese Leute berühmt seien, und er hatte sie stundenlang angestarrt und dabei Orangina mit einem Strohhalm getrunken.

Bei seinem zweiten Besuch, zehn Jahre später, hatte er sich in ein schwedisches Mädchen verknallt. Heiße Küsse hinter dem Postgebäude, Liebeskummer während der Zugfahrt zurück nach Paris, dann ein Briefwechsel, der immer spärlicher wurde und schließlich völlig versandete. Danach die Sorbonne, und andere Mädchen. Anschließend die Lehrjahre als Assistent eines renommierten Fotografen in London. Und schließlich, in der Hoffnung auf exotische Aufträge und Honorare amerikanischer Größenordnung, New York.

Als das Hörnchen verspeist war, breitete er seine Landkarte auf dem Tisch aus. Die Witwe aus dem russischen Adel lebte mitsamt ihren Ikonen unterhalb von Saint-Jeannet, nicht mehr als zehn Minuten entfernt. Er beschloß, hinzufahren und sich der Dame vorzustellen, bevor er sein Quartier im Hotel aufschlug.

Saint-Paul erwachte gerade zum Leben, als er den Wagen immer noch unter den strengen Augen des Gendarms aus der Parklücke herausmanövrierte; ein Ober aus dem Colombe d'Or spritzte mit einem Schlauch die Einfahrt zum Hof des Hotels ab, die Wassertropfen prallten wie glitzernde Diamanten im Sonnenlicht von den Steinen ab. Andre fuhr langsam in Richtung Saint-Jeannet und widmete sich fasziniert dem Ausblick zu beiden Seiten der Straße. Rechts von ihm schmiegten sich *jolies villas* aneinander, soweit das Auge reichte, ein Labyrinth aus Beton und Dachziegeln, das die terrassenförmige Landschaft unter sich begrub und sich den ganzen Weg bis zum Mittelmeer hinunter erstreckte. Zu seiner Linken ragte der Col de Vence über den Baumwipfeln auf, sonnengebleicht und kahl und bar jeder menschlichen Behausung. Es war ein Kontrast der Art, wie man ihn häufig entlang der Südküste Frankreichs antraf: Intensive Bebauung und Ödnis wechselten einander jäh ab, als habe man eine Grenzlinie gezogen, jenseits derer keine *villas* mehr geduldet wurden. Andre hoffte, daß diese unsichtbare Barriere fortbestehen möge. Die moderne Architektur gehörte nicht gerade zu den Errungenschaften, auf die Frankreich stolz sein konnte.

Er bog, den Wegweisern folgend, von der schmalen Straße ab, die einen Schotterweg hinunter in eine Windung des Tales führte, und fand sich in einer Senke wieder, die dem Zugriff der Erschließungsfirmen offenbar entgangen war. Eine Reihe alter Steinhäuser breitete sich an den Ufern eines schmalen Flüßchens aus, kraftlose Geranien hingen wie Girlanden von den Wänden herunter, eine Rauchfahne kräuselte sich aus einem der Schornsteine empor.

Andre parkte den Wagen und stieg die flachen, unebenen Stufen der Steintreppe zum Vordereingang des größten Gebäudes hinauf. Zwei beleibte Katzen, die auf einem Mäuerchen saßen, beobachteten ihn mit halbgeschlossenen, hochmütigen Augen, und ihm fiel das Lieblingszitat seines Vaters wieder ein: »Katzen blicken auf dich herab. Hunde blicken zu dir auf. Schweine jedoch blicken dir geradewegs in die Augen.« Mit einem Lächeln auf den Lippen klopfte er an die Tür.

Der Eisenbolzen wurde mit einem Knirschen zurückgeschoben.

Ein rundes, rosiges Gesicht mit braunen Knopfaugen unter einem krausen Haarschopf spähte durch den Türspalt. Andre spürte, wie die Katzen an seinen Beinen vorbeistrichen, um ins Innere des Anwesens zu gelangen.

»*Bonjour*, Madame. Ich bin der Fotograf aus Amerika. Von der Zeitschrift. Ich hoffe, daß ich nicht unangemeldet erscheine.«

Die Stirn runzelte sich. »Mir wurde eine Frau angekündigt.«

»Sie trifft heute erst ein. Falls es Ihnen zuviel Umstände bereitet, komme ich später noch einmal mit ihr zurück.«

Die alte Frau rieb sich mit ihrem arthritisch gekrümmten Finger die Wange. »Wo haben Sie Ihre Kamera?«

»Im Wagen.«

»*Ah bon.*« Diese Auskunft schien ihr die Entscheidung zu erleichtern. »Morgen wäre besser. Morgen kommt die Putzfrau zum Saubermachen.« Sie nickte hoheitsvoll und schlug Andre die Tür vor der Nase zu.

Er holte seine Kamera aus dem Auto, um einige Aufnahmen von der Außenfassade des Hauses zu machen, solange das Licht noch von der Ostseite kam. Durch die Linse entdeckte er einen blassen, verwischten Fleck, den Kopf der alten Frau, die an einem der Fenster stand und ihn beobachtete. Wie würde sie mit Camilla zurechtkommen? Er verknipste eine volle Filmrolle und beschloß, die Augen zum Schutz vor der grellen Sonne zu Schlitzen verengt, daß die übrigen Außenaufnahmen bis zum Abend warten mußten.

Er fuhr zum Hotel zurück und erledigte die Anmeldeformalitäten; dann schlenderte er, den schweren Schlüssel gut gelaunt in der Hand schwenkend, den Korridor entlang zu seinem Zimmer. Es gefiel ihm hier. Die Räumlichkeiten waren weitläufig und schlicht, hätten eher zu einem einfachen Landgasthaus als zu einer Nobelherberge gepaßt – bis man einen Blick auf die Gemälde an den Wänden und die Skulpturen im Garten warf.

Das Colombe d'Or war nach dem Ersten Weltkrieg von Paul Roux aus der Taufe gehoben worden, einem ehemaligen Landwirt mit einem Faible für brotlose, hungrige Künstler. Diese aßen in seinem Restaurant, und wenn sie, wie bei Malern gang und gäbe, bisweilen feststellten, daß sie gerade knapp bei Kasse waren, gestattete Monsieur Roux ihnen in seiner entgegenkommenden Art, in Naturalien für ihr Essen zu zahlen, wodurch er, direkt oder aus zweiter Hand, in den Besitz von Werken Chagalls, Braques, Picassos, Légers, Bonnards und vieler anderer kam. Auf den Geschmack gekommen, begann Roux dann zu kaufen – zum Freundschaftspreis, wie man hoffen darf – und besaß nach vierzig Jahren eine der erlesensten Privatsammlungen in Frankreich, mit einer stattlichen Anzahl von Kunstwerken aus dem 20. Jahrhundert. Als er starb, hinterließ er nicht mehr als ein paar hundert Dollar auf der Bank – und ein Vermögen an den Wänden.

Andre stellte die Reisetasche achtlos neben dem Bett ab und öffnete die hölzernen Fensterläden, als das Telefon klingelte. Ein Fax sei für Monsieur angekommen. Er teilte dem Mädchen an der Rezeption mit, er werde es später, auf dem Weg nach draußen, abholen. Von seinen früheren Reisen wußte er ohnehin genau, was drinstand.

Camilla sah sich außerstande, ohne großen Bahnhof zu verreisen, ganz gleich wohin. Ihrer Ankunft eilte stets eine wahre Flut von Mitteilungen und Erinnerungshilfen voraus, die ihre üblichen Anweisungen ergänzten (eine Litanei, die mit: »Ich beziehe prinzipiell kein rosafarbenes Zimmer« begann und jede einzelne ihrer Marotten beschrieb, von der Größe der Kohlensäureperlen im Mineralwasser bis hin zur Farbe des Frischblumengestecks). Darüber hinaus begleiteten Bulletins von der Art, wie es Andre nun im sonnigen, begrünten Innenhof des Hotels las, jede Etappe in Camillas Routen- und Terminplanung. Hinter ihrem Rücken wurden diese Kommunikationsbruchstücke als »Hofkommuniqués« bezeichnet, nach der Kolumne in der *London Times*, die alle offiziellen Verpflichtungen der Queen und der königlichen Familie auflistete.

Mittwoch. Concorde morgens nach Paris, Anschlußflug mit Air France nach Nizza. Abholer LimoAzur Nizza Flughafen, Fahrt zum Colombe d'Or, Abendessen mit Andre.

Donnerstag. Tag mit Fürstin Ospaloff. Air Inter 17 Uhr nach Paris. Abholer LimoEiffel Flughafen Orly, Fahrt zum Ritz, Abendessen mit Vicomtesse d'Andouillette.

Freitag. Tag bei Beaumont, Avenue Foch. Mittagessen mit Gilles im L'Ambroisie. Drinks im Crillon mit...

Und so ging es weiter, ein ausführlicher Katalog des Selbstwertgefühls, in dem über jede Minute von Camillas Reise Buch geführt, in dem jeder Schluck und jeder Bissen akribisch vermerkt wurde. Wie Noel einmal gesagt hatte, reichte bereits das Lesen des Terminkalenders aus, um einen normalen Menschen völlig zu entkräften. Andre, der die Seite überflog, konnte regelrecht den dumpfen Aufprall der Namen hören, die man *en passant* fallenließ, um zu zeigen, wie wichtig man war. Es gab Zeiten, wo er Camilla nur mit Mühe amüsant finden konnte. Kopfschüttelnd steckte er das Fax in die Tasche.

Er verbrachte einen abwechslungsreichen Tag, eine Mischung aus Vergnügen und Arbeit: Besuch der Fondation Maeght und der Matisse-Kapelle, ein spätes Mittagessen in Vence, im Freien genossen; Rückkehr zum Haus der alten Dame, um weitere Außenaufnahmen zu schießen, dieses Mal mit dem Licht aus der westlichen Himmelsrichtung. Wieder im Hotel angekommen, duschte er und zog sich um, bevor er sich mit seinem alten und zerfledderten Exemplar von M. F. K. Fishers *Two Towns in Provence* in die Bar setzte.

Das Geschäft an diesem Abend war flau. Ein Pärchen, das sich die größte Mühe gab, keine Schuldgefühle erkennen zu lassen, trank in einer schummrigen Ecke Champagner, ihre Hände und Knie berührten sich unter dem Tisch. Ein Mann am Tresen lieferte dem Barmixer einen düsteren Monolog über den wachsenden Einfluß von Jean-Marie Le Pen, seines Zeichens Chefideologe der extremen Rechten Frankreichs; seine Ausführungen wurden gelegentlich mit einem automatischen Kopfnicken seines gelangweilten, professionellen Zuhörers belohnt. Aus dem Restaurant war der

Knall eines Korkens zu vernehmen, der aus der Flasche gezogen wurde. Draußen senkte sich rasch die Dämmerung herab, und die Lichter im Innenhof gingen an.

Das monotone Tuckern eines Motors im Leerlauf veranlaßte Andre, von seiner Lektüre aufzublicken; er sah, daß ein Mercedes im Schrittempo an der Einfahrt zum Hof vorübergefahren war und angehalten hatte. Der Chauffeur öffnete den Schlag, und heraus stieg Camilla, von Kopf bis Fuß in Chanel gehüllt. Sie erteilte ihre Anweisungen in die Nachtluft, während sie mit klappernden Absätzen über den Steinboden trippelte.

»Das Gepäck bitte in mein Zimmer, Jean-Louis, und achten Sie darauf, daß der Kleidersack *aufgehängt* ist. Wir sehen uns morgen nachmittag um Punkt vier, an der gleichen Stelle. *Comprenez*?« In diesem Augenblick entdeckte sie Andre, der ihr aus der Bar entgegeneilte. »Ah, da bist du ja, Schätzchen. Sei ein Engel und gib Jean-Louis ein Trinkgeld, ja? Ich erkundige mich nur schnell, ob Nachrichten für mich hinterlassen wurden.«

Der Chauffeur kümmerte sich um das Gepäck. Andre kümmerte sich um den Chauffeur. Camillas argwöhnische Stimme hallte laut in der Empfangshalle wider. »Aber das ist unmöglich. *C'est impossible.* Sind Sie absolut sicher, daß nichts für mich da ist?« Andere Mitglieder des Personals wurden herbeizitiert und einem strengen Verhör unterzogen. Das ganze Hotel begab sich auf Schnitzeljagd.

Andre schnappte sich zwei Speisekarten aus dem Restaurant und verzog sich wieder in die Bar. Bemerkenswert, wie schnell eine einzige, zu allem entschlossene Person den Frieden eines ganzen Hauses zu stören vermochte. Er bestellte einen weiteren Kir für sich selbst und, in der Hoffnung, daß er Camillas derzeit bevorzugtes Tafelwasser richtig erinnerte, eine Flasche Badoit.

Schließlich rauschte sie zur Tür herein, nahm mit einem tiefen Seufzer Platz und zog ein Päckchen Zigaretten aus der Handtasche. »Was für ein Tag! Ich sehe bestimmt aus wie ein altes Weib.« Sie schlug die Beine übereinander und lehnte sich zurück, darauf wartend, daß Andre ihr vehement widersprach.

»Keine Sorge, ein gutes Essen wirkt wahre Wunder.« Andre

lächelte und reichte ihr die Speisekarte. »Das Lamm ist hier ausgezeichnet. Schön zart und rosig.«

»O Gott, bitte hör auf! Weißt du, wie lange Fleisch unverdaut im Dickdarm verbleibt? Mehrere Tage! Aber nun mußt du mir erst einmal alles haarklein erzählen. Wie war die Fürstin?«

Andre schilderte das kurze Zusammentreffen, während Camilla an ihrem Wasser nippte und, sorgsam darauf bedacht, den Rauch nicht zu inhalieren, an ihrer Zigarette paffte. Der lange Flug schien keinerlei Spuren bei ihr hinterlassen zu haben, sie wirkte hellwach und konzentriert, stellte Fragen, plante die Arbeit für den nächsten Tag. Ihre Energie hielt an, während sie sich den Salat Niçoise einverleibte, der ihr ganzes Abendessen darstellte. Andre dagegen spürte, wie er, eingelullt von gegrilltem Lamm und Rotwein, zunehmend schläfriger wurde.

»Du siehst blaß und abgespannt aus, Schätzchen«, sagte sie, als die Rechnung kam. »Möchtest du ins Bett gehen?« Der Ober, dessen Englischkenntnisse die wichtigsten Bereiche des Lebens abdeckten, zog die Augenbrauen hoch und schürzte die Lippen.

Andre sah sie an. Sie erwiderte seinen Blick mit einem angedeuteten Lächeln, das ihre Augen gleichwohl nicht erreichte. Er hatte das unangenehme Gefühl, daß sie soeben eine Einladung ausgesprochen hatte. Wenn man dem Büroklatsch Glauben schenken konnte, hatte Camilla eine Liaison mit einem reichen Liebhaber und dann und wann zusätzlich heimliche Schäferstündchen mit Garabedian. Warum nicht die Sammlung gelegentlich mit einem Fotografen vervollständigen? Das waren die kleinen Annehmlichkeiten einer Verlegerin, die sich auf Reisen befand.

»Ein solches Angebot habe ich schon seit Wochen nicht mehr erhalten.« Er lachte, und der heikle Augenblick ging vorüber. »Noch Kaffee?«

Camilla warf ihre Serviette nachlässig auf den Tisch und erhob sich. »Wir sehen uns morgen früh um acht. In der Lobby.«

Andre sah ihr nach, als sie das Restaurant verließ, eine Frau, die abgeblitzt war. Er fragte sich, ob er mit diesem Affront sein Spesenkonto gefährdet hatte.

3

Pünktlich auf die Minute stand Andre vor dem Hoteleingang und inspizierte den Morgen. Abgesehen von ein paar spärlichen, zerklüfteten Wolken, die hoch am Himmel über die Hügellandschaft drifteten, war die weitläufige Wölbung des Firmaments strahlend blau. Der heutige Tag versprach ebenso schön zu werden wie der gestrige. Er überquerte die Terrasse und blickte auf den Swimmingpool hinunter, an einer Seite von dicht nebeneinander gepflanzten, wie Soldaten in Reih und Glied ausgerichteten Zypressen geschützt, während das andere Ende des Beckens von einem schauerlichen Mobile des Bildhauers Calder bewacht wurde. Das Pärchen, das er am Vorabend in der Bar gesehen hatte, tummelte sich im bereits beheizten Wasser, lachte und spritzte sich gegenseitig naß, ausgelassen wie Kinder. Andre dachte, wie schön es wäre, wenn er einen so strahlenden Tag wie diesen mit einer Frau an seiner Seite teilen könnte. Was freilich kein Wunschdenken war, denn sie nahte bereits.

»Aha, da steckst du also, Schätzchen. Ich hoffe, du hast deine Instamatic gerüstet. Wo ist der Wagen?« Camilla stand in nachlässiger Pose im Innenhof, die eine Hand locker an die Krempe des Strohhuts gelegt, der diesen Sommer ein absolutes Muß für die modebewußte Frau sein würde. Sie trug Arbeitskleidung, wie sie es zu nennen beliebte – Schuhe mit mittelhohen Absätzen und ein schlichtes Armani-Kostümchen –, und ihre Laune schien auf das Wetter abgestimmt. Ziemlich erleichtert konstatierte Andre, daß er ihre Signale am Vorabend offenbar falsch gedeutet hatte.

Auf dem Weg nach Saint-Jeannet erzählte sie ihm, daß sie Ikonen, wie alles Russische, absolut himmlisch finde. Wären sie auf dem Weg zu einem Schloß in Bayern oder einem Palazzo in Venedig gewesen, hätte sie die gesamte deutsche oder italienische Kunst und Kultur als himmlisch bezeichnet. Für sie war das eine Art Lockerungsübung, Vorbereitung auf das Umgarnen ihrer Opfer.

Und genau das tat sie den ganzen Morgen. Sie brach bei jeder Kleinigkeit in Jubelrufe aus, angefangen bei der eleganten, wenn auch leicht schäbigen Schlichtheit des altehrwürdigen Hauses – »Der Reiz des Unverbildeten, Schätzchen. Wunderbar, dieses sparsame architektonische Skelett. Es gewährleistet, daß der Sinn für das Wesentliche geschärft wird« – bis zu den Ikonen selbst, die in ihrer Anzahl beschränkt, aber wunderbar waren. Während Camilla ihrer Begeisterung Ausdruck verlieh und ihr Interview führte, machte Andre Fotos, und um die Mittagszeit hatte er das Gefühl, seinen Auftrag erledigt zu haben. Bei den Aufnahmen, die er sich für den Nachmittag aufgespart hatte, würde er ein wenig experimentieren können.

Die alte Dame hatte in der Küche einen kleinen Imbiß für sie hergerichtet, und hier wurden Camillas unerschütterlich gute Laune und ihr Talent für Schmeicheleien einem Härtetest unterzogen. Es war ein frugales Mahl, das Andre mit Freuden jeden Tag genossen hätte: pralle, schwarzglänzende Oliven, Radieschen mit schneeweißer Faßbutter, deftiges Landbrot, das kräftiges Kauen erforderte, ein Krug Rotwein und, mit großer Sorgfalt und Förmlichkeit in hauchdünne Scheiben geschnitten, eine wunderbar feste, rosige *saucisson*.

Andre hielt der alten Frau den Teller entgegen, damit sie ihm auftat. »Was für ein Luxus«, seufzte er. »So etwas in Amerika zu finden ist schier unmöglich. Wahrscheinlich sind solche köstlichen Hartwürste drüben verboten.«

Die alte Dame lächelte. »Wie ich gehört habe, scheint das auch für einige französische Käsesorten zu gelten. Was für ein seltsames Land dieses Amerika sein muß.« Sie wandte sich an Camilla. »Haben Sie auch genug, Madame? Ein Erzeugnis aus Arles, diese *saucisson.* Ein Teil Rind, ein Teil Schwein, ein Teil Eselsfleisch. Angeblich verleiht ihr erst das Eselsfleisch den charakteristischen Geschmack.«

Camillas Lächeln gefror. Das Mittagessen war für sie ohnehin eine Nervenzerreißprobe ohne Badoit – es gab überhaupt kein Wasser, außer dem höchst suspekten Naß, das aus dem Hahn in der Küche kam – und ohne Salat, aber dafür mit einer Katze, die mitten auf dem Tisch neben dem Weinkrug thronte. Und nun auch noch Eselsfleisch. Ungeachtet der Gefahr, ihren Verdauungstrakt einem traumatischen Erlebnis auszusetzen, hatte sie sich, aus reiner Höflichkeit und mit Blick auf das übergeordnete Wohl der Zeitschrift, gezwungen, eine Scheibe Wurst herunterzuwürgen. Aber *Esel.* Esel war mehr, als sie verkraften konnte.

Andre blickte auf, nahm ihr erstarrtes Gesicht und ihre glasigen Augen wahr und erkannte, daß sie nach Worten rang. Einen solchen Zustand hatte er bei ihr nie zuvor erlebt, und er staunte um so mehr über seine Wirkung, denn er verwandelte sie in ein menschenähnliches Wesen. Er beugte sich zu der alten Dame hinüber.

»Es tut mir leid, aber ich vergaß zu erwähnen, daß Madame – meine Kollegin – Vegetarierin ist.« Er konnte es sich nicht verkneifen, hinzuzufügen: »Sie hat einen außerordentlich empfindlichen Dickdarm.«

»Ah bon?«

»Ja, furchtbar, nicht wahr? Der Arzt hat ihr verboten, rotes Fleisch zu essen, egal woher. Vor allem aber Eselsfleisch, das bei empfindlichem Gewebe besonders verheerende Folgen hat.«

Die alte Frau nickte ernst. Beide blickten Camilla an, deren Gesicht einen Ausdruck tiefen Bedauerns annahm. »Dieser gräßliche Dickdarm«, sagte sie. »Eine wahre Plage.«

Das Angebot, kalte Nudeln und gepökelten Dorsch als Ersatz auf den Tisch zu stellen, folgte auf dem Fuß, ebenso Camillas Abwinken – sie erklärte, sie sei mehr als zufrieden mit Oliven und Radieschen –, und bald war die Vesper vorüber. Nur die Katze blieb auf dem Tisch hocken, in der Hoffnung, sich mit den Überresten der Wurst aus dem Staub zu machen, sobald die Eindringlinge die

Stühle zurückschoben und sich wieder an die Arbeit machten. Eigentlich blieb nicht mehr viel zu tun. Andre stellte die Ikonen mehrmals um, fotografierte sie vor den verschiedensten Hintergrundmotiven – Steinquader, verblaßter Verputz, ein hölzerner Fensterladen – und entlockte der alten Frau ein Lächeln, das sie unerwartet jung erscheinen ließ, als er ein Porträtfoto von ihr machte, wie sie neben einer der beiden Katzen auf einem niedrigen Steinmäuerchen saß. Camilla machte sich Notizen und murmelte ununterbrochen in ihr tragbares Diktiergerät. Am Nachmittag gegen drei waren sie fertig.

Als sich der Wagen entfernte und den Hügel hinauffuhr, zündete sich Camilla eine Zigarette an und blies den Rauch mit einem langen, dankbaren Seufzer aus dem Fenster. »Du meine Güte, ausgerechnet Eselsfleisch. Wie kann man so etwas essen?«

»Es war sehr schmackhaft.« Andre bremste, als ein schlammfarbener Hund seelenruhig den schmalen Schotterweg überquerte und am Straßenrand innehielt, um mit gebleckten Zähnen höhnisch das Auto anzustarren, bevor er in den völlig überwucherten Graben sprang. »Da solltest du erst einmal Kutteln probieren. Das ist eine Herausforderung, die diesen Namen verdient.«

Camilla schauderte. Bisweilen fand sie die Franzosen – oder zumindest die französische Landbevölkerung, natürlich nicht ihre lieben, kultivierten Busenfreunde in Paris – widerwärtig und ungehobelt, was ihre Eßgewohnheiten betraf. Und was noch schlimmer war, sie genossen es in gleichem Maß, über ekelerregende Zutaten zu sprechen, wie sie zu verzehren – Mägen und Schweinebäuche, Kaninchenköpfe und Schaffüße, die obskuren Gabelbissen in Gelee oder die ebenso vielfältigen wie unappetitlichen Varianten von Speisen, die Fleischabfälle oder Innereien enthielten. Schauderhaft.

»Übrigens, Schätzchen, wann fliegst du zurück nach New York?«

Nun war die Reihe an Andre zu erschaudern. Er hatte nicht die mindeste Lust, den Frühlingsbeginn hier gegen das bittere Ende des Winters in Manhattan einzutauschen. »Irgendwann am Wochenende, schätze ich. Ich hatte vor, morgen nach Nizza zu fahren und Aufnahmen von Alziari und Auer zu machen.«

»Die Namen sagen mir nichts. Sind das Leute, die man kennen sollte?«

»Das sind Läden.« Andre passierte das Ortsschild von Saint-Paul und hielt in der Parkbucht vor dem Hotel. »Mit einer wunderbaren Fassade. In dem einen werden Oliven und Olivenöl, in dem anderen köstliche Marmeladen verkauft.«

Beides war uninteressant für Camilla, die in Oliven oder Marmelade keinerlei Nutzen auf der gesellschaftlichen Ebene zu entdecken vermochte. Als sie aus dem Wagen stieg, blickte sie sich suchend um, dann nickte sie hoheitsvoll einem Mercedes zu, der am anderen Ende der *place* parkte. »Da ist ja der gute Jean-Louis. Sag ihm bitte, er möchte hereinkommen und mein Gepäck holen, ja? Ich erkundige mich in der Zwischenzeit, ob irgendwelche Nachrichten für mich eingetroffen sind.«

Das hektische Ritual, das Camillas Abreise zum Flughafen begleitete, nahm die folgenden fünfzehn Minuten in Anspruch: Unter dem wachsamen Blick des Gendarmen wurden Koffer und Reisetaschen zum Mercedes geschleppt und verstaut; die Dienste eines Zimmermädchens wurden erbeten, das unter Camillas Bett nach einem fehlenden Ohrring fahnden mußte; dann galt es, auf den letzten Drücker ein Fax nach New York zu schicken; der Flughafen wurde angerufen, um die Bestätigung zu erhalten, daß die Maschine auch wirklich pünktlich starten werde; und Trinkgelder und Höflichkeitsfloskeln machten die Runde. Zum Schluß stand das Personal Spalier und entbot Camilla mit einem kollektiven Seufzer einen Abschiedsgruß, während es zusah, wie sie den Hof überquerte und im Fond des Wagens Platz nahm. Sie blickte Andre durch das geöffnete Fenster an.

»Du wirst doch auch bestimmt dafür sorgen, Schätzchen, daß die Dias spätestens Dienstag in meinem Büro sind, ja? Die neue Ausgabe geht nächste Woche in Druck.« Und dann, ohne eine Antwort abzuwarten: »Ciao.«

Damit wurde das Fenster geschlossen, und Camilla fuhr ihrem nächsten Vorhaben entgegen: Paris im Sturm zu erobern. Andre, der hoffte, daß der Nachtportier im Ritz für den bevorstehenden

Angriff gewappnet war, beobachtete, wie sich der Mercedes vorsichtig die schmale Gasse hinaufmanövrierte und das Dorf hinter sich ließ.

Nun stand ihm der ungeheure Luxus eines freien Abends zur Verfügung, und auch der ganze nächste Tag gehörte ihm allein. Nachdem er geduscht hatte, begab er sich mit seiner Straßenkarte in die Bar hinunter, einer zerknitterten, zerfledderten, vergilbten Michelin 245, die sich seit dem Studium in seinem Besitz befand, und breitete sie auf dem Tisch neben seinem Kir aus. Die 245 war seine bevorzugte Orientierungshilfe, ein Andenken an gefühlsträchtige Reisen, eine Landkarte der Erinnerungen. Die meisten langen Ferien während des Sommersemesters hatte er in den geographischen Breiten verbracht, die sie umfaßte, zwischen Nîmes und der Camargue im Westen bis zur italienischen Grenze im Osten. Und es war eine schöne Zeit gewesen, trotz des chronischen Geldmangels und der ständigen Komplikationen in seinem Liebesleben. Er dachte an jene Zeiten zurück, Zeiten, in denen, wie es ihm rückblickend vorkam, immer die Sonne geschienen hatte: der billige Landwein für fünf Francs hatte wie ein teurer Château Latour gemundet, die preiswerten Hotels abseits der Hauptverkehrsstraße waren sauber und einladend, und stets hatte ein sonnengebräunter Körper neben seinem gelegen, sich dunkel gegen die weißen Laken abhebend. Hatte es damals je geregnet? War es wirklich so gewesen? Wahrscheinlich nicht. Wenn er ehrlich war, konnte er sich kaum an die Namen seiner Begleiterinnen erinnern.

Als er den Kir in die Hand nahm, tropfte die Kondensationsflüssigkeit vom Boden des Glases auf das Mittelmeer, just südlich von Nizza. Sie verwischte die gepunkteten Linien, welche die Routen der Fähren nach Korsika markierten, und als sich der Fleck bis zur Spitze von Cap Ferrat ausbreitete, löste er eine andere Erinnerung aus, dieses Mal jüngeren Datums. Gegen Ende des letzten Sommers hatte er zwei Tage auf dem Cap verbracht und Aufnahmen gemacht, in einer Luxusvilla – Camillas Beschreibung, im Flüsterton, lautete »Bourgeois-sur-mer, Schätzchen« –, die den Denoyers gehörte, einer Familie, die zum alten Geldadel zählte und seit den Tagen Bonapartes in aller Stille ihren Reichtum pflegte. Der Auftrag, Uniformen für die zahlreichen Armeen Napoleons zu schneidern, hatte die Manufaktur der Denoyers im Lauf der Jahrhunderte zu einem Mammutunternehmen ausgeweitet, das mit großem Erfolg eine breitgefächerte Palette von Textilien an eine ebenso breitgefächerte Palette staatlicher Einrichtungen verkaufte. Das derzeitige Familienoberhaupt, Bernard Denoyer, hatte einen gutgeführten Betrieb geerbt, der wenig von seiner Zeit beanspruchte, ein Privileg, das er voll ausschöpfte. Andre erinnerte sich, daß er den Mann sympathisch gefunden hatte. Er erinnerte sich auch, daß ihm die Tochter gleichermaßen gefallen hatte.

Fotos von Marie-Laure Denoyer erschienen regelmäßig in den französischen Boulevardzeitschriften, die auf Zack waren. Je nach Jahreszeit konnte man sie in Longchamps sehen, wie sie mit einem der Jockeys ihres Herrn Papa plauderte, oder auf den Pisten von Courcheval, beim Rotkreuzball in Monte Carlo, herrlich ausstaffiert, mit einem bezaubernden Lächeln und immer umringt von einer Traube hoffnungsvoller junger Galane. Ein anmutiger, grazi-ler Blondschopf Anfang Zwanzig, mit dem permanent hellgoldenen Teint eines Menschen, der nie lange die Sonne entbehren muß, war sie überraschend normal für eine Tochter aus reichem Haus. Lebhaft, freundlich und allem Anschein nach ungebunden. Camilla hatte sie auf Anhieb nicht ausstehen können.

Andre beschloß, seine Pläne zu ändern. Statt am nächsten Morgen nach Nizza zu fahren, würde er einen Abstecher nach Cap Ferrat und den Denoyers seine Aufwartung machen. Mit einem bißchen Glück hatte Marie-Laure zum Mittagessen vielleicht noch keine Verabredung getroffen. Er trank seinen Kir aus und eilte beschwingt ins Restaurant, da sein Appetit durch die Vorfreude auf das, was der nächste Tag bringen mochte, höchst angeregt war.

Cap Ferrat, elegant mit Palmen und Pinien verbrämt, makellos instand gehalten und wahnwitzig teuer, gehört seit langem zu den ersten Adressen an der Côte d'Azur, wo alles absteigt, was Rang und

Namen hat. Die Landzunge ragt östlich von Nizza ins Mittelmeer; die Villen der Prominenten und Jet-Set-Mitglieder sind abgeschirmt durch hohe Mauern und blickdichte Hecken, geschützt durch hohe schmiedeeiserne Tore und durch ein gutgepolstertes Bankkonto vom gemeinen Fußvolk abgeschottet. Zu den ehemaligen Residenten zählen König Leopold II. von Belgien, der Schriftsteller Somerset Maugham und die frisurbewußte Baronesse Beatrice de Rothschild, die nicht ein einziges Mal ohne einen Schrankkoffer mit fünfzig Perücken ins Ausland reiste.

Die meisten der Bewohner aus heutiger Zeit, die demokratischer, aber auch gefahrvoller ist, ziehen es vor, ungenannt, unerkannt und unbehelligt zu bleiben, und Cap Ferrat ist eine der wenigen Ortschaften entlang der Küste, die ihnen gestattet, sich dem Gedränge und Getöse des Massentourismus zu entziehen. Eines der ersten Dinge, die ein aus Nizza kommender Besucher bemerkt, ist das Fehlen jedweden Trubels. Selbst die Rasenmäher, die man hinter Mauern und Hecken hört, aber nicht sieht, klingen gedämpft und ehrerbietig, als wären sie mit Schalldämpfern ausgestattet. Man entdeckt nur wenige Fahrzeuge auf den Straßen, und sie bewegen sich langsam, beinahe träge, ohne jedes Anzeichen von Konkurrenzbewußtsein und Dringlichkeit, welche den französischen Fahrer in aller Regel kennzeichnen. Es herrscht eine Atmosphäre stiller Beschaulichkeit. Man kann sich des Gefühls nicht erwehren, daß die Menschen, die hier leben, es nie eilig haben.

Andre fuhr den Boulevard General de Gaulle entlang, am Leuchtturm vorüber und bog in eine schmale Privatstraße ein, eine Sackgasse, die zur Spitze der Landzunge führte. Am Ende der Straße begann das Anwesen der Familie Denoyer, umfriedet von einer drei Meter hohen Steinmauer und einem unverwüstlichen, schmiedeeisernen Flügeltor, mit dem Familienwappen geschmückt. Jenseits des Tores fiel das Land steil ab. Die terrassenförmig angelegten Rasenflächen wurden von einer mehr als hundert Meter langen, von Palmen gesäumten Auffahrt zweigeteilt, die hinter einem reichverzierten Springbrunnen und vor einer pompösen Eingangstür in einen Wendekreis mündete. Die Hanglage ermöglichte dem Betrachter, über den Dachfirst hinweg einen silbernen Streifen des Mittelmeers zu erspähen. Andre erinnerte sich, wie Denoyer ihn durch einen unterirdischen Gang vom Garten hinunter zum Bootshaus und zum Privatstrand geführt hatte, wobei er Bemerkungen über das Problem der Erosion und die hohen Kosten des Sandes machte, der jedes Frühjahr zur Freude seiner Gäste aufgeschüttet wurde.

Andre stieg aus dem Wagen und rüttelte am Tor; es war verschlossen. Er spähte durch die eisernen Gitterstäbe auf das Gebäude unter ihm. Soweit sein Blick reichte, waren die Fensterläden geschlossen, und er mußte wohl oder übel das Offensichtliche akzeptieren: Die Denoyers waren nicht zu Hause. Es war zu früh im Jahr; sie befanden sich zweifellos noch hoch droben auf irgendeiner Alm oder lagen bäuchlings am Strand, wobei Marie-Laure ihre Sonnenbräune auffrischte.

Mit einem leisen Gefühl der Enttäuschung drehte er sich um und schickte sich gerade an, wieder in seinen Wagen zu steigen, als er aus dem Augenwinkel sah, wie sich die Eingangstür an der Vorderseite des Hauses öffnete. Die Gestalt eines Mannes erschien auf der Schwelle, der etwas vor sich hertrug. Der Gegenstand war ein Rechteck, ein farbenprächtiges Rechteck, und der Mann hielt es in einigem Abstand vom Körper entfernt, vorsichtig wie ein rohes Ei, als er den Kopf umdrehte und den Blick zur Seitenfront des Hauses schweifen ließ.

Neugierig geworden, kniff Andre die Augen zusammen, aber er war außerstande, in der grellen Sonne Einzelheiten auszumachen. Und dann fiel ihm plötzlich seine Kamera ein. Er hatte sie auf den Beifahrersitz gelegt und das Teleobjektiv aufgeschraubt für den Fall, daß er unterwegs auf ein interessantes Motiv stieß, eine Gewohnheit, die er sich schon vor Jahren zu eigen gemacht hatte. Er holte die Kamera aus dem Wagen und stellte den Fokus ein, bis die Gestalt an der Tür scharf und klar zu erkennen war. Und ihm, mit einemmal, vertraut erschien.

Andre erkannte den alten Claude (er hatte diesen Spitznamen erhalten, um ihn vom jungen Claude zu unterscheiden, dem Obergärtner). Seit zwanzig Jahren fungierte der alte Claude als *homme à tout faire*, als Mädchen für alles. Er war Faktotum, Verwalter, Bote, Chauffeur für die Gäste, die vom Flughafen abgeholt oder zum Flughafen gebracht werden mußten, Aufseher des Hauspersonals, Wächter des Rennboots, kurzum: ein unverzichtbares Mitglied des Haushalts. Während der Aufnahmen hatte er sich als ebenso gutmütig wie nützlich erwiesen und geholfen, Möbel zu verrücken oder die Beleuchtung in den Räumen den fotografischen Erfordernissen anzupassen. Andre hatte ihm scherzhaft vorgeschlagen, ihn als Assistenten zu beschäftigen. Doch was zum Kuckuck hatte er mit dem kostbaren Gemälde im Sinn?

Denn auch das war ihm vertraut: ein Cézanne – ein altes Familienerbstück, eine wundervolle Studie, die sich einst im Besitz Renoirs befunden hatte. Andre erinnerte sich genau, wo sie damals hing, nämlich über dem reichverzierten offenen Kamin im großen Salon. Camilla hatte auf einer Nahaufnahmen-Serie bestanden, um die hinreißende Pinselführung einzufangen, wie sie sagte, obwohl sie später in ihrem Artikel keine einzige Nahaufnahme verwendet hatte.

Der Intuition des Fotografen und einer raschen Überlegung im gleichen Maße gehorchend, schoß Andre mehrere Fotos von Claude auf der Türschwelle, bevor dessen Gestalt von einem kleinen Lieferwagen verdeckt wurde, der um den Seitentrakt des Hauses bog und direkt vor ihm hielt. Es war ein herkömmlicher, schmutzigblauer Renault von der Sorte, wie man sie in jedem französischen Provinznest zu Hunderten sieht. Eine schmale Aufschrift an der Fahrertürseite wies ihn als Eigentum der Firma *Zucarelli Plomberie Chauffage* aus, und als Andre das Geschehen durch die Linse der Kamera beobachtete, stieg der Fahrer aus, öffnete die Heckklappentüren des klapprigen Vehikels und holte einen großen Pappkarton nebst einer Rolle Luftblasenfolie heraus. Claude tappte vorsichtig zu ihm hinüber.

Die beiden Männer verpackten das Bild sorgfältig in Folie und legten es in den Karton. Dann wurde der Karton behutsam im Lieferwagen verstaut. Die Heckklappentüren wurden geschlossen und die Männer verschwanden im Haus. Der ganze Vorgang war auf Film festgehalten.

Andre setzte die Kamera ab. Was mochte das alles bedeuten? Um einen Einbruch handelte es sich höchstwahrscheinlich nicht, nicht am hellichten Tag und vor allem nicht in Gegenwart von Claude, der das volle Vertrauen der Familie genoß und seit zwanzig Jahren treu in ihren Diensten stand. Wurde das Gemälde zum Reinigen gebracht? Oder sollte es neu gerahmt werden? Doch warum transportierte man es dann im Fond eines Lieferwagens, der einer Installationsfirma gehörte? Merkwürdig. Sehr merkwürdig.

Doch wie Andre sich eingestehen mußte, ging ihn das eigentlich nichts an. Er kehrte zu seinem Wagen zurück und fuhr langsam durch das blitzsaubere, achtbare und verschlafene Cap Ferrat, bis er die Küstenstraße erreichte, die ihn nach Nizza bringen würde.

Trotz seines anfänglich nagenden und ziemlich ungerechtfertigten Gefühls der Enttäuschung – Marie-Laure hätte sich höchstwahrscheinlich ohnehin nicht an ihn erinnert oder sich bei näherer Bekanntschaft doch als verzogenes Gör entpuppt – stellte Andre fest, daß er den freien Tag genoß. Im Gegensatz zur Filmmetropole Cannes, die nach den Festspielen und dem Massenexodus der Touristen erschlafft und in eine Art Winterschlaf verfällt, wirkt Nizza das ganze Jahr über quicklebendig. Die Restaurants bleiben ganzjährig geöffnet, es werden Markttage abgehalten, auf den Straßen herrscht reges Treiben, und die Promenade des Anglais ist ein Kreuzungspunkt der Jogger, die ihre schweißtreibenden Laufübungen gerne mit Meerblick absolvieren. Der Verkehr auf den Straßen rauscht knatternd und fauchend dahin, die Stadt atmet und schwitzt und lebt.

Andre schlenderte durch die Straßen von Vieux Nice und machte an der Place-Saint-François halt, um einige frisch umgesiedelte Mittelmeerbewohner zu bewundern, die nun auf den Stein- und Holzplatten der Verkaufsstände auf dem Fischmarkt zur Schau gestellt wurden. Er setzte sich an einen Tisch im Freien, trank ein Bier im Cours Saleya und benutzte sein Teleobjektiv, um Aufnahmen von den Standinhabern und ihrer geschätzten Kundschaft zu machen, den Hausfrauen aus der Umgebung, die etwas von der Qualität der Salatköpfe und breiten Bohnen und vom Feilschen verstanden. Nach einem Imbiß, bestehend aus *moules* – köstlichen kleinen Venusmuscheln –, Salat und Käse, verknipste er drei oder vier Farbfilme im Auer und Alziari, erstand eine Flasche Lavendelessenz für Noel und – er lächelte, als er sich die Trägerin darin vorstellte – eine echte Baskenmütze für Lucy, in den Pyrenäen gefertigt, garantiert *imperméable-à-l'eau*. Und nichts ging in New York über eine garantiert wasserfeste Kopfbedeckung.

Auf der Rückfahrt nach Saint-Paul begann es zu regnen, ein stetiger, leichter Nieselregen, der die ganze Nacht bis zum nächsten Morgen andauerte. Der Wetterumschwung kam Andre nicht ungelegen. Es fiel ihm jedesmal schwer, Südfrankreich zu verlassen, doch war der Abschied noch herzzerreißender, wenn die Sonne hoch und heiß am Himmel stand; bei grauem Himmel und Schauern empfand er die Trennung als weniger qualvoll.

Die Palmen entlang der Straße zum Flughafen schienen sich unter dem Trommelfeuer des Regens naß und niedergeschlagen zusammenzukauern. Schließlich wichen sie der Glas-, Stahl- und Betonlandschaft des Terminals. Andre brachte seinen Leihwagen zu Avis zurück und stellte sich am Check-in-Schalter an, hinter der Schlange von Geschäftsleuten (waren das etwa die gleichen müden Zigeuner, die mit ihm zusammen von New York herübergeflogen waren?) und vereinzelten Urlaubern mit sonnengeröteten Wangen und Nasen.

»Hallo! Wie geht's?«

Andre drehte sich herum und entdeckte seine Sitznachbarin mit der Fensterphobie vom Hinflug, die ihn mit einem strahlenden Lächeln bedachte. Er erwiderte das Lächeln und nickte ihr zu. Das war ihr offenbar nicht genug.

»Na so ein Zufall. Wie war Ihr Kurzurlaub? Ich wette, Sie haben phantastisch gegessen. Ich war in einem hervorragenden Lokal in Cannes, vielleicht kennen Sie es, irgendwas mit Rouge. Warten Sie, ich habe irgendwo eine Visitenkarte.« Sie kramte in ihrer Umhängetasche und zog einen dickbauchigen Terminplaner heraus. Die

Schlange rückte auf. Andre betete im stillen, daß der Flug ausgebucht und ihm ein Sitz in sicherer Entfernung von seiner neuen Freundin zugedacht war.

4

Spätnachmittag am New Yorker JFK-Flughafen: die Sonne ein roter Feuerball, der am Horizont versank, die Luft schneidend kalt wie ein Messer, der schmutziggraue Schneematsch, am Straßenrand zu Böschungen aufgetürmt, ein deprimierender Gegensatz zu den farbenprächtigen Blumenrondellen in Nizza. Andre kratzte einen fahlgrünen Kaugummiklumpen vom Sitz des Taxis, bevor er einstieg, und versuchte, sich dem Fahrer verständlich zu machen. Es war ein ereignisloser und zum Glück ausgebuchter Flug gewesen, die einzige Abwechslung ein Film, in dem einer der stereotypen Leinwandhelden nach Hollywood-Manier den übrigen Darstellern das Lebenslicht ausgeblasen hatte. Ermutigung genug für Andre, die Augen zu schließen und nachzudenken.

Die Szene vor Denoyers Anwesen ließ ihn nicht los und gab ihm auch jetzt noch Rätsel auf. Es paßte irgendwie nicht zusammen, daß ein unschätzbar wertvolles Gemälde im Lieferwagen einer ortsansässigen Handwerkerfirma abtransportiert wurde, wie gut verpackt und achtsam auch immer; er konnte den Gedanken einfach nicht aus seinem Kopf verbannen. Und noch etwas anderes kam hinzu: Die Gegensprechanlage im steinernen Torpfosten war ausgeschaltet gewesen, als er geläutet hatte. Daran wäre nichts Ungewöhnliches gewesen, solange das Haus während der Abwesenheit der Bewohner verschlossen war und niemand sich darin aufhielt, um Besucher nach ihrem Begehr zu fragen. Aber Claude *war* dagewesen. Es sah ganz so aus, als sei die Verbindung zur Außenwelt absichtlich gekappt worden.

Plötzlich konnte er es kaum noch erwarten, sich die Aufnahmen anzusehen, die er gemacht hatte. Fotos waren immer verläßlicher als das Gedächtnis, und er beschloß, ohne Umweg zum Fotolabor zu fahren und den Film entwickeln zu lassen. Er beugte sich vor, um die wirbelnden Strudel und Ströme der Sitar-Musik zu übertönen, die aus dem Autoradio jammerte, und nannte dem Taxifahrer, genauer gesagt der Rückseite des mit einem Turban geschmückten Kopfes, die Adresse.

Es war Abend, schon fast sieben, als er die Tür seines Apartments aufschloß. Er stellte sein Gepäck ab, ging zum Projektor hinüber, der in die Konsole seines Arbeitstisches eingelassen war, und schaltete ihn ein. Der Bildschirm leuchtete auf, flackerte und breitete sich zu einer Oberfläche aus reinem, weißen Licht aus, während er die Diapositive in gestochen scharfen Reihen nebeneinander auf das Glas legte. Die winzigen Bilder sprangen ihm deutlich erkennbar ins Auge: Claude, der Cézanne, der Zucarelli-Lieferwagen und vermutlich Zucarelli selbst. Andre nahm die Dias und ordnete sie chronologisch, so daß sie die Geschichte der Reihenfolge nach erzählten. Die Einzelheiten waren kristallklar zu erkennen, die Einstellung messerscharf, selbst unter der Lupe vergrößert. Als Beweismittel hätten die Aufnahmen nicht aufschlußreicher sein können.

Aber Beweis wofür? Für einen harmlosen Botengang? Andre lehnte sich in seinem Drehstuhl zurück und schüttelte den Kopf. Irgendwie paßte das alles nicht zusammen.

Er starrte auf die Pinnwand über seinem Arbeitstisch, ein kunterbuntes Sammelsurium aus Polaroid-Fotos, Rechnungen, Zeitungsausschnitten, Telefonnummern und Adressen auf Papierfetzen, eine Speisekarte aus dem L'Ami Louis, Spesenformulare, unbeantwortete Einladungen, ungeöffnete Briefumschläge vom Finanzamt und, wie ein Sonnenstrahl inmitten der Düsternis aller unerledigten Nichtigkeiten, ein Foto von Lucy, im Büro. Er hatte einen Schnappschuß von ihr gemacht, als sie gerade mit Camilla telefonierte: Sie hielt den Hörer vom Ohr weg, als sie in die Kamera blickte, und ein strahlendes, triumphierendes Lächeln erhellte ihr

Gesicht. Das war an dem Tag gewesen, als sie sein letztes Honorar mit dem *DQ* ausgehandelt hatte, nebst einer saftigen Zuwachsrate, die Camilla nach langem Hin und Her mit wenig Anstand und viel Getue akzeptierte.

Lulu. Er würde ihr die Fotos zeigen und sehen, was sie dazu sagte, sozusagen eine zweite Meinung einholen. Er griff zum Telefon.

»Lulu? Andre hier. Ich bin gerade zurückgekommen. Ich muß dir unbedingt etwas zeigen.«

»Hast du Probleme? Ist alles in Ordnung?«

»Mir geht's gut. Was hältst du davon, mit mir essen zu gehen?«

»Heute ist Samstag, Andre. Hast du das vergessen? Da haben berufstätige Mädchen abends eine Verabredung und gehen aus.«

»Und wie wär's mit einem Drink? Auf die Schnelle? Es ist möglicherweise sehr wichtig.«

Am anderen Ende der Leitung herrschte Schweigen. »Können wir uns in dem Lokal treffen, in dem ich essen gehe?«

Andre war innerhalb von zwanzig Minuten an Ort und Stelle. Er nahm an der halbleeren Bar Platz und sah sich um. Das letzte Mal, als ihn sein Weg an dem Gebäude vorbeigeführt hatte, vor wenigen Monaten, hatte sich noch ein heruntergekommener Eisenwarenladen darin befunden, der, den Schaufensterauslagen nach zu urteilen, auf verstaubte Kleinarmaturen und tote Fliegen spezialisiert war. Nun hatte man ihn in ein SoHo-Restaurant verwandelt, das wie viele andere hoffte, bei der Schickeria Furore zu machen – mit einer Inneneinrichtung, die auf ein Mindestmaß reduziert worden war, harten Oberflächen und einer so grellen Beleuchtung, daß jeder auch nur entfernt Prominente auf Anhieb vom entgegengesetzten Ende des Raumes erkannt wurde. Die Bedienung – eine strebsame Möchtegernschauspielerin, nach der dicken Schicht Schminke zu schließen – legte das lässige Gebaren und den wiegenden Gang an den Tag, der für ihresgleichen typisch war; auf der Speisekarte schossen, dem Trend entsprechend, die vegetarischen Gerichte ins Kraut, und die Weinliste war mit einem halben Dutzend verschiedenen Mineralwassermarken gebührend entschärft. Die Inhaber schienen an alles gedacht zu haben; es gab also keinen Grund, warum das Lokal nicht wenigstens drei Monate lang der letzte Schrei sein sollte.

Es war noch zu früh am Abend für die erhoffte Invasion der Models samt Troß, und den gewöhnlichen Restaurantbesuchern, die beim letzten Gang angekommen waren, stand die Schicksalsergebenheit einer Klientel ins Gesicht geschrieben, die sowohl von den Preisen als auch vom Personal gründlich eingeschüchtert worden war. Landpomeranzen hätte Camilla sie genannt, die aus New Jersey und den Vorstädten kamen, um einen Abend lang die große weite Welt zu genießen. Bekanntlich tranken sie wenig und knauserten mit dem Trinkgeld, und so wurden sie von den Obern mit einer kühlen Herablassung behandelt, die scharf an der Grenze zu unverblümter Verachtung lag. Auf dem Heimweg würden sie sich mit einer gewissen Häme darüber auslassen, was für ein beinharter und fühlloser Moloch dieses New York doch war.

Andre konnte den Eingang des Lokals im Spiegel hinter der Bar beobachten und hielt jedesmal, wenn die Tür aufging, nach Lucys schwarzem Lockenschopf Ausschau. Als sie endlich eintraf, war er so verdutzt, daß er zweimal hinschauen mußte, so wenig Ähnlichkeit besaß sie mit der ihm vertrauten Büro-Lucy, die er erwartet hatte. Ihre Haare waren mit Gel straff zurückgekämmt und glänzend, was die weichen Konturen ihres schlanken Halses zur Geltung brachte; Augen und Wangenknochen waren mit einer Spur Make-up betont. Sie trug Ohrringe, zwei winzige goldene Knöpfe in jedem Ohrloch, und ein Mini-Trägerkleid aus einem Hauch schwarzer Seide, geschnitten nach der augenblicklichen Mode, die Bedürftigkeit andeutet und nach Möglichkeit so aussieht wie Unterwäsche, der oberen Preisklasse, versteht sich.

Andre stand auf und begrüßte sie mit einem Kuß auf beide Wangen. Er atmete ihren Duft ein, war sich der nackten Schultern unter seinen Händen bewußt, und in seine Freude, sie zu sehen, mischte sich der Wermutstropfen der Eifersucht.

»Ich hätte mir eine Krawatte umgebunden, wenn ich gewußt hätte, daß du dich in Schale schmeißt.« Er zog rasch die Hände weg. »Was möchtest du trinken?«

Lucy sorgte dafür, daß der Barmixer die Stirn runzelte, als sie Rum und Wasser bestellte, ohne Eis; sie nippte hin und wieder an ihrem Drink, während Andre beschrieb, was er auf Cap Ferrat erlebt hatte. Er zeigte ihr die Dias, beobachtete das Wechselspiel von Licht und Schatten auf ihrem Gesicht, als sie diese hochhielt, um sie zu betrachten, und fragte sich, mit wem sie wohl zum Essen verabredet sein mochte. Das Restaurant füllte sich allmählich, und die Bar wurde inzwischen von modebewußten jungen Männern belagert, die mit verstohlenen Seitenblicken die Stoppeln ihrer Dreitagebärte und ihre Haarschnitte verglichen, während sie auf ihre Getränke warteten. Andre hatte das Gefühl, zuwenig Mühe in seine Kleidung und zuviel in seine Rasur investiert zu haben.

»Also? Was hältst du davon?« fragte er. »Das Gemälde muß ein Vermögen wert sein.«

Lucy ordnete die Dias mit ihren langen, scharlachrot lackierten Fingernägeln zu einem kleinen Stapel auf dem Tresen. Andre sah zum ersten Mal, daß sie Nagellack trug. »Ich weiß nicht«, erwiderte sie. »Wenn das ein Raub war, warum haben sie das Bild dann nicht nachts gestohlen? Und warum sind sie mit ihrem Beutegut so lange draußen auf der Treppe stehengeblieben?« Sie trank einen Schluck Rum und lächelte Andre an, als sie sah, daß er die Stirn runzelte. »Hör zu, wenn du dir Sorgen machst, solltest du dich mit Denoyer in Verbindung setzen. Weißt du, wo er sich derzeit aufhält?«

»Kein Problem, das kann ich herausfinden. Aber seltsam ist das Ganze schon, findest du nicht? Du hast recht – ich werde ihn anrufen.« Er steckte die Dias in einen Briefumschlag und sah Lucy, wie er hoffte, mit einer Trauermiene an. »Mutterseelenallein an einem Samstagabend. Die Frau meiner Träume einem anderen versprochen.« Er seufzte, tief und herzzerreißend. »Pizza und Glotze, schmutziges Geschirr. Wenn es ganz schlimm kommt, drehe ich durch und wasche mir die Haare. Vielleicht sollte ich mir eine Katze zulegen.«

Lucy grinste. »Du Unglücklicher, du brichst mir das Herz.«

»Wer ist der Glückliche?«

Sie blickte in ihr Glas. »Nur ein Bekannter.«

»Aus dem Fitneßstudio? So war es also, Liebe inmitten von Nautilus-Foltergeräten. Eure Augen trafen sich über den Schraubzwingen. Ein Blick auf seine Brustmuskulatur, und schon warst du verloren.« Er seufzte erneut. »Warum passiert mir so etwas nie?«

»Du bist nie da.« Sie sah ihn einen Augenblick lang schweigend an. »Richtig?«

Andre nickte. »Richtig. Wie dem auch sei, er kommt zu spät. Vielleicht hat er es sich anders überlegt. Warum machen wir uns nicht einfach aus dem Staub und essen an der nächsten Ecke etwas Anständiges, etwas...« Eine Rasierwasserwolke ließ ihn aufblicken, und der Raum zwischen ihnen wurde plötzlich von einem jungen Mann in dunklem Anzug und grellbunt gestreiftem Hemd ausgefüllt. Andre war sicher, daß sich unter dem Jackett rote Filzhosenträger verbargen. Lackaffe, ekelhafter, sah aus wie ein Zuhälter!

Lucy übernahm das Vorstellungsritual; die beiden Männer reichten sich mit einem bemerkenswerten Mangel an Begeisterung die Hand, und Andre räumte das Feld und den Barhocker. »Lulu, ich ruf dich morgen an, sobald ich mit Denoyer telefoniert habe.« Er rang sich ein Lächeln ab. »Guten Appetit.«

Als er nach Hause zurückkehrte, über den Bürgersteig, der mit einer heimtückischen Eisschicht bedeckt war, dachte Andre an die häufig zitierte Statistik, daß auf jeden männlichen Single in Manhatten drei alleinstehende Frauen kamen. Dieser Gedanke vermochte ihn im Moment jedoch nicht aufzuheitern und würde ihn, wie er sich eingestehen mußte, auch so lange nicht trösten, wie er den größten Teil seines Lebens anderswo verbrachte. Lucy hatte recht. Er hielt an einem Deli an, wo er sich ein Sandwich besorgte, und versuchte die Bilder von ihr, dem geschniegelten Streifenbubi und dem gemeinsamen Abendessen zu verdrängen.

Später, während der himmlischen Klänge von Isaac Stern, der mit federleichten Bogenstrichen die schwierigsten Passagen eines Violinkonzerts von Mendelssohn meisterte, kramte er in der Kommodenschublade, in der er in einem wüsten Durcheinander sämtliche Visitenkarten verwahrte, die man ihm je in die Hand gedrückt hatte. Da die Franzosen es prunkvoll und üppig liebten, würde Denoyers Karte mit Sicherheit größer sein als alle anderen. Na also, da war sie ja! Er zog sie heraus und betrachtete die klassische schwarze, gestochene Schrift.

Zwei Anschriften, nach Jahreszeit geordnet; eine für den Sommer: *Été* – Villa La Pinède, 06230 Saint-Jean-Cap-Ferrat, und eine für den Winter: *Hiver* – Cooper Cay, New Providence, Bahamas. Paris oder Courcheval wurden mit keiner Silbe erwähnt, also befand sich Denoyer, wenn er nicht Skifahren war, noch auf den Bahamas.

Andre gähnte, sein Körper war immer noch auf die französische Zeit eingestellt, und nach der war es jetzt vier Uhr morgens. Der Anruf konnte bis morgen warten.

Denoyers Stimme am anderen Ende einer überlasteten Leitung nach Cooper Cay klang entspannt und liebenswürdig. Natürlich erinnere er sich an Andre und seine wunderbaren Fotografien. Viele seiner Freunde hatten ihm Komplimente über den gelungenen Artikel gemacht. Er hoffe, daß Andre die Möglichkeit in Betracht ziehe, auch auf den Bahamas Aufnahmen zu machen. Die Inseln seien herrlich um diese Jahreszeit, vor allem, wenn das Wetter in Manhattan so unerfreulich anmute. Denoyer machte eine Pause, um die direkte Frage nach dem Grund der Kontaktnahme zu vermeiden, und wartete.

»Eigentlich rufe ich Sie wegen Ihres Anwesens in Frankreich an«, stellte Andre den Sachverhalt richtig. »Ich war letzte Woche in Cap Ferrat und bin zufällig daran vorbeigekommen.«

»Wie schade, daß Sie uns nicht angetroffen haben. Das Haus ist während der Wintermonate immer verschlossen – aber gewiß haben Sie das gesehen. Wir kommen selten vor April zurück.«

»Nun, wen ich gesehen habe, war merkwürdigerweise Ihr Verwalter.«

»Claude? Das will ich doch hoffen.« Denoyer lachte. »Er sollte sich auch nirgendwo anders aufhalten, solange wir weg sind.«

»Vielleicht sollte ich mich genauer ausdrücken: Das, was er tat, war merkwürdig.«

»Tatsächlich?«

»Und ich dachte, daß Sie es erfahren sollten. Er und ein anderer Mann verstauten gerade eines Ihrer Gemälde – den Cézanne – in einem Lieferwagen. Mit der Aufschrift einer Installationsfirma. Ich habe sie dabei vom Eingangstor aus beobachtet.«

Einige Augenblicke lang war nur das Knistern der atmosphärischen Störungen in der Leitung zu hören, danach wieder Denoyers Stimme, die eher belustigt als überrascht klang. »Nun machen Sie aber einen Punkt, mein Freund. Ein Lieferwagen von einer Installationsfirma? Sie befanden sich am Eingangstor, habe ich das richtig verstanden? Das ist eine ziemlich große Entfernung zum Haus. Wahrscheinlich haben Ihnen Ihre Augen einen Streich gespielt.« Er lachte stillvergnügt in sich hinein. »Das war nicht zufällig nach einem beschwingten Mittagessen?«

»Es war am Morgen.« Andre holte tief Luft. »Und ich habe Fotos davon gemacht. Es ist alles ganz klar zu erkennen. Jede Einzelheit.«

Wieder eine Pause. »*Ah bon?* Nun, ich nehme an, daß Claude einen Frühjahrsputz anberaumt hat. Ich werde ihn anrufen.« Und dann, in einem angelegentlichen Tonfall, ganz obenhin, als sei ihm der Gedanke erst nachträglich gekommen, fügte er hinzu: »Es wäre sicher ganz unterhaltsam, die Aufnahmen anzusehen. Würde es Ihnen etwas ausmachen, sie mir zu schicken?«

So beiläufig die Bemerkung auch klingen mochte, sie überzeugte Andre nicht. In der Stimme schwang mehr als verhaltenes Interesse mit, mehr als flüchtige Neugierde, und Andre wurde klar, daß er gerne Denoyers Gesicht beobachtet hätte, wenn er die Fotos in Augenschein nahm. »Das wird nicht nötig sein«, erwiderte er. »Ich bringe sie Ihnen persönlich vorbei.« Er war selbst überrascht, wie leicht ihm die Lüge über die Lippen kam. »Ich muß mir nächste Woche ein Haus in Miami ansehen. Und von Miami nach Nassau ist es nur ein Katzensprung.«

Nachdem Denoyer der Form Genüge getan und halbherzig wegen der Umstände protestiert hatte, die er verursachte, war man sich handelseinig. Andre verbrachte den Rest des Vormittags damit, Flüge zu buchen und Lucy zu erreichen. Sie war offenbar außer

Haus. Vielleicht hatte der geschniegelte Streifenbubi sie überredet, einen Sonntagsausflug mit ihm zu machen, in die arktische Einöde des Central Park. Vielleicht war sie nach dem Essen auch gar nicht mehr nach Hause zurückgekehrt. Ein grauenhafter Gedanke, und so eine Verschwendung! Er mußte endlich aufhören, fortwährend in der Weltgeschichte herumzureisen. Er kippte den zerknitterten Inhalt seiner Reisetasche in den Wäschekorb und legte Wagner auf, in voller Lautstärke, während er seinen Koffer für die Bahamas packte.

5

Manhattan schmolz dahin. Über Nacht hatte sich klammheimlich eine Warmluftfront in die Stadt geschlichen und die Schneehaufen in grauen Matsch verwandelt, die aufeinandergetürmten, nicht abgeholten Müllsäcke dem fahlen Sonnenlicht ausgesetzt und die Herzen derjenigen mit Freude erfüllt, die für den Streik verantwortlich zeichneten. Bald würde der Abfall beginnen, seine Gegenwart den Nasen von mehreren Millionen Passanten kundzutun, und mit der machtvollen Unterstützung des Gestanks konnten die Gewerkschaftsfunktionäre die Verhandlungen guten Mutes wiederaufnehmen.

Andre watete durch die Bäche und Rinnsale des West Broadway und stampfte den größten Teil des Schneematsches von seinen Füßen, bevor er sich nach oben in das Büro seiner Agentur begab. Lucy telefonierte gerade, mit finsterer Miene und angespannter Stimme. Sie blickte auf, als Andre eintrat, und verdrehte die Augen. Er kramte in seiner Umhängetasche, holte den Umschlag mit den Fotos heraus, die er von den Ikonen gemacht hatte, und nahm auf der Besuchercouch Platz.

»Nein.« Lucys Stirnrunzeln vertiefte sich. »Nein, ich kann nicht. Ich habe diese Woche laufend Termine. Hör zu, ich muß los. Ja, ich habe deine Telefonnummer. Richtig. Du auch.« Sie legte den Hörer auf, holte tief Luft und schüttelte den Kopf, als sie aufstand.

Andre grinste. »Ich hoffe, ich störe nicht«, sagte er, in der festen Überzeugung, daß er genau das getan hatte. »Doch wohl nicht der Typ im Streifenhemd, oder?«

Lucy gab sich alle Mühe, ihn mit einem düsteren Blick zu strafen, doch dann erbarmte sie sich. »Ich hätte mit dir um die Ecke gehen sollen, solange sich noch die Gelegenheit dazu bot. Was für ein Abend. Und ich dachte, er wäre ein potentieller Kandidat.« Sie fuhr sich mit den Händen durch die Haarmähne. »Warst du jemals in einer Zigarrenbar?«

Andre schüttelte den Kopf.

»Dann laß es auch bleiben.«

»Zuviel Qualm?«

»Zu viele Streifenhemden.«

»Und rote Hosenträger?«

Lucy nickte. »Rot, gestreift, geblümt, mit Monogramm, mit Banknoten und Cocktailrezepten aus aller Herren Länder bedruckt. Einer trug sogar welche, auf denen der Dow-Jones-Index prangte; muß ein Börsenfreak gewesen sein. Sie ziehen die Jacketts aus, sobald sie anfangen, sich zu betrinken.« Wieder schüttelte sie den Kopf und erschauderte sichtlich. »Woher hast du das mit den Hosenträgern gewußt?«

»Ohne sie hätte es schon längst einen Kurseinbruch an der Wall Street gegeben. Die meisten Hosen würden fallen. Und er war doch ein Börsenheini, oder?«

»Sagen wir, er war kein neunmalkluger Fotograf.« Sie durchquerte den Raum und nahm den Umschlag, der auf dem Couchtisch lag. »Sind das die Aufnahmen aus Frankreich?«

»Ich wollte dich bitten, sie Camilla zu schicken. Ich muß mein Flugzeug erwischen.«

»Na, so eine Überraschung!« Als Lucy die Dias durchsah, bemerkte Andre, wie ihr Gesicht weich wurde. »Diese hier sind wunderschön. Was für eine süße alte Dame. Sieht wie Grandma Walcott aus, bloß nicht so braun. Ist das ihr Haus?«

»Es ist eine alte Getreidemühle. Frankreich würde dir gefallen, Lulu.«

»Es ist wunderbar.« Lucy legte die Dias in den Umschlag zurück und verwandelte sich wieder in die kompetente Agentin, dynamisch und geschäftsmäßig. »Also, was liegt heute an?«

Andre begann von seinem Telefongespräch mit den Bahamas zu erzählen. Während der Schilderung wurde ihm bewußt, daß er möglicherweise zuviel in Denoyers Antworten hineininterpretierte, in die Pausen und das kaum merkliche Zögern, in den Tonfall. Genaugenommen war dem Mann keine wirklich verdächtige Bemerkung entschlüpft, er hatte nicht erstaunt oder auch nur überrascht auf Andres Eröffnungen reagiert. Er hatte, wenn er es recht bedachte, kaum mehr als höfliches Interesse bekundet… bis die Fotos erwähnt wurden. Und dennoch, trotz dieser Vorbehalte war Andre sicher, daß hier irgend etwas nicht stimmte. So gut wie sicher. Vielleicht in dem Bestreben, nicht nur Lucy, sondern gleichermaßen sich selbst zu überzeugen, nahm er unbewußt die Haltung eines Verschwörers an, den Kopf vorgestreckt, mit ernster Miene.

Lucy saß mit dem Rücken zur Armlehne des Sofas, das Kinn auf die Hand gestützt, und lächelte gelegentlich, wenn seine Gesten lebhafter wurden. Je mehr er sich in seine Erzählung hineinsteigerte, desto mehr verwandelte er sich in einen Franzosen, der seine Hände als sichtbare Interpunktionszeichen benutzte, in die Luft stach oder sie mit den Fingern walkte, um jeden einzelnen Satz, jede wichtige Nuance zu unterstreichen. Er beendete seinen Monolog mit einer bühnenreifen Zurschaustellung der gallischen Mentalität – Schultern und Augenbrauen hoben sich im gleichen Atemzug, die Ellenbogen waren in die Seiten gestemmt, die Unterarme abgewinkelt, die Handflächen gespreizt, die Unterlippe war vorgeschoben –, wofür er praktisch den ganzen Körper, bis auf seine Füße, benutzte, um die unanfechtbare Logik seiner Schlußfolgerungen zu untermauern. Sein ehemaliger Professor an der Sorbonne wäre stolz auf ihn gewesen.

»Ich wollte eigentlich nur wissen, wohin die Reise heute geht«, erwiderte Lucy.

Wer im Winter auf die Bahamas reist, rechnet in aller Regel damit, daß dort mildere Temperaturen herrschen, und auch heute waren viele Passagiere am Flugsteig bereits in ihrer Tropenausrüstung aufgekreuzt – Strohhut und Sonnenbrille, hellbunte Strandkleidung, und ein oder zwei Kühne hatten sogar vorzeitig Shorts angezogen. Auch die Gemütsverfassung war auf tropische Gefilde gepolt, wobei Bemerkungen über das Sporttauchen, die heißen Nachtclubs in Nassau und die Freuden von Cocktails mit phantasieanregenden Namen, an der Strandbar eingenommen, hin- und herflogen. Es war eine heiter gestimmte Truppe, gerüstet, sich prächtig zu amüsieren und das Leben hemmungslos zu genießen. Innerhalb von vierundzwanzig Stunden würden die meisten von ihnen unter den beiden am meisten verbreiteten Krankheiten auf der Insel leiden: Bacardi und Sonnenbrand.

Andres eigene Beziehung zur Karibik war getrübt. Vor einigen Jahren, während des ersten Winters in New York, hatte sich der Gedanke, nur wenige Flugstunden von einem weißen Sandstrand entfernt zu sein, als ständige Versuchung entpuppt. Er war ihr schließlich erlegen und hatte sich das Geld für eine, so die Werbung, »Schnäppchenwoche« auf einer der weniger bekannten Jungferninseln geborgt, doch schon nach vier Tagen wäre er am liebsten wieder abgereist. Die Preise waren nach seinem Geschmack aberwitzig, das Essen, das hauptsächlich aus Gegrilltem bestand, zu zäh, zu schwer verdaulich und zu eintönig, und die wenigen Einheimischen, die er traf, hoffnungslos dem Gin und dem Klatsch verfallen. Nachfolgende Reisen, die ihn beruflich zu anderen Kleinodien der Karibik führten, hatten seine Meinung nicht zu ändern vermocht: Er und kleine Inseln waren nicht füreinander geschaffen. Sie verursachten bei ihm Klaustrophobie und Verdauungsbeschwerden.

Und so schnallte er sich mit mehr Sendungsbewußtsein als Vorfreude auf seinem Platz an, begleitet von den blechernen Calypsoklängen, einer kleinen Aufmerksamkeit der Fluggesellschaft, der die Begrüßung durch den Flugkapitän folgte. Wie kam es nur, daß alle Piloten so volltönende, zuversichtliche und unendlich beruhigende Stimmen hatten? War das eine Grundvoraussetzung in ihrem Beruf, genauso wie navigatorische Fähigkeiten und ein absolut einwandfreier Blutdruck? Erhielten sie in ihren Auffrischlehrgängen Tips zur richtigen Formulierung und Vortragsweise ihrer Ansagen?

Die Maschine erreichte ihre endgültige Flughöhe im grenzenlosen, blauen Firmament; Andre löste den Anschnallgurt und versuchte, seine Beine auszustrecken, da er den Dampf bemerkte, der von seinen Füßen aufstieg – eine Erinnerung an die New Yorker Pfützen, in die er getappt war.

Zumindest denen würde er mit Freuden für einen Tag oder auch zwei den Rücken kehren.

Das grelle Licht am Flughafen von Nassau schmerzte seine Augen; in der Nachmittagshitze, die sich wie ein feuchtes Handtuch um ihn legte, klebte seine Winterkleidung schlagartig an Brust und Rücken fest und fühlte sich klamm und kratzig an. Er blickte sich, ohne Erfolg, unter den betagten Chevrolets nach einem Taxi mit Klimaanlage um und verbrachte die Fahrt nach Cooper Cay wie ein Hund, der sein Gesicht aus dem offenen Fenster streckt, um den kühlenden Fahrtwind zu erhaschen.

Denoyer hatte ihm ein Zimmer im Clubhaus reservieren lassen, doch bevor ein Besucher auch nur einen Fuß in dieses luxuriöse und wie eine Festung bewachte Ghetto setzen durfte, galt es, einige geringfügige Formalitäten zu erledigen. Durch einen grün-weiß gestreiften Schlagbaum, der die Auffahrt versperrte, zum Anhalten genötigt, drückte der Taxifahrer ungeduldig auf die Hupe. Ein beleibter Posten mit gleichgültiger Miene, Schirmmütze, Uniform und spiegelblanken Stiefeln trat aus dem Pförtnerhäuschen und näherte sich gemächlich dem wartenden Taxi. Daraufhin entspann sich eine Unterhaltung zwischen ihm und dem Taxifahrer, wie bei alten Freunden üblich – alten Freunden wohlgemerkt, die über jede Menge Zeit verfügten und an einem so wundervollen Tag nichts Besseres zu tun hatten, als einen Plausch zu halten. Nachdem es den beiden schließlich gelungen war, ihre persönliche Biographie auf den neuesten Stand zu bringen, geruhte der Uniformierte, Andre wahrzunehmen, der ermattet im Fond des Wagens zusammengesunken war, und fragte ihn, zu wem er wolle. Gemessenen Schritts marschierte er in das Pförtnerhäuschen zurück und griff nach dem Telefon, um die Angaben im Hauptquartier überprüfen zu lassen.

Offenbar hatte alles seine Ordnung. Er nickte dem Fahrer zu. Der Schlagbaum hob sich. Begleitet von einem weiteren Hupton, fuhr das Taxi auf das Gelände und brachte Andre in ein Paradies für all diejenigen, die mehr als zehn Millionen Dollar auf der hohen Kante und einen mit allen Wassern gewaschenen Anwalt aus einer Kanzlei an der renommierten Bay Street hatten.

Die Straße war anfangs eine breite, schnurgerade Allee, gesäumt von zwanzig Meter hohen Kokospalmen, und schlängelte sich dann an einer Reihe von Zufahrten vorüber, die zu stattlichen weißen oder pinkfarbenen Anwesen führten. Gestochen scharf gemalte, gediegene Namensschilder, die sich unauffällig zwischen den Bougainvilleabüschen verbargen, gaben Aufschluß über die weitläufigen Prachtbauten, die mit ebenso weitläufig falscher Bescheidenheit als Cottage bezeichnet wurden: Rose, Coral, Seagrape, Palm (wie könnte es auch anders sein) und Casuarina. Die dazugehörigen Gärten schienen mit der Nagelschere gestutzt zu sein, die hölzernen Fensterläden waren zum Schutz gegen die Sonne geschlossen. Andre ertappte sich dabei, wie er die Umgebung mit Denoyers zweitem Refugium auf Cap Ferrat verglich. Trotz der Unterschiede in der Vegetation, der klimatischen Besonderheiten, der Luft und der Architektur gab es eine ausgeprägte Ähnlichkeit: die Atmosphäre eines geräuschlosen, schläfrigen Wohlstands, das Gefühl, vom Rest der Welt, der auf einem anderen Stern zu liegen schien, abgeschottet zu sein. Kein Zutritt für normale Sterbliche.

Die Straße machte erneut eine Biegung, vorbei an den smaragdgrünen Rasenflächen des unvermeidlichen Golfplatzes, auf dem niemand zu Fuß ging. Der Weg von Loch zu Loch, von Schlag zu Schlag, wurde mit Hilfe von Elektrocarts bewältigt, die in den grünweißen Zunftfarben von Cooper Cay gehalten waren. Die Fahrer stiegen aus, droschen mit ihren Schlägern auf das Green ein und kletterten wieder auf ihr Gefährt. Körperliche Anstrengung wurde auf ein Mindestmaß beschränkt.

Der Taxifahrer hielt an den Stufen der breiten Steintreppe vor dem Eingang zum Clubhaus und ließ eine überraschende Anwandlung von Diensteifer erkennen, wohl hervorgerufen durch den Gedanken an ein üppiges Trinkgeld. Er sprang ins Freie und riß Andre die Reisetasche aus der Hand, um sie prompt an einen der Pagen des Clubs zu verlieren, einen Riesen mit blendendweißem Gebiß und grün-weiß gestreiftem Wams. Andre ließ Bares in die erwartungsvoll aufgehaltenen Hände gleiten, die Geldscheine feucht vom Schweiß, und bahnte sich seinen Weg in die kühle, hohe Eingangshalle.

Er wurde in sein Zimmer geleitet, mit Ausblick auf den Swimmingpool, und um einige weitere klamme Geldscheine erleichtert. Ohne sich die Mühe zu machen auszupacken, stellte er sich fünf Minuten lang unter die eiskalte Dusche und tappte dann, tropfend und nackt, über den Steinboden, um die Aussicht zu genießen. Das lange Geviert des türkisfarbenen Schwimmbeckens war leer, doch entlang einer Seite und in einer Stellung, die ihnen gestattete, sich von der Nachmittagssonne bescheinen zu lassen, entdeckte er einige Mitbewohner, eingeölt und reglos auf ihren *chaises longues*. Lederhäutige Männer mittleren Alters, füllig um die Leibesmitte; deutlich jüngere, schlankere Frauen, die pooltauglichen Schmuck und sonst sehr wenig am Leibe trugen; keine Kinder, kein Lärm, kein Anzeichen von Leben. Er wandte sich vom Fenster ab.

Ein cremefarbener Umschlag lehnte an einer kugelförmigen Vase mit Hibiskusblüten, die auf dem Beistelltisch neben seinem Bett stand. Er trocknete seine Hände ab und öffnete ihn: eine Einladung zum Abendessen bei den Denoyers, einschließlich Wegbeschreibung und einer kleinen Zeichnung, um ihm eine Odyssee zwischen Clubhaus und Cottage zu ersparen, durch rund vierhundert Meter meisterhaft gestutzten Dschungel. Er rubbelte sich ab und leerte den Inhalt seiner Reisetasche auf das Bett. Gehörte Denoyer zu der Sorte Männer, die bei einem Dinner in tropischen Breiten einen weißen Smoking tragen? Erwartete er von seinen Gästen die gleiche Aufmachung? Andre zog ein weißes Leinenhemd und Khakihosen aus seinem Kleiderbündel, hängte beides im Badezimmer auf und drehte die Dusche voll auf, damit der Dampf die von der Reise verursachten Knitterfalten ausbügelte.

Der Page an der Eingangstür des Clubhauses, der Andre zu überreden suchte, sich von einem Golfcart zum Cottage der Denoyers fahren zu lassen, kniff verdutzt die Augen zusammen, als sein Angebot auf Ablehnung stieß. Niemand ging hier zu Fuß. Nicht in Cooper Cay; nicht am Abend. Und was für ein Abend das war: ein warmer, schwarzer Samthimmel, eine Mondsichel, flimmernde, glitzernde Sterne, eine leichte Brise, die vom Meer herüberwehte und nach Salz schmeckte, das rauhe, tropische Gras dicht und federnd, ein unsichtbares Orchester von Insekten, die im Gebüsch schwirrten und zirpten – Andre verspürte einen Augenblick lang ein unbeschreibliches Wohlgefühl und mußte zugeben, daß letztlich vielleicht doch einiges für die Karibik im Winter sprach.

Das Haus – das Denoyer von einem gemeinen Cottage durch den Namen *La Maison Blanche* befördert und aufgewertet hatte – wirkte, wie seine Nachbarn, imposant und makellos; das galt auch für den würdevollen Butler, der die Eingangstür öffnete. Andre wurde durch eine weitläufige Eingangshalle auf eine Terrasse eskortiert, die sich entlang der gesamten Fassade erstreckte. Von der Terrasse aus führte ein beleuchteter Weg an einem Swimmingpool vorbei und durch ein Palmendickicht zum Bootsanlegeplatz. Dahinter, in der Dunkelheit, war das Schwappen und Murmeln des Wassers zu hören.

»Monsieur Kelly! *Bonsoir, bonsoir!* Willkommen in Cooper Cay.« Denoyer hatte sich Andre auf den korallenroten Steinfliesen der Terrasse lautlos genähert. Leger gekleidet, wie Andre zu seiner Erleichterung feststellte: Er trug bequeme Hosen, ein kurzärmeliges Hemd und Espadrilles. Das einzige Zeichen seines Wohlstands war eine klobige goldene Uhr – von der nützlichen Art, die bis zu einer Tiefe von hundert Metern und mehr wasserdicht sind – am gebräunten Handgelenk. Sein Teint hatte eine gesunde Farbe von der Sonne, und ein herzliches Lächeln ließ sein zerfurchtes, aber noch immer attraktives Gesicht weicher erscheinen.

Er führte Andre zu einer Sitzgruppe aus Rattan, in deren Mitte ein niedriger Glastisch stand. »Sie erinnern sich noch an meine Frau, Catherine?«

»Natürlich.« Andre schüttelte eine schlanke, juwelengeschmückte

Hand. Madame Denoyer war eine ältere Ausgabe ihrer Tochter: elegant in einem schlichten, schmal geschnittenen blaßblauen Seidenkleid, das blonde Haar straff zurückgekämmt und im Nacken zu einem Knoten geschlungen, mit einem zartknochigen, leicht arrogant wirkenden Gesicht, in dem sich die Tatsache spiegelte, daß ihre Vorfahren seit mehreren Generationen aus einem erstklassigen Stall stammten. Eine anmutige, hoheitsvolle Neigung des Kopfes. »Bitte nehmen Sie doch Platz, Monsieur Kelly. Was dürfen wir Ihnen zu trinken anbieten?«

Der Butler brachte Wein. »Pernand-Vergelesses«, sagte Denoyer. »Ich hoffe, er sagt Ihnen zu.« Er zuckte entschuldigend die Achseln. »Mit den kalifornischen Weinen haben wir uns einfach nicht anfreunden können. Sind vielleicht doch zu alt, um unseren Geschmack zu ändern, fürchte ich.« Er hob sein Glas. »Es ist sehr freundlich von Ihnen, daß Sie sich extra herbemüht haben.« Während er trank, ließ er seinen Blick über den Umschlag gleiten, den Andre auf den Tisch gelegt hatte; dann wanderte er weiter, als interessiere ihn das Kuvert nicht mehr als eine Schachtel Zigaretten.

Andre lächelte. »Ich bitte Sie, ich hatte ohnehin ganz in der Nähe zu tun.« Er wandte sich an Madame Denoyer. »Ich hoffe, Ihre Tochter ist wohlauf?«

»Marie-Laure?« Eine Sekunde lang war die Andeutung eines Schmollmunds zu erkennen, eine Art mimisches Schulterzucken. »Wenn sie hier ist, wäre sie lieber in den Bergen beim Skifahren; und wenn sie beim Skifahren ist, wäre sie lieber am Strand. Wir verwöhnen sie viel zu sehr. *Non…*«, sie drohte ihrem Mann mit dem Finger, »Bernard ist es, der sie nach Strich und Faden verwöhnt.« Sie sah ihn mit einem Ausdruck an, bei dem sich liebevolle Zuneigung und ein leiser Vorwurf die Waage hielten.

»Warum auch nicht? Es macht mir Spaß.« Denoyer wandte sich an Andre. »Sie haben sie um Haaresbreite verpaßt. Sie ist gestern nach Paris zurückgeflogen, und ich nehme an, daß sie das Wochenende in Cap Ferrat verbringen wird.« Er lächelte seine Frau an. »Und Claude verwöhnt sie noch mehr als ich.« Die Erwähnung des Namens Claude schien Denoyer an den Grund für Andres Besuch zu erinnern; er beugte sich vor, hob die Augenbrauen und bedachte den Umschlag auf dem Tisch mit einem achtlosen Kopfnicken. »Sind das die Aufnahmen, die Sie gemacht haben?« Das Nicken war eine Spur zu beiläufig, der Tonfall ein wenig zu obenhin. Beides wirkte nicht überzeugend, zumindest nicht auf Andre.

»Ach so, ja, die Fotos! Wahrscheinlich lohnt es sich gar nicht, überhaupt einen Blick darauf zu werfen«, erwiderte Andre lächelnd.

Denoyer hob abwehrend beide Hände, der Inbegriff eines Menschen, der mit höflicher Geste zu verstehen geben möchte, daß er anderer Meinung ist. »Aber ich bitte Sie, Sie haben sich ihretwegen soviel Mühe gemacht und die weite Reise auf sich genommen.« Er streckte die Hand aus und ergriff den Umschlag. »Darf ich?«

Der Butler kam aus dem Haus getrottet und flüsterte Madame Denoyer etwas ins Ohr. Sie nickte. »Kann das warten, *chéri*? Ich fürchte nämlich, das Soufflé nicht.«

Trotz der geographischen Lage handelte es sich offenbar um einen typisch französischen Haushalt, mit typisch französischen Prioritäten. Der grauenvolle Gedanke, daß ein Soufflé zusammenfallen und sich in einen trostlos verwüsteten Eierpfannkuchen verwandeln könne, hatte Vorrang vor allen anderen Belangen, und Madame Denoyer verlor keine Zeit, sondern führte die beiden Männer schnurstracks ins Eßzimmer. Als sie Platz nahmen, sah Andre, daß Denoyer den Umschlag mitgenommen hatte.

Der Raum war viel zu groß und pompös für drei Personen, und sie rückten an dem einen Ende der riesigen Mahagonitafel zusammen, an der leicht ein Dutzend Gäste Platz gehabt hätte. Andre malte sich aus, wie die Denoyers speisten, wenn sie allein waren, an den gegenüberliegenden Stirnseiten des langen Tisches, wobei Salz, Pfeffer und die Beiträge zur Unterhaltung vom Butler hin- und hergetragen wurden. »Ich nehme an, daß Sie viele Gäste bewirten!« sagte er, an Madame Denoyer gewandt.

Wieder die kurze Andeutung einer Grimasse. »Wir versuchen uns rar zu machen. Alles, worüber die Leute hier reden könnten, ist Golf, Ehebruch oder die Einkommensteuer. Wir ziehen es vor, unsere Freunde aus Frankreich bei uns zu Gast zu haben.« Sie blickte auf die goldgelbe Kuppel des Soufflés, das der Butler ihr darbot, um das Gericht absegnen zu lassen, und nickte. »Spielen Sie Golf, Monsieur Kelly? Der Platz hier soll ausgezeichnet sein.«

»Nein, ich habe noch nie einen Schläger in der Hand gehabt. Ich fürchte, ich wäre gesellschaftlich ein Blindgänger, wenn ich hier leben müßte.« Er durchbrach die Oberfläche seines Soufflés, sog tief den Hauch der Kräuter ein und träufelte mit dem Löffel schwarze *tapenade* in die schaumig-lockere Einkerbung. »Ich bin nicht einmal gut auf dem außerehelichen Parkett.«

Madame Denoyer lächelte. Der junge Mann hatte offenbar Sinn für Humor, und höchst ungewöhnliche Augen. Schade, daß Marie-Laure abgereist war. »*Bon appétit.*«

Als Zeichen des gebührenden Respekts vor dem Soufflé, das würzig war und so zart, daß es auf der Zunge zerging, herrschte während des ersten Ganges Schweigen. Wein wurde nachgeschenkt, begleitet von Denoyers Ansichten über die französische Wirtschaft, der er überwiegend trübe Aussichten bescheinigte; dann folgten höfliche Fragen über Andres Arbeit, das Leben in New York im Vergleich zu Paris, derzeit bevorzugte Restaurants, kurzum: Es entspann sich eine angenehme Unterhaltung über banale Themen, der gesellschaftliche Klebstoff, der Fremde während einer Dinnerparty zusammenhält, nichts Tiefschürfendes oder Persönliches. Und kein Wort über die Fotografien, obwohl Denoyers Blick immer wieder zu dem Umschlag neben seinem Teller zurückkehrte.

Als Hauptgang wurde Fisch gereicht, aber ein Fisch, der dem üblichen Tod in der Karibik durch Ersticken in Eierteigpanade entkommen war. Er war gebraten, kurz gebraten, in einer Hülle aus geriebenem Pumpernickel, mit frischen Limonenschnitzen garniert und mit *pommes allumettes* serviert, die im Mund auf ungemein köstliche und befriedigende Weise knusperten und knackten. Ein Fish-and-Chips-Gericht, dachte Andre, das vier Sterne und die Erwähnung in Botschaftsdepeschen verdient, und er beglückwünschte Madame Denoyer zu ihrem Koch. »Es bleibt also doch noch Hoffnung für die bahamesische Küche«, sagte er.

Madame Denoyer nahm die kleine Kristallglocke neben ihrem

Weinglas in die Hand und läutete nach dem Butler. »Vielen Dank für das Kompliment.« Sie lächelte ihn verschmitzt an, wobei die Heiterkeit einige Jahre in ihrem Gesicht auslöschte – plötzlich glich sie ihrer Tochter wie ein Ei dem anderen –, und tippte mit der Fingerspitze an ihren Nasenflügel. »Aber die Köchin stammt aus Martinique.«

Andre verzichete auf das Dessert; er zog ein letztes Glas Weißwein vor, und Denoyer schlug eilfertig vor, den Kaffee im Wohnzimmer einzunehmen. Auch dieser Raum war für eine Massenveranstaltung ausgelegt, und sie nahmen unter einem sich langsam drehenden Ventilator auf einer Sitzgruppe Platz, die wie eine Insel inmitten eines weitläufigen Ozeans aus Marmorfliesen anmutete.

»Dann wollen wir doch mal sehen, was Claude, dieser alte Halunke, da ausgeheckt hat«, meinte Denoyer.

6

Das Montagabend-Ritual hatte Rudolph Holtz schon seit einigen Jahren strikt eingehalten. Geschäftliche Verpflichtungen endeten um Punkt achtzehn Uhr; private Einladungen wurden weder gegeben noch angenommen. Der Montagabend gehörte ihm allein, und er folgte Woche für Woche demselben Ablauf. Nach einem frühen, leichten Nachtmahl – das Menü wies nie die geringste Abwandlung auf –, bestehend aus Räucherlachs von Murray's und einer halben Flasche Montrachet, trug Holtz die neuesten Verkaufskataloge und Informationsbroschüren der Kunstgalerien zusammen, gemeinsam mit der Liste seiner bestehenden und potentiellen Kunden, und stieg die Stufen zu seinem Himmelbett empor. Dort, zwischen den weichen Kissen, schmiedete er seine Pläne. Die Strategiesitzung hatte sich als ein unschätzbar wertvolles Element seiner Arbeitswoche erwiesen, eine absolut ungestörte Zeit, in der er zahlreiche gewinnträchtige Coups ausgeknobelt hatte, einige sogar weitgehend in Einklang mit dem Gesetz.

Camilla, die neben ihm lag, schlief bereits, die Augen von einer Maske aus schwarzem Satin geschützt. Sie war erschöpft – ausgelaugt, um der Wahrheit die Ehre zu geben –, nachdem sie das Wochenende mit Freunden in Bucks County verbracht hatten, die beim Feiern kein Erbarmen kannten. Sie schnarchte leise, ein verhaltenes, gleichmäßiges Schnaufen, das Holtz an einen Mops erinnerte, den er einst heiß und innig geliebt hatte; geistesabwesend tätschelte er sie von Zeit zu Zeit, während er in den Katalogen blätterte und gelegentlich einen Namen neben ein bestimmtes

Gemälde kritzelte. Diesen Teil seiner Tätigkeit, den er als karitativen Dienst betrachtete – die Suche nach einem liebevollen Zuhause für ein Kunstwerk –, genoß er über alle Maßen, obwohl er sich natürlich nicht mit der noch größeren Befriedigung vergleichen ließ, wenn man nach erfolgreichem Abschluß eines Verkaufsvorgangs einen Scheck in siebenstelliger Höhe auf das eigene Bankkonto einzahlen konnte.

Er zog gerade einen kleinen, aber bezaubernden Corot in Betracht, der nach seinem Empfinden imstande sein könnte, eine Lücke in Onozukas Tokioter Bildersammlung zu schließen, als das Telefon läutete. Camilla stöhnte leise und zog sich die Bettdecke über den Kopf. Holtz' Blick wanderte zu der Uhr, die auf dem Nachttisch neben seiner Bettseite stand. Beinahe elf.

»Holtz? Bernard Denoyer am Apparat.«

Holtz blickte erneut auf die Uhr und runzelte die Stirn. »Sie sind offenbar Frühaufsteher, mein Freund. Wie spät ist es drüben bei Ihnen? Fünf Uhr morgens?«

»Nein, ich befinde mich noch auf den Bahamas. Holtz, ich habe etwas gesehen, was mir gar nicht gefällt. Fotos, die in der letzten Woche von meinem Haus auf Cap Ferrat gemacht wurden. Vom Cézanne, genauer gesagt, Holtz, von meinem Cézanne. Wie er im Lieferwagen einer Installationsfirma verstaut wurde.«

Holtz setzte sich mit einem Ruck im Bett auf, seine Stimme wurde lauter. »Wo sind sie jetzt, diese Aufnahmen?« Camilla stöhnte und stülpte sich das Kissen über den Kopf. »Wer hat sie gemacht? Doch wohl nicht diese Mistkerle von *Paris Match*?«

»Nein, sie befinden sich in meinem Besitz. Der Fotograf hat sie mir überlassen – ein Mann namens Kelly. Er arbeitet für ein Magazin, Sie wissen schon, diese Zeitschrift, die letztes Jahr den großen Artikel über das Haus gebracht hat. War der Name nicht *DQ*? Oder so ähnlich zumindest.«

»Nie gehört.« Camillas Stöhnen hielt an. Holtz stülpte ihr ein zweites Kissen über den Kopf. »Dieser Kelly – verlangt er Geld?«

Denoyer zögerte. »Ich glaube nicht. Er hat gesagt, daß er morgen nach New York zurückfliegen wird, ich werde ihn also nicht mehr zu Gesicht bekommen. Was soll das alles, was ist passiert? Ich dachte, Sie wollten das Gemälde nach Zürich bringen. Das war vereinbart, wenn ich mich recht erinnere. Zuerst nach Zürich und dann nach Hongkong, und kein Mensch wird etwas davon bemerken – das waren zumindest Ihre Worte.«

Holtz hatte in der Vergangenheit schon mit vielen unsicheren Klienten zu tun gehabt. Im Zuge derart ausgefallener Transaktionen gab es immer eine Zeitspanne, in der Funkstille herrschte – die Stunden, manchmal aber auch Tage oder Wochen andauerte – und in der sich die Vertragspartner blindlings darauf verlassen mußten, daß sich die andere Partei an die Abmachungen hielt. Holtz pflegte sich zu vergewissern, daß die Bürde, anderen zu trauen, nie auf seinen Schultern ruhte, aber er verstand die Unsicherheit, die eine solche Entscheidung begleiten mußte. Schließlich ging es hier darum, das eigene Schicksal oder Geld den Händen eines anderen Menschen zu überantworten. Er lehnte sich gemütlich in die Kissen zurück und griff zu seiner besten Beschwichtigungstaktik.

Es bestehe nicht der mindeste Grund zur Besorgnis, beruhigte er Denoyer, vorausgesetzt, daß sich nicht weitere Fotos in Umlauf befänden. Und er sei glücklicherweise in der Lage, fuhr er mit einem flüchtigen Blick auf den Körper der schlafenden Frau neben ihm fort, das zu überprüfen. Nein, Claude sei kein Problem, beeilte er sich, Denoyers Frage zuvorzukommen. Claude werde tun, was man ihm befahl, seine Loyalität würde ihm gebieten, Stillschweigen zu bewahren. Und was den Lieferwagen anging, so sei das eine ebenso schlichte wie wirksame Tarnung. Der Fahrer sei natürlich kein Installateur gewesen, sondern ein Mitarbeiter von Holtz, ein Kurier, der hinreichende Erfahrung mit dem Transport wertvoller Kunstobjekte besaß, ohne dabei je die Aufmerksamkeit auf seine eigene Person zu lenken. Wer würde schon den Verdacht hegen, daß der schäbige alte Renault eines Handwerkers ein kostbares Geheimnis in seinem Innern barg? Natürlich niemand. Denoyer könne sicher sein, daß sich der Cézanne inzwischen auf seiner Geheimroute quer durch Europa befinde. Holtz unterließ es zu erwähnen, daß er auf seinem Weg in Paris Zwischenstation machen würde, aber das ging Denoyer schließlich nichts an.

»Sie sehen also, mein Freund, Sie können ganz beruhigt sein. Dieses Vorkommnis ist eine geringfügige Unannehmlichkeit, nicht mehr. Eine kleine Panne. Genießen Sie die Sonne und überlassen Sie mir den Rest.«

Denoyer legte den Hörer auf und starrte in die samtene Nacht hinaus, welche die Bahamas umhüllte. Er hatte zum erstenmal in seinem ehrenhaften und wohlgeordneten Leben mit einem Menschen wie Holtz zusammengearbeitet, und die Erfahrung war keine angenehme: Zu groß waren die Verletzlichkeit, das Risiko, der Mangel an Kontrolle, die Nervosität und, nicht zu vergessen, das schlechte Gewissen. Doch nun war es zu spät. Er steckte bereits zu tief in der leidigen Angelegenheit. Es gab nichts, was er noch tun könnte. Er stand auf und schenkte sich einen Cognac ein. Holtz hatte zuversichtlich geklungen, als er behauptete, die Filme und eventuelle Abzüge aufspüren zu können, falls es überhaupt welche gab. Vielleicht war ja wirklich alles halb so schlimm. In diesem Fall würde er drei Kreuze machen, wenn alles vorüber war.

Wie es sich traf, war Holtz bei weitem nicht so hoffnungsvoll, wie er sich den Anschein gegeben hatte. Falls es stimmte, was Denoyer berichtet hatte, blieb ihm nur noch bis morgen Zeit; es galt, unverzüglich zu handeln. Er beugte sich zu Camilla hinüber, riß ihr die Kissen vom Kopf und rütttelte sie wach. Sie schob ihre Schlafmaske hoch. Ein verquollenes Auge zu einem schmalen Schlitz verengt, blickte sie ihn fragend an; sie wirkte nackt ohne das übliche Make-up.

»O nein, Schätzchen, nicht jetzt! Ich bin völlig erledigt. Lieber morgen früh, vor dem Fitneßstudio.« Wie viele Männer von kleiner Statur machte Holtz seine mangelnde Größe durch eine unersättliche Libido wett, die Camilla nicht selten recht ermüdend fand. Sie tätschelte seine Hand. »Eine Frau braucht ab und zu ihren freien Abend, Schätzchen. Wirklich.«

Offenbar hatte ihr Holtz gar nicht zugehört. »Ich brauche die Adresse von diesem Fotografen, der ab und zu für dich arbeitet. Kelly heißt er.«

Camilla rappelte sich schlaftrunken hoch, wobei sie die Bettdecke umklammerte und wie einen Schutzschild vor ihren Busen hielt. »Waaaas? Kann das nicht warten? Rudi, du weißt, wie unerträglich ich ohne meinen Schönheitsschlaf bin, und morgen ...«

»Es ist wichtig. Es hat eine Panne gegeben.«

Camilla erkannte an seinen zusammengepreßten Lippen, daß eine weitere Debatte zwecklos war – er konnte, wie sie aus Erfahrung wußte, bisweilen ein ausgemachtes Ekel sein, ein richtiger Rohling. Sie stand auf, um ihre Handtasche zu holen, wobei sie sich den Zeh an der Louis-quinze-Kommode stieß und auf einem Bein, in entschieden unansehnlicher Weise, ins Bett zurückhoppelte. Sie kramte ihr Adreßbuch heraus und schlug die Einträge unter K auf. »Mein Zeh wird wie ein Ballon anschwellen, das ist so sicher wie das Amen in der Kirche. Diese verflixte Kommode.« Sie reichte Holtz das Büchlein. »Darf ich fragen, was das alles soll?«

»Ich würde meinen, du wirst es überleben, meine Liebe. Laß mich zuerst telefonieren.«

Inzwischen hellwach und gespannt wie ein Flitzbogen, nahm Camilla einen Spiegel aus ihrer Handtasche und korrigierte den Sitz ihrer Frisur, während sie Holtzens Beitrag zum Gespräch mit einem Mann namens Benny lauschte. Doch gleich darauf wünschte sie sich, sie hätte es bleiben lassen. Sie wollte nichts über die gräßlichen Einzelheiten hören. Zumindest nicht heute nacht. Sie ergriff ihre Schlafmaske, tauchte wieder in den schützenden Kokon ihrer Kissen hinab und tat, als ob sie schliefe.

Aber an Einschlafen war vorerst nicht zu denken. Nebulös wurde ihr bewußt, daß sich die Unterhaltung dem Ende näherte, und plötzlich spürte sie die sanfte, aber unnachgiebige Berührung von Holtz' Händen auf ihrem Körper, die sie herumrollten. Sie schob die Schlafmaske hoch und blickte auf seinen Scheitel hinunter; irgendwie war er immer noch kurz geraten, selbst in der Horizontalen. Die Hände ließen nicht locker. Camilla schickte sich seufzend in das Unvermeidliche und brachte ihren verletzten Zeh so weit wie möglich aus der Gefahrenzone, um einen Zusammenstoß mit den scharrenden Füßen ihres Galans zu vermeiden.

Andre blickte durch das Rückfenster des Taxis, als sich der gestreifte Schlagbaum wieder senkte, um Cooper Cay vor einer Invasion des gemeinen Fußvolks zu schützen. Es war ein strahlender Morgen, der nichts zu wünschen übrigließ. Die Blumen bildeten einen lebhaften Kontrast zum tropischen Grün, das Personal war bereits mit Fegen und Stutzen beschäftigt, damit den Bewohnern der grauenvolle Anblick eines fallenden Blatts oder einer verwelkten Blüte erspart blieb. Er sackte auf der Sitzbank zusammen, hing seiner Enttäuschung nach und konnte sich des Gefühls nicht erwehren, daß er die letzten vierundzwanzig Stunden ausschließlich damit verbracht hatte, seine Zeit zu verschwenden.

Denoyer hätte nicht charmanter oder, zumindest über weite Strecken des Abends, nicht unbefangener sein können. Weit davon entfernt, mit der erwarteten Bestürzung und Besorgnis auf die Fotos zu reagieren, schien er sich mehr für den Zustand seines Gartens als für den seines Cézanne zu interessieren. Es hatte nur einen einzigen aufschlußreichen Augenblick gegeben: ein unvermutetes, verblüfftes Stirnrunzeln, als er den Lieferwagen sah, aber er hatte sein Mienenspiel beinahe auf Anhieb wieder unter Kontrolle gehabt. Der Installateur sei ein alter *copain* von Claude, hatte er erklärt, der häufig Botengänge für die Familie erledige. Der Cézanne würde zeitweilig als Leihgabe in der Galerie eines Freundes in Cannes hängen. Das sei vermutlich die Erklärung, hatte Denoyer gemeint, obgleich er unbedingt ein Wörtchen mit Claude über den unsachgemäßen Transport reden müsse. Und damit war das Thema beendet. Er hatte Andre auf das herzlichste für seine Wachsamkeit und sein Engagement gedankt und darauf bestanden, die Kosten seines Aufenthalts im Club zu übernehmen. Aber der Abend – genaugenommen die ganze Reise – war enttäuschend verlaufen.

Ein kleiner Trost erwartete Andre am Nachmittag, als er in New York ankam: Das Tauwetter hatte offenbar angehalten, und der Bürgersteig vor seinem Wohnblock war nicht mehr so spiegelglatt wie eine Schlittschuhbahn. Als er die Treppe zu seinem Apartment erklomm, beschloß er, daß ihm eine kleine Aufmunterung guttun würde; er sperrte, an Lucy und ein gemeinsames Abendessen denkend, die Wohnungstür auf und ging schnurstracks zum Telefon. Er hatte den Raum bereits zur Hälfte durchquert, als er mitten in der Bewegung erstarrte und das Chaos wahrnahm, das ringsum herrschte.

Sämtliche Umzugskartons waren aufgerissen und umgekippt worden. Bücher, Bilder, Kleider und Souvenirs von seinen Reisen lagen auf dem Boden verstreut und zu wilden Haufen an der Wand aufgetürmt, als wären sie in einem Anfall von Wut und Gewalt in hohem Bogen weggeschleudert worden. Andre stieg vorsichtig über das Tohuwabohu hinweg und gelangte an seinen Arbeitstisch, das Knirschen von zerbrochenem Glas unter seinen Füßen. Die Aktenschränke, in denen er seine Dias und Negative aufbewahrte, geordnet nach Jahr und Land, waren geöffnet und leer. Der Schrank daneben, der seine Fotoausrüstung enthielt, war vollständig ausgeräumt worden, bis auf ein zusammenklappbares Dreibeinstativ und eine uralte Mattscheibenkamera, die er immer noch nicht zum Restaurieren gebracht hatte. Alle anderen Kameras, Objektive, Filter, Belichtungsmesser und die maßgeschneiderten Taschen für die gesamte Ausrüstung waren spurlos verschwunden. Er lief durch den Küchentrakt, öffnete den Kühlschrank und sah, ohne sonderliche Überraschung, daß auch die Filmrollen fehlten, die sich darin befunden hatten. Willkommen in New York, Heimat der gewissenhaften Diebe.

Im Schlafzimmer waren die Schubladen bis zum Anschlag herausgezogen, die Schränke leer, die Kleider überall verstreut, und die Matratze war aus dem Bett gehievt worden. Er fühlte sich wie gelähmt, völlig benommen. Die Empörung darüber, daß er Opfer eines Einbruchs geworden war, würde sich erst später bemerkbar machen. Sich den Weg durch das Strandgut seiner Habe bahnend, setzte er sich auf den Drehstuhl an seinem Arbeitstisch und begann, die Telefonate zu führen, die in seiner solchen Situation unabdingbar waren.

Zuerst die Polizei: zuvorkommend, aber lustlos. Das war nur eine von mehreren hundert Straftaten, die während des Wochenendes in der Stadt verübt worden waren, und auf einer Liste, die von Mord,

Vergewaltigung, Rauschgifttoten und der Eröffnung der Jagdsaison in der U-Bahn angeführt wurde, rangierte ein läppischer Einbruch unter »ferner liefen«. Falls Andre die Güte haben wolle, sich aufs Revier zu bemühen und die Einzelheiten zu schildern, könne man die Plünderung offiziell zu Protokoll nehmen. Dort werde die Akte, ein außergewöhnlicher Glücksfall ausgenommen, Staub ansetzen. Man empfahl Andre dringend, das Türschloß auszuwechseln.

Die Versicherung: sofort mit gewetzten Krallen, berufsbedingter Skepsis und einem Sperrfeuer an Fragen zum Kleingedruckten, das in Krisenzeiten und bei Katastrophen soviel Trost spendet. Waren sämtliche Fenster und Türen verschlossen? War das Alarmsystem eingeschaltet? Waren sämtliche Dokumente vorhanden – Quittungen und Belege samt Kaufdatum, Seriennummer, außerdem Kostenvoranschläge für den Ersatz? Ohne diese wichtigen Kenndaten könne man nicht tätig werden. Mittlerweile, so legte man ihm dringend nahe, solle er sein Türschloß auswechseln. Als Andre den Hörer auflegte, erinnerte er sich an den Werbespruch der Versicherungsgesellschaft, der am Ende der Fernsehspots von einer Stimme mit zuckersüßer Aufrichtigkeit heruntergebetet wurde – irgendwas über einen Freund in der Not…

Dann Lucy: endlich Mitgefühl. Sie verkündete, sie werde gleich dasein, sobald sie das Büro abgeschlossen habe.

Kurz darauf stand sie im Wohnzimmer und begutachtete das Trümmerfeld, das Gesicht fassungslos und angespannt vor Wut. Sie trug die Baskenmütze, die er ihr aus Nizza mitgebracht hatte. Es war der schönste Anblick des ganzen Tages, und er entlockte ihm ein Lächeln.

»Sie steht dir hervorragend, Lulu. Ich werde dir, dazu passend, ein Fahrrad und einen Knoblauchzopf besorgen.«

Sie nahm die Mütze ab und schüttelte ihre Mähne. »Falls du weiterhin den heldenhaften Macho spielst, lade ich dich nicht zum Essen ein. Du meine Güte, was für ein Durcheinander!«

Sie begannen im Schlafzimmer mit den Aufräumarbeiten; Lucy erwies sich als flink und geschickt, als sie Kleider zusammenlegte, aufhängte oder dem Wäschekorb zuordnete. Nachdem sie Andres vergeblichen Kampf mit einem dicken Wollpullover beobachtet hatte, schickte sie ihn ins Wohnzimmer, in der Hoffnung, daß seine Erziehung zur Häuslichkeit wenigstens Lektionen über den Umgang mit einem Besen beinhaltet hatte. Ohne nachzudenken, legte er eine CD von Bob Marley auf, und erst als er der Steroanlage den Rücken kehrte, schoß ihm der Gedanke durch den Kopf, daß hier etwas sehr seltsam war: Eigentlich hätte die Steroanlage gar nicht mehr vorhanden sein dürfen. Warum war sie nicht mit allen anderen Wertgegenständen verschwunden? Während er die Glasscherben zusammenkehrte, fertigte er mental ein Verzeichnis aller Dinge an, die gestohlen oder vielmehr die *nicht* gestohlen worden waren: nicht das Stereogerät, nicht der Fernseher, nicht das Radio mit UKW neben seinem Bett, nicht das Handy, ja nicht einmal das halbe Dutzend Jugendstil-Fotorahmen aus Silber, die auf dem Fußboden unter dem Regal lagen, in dem sie normalerweiser standen. Das ergab irgendwie keinen Sinn, es sei denn, die Einbrecher hatten vor, umzusatteln und eine Fotografenlaufbahn einzuschlagen. Aber warum hatten sie dann seine Dias und Negative mitgehen lassen, wenn sie es nur auf sein Handwerkszeug abgesehen hatten? Warum hatten sie sich den Vorrat an Filmen aus dem Kühlschrank unter den Nagel gerissen? Und warum seine Wohnung in ein Schlachtfeld verwandelt? Wonach hatten sie gesucht?

Auch zwei Stunden später, als oberflächlich die Ordnung in dem Apartment wiederhergestellt war, zeigte Lucy keinerlei Ermüdungserscheinungen; sie litt weder unter Hunger noch Durst, zwei Plagen, die Andre von seinen häuslichen Pflichten abzulenken drohten. Er schob ihrer Arbeitswut einen Riegel vor, als sie gerade, einen Stapel Bücher balancierend, den sie unters Kinn geklemmt hatte, den Raum durchquerte.

»Genug für heute, Lulu, es reicht.« Er nahm ihr die Bücher ab und legte sie beiseite. »Hattest du nicht etwas von Abendessen gesagt, oder macht dir die Arbeit soviel Spaß, daß du nicht mehr aufhören kannst?«

Lucy stemmte die Hände in die Hüften und dehnte den Rücken. »Du hast recht, für heute abend geht's. Hast du eine Putzfrau?«

»Eine was?«

»Nein? Das dachte ich mir schon. Ich werde dir morgen eine besorgen. Die Wohnung hat ein Großreinemachen nötig. Auch die Fenster. Sind die überhaupt schon jemals geputzt worden? Und noch ein Tip, Andre: Joghurt ist nicht bis zum Sankt-Nimmerleins-Tag haltbar, nicht einmal im Kühlschrank. Wenn er anfängt, im Dunkeln zu leuchten, sollte man ihn wegwerfen, okay?«

Andre hatte plötzlich das Gefühl – ein merkwürdiges, aber sehr angenehmes Gefühl –, daß in einem Teil seines Privatlebens plötzlich jemand anderer die Regie übernommen hatte. Er half Lucy in den Mantel. Sie nahm ihre Baskenmütze und blickte sich suchend um. »Bei dir gibt es wohl keine Spiegel, oder?« Sie setzte die Mütze auf, schob das Haar darunter, zog sie an seiner Seite schief, so daß sie fast bis zum Auge reichte, und ertappte Andre dabei, wie er sie lächelnd beobachtete. »So trägt man sie doch in Frankreich, stimmt's?«

»Nein. Aber es wäre gar nicht schlecht.«

Lucy schleppte ihn in ihr Stammlokal, wie sie sagte, ein kleines, gemütliches und lärmiges Restaurant an der Duane Street. Mount-Gay-Rum, Red-Stripe-Bier, ein Küchenchef aus Jamaica mit einem italienischen Ehegespons. Beide Ehepartner waren auf der kurzen Speisekarte repräsentiert.

Lucy nippte an ihrem Rum. »Tut mir leid, was passiert ist.«

»Da gibt es etwas, was ich einfach nicht verstehe.« Andre beugte sich vor und blickte nachdenklich in sein Glas, während er sprach. »Die Einbrecher waren offensichtlich nicht an Diebesgut interessiert, das sich innerhalb von fünf Minuten an jeder Straßenecke verscherbeln läßt. Nur an Kameras – an Kameras und an meinen Aktenordnern mit den Dias und Negativen. Kurzum, an meiner Arbeit. Das war alles, worauf sie es abgesehen hatten. Und noch eins: Da waren Profis am Werk. Die mußten die Tür nicht aufbrechen, sondern wußten genau, wie man die Alarmanlage ausschaltet.« Er blickte hoch. »Profis, Lulu. Aber warum ausgerechnet ich? Ich meine, Fotos von Häusern, Mobiliar, Gemälden – es sieht nicht so aus, als wäre etwas dabei, was sie an den *Enquirer* verkaufen könnten. Die einzigen Nackedeis sind die gemalten.«

Die Frau des Küchenchefs quetschte ihre Leibesfülle zwischen den Tischen hindurch, um ihre Bestellungen entgegenzunehmen, küßte ihre Fingerspitzen, als Lucy sich für *jerk chicken*, ein jamaikanisches Nationalgericht, bestehend aus scharf und exotisch gewürztem, gegrilltem Hühnchen, entschied, und nickte Andre anerkennend zu, der ein Risotto mit Meeresfrüchten wählte. »Ich Wein für euch aussuchen, ja? Herrlicher jamaikanischer Orvieto.« Sie kicherte, dann watschelte sie in die Küche zurück.

Lucy lachte schelmisch. »Mach nicht so ein mißbilligendes, französisches Gesicht. Angelica kennt sich hervorragend aus. Und jetzt erzähl, wie deine Reise war, aber von Anfang an.«

Andre schilderte die einzelnen Etappen, wobei er sich nach Kräften bemühte, seinem Bericht eine sachliche Note zu verleihen, und betrachtete Lucys Gesicht, um ihre Reaktion abzulesen. Sie verfügte über die äußerst anziehende Fähigkeit eines Zuhörers, sich voll und ernsthaft zu konzentrieren, und er merkte kaum, wie Angelica mit dem Essen und dem Wein kam. Sie lehnten sich zurück, damit sie Platz genug hatte, um die Teller abzustellen.

»Basta«, befand Angelica. »Romantik aus. Jetzt essen.«

Während der ersten Minuten aßen sie schweigend. Lucy hielt inne, um einen Schluck Wein zu trinken. »Du hast recht«, sagte sie. »Das alles macht keinen Sinn, es sei denn, jemand wollte absichtlich deine Arbeit durcheinanderbringen.« Sie schüttelte den Kopf. »Gibt es irgend jemanden, der einen heimlichen Groll gegen dich hegt? Ich meine, beruflich?«

»Nicht, daß ich wüßte. Aber was könnten die mit meinen alten Dias und Negativen anfangen? Es befindet sich keine einzige Aufnahme darunter, die sich in klingende Münze umwandeln ließe. Und warum haben sie die ganze Wohnung auf den Kopf gestellt?«

»Vielleicht haben sie ja etwas Bestimmtes gesucht. Ich weiß nicht… etwas, was du versteckt hast.«

Angelicas mächtiger Schatten ragte über ihnen auf. »Alles gutt?« Sie nahm die Weinflasche und füllte ihre Gläser nach. »Sie errste Mal hier?« erkundigte sie sich bei Andre.

Er lächelte und nickte. »Es schmeckt phantastisch.«

»*Bene*. Sie aufpassen, daß sie ißt. Ist viel zu dünn.« Angelica rauschte von dannen, wobei sie sich mit ihrer fülligen Hand den Magen rieb.

Sie aßen und redeten, wobei sie auf weitere Theorien über den Einbruch verzichteten und unmerklich vom rein geschäftlichen Klatsch zu einem echten Meinungsaustausch über Vorlieben und Abneigungen, Hoffnungen und Bestrebungen überwechselten, kurzum, zu den kleinen Enthüllungen von zwei Menschen, die sich behutsam vortasten, um einander besser kennenzulernen. Das Restaurant war fast leer, als sie ihren Kaffee getrunken hatten, und als sie auf die Straße hinaustraten, war die Luft feucht und kalt. Lucy zitterte und schob ihre Hand unter Andres Arm, als sie zur Ecke Duane und West Broadway gingen. Er winkte ein Taxi herbei; zum ersten Mal an diesem Abend waren sie um Worte verlegen.

Lucy öffnete die Wagentür. »Versprich mir, daß du keine Hausarbeit mehr erledigst, wenn du heimkommst.«

»Vielen Dank für den Abend, Lulu. Das Essen war ein Gedicht. Beinahe einen Raubüberfall wert.«

Sie stellte sich auf die Zehenspitzen und küßte Andre auf die Nasenspitze. »Laß das Türschloß auswechseln, ja?« Und weg war sie.

Er stand da, sah den Rücklichtern des Taxis nach, die mit hundert anderen verschmolzen, und fühlte sich erstaunlich glücklich für einen Mann, der gerade erst Opfer eines Einbruchs geworden war.

7

Es herrschte hektische Betriebsamkeit in der Redaktion des *DQ* an der Madison Avenue, wo die Vorbereitung der neuesten Ausgabe des Magazins auf vollen Touren lief. Durch einen unverlangt eingesandten Artikel über die schmuckvollen Bidets der Schickeria nebst entzückenden Aufnahmen, die von einem vielversprechenden jungen Fotografen aus Paris stammten, hatte Camilla ihre Pläne komplett über den Haufen werfen müssen – völlig *bouleversés*, wie sie sagte. Selten war ein Porzellanbecken, das der Körperhygiene diente, dem Auge so prachtvoll, plastisch und unerläßlich für ein modernes, mit allen Schikanen ausgestattetes Badezimmer dargeboten worden – und das nahende Ende des Winters war der perfekte Zeitpunkt für die Leser, ihre sanitären Bedürfnisse zu überdenken. Bei der Redaktionskonferenz war man mehrheitlich zu der Auffassung gelangt, das Material sei bahnbrechend, möglicherweise sogar eine Pionierleistung in der Geschichte des Zeitschriftenwesens. Darüber hinaus lieferten die berühmten Bidetbesitzer, worauf hinzuweisen Camilla sich beeilte, ein zusätzliches Gütesiegel. Sie waren zwar aus Gründen, die auf der Hand lagen, nirgendwo auf den Fotos zu sehen, hatten aber die Genehmigung zur Veröffentlichung ihrer Namen erteilt. Eine solche Chance durfte man sich nicht entgehen lassen.

Allerdings drohte die Ausgabe bereits aus allen Nähten zu platzen, was bedeutete, daß einer der vorgesehenen Artikel herausgenommen werden mußte. Camilla marschierte im Konferenzraum neben dem langen Tisch, auf dem die Layout-Seiten ausgebreitet waren, ruhelos hin und her. In ihrem Kielwasser befand sich, wie immer, ihre Sekretärin, den Notizblock gezückt; beobachtet wurde das Gespann vom Art Director, der für die künstlerische Gestaltung verantwortlich zeichnete, vom Produktionsleiter, vom Leiter der Sparte Inneneinrichtung, vom Leiter der Sparte Accessoires und einer Meute junger Redaktionsassistenten, die wie eine Schar schwarzgewandeter, dienstbarer Geister in Habachtstellung standen.

Camilla hielt an und nagte unschlüssig an ihrer Unterlippe. Sie konnte sich nicht dazu durchringen, den Bericht über die Herzogin Pignolata-Strufoli und ihr mittelalterliches Lustschlößchen in Umbrien zu streichen, auch nicht den wichtigen Artikel, in dem die ausgeklügelte Verwandlung eines Nonnenklosters in der Dordogne durch eine entzückende kleine Schweizer Milliardärin geschildert wurde. Die gesellschaftlichen Folgen der Entscheidung, sie vorerst auf Eis zu legen, waren möglicherweise höchst prekär: Camilla lief damit Gefahr, die Einladungen für den Sommer zu gefährden, die sie bereits erhalten hatte. Endlich gelangte sie zu einem Entschluß. Ähnlich einer Fee, die sich ihres Zauberstabs bedient, um Dinge verschwinden zulassen, berührte sie die drei Layout-Seiten mit ihrem Montblanc-Kugelschreiber. »Es ist mir ein Greuel, darauf verzichten zu müssen«, sagte sie, »aber Ikonen sind *völlig* zeitlos, während Bidets irgendwie nur zum Frühjahr passen. Wir werden die Ikonen auf den Sommer vertagen.«

Mit allseitigem Nicken und Notizenmachen – und nicht ohne das rituelle Schmollen und verstimmte Lockenschütteln des Art Directors, der alle seine Layouts wieder einsammeln mußte – endete die Mitarbeiterbesprechung. Camilla kehrte in ihr Büro zurück, wo sie Noel, offenbar unter erheblichem Streß, am Telefon vorfand.

»Armer, armer Junge«, stöhnte er gerade. »Man stelle sich vor, alles, was einem lieb und teuer ist, von solch gräßlichen Leuten entwendet. Ich wäre untröstlich. Wie grauenvoll. Ah, da kommt sie ja. Ich verbinde.« Er blickte zu Camilla empor. »Es ist entsetzlich – bei Andre wurde eingebrochen. Ich glaube, er braucht eine Schulter zum Ausweinen.«

Camilla ging zu ihrem Schreibtisch hinüber und nahm Platz.

Andre – allein die Erwähnung des Names verursachte bei ihr ein unbestimmbares, höchst ungewöhnliches Gefühl. Vielleicht ein schlechtes Gewissen? Wie dem auch sei, er war der letzte Mensch, mit dem sie jetzt reden wollte, und sie versuchte, sich auf die Schnelle eine plausible Krisensituation auszudenken, die zwischen Noels Schreibtisch und ihrem Büro eingetreten sein könnte und ihr gestatten würde, sich vor der Entgegennahme des Anrufs zu drücken. Das Telefon starrte sie unerbittlich mit seinem roten, blinkenden Auge an. Sie nahm den Hörer ab und rüstete sich, Entsetzen und Mitgefühl zu bekunden.

»Schätzchen! Um Gottes willen, was ist passiert?«

Als Andre mit seiner Schilderung begann, streifte Camilla die Schuhe von den Füßen, um ihrem pochenden Zeh Erleichterung zu verschaffen. Der Schmerz ließ auf der Stelle nach, und sie dachte, daß sie, statt den Fuß heldenhaft in Chanels bequemstes Modell zu quetschen, vielleicht besser den Part der verletzten Verlegerin spielen sollte – Hosen, was sonst, und butterweiche Samtslipper, mit Monogramm. Und dazu ein Gehstock mit Elfenbeinknauf. Hatte Coco in ihren letzten Lebensjahren nicht höchstselbst einen Gehstock benutzt? Ja, es war ganz eindeutig ein Krückstock gewesen. Sie machte sich eine Notiz.

»Camilla? Bist du noch da?«

»Natürlich, Schätzchen. Ich bin einfach sprachlos über diese Hiobsbotschaft. Völlig erschüttert.«

»Ich werd's überleben. Zum Glück haben sie wenigstens nicht die Fotos von den Ikonen erwischt. Wie findest du sie?«

»Phantastisch, Schätzchen. Absolut perfekt.« Camilla holte tief Luft. Er würde es früher oder später sowieso erfahren. »Aber leider hat es eine kleine Änderung in unserer Planung gegeben, weil in letzter Minute noch einige zahlungskräftige Inserenten zum Zuge kommen wollten, und folglich habe ich einige Seiten eingebüßt. Langweilige Sache, nicht der Rede wert. Das bedeutet aber, daß wir die Seiten neu gestalten mußten und die Ikonen nicht in der nächsten Ausgabe erscheinen werden. Ich kann dir gar nicht sagen, wie betrübt ich bin.«

Camilla unterbrach das enttäuschte Schweigen am anderen Ende der Leitung, indem sie einen imaginären Lakaien anherrschte: »Hören Sie endlich auf, einen solchen *Wirbel* da draußen zu veranstalten. Ich komme ja schon!« Und, an Andre gewandt: »Ich muß mich beeilen, Schätzchen. Ich ruf dich an, sobald es geht, Ciao, bis dann!« Sie legte den Hörer auf, bevor er Zeit für eine Erwiderung hatte, und drückte auf den Summer. Als ihre Sekretärin herbeieilte, war jede Spur von schlechtem Gewissen wie weggeblasen, und ihre Gedanken weilten bereits bei den Einzelheiten der Garderobe für eine Gehbehinderte.

Andres Woche hatte deprimierend begonnen und nahm zunehmend düstere Formen an. Seine »Freunde in der Not« hatten ihn – in der allen Zeitläuften trotzenden, bewährten Art der Versicherungsgesellschaften – wie einen meineidigen Betrüger behandelt und bei jedem Anruf, den er tätigte, neue Hürden entdeckt, die einer Schadenersatzzahlung im Wege standen. Die Kosten der Ausrüstung, die er als Ersatz bestellt hatte, beliefen sich auf mehrere tausend Dollar. Camilla hatte keine neuen Aufträge erwähnt. Und obwohl Lucy die Ohren spitzte und überall auf den Busch klopfte, hatte sich bisher nichts ergeben.

Zwischen den Anrufen verbrachte er die Zeit damit, Detektiv zu spielen, um den Dieben auf die Spur zu kommen. In einem Stapel alter Zeitschriften stieß er auf eine Ausgabe des *DQ*, in der Denoyers Anwesen abgebildet war, und hielt inne, um sich die Seiten genauer anzusehen. Wieder erwachte seine Neugierde, als er zu einer Aufnahme vom großen Salon kam. Sie zeigte den Cézanne, der über dem offenen Kamin hing – mit seinen leuchtenden, für die Provence typischen Farben ein ausgesprochen attraktiver Blickfang. Wo mochte das Gemälde inzwischen stecken? Laut Denoyer befand es sich wieder einmal als Leihgabe in einer Galerie in Cannes. Andre betrachtete das Bild und versuchte sich zu erinnern, ob er es jemals in irgendeiner Kunstgalerie in Cannes gesehen hatte. Es konnte nicht viele davon geben. Es würde ein leichtes sein, dieser Spur nachzugehen, und ihm zumindest ein gewisses Maß an Befriedigung verschaffen, etwas über den Verbleib des Bildes herauszufinden. Falls es wirklich dort war, wo Denoyer behauptet hatte, würde seine rätselhafte Beobachtung mehr oder weniger Sinn machen, und er konnte sie endgültig aus seinem Gedächtnis verbannen.

Am nächsten Morgen rief er in aller Herrgottsfrühe einen Freund in Paris an. Nach zwei Minuten Suche im Minitel, dem elektronischen Telefonverzeichnis in Frankreich, war dieser imstande, Andre die Namen und Telefonnummern einer Handvoll Kunstgalerien in Cannes durchzugeben. Andre rief sie der Reihe nach an; alle teilten ihm, mit einem unterschiedlichen Grad des Bedauerns, mit, daß sie leider keinen Cézanne als Leihgabe in ihren Ausstellungsräumen hätten und auch keinen Monsieur Denoyer kannten.

Er hatte also nicht die Wahrheit gesagt.

»Denoyer hat nicht die Wahrheit gesagt, Lulu. Warum sollte er lügen, wenn er eine so blütenweiße Weste hat, wie er alle Welt glauben machen will?« Andre hockte auf der Kante ihres Schreibtisches und sah zu, wie Lucy einen Apfel verspeiste. Mit weit aufgerissenen Augen schüttelte sie den Kopf und kaute fertig.

»Andre, es ist sein Gemälde. Er kann damit machen, was er will.»

»Aber warum sollte er lügen? Eigentlich bin ich sogar froh darüber. Dann fühle ich mich nicht vertrottelt. Ich sage dir, irgend etwas stimmt da nicht.«

Lucy gab sich geschlagen. »Na gut. Vielleicht hast du recht. Aber das ist sein Problem. Wir haben unser eigenes.« Sie nahm ein Blatt Papier von ihrem Schreibtisch und hielt es ihm hin. »Hier, das sind die Zeitschriften, die ich angerufen habe, um zu erfahren, ob sie etwas für uns haben. Keine einzige hat sich bisher gemeldet. Übrigens, hast du mit Camilla gesprochen? Hast sie etwas in petto?«

Andre schüttelte den Kopf. »Du weißt doch, wie sie ist, wenn es um den Endspurt für eine Ausgabe geht: Sie kann nicht über das Mittagessen hinausdenken.« Er überflog Lucys Liste ohne großes Interesse. »Aber sie hat mir erzählt, daß sie die Reportage über die

Ikonen streichen mußte. Zuviel Werbung. Es war also, gleich aus welcher Warte man es auch betrachtet, alles in allem eine recht nette Woche.« Er sah so niedergeschlagen aus wie ein Hund im Zwinger.

»Andre, wir haben alle solche Tiefpunkte. Hör mal, warum holst du nicht in der Zwischenzeit deine neue Fotoausrüstung ab? Du wirst sie brauchen, sobald ich die Liste durchgearbeitet habe.« Sie neigte den Kopf und sah ihn schräg von der Seite an. »Und könnten wir vielleicht eine weniger finstere Miene aufsetzen? Bitte!«

Er verließ das Büro und ging zu Fuß den West Broadway hinunter, als sein Blick auf eine Auslage im Seitenfenster der Buchhandlung Rizzoli fiel. Eine neue Gauguin-Biographie war herausgekommen, ein dicker Wälzer, strotzend vor Gelehrsamkeit, und hinter den säuberlich aufeinandergetürmten Bücherstapeln hing ein Poster von einem Gemälde des Künstlers, *Frau mit Blume*. Irgend etwas an der Körperhaltung der Frau und an der Perspektive, aus der sie gemalt worden war, kam ihm bekannt vor. Trotz der Unterschiede in Farbgebung und Technik erinnerte sie ihn vage an eine ältere, fülligere Frau, die für Denoyers Cézanne Modell gestanden hatte.

Andre betrat den Laden und durchforstete jedes Buch, das er über die Impressionisten fand, bis er das Gesuchte entdeckte. Dem Kunstwerk war eine volle Seite gewidmet, und es trug den kurzen Titel: »*Frau mit Melonen*. Paul Cézanne, ca. 1873. Früher im Besitz von Pierre-Auguste Renoir, heute in einer Privatsammlung.« Nun, vielleicht war er das auch noch, dachte Andre. Oder er befand sich im Fond eines Lieferwagens mit dem Firmenaufdruck einer Installationsfirma. Aber gewiß nicht in einer Kunstgalerie in Cannes. Er bezahlte das Buch und eilte in sein Apartment zurück, um sich innerlich für ein weiteres verbales Scharmützel mit dem ungläubigen Thomas zu wappnen, dem Mann mit den hundert Ausreden, seiner Nemesis in der Versicherungsgesellschaft.

Der letzte fahle Schein der untergehenden Sonne verschwand gerade hinter den Dächern der Hochhäuser, als Downtown Manhattan auch schon im abendlichen Lichtermeer erglühte. Andre überantwortete ein letztes Bündel Krimskrams dem Müll und schenkte sich ein Glas Rotwein ein. Seine Wohnung wirkte sauberer und aufgeräumter als jemals zuvor seit dem Tag seines Einzugs. Ihm ging gerade der Gedanke durch den Kopf, daß nichts über einen guten Einbruch geht, um das Leben zu vereinfachen, als das Telefon läutete.

»Da bin ich aber erleichtert! Du hast dich offenbar doch noch nicht umgebracht«, kicherte Lucy, und Andre mußte lächeln. »Ich habe über dein geheimnisvolles Gemälde nachgedacht. Macht dir die Geschichte immer noch Kopfzerbrechen?«

»Mmm – ja, ich denke schon. Warum?«

»Ich habe einen Freund, direkt um die Ecke, der eine Kunstgalerie betreibt. Falls du dich einmal mit jemandem unterhalten möchtest, der vom Fach ist, meine ich.« Sie zögerte. »Wir könnten heute abend auf einen Sprung bei ihm vorbeischauen.«

»Lulu, das ist unheimlich lieb von dir, aber du hast dir die ganze Litanei doch schon einmal anhören müssen! Langweilt dich das nicht zu Tode?«

»Langweilen tue ich mich später. Mein Cousin und seine Frau aus Barbados sind zu Besuch in der Stadt, und sie haben eine Verabredung mit einem ihrer Freunde arrangiert, den ich nicht kenne. Ein Computerexperte, der für die Bajan-Regierung arbeitet, zum erstenmal in New York, und er ist sehr, sehr schüchtern. Klingt das nach Vergnügen?«

»Man kann nie wissen, Lulu. Stille Wasser sind bekanntlich tief. Ich hole dich in zehn Minuten ab.« Andre sprang blitzschnell unter die Dusche, erwischte ein frisches Hemd und zuviel Rasierwasser und verließ pfeifend seine Wohnung.

Die Galerie befand sich im ersten Stock eines hochherrschaftlichen alten Gebäudes an der Broome Street; helle Holzböden, mit Weißblech verkleidete Decke, gedämpfte Beleuchtung und ein erstaunlich junger Geschäftsinhaber. »Er hat einen gutbetuchten Vater«, hatte Lucy ihm anvertraunt, als sie die Treppe hinaufgingen. »Aber das sollte dich nicht abschrecken. David ist ein netter Kerl, und er versteht etwas von seinem Handwerk.«

David winkte ihnen vom anderen Ende der Galerie aus zu, eine schmächtige, bleichgesichtige Gestalt in dunklem Anzug und weißem T-Shirt, die hinter einem Schreibtisch ohne jeden Schnickschnack stand, den Telefonhörer zwischen Ohr und Schulter geklemmt. Zwei weitere junge Männer stellten Bilder hochkant gegen die kahlen Wände. Aus verborgenen Lautsprechern plätscherte das Köln Concert von Keith Jarrett.

David beendete das Telefonat und trat zu ihnen, um Lucy mit einem hingehauchten Kuß auf die Wange und Andre mit einem schlaffen Händedruck zu begrüßen. »Tut mir leid, aber hier herrscht das reinste Chaos.« Er deutete auf den weitläufigen, makellosen Raum. »Wir stecken mitten in den Vorbereitungen für unsere neue Ausstellung.« Er ging ihnen voran durch eine Tür im hinteren Teil der Galerie; sie führte in einen wesentlich menschlicher wirkenden, unordentlichen Raum, sparsam mit zwei Bürostühlen, einer abgewetzten Ledercouch, einem Computer und einem Faxgerät ausgestattet, das zwischen Stapeln von Kunstbüchern sein Dasein fristete.

»Lucy sagte mir, Sie halten nach einem Cézanne Ausschau.« David grinste. »Wer nicht?«

Andre erzählte seine Geschichte. Der junge Kunsthändler, der schweigend und aufmerksam zuhörte, hob von Zeit zu Zeit die Hand, um nachdenklich an seinem silbernen Ohrring herumzuspielen; seine Augenbrauen wanderten erstaunt nach oben, als Andre schilderte, wie viele Telefongespräche er mit Cannes geführt hatte.

»Sie nehmen die Sache ziemlich ernst, wie ich sehe.«

»Ich weiß.« Andre schüttelte den Kopf. »Und ich weiß auch, daß die Sache mich im Grunde nichts angeht, aber wie es scheint, geht sie mir einfach nicht aus dem Sinn.«

David holte tief Luft. »Ich wünschte, ich könnte Ihnen helfen, aber das ist leider nicht mein Kaliber. Ich bin als Kunsthändler nur ein kleiner Fisch.« Er kratzte sich am Kopf und runzelte die Stirn; seine Finger statteten dem Ohrring einen weiteren gedankenvollen Besuch ab. »Lassen Sie mich nachdenken: Sie brauchen jemanden – halt, warten Sie eine Minute.« Er wirbelte auf seinem Drehstuhl herum und blickte auf den Computerbildschirm. »Ich weiß, wer Ihnen weiterhelfen könnte.« Er sprach weiter, während er die Tastatur betätigte, um eine Datei zu öffnen. »Der Mann gehört zu den Uptown-Kunsthändlern, erste Adresse, ein Freund meines Vaters. Er residiert in einer von diesen braunen Sandsteinfestungen in den East Sixties, die an Fort Knox erinnern.« Er ließ eine Adressenliste über den Monitor gleiten. »Da haben wir es ja – Pine Art. Sein Name lautet Pine, Cyrus Pine.« David notierte die Adresse und eine Telefonnummer auf einem Block. »Ich habe ihn ein paarmal getroffen. Er ist ein Unikum, hat sich auf Impressionisten spezialisiert und steht mit allen renommierten Sammlern auf vertrautem Fuß.« David stand auf, reichte Andre den Zettel und sah auf die Uhr. »Tut mir leid, aber die Arbeit ruft. Die Ausstellung wird morgen eröffnet. Richten Sie Cyrus meine Grüße aus.«

Wieder auf der Straße, nahm Andre Lucys Arm und lotste sie mit flottem Schritt Richtung West Broadway. »Lulu, du bist ein Schatz, und du verdienst das Beste, was das Leben zu bieten hat. Hast du noch Zeit für ein Glas Champagner?«

Lucy lächelte. Gut zu sehen, daß sich seine Laune gebessert hatte. »Eigentlich nicht.«

»Wunderbar. Dann gehen wir ins Felix. Ich möchte, daß alle Welt deine Baskenmütze sieht.«

Sie nahmen am Ende der Theke in der kleinen Bar Platz, umschwirrt von französischen Lauten. Ein geduldiger Hund, der mit der Welt abgeschlossen hatte, war in der Ecke vor der Herrentoilette an einen Stuhl angebunden; seine Nase war ständig in Bewegung, um die köstlichen Düfte zu erschnuppern, die aus der Küche herüberwehten. Es wurde ohne Rücksicht auf Verluste geraucht. An einem Abend wie diesem konnte man sich fast einreden, in Paris zu sein. Das war einer der Gründe, warum Andre so gerne herkam.

Lucy machte ein verwirrtes Gesicht, während sie sich bemühte, aus dem Stimmengewirr ein vertrautes Wort herauszuhören. »Reden die Franzosen immer so schnell?«

»Immer. In einem Brief, den Tschechow geschrieben hat, steht eine Zeile, die den Nagel auf den Kopf trifft: Der Franzose ist, bis zur Senilität in fortgeschrittenem Stadium, in aller Regel ungemein lebhaft.«

»Und was passiert, wenn die Senilität das fortgeschrittene Stadium erreicht?«

»Oh, dann stellen sie jungen Mädchen nach. Aber langsam, damit sie ihren Drink nicht verschütten.«

Als der Champagner kam, hob Andre sein Glas. »Nochmals danke, Lulu. Es ist wahrscheinlich reine Zeitverschwendung, aber ich würde wirklich gerne wissen, was mit diesem Gemälde geschehen ist.«

Hundert Straßenblocks nördlich tranken Rudolph Holtz und Camilla ebenfalls Champagner. Die letzten Tage waren äußerst befriedigend verlaufen. Es hatte keine weiteren panischen Anrufe von Denoyer gegeben, und der Cézanne war wohlbehalten in Paris eingetroffen. Eine gründliche Überprüfung der Ausbeute, die aus dem Einbruch stammte, hatte keine unliebsamen Überraschungen ergeben. Die Dias und Negative waren verbrannt worden, und der Kameraausrüstung hatte man sich mit Hilfe der schlüpfrigen, aber geschickten Hände von Bennys Onkel in Queens entledigt.

»Es gibt also nichts, worüber wir uns den Kopf zerbrechen müßten«, sagte Holtz. »Wenn Kelly in der Lage wäre, uns Schwierigkeiten zu machen, wüßten wir es längst. Er hätte sich noch einmal mit Denoyer in Verbindung gesetzt.«

Camilla wackelte mit dem Zeh, der geschützt in seinem Samtkokon ruhte. Die Schmerzen waren weg, aber sie genoß die Aufmerksamkeit, die ihr Gehstock allenthalben auf sich zog, weshalb sie sich ein, wie sie fand, höchst fesselndes, leichtes Hinken zugelegt hatte. »Darüber weiß ich nichts, aber er ruft jeden Tag im Büro an.«

»Natürlich ruft er im Büro an. Er braucht Arbeit.« Holtz schnippte einen Fussel vom Ärmel seiner Smokingjacke. »Aber ich halte es für ratsam, ihm eine Weile die kalte Schulter zu zeigen. Du wirst sicher einen anderen Fotografen finden.« Er stellte sein Glas auf den Tisch zurück. »Wir müssen los.«

Die Limousine wartete vor dem Eingang des Gebäudes, bereit, sie vier Häuserblocks weiter zu chauffieren, zu einer Dinnerparty im privaten Kreis, deren Erlös einer gemeinnützigen Organisation zugedacht war. Holtz freute sich nicht besonders auf den Abend; diese Wohltätigkeitsveranstaltungen konnten einen in den Bankrott treiben, wenn man sich nicht vorsah. Er klopfte gegen seine Taschen, um sich zu vergewissern, daß er sein Scheckheft zu Hause vergessen hatte.

8

Die Straßen der Upper East Side in Manhattan neigen dazu, die Ansicht derer zu bestätigen, die in der Stadt einen vorgeschobenen von Wilden umzingelten Posten im Grenzland sehen, der sich am Rande eines Krieges befindet. Die Wohnblocks gleichen Festungen, bewacht von Männern in Uniform, die Harry oder Pat oder Juan heißen und rund um die Uhr Streife gehen. Privathäuser haben sich, für den Fall einer Invasion feindlicher Mächte, verschanzt: Dreifach verriegelte Türen, Stahlgitterjalousien, Alarmanlagen, Fenstervorhänge, so schwer, daß sie vermutlich kugelsicher wären – jedes Sicherheitssystem, das auf der Skala der Kriegsausrüstungen unterhalb der heimischen Raketenabschußbasis und Tellermine rangiert, wird sichtbar zur Schau gestellt oder sein Vorhandensein signalisiert. Und dabei gilt diese Gegend als sicheres Stadtviertel. Die urbanen Bunker beherbergen nur Begüterte und Privilegierte und gelten als Immobilien in erstklassiger Lage – Anwesen, die für siebenstellige Summen den Besitzer wechseln.

Als Andre von der Park Avenue abbog und die 63rd Street hinunterschlenderte, fragte er sich, wie es wohl sein mochte, in einem fortwährenden Belagerungszustand zu leben. Gewöhnte man sich je in solchem Maße daran, daß man ihn als selbstverständlich erachtete und am Ende überhaupt nicht mehr wahrnahm? Der Gedanke, in einem Gefängnis zu hausen, erschreckte ihn, und doch war es für einige Leute die Normalität. Denoyer verbrachte sein Leben beispielsweise, gleich ob in Frankreich oder auf den Bahamas, hinter Gittern und Barrikaden. Und das galt auch für

Cyrus Pine, nach dem äußeren Erscheinungsbild des Hauses zu urteilen.

Es war einer der typischen viergeschossigen Gebäudekomplexe aus braunem Sandstein, vielleicht ein wenig weitläufiger als die meisten und bemerkenswert gut in Schuß. Die kurze Außentreppe war blank gescheuert und makellos, die vordere Eingangstür und das schmiedeeiserne Gitter, das die Fensterscheiben im Souterrain schützte, waren frisch gestrichen und lackschwarz, und der auf Hochglanz polierte Messingtürklopfer blendete im Licht der Nachmittagssonne. Nichts deutete darauf hin, daß sich hinter der Fassade ein gewerbliches Unternehmen verbarg, aber schließlich handelte es sich ja auch nicht um ein Geschäft, das von Laufkundschaft oder Impulskäufen abhing.

Andre betätigte den Türklopfer und nannte seinen Namen, als man ihn per Gegensprechanlage aufforderte, sich auszuweisen. Sechzig Sekunden später wurde die Tür geöffnet, von einem Geschöpf der Fifth Avenue, einer grazilen jungen Frau, die aussah, als hätte sie den ganzen Vormittag an Zeit und einen kräftigen Batzen des väterlichen Geldes in den Einkauf der Kleidung investiert, die sie trug. Kaschmirpullover, seidenes Halstuch, ein täuschend schlichter Flanellrock der edelsten Sorte und Schuhe – hochhackig und mit papierdünnen Sohlen –, deren Preis vermutlich je Unze errechnet wird. Ihr Lächeln erweckte bei Andre den Eindruck, als sei er der Märchenprinz, auf den sie ihr ganzes Leben gewartet hatte. »Folgen Sie mir bitte«, sagte sie. Was er mit dem größten Vergnügen tat, als sie ihn durch ein schwarzweiß gefliestes Vestibül in ein kleines Arbeitszimmer führte.

»Mr. Pine wird jeden Augenblick hiersein. Darf ich Ihnen einen Espresso bringen? Oder Tee? Oder ein Glas Wein?«

Andre bat um ein Glas Weißwein und empfand ein leises Unbehagen angesichts der Aufmerksamkeit, mit der er überschüttet wurde. Sein Anruf bei Pine war kurz und knapp gewesen; er hatte zwar den Namen des jungen Kunsthändlers und den Cézanne als Sesam-öffne-dich erwähnt, war aber nicht näher auf den Zweck seines Besuches eingegangen. Pine hatte wahrscheinlich angenommen, daß es sich um einen potentiellen Kunden handelte. Er strich sein Jackett glatt und blickte zu seinen Schuhen hinunter, die im Vergleich zu dem gewienerten Parkettboden des Arbeitszimmers richtig stumpf wirkten. Er balancierte gerade auf einem Bein und rieb die staubige Kappe hinten an seinem Hosenbein blank, als die junge Frau auch schon zurückkehrte.

»Bitte sehr.« Sie schenkte ihm ein weiteres strahlendes Lächeln und reichte ihm ein Kristallglas, das von der Kälte beschlagen war. »Mr. Pine telefoniert noch. Bitte nehmen Sie doch Platz; machen Sie es sich bequem.« Damit ging sie hinaus; nur ein Hauch Parfum blieb zurück.

Andre gab die Schuhputzaktion auf und nahm das Arbeitszimmer in Augenschein. Es strahlte die gleiche Gediegenheit aus wie ein stilles Eckchen in einem behaglichen, alteingesessenen Herrenclub – holzgetäfelte Wände, Armlehnensessel aus Leder, die mit ihren Adern und haarfeinen Rissen Patina angesetzt hatten, ein kostbarer, wenn auch ausgeblichener Orientteppich, zwei guterhaltene Beistelltischchen aus dem achtzehnten Jahrhundert, das schwache Aroma von Bienenwachs. Andre war überrascht, daß Gemälde an den Wänden oder andere Hinweise auf Pines berufliche Tätigkeit fehlten. Die einzigen gerahmten Bilder im Raum waren zwei goße Schwarzweißfotografien, die nebeneinander über dem kleinen, offenen Kamin hingen. Er trat näher, um einen Blick darauf zu werfen.

Die Aufnahmen waren vom Alter vergilbt, in krassem Gegensatz zu der offenkundigen Jugend der abgelichteten Personen. Auf dem linken Foto posierte eine steif wirkende Gruppe junger Burschen, die sich auf der Schwelle zur vollen Manneskraft befanden; sie stellten in ihren schwarzen Anzügen und hohen gestärkten Kragen, die Hände in den Hosentaschen vergraben, eine Vielfalt schmucker Westen vor der Kamera zur Schau. Die Gesichter unter den pomadeglänzenden, straff nach hinten gekämmten Haaren waren rundlich und ernst, beinahe hochmütig, die Augen blickten starr in die Ferne, als sei der Fotograf nicht vorhanden. Unterhalb der Gestalten lautete die Bildunterschrift: *Eton 1954.*

Das zweite Foto zeigte eine weniger hölzerne Gruppe. Wieder junge Männer, dieses Mal in Tenniskleidung, mit Pullovern, die um die Schultern geschlungen waren, und lässig in den Händen gehaltenen Schlägern, die ganz entschieden altmodisch aussahen. Eine sonnengebräunte, fröhliche Runde, die lächelnd in die Sonne blickte. *Harvard 1958.* Andre betrachtete zuerst die eine, dann die andere Aufnahme, um zu sehen, ob er eines der Gesichter auf beiden entdecken konnte, als sich die Tür öffnete.

»Ich bin der Aufgeblasene ganz links, der aussieht, als würde ihm etwas fürchterlich stinken. Guten Tag, Mr. Kelly. Es tut mir leid, daß Sie warten mußten.« Andre drehte sich um und sah sich dem strahlenden Gesicht und der ausgestreckten Hand von Cyrus Pine gegenüber.

Er war groß und leicht gebeugt, mit silbergrauem, vollem Haar, das über der breiten Stirn straff nach hinten gebürstet war. Er hatte durchdringende braune Augen und beeindruckende, buschige Brauen. Er trug einen grauen Tweedanzug von europäischem Zuschnitt, ein blaßblaues Hemd und eine buttergelbe Seidenkrawatte. Wie das Haus schien auch er tadellos in Schuß zu sein. Andre schätzte sein Alter auf rund sechzig. Sein Händedruck war fest und trocken.

»Vielen Dank, daß Sie mich empfangen haben«, sagte Andre. »Ich hoffe, daß ich nicht Ihre kostbare Zeit verschwende.«

»Nicht im geringsten. Es ist mir immer ein Vergnügen, Davids Freunde kennenzulernen. Sein Vater und ich kennen uns seit langem. Wir sind zusammen zur Schule gegangen.«

Andre deutete mit einem Kopfnicken auf die Fotografien. »Sie haben eine interessante Ausbildung genossen.«

Pine lachte. »Meine Eltern waren alles andere als seßhaft – wußten nie, auf welcher Seite des Atlantik sie ihre Zelte aufschlagen wollten.« Er ging zu den Fotos und deutete auf einen der Tennisspieler. »Das bin ich, in Harvard. Wie Sie sehen, hat es mir dort nicht mehr gestunken. Ich muß den Geruch von Eton abgestreift haben.«

Andre versuchte, den Akzent des Mannes einzuordnen, eine einnehmende und kultivierte Mischung, die vermutlich irgendwo zwischen Boston und Saint James anzusiedeln war. »Sie sind aber Engländer, oder täusche ich mich?«

»Nun, ich besitze noch einen britischen Paß. Aber ich lebe schon seit Jahren nicht mehr dort.« Er blickte auf seine Armbanduhr. »Nun, was kann ich für Sie tun? Ich hasse es zu drängeln, aber ein großer Teil meiner Geschäfte wird mit Messer und Gabel in der Hand getätigt, und leider habe ich in einer halben Stunde eine Verabredung zu einem zeitigen Mittagessen. Bitte, setzen wir uns doch.«

Andre nahm Platz und beugte sich in seinem Sessel vor. »Ich bin sicher, daß Ihnen Cézannes *Frau mit Melonen* ein Begriff ist.«

Pine nickte. »Ich kenne die Dame nicht persönlich, was ich sehr bedauere. Sie befindet sich seit mindestens siebzig Jahren nicht mehr auf dem Markt.« Er grinste, und Andre sah sich mit einemmal dem jungen Mann auf den Fotos gegenüber. »Wollen Sie kaufen oder verkaufen?«

Andre erwiderte das Lächeln; der Mann war ihm jetzt schon sympathisch. »Weder noch. So gerne ich auch möchte. Darf ich Ihnen erzählen, was geschehen ist?«

Pine saß reglos da, das Kinn auf die gefalteten Hände gestützt, und ließ Andre reden, ohne ihn zu unterbrechen. Ihm waren schon häufiger ähnliche Geschichten zu Ohren gekommen – Bilder, die wie aus heiterem Himmel in der Versenkung verschwanden, gefolgt von unbestätigten Gerüchten, sie seien in der Schweiz, in Saudi-Arabien, Kalifornien oder Japan wiederaufgetaucht. Er selbst hatte ein- oder zweimal bei geheimen Manövern mitgewirkt, um die Erbschaftssteuer auf ein Mindestmaß zu reduzieren. Bei Gemälden mit einem Wert, der in die Millionen ging, wurde man so oft zur Kasse gebeten, daß es zu teuer wurde, sie in Privatbesitz zu halten. Heutzutage mußte man sehr vorsichtig sein, was Stunde, Ort und Umstände seines eigenen Todes anbetraf. Während Andre erzählte, spürte Pine, wie sich sein Interesse zu regen begann. Seltsame, scheinbar unwichtige Begebenheiten wie diese verdienten es, ernst genommen zu werden in einer Branche, die irgendwann einmal jemand als Sammelbecken zwielichtiger Gestalten, als Tummelplatz für Hehler und Hausierer bezeichnet hatte.

Andre hatte inzwischen geendet und ergriff sein Glas. »Mr. Pine, darf ich Sie etwas fragen? Was ist dieses Gemälde Ihrer Meinung nach wert? Nur grob überschlagen.«

»Mmm. Die Frage habe ich mir auch schon gestellt; ich wollte Sie nur nicht unterbrechen. Beginnen wir mit dem, was wir wissen.« Pine rieb sich nachdenklich die Seite des Kinns. »Vor ungefähr einem Jahr hat das Getty-Museum einen hübschen Cézanne erstanden – *Stilleben mit Äpfeln* – und dafür mehr als dreißig Millionen Dollar auf den Tisch geblättert. Dieser Preis wurde offiziell genannt. Geht man davon aus, daß die grundlegenden Voraussetzungen erfüllt sind, wie Echtheitszertifikat und guter Zustand des Gemäldes, dürfte die *Frau mit Melonen* nach meiner Schätzung genausoviel oder noch mehr einbringen. Die Tatsache, daß sie sich früher einmal in Renoirs Besitz befand, schadet natürlich nicht, genausowenig wie ihre lange Abwesenheit vom Markt. Sammler finden solche Begleitumstände bisweilen sogar außerordentlich reizvoll. Es ist schwer, sich auf einen Preis festzulegen.« Er bedachte Andre mit einem mutwilligen Lächeln und hob die Augenbrauen. »Obwohl ich es gerne versuche. Nach vorsichtiger Schätzung würde ich dreißig Millionen sagen.«

»*Merde*«, fluchte Andre.

»In der Tat.« Pine stand auf. »Lassen Sie mir die Telefonnummer da, unter der ich Sie erreichen kann. Ich werde mich einmal umhören. Die Kunstwelt ist ein Dorf, wenn auch von internationalem Zuschnitt, in dem sich die Klatschbasen tummeln. Ich bin mir sicher, daß es jemanden gibt, der etwas läuten gehört hat.« Wieder schnellten die Augenbrauen in die Höhe. »Falls es etwas zu hören gibt.«

Ein leises Klopfen an der Tür, und Miss Model von der Fifth Avenue erschien auf der Schwelle. »Mr. Pine, es ist Zeit.«

»Danke, Courtney. Ich werde gegen halb drei zurücksein. Sorgen Sie bitte dafür, daß alle Ihre Verehrer bis dahin gegangen sind, ja?« Courtney kicherte, als sie mit erröteten Wangen die Eingangstür für ihren Arbeitgeber öffnete.

Die beiden Männer verließen gemeinsam das Haus, wobei Andre

ihm Komplimente über die junge Frau machte, als sie die Treppenstufen hinuntergingen. Pine knöpfte sein Jackett zu und zupfte seine Manschetten unter den Ärmeln hervor. »Einer der Vorteile, in einer Branche tätig zu sein, in der das äußere Erscheinungsbild von Bedeutung ist, besteht darin, daß man mit völlig reinem Gewissen hübsche Mädchen einstellen kann. Und sie lassen sich sogar noch von der Steuer absetzen. Ich liebe hübsche Mädchen, Sie auch?«

»Sobald sich eine Gelegenheit bietet, ja.«

Sie trennten sich an der Ecke 63rd Street und Madison Avenue. Da er sich schon in der Nähe befand, beschloß Andre, die paar Schritte zur Redaktion des *DQ* zu gehen; vielleicht gelang es ihm ja, Camilla festzunageln. Bei ihrem letzten Telefonat hatte sie ihn abgewimmelt und auf seine nachfolgenden Bitten um Rückruf mit keinem Ton reagiert. Das anhaltende Schweigen auf ihrer Seite kam ihm langsam rätselhaft vor. Ein solches Verhalten sah ihr überhaupt nicht ähnlich: Sie hatte es nicht gerne, wenn er für einen anderen Auftraggeber arbeitete, und rief ihn normalerweise auch dann häufig an, wenn kein neues Projekt ins Haus stand, das eine Besprechung erforderte. Einen Mann wie dich muß man sich warmhalten, Schätzchen, hatte sie einmal gesagt.

Dank des milden Wetters war die übliche Vielfalt im Straßenleben auf der Madison Avenue erblüht: Touristen in Jeans und Laufschuhen mit einer furchtsamen Gleich-wirst-du-ausgeraubt-Miene; Geschäftsleute, die in ihre Handys brüllten, um den Verkehrslärm zu übertönen; Frauen, die wie Geier die Boutiquen ausweideten, die Frisur mit Haarlack glasiert, das Gesicht geliftet, die Plastiktüten vom Beutegut ausgebeult; Bettler, junge Leute auf Rollerblades, aufdringliche Schlepper für Massagesalons, Straßenhändler, die alles feilboten, was nicht niet- und nagelfest war, von Salzbrezeln bis zum Rolex-Imitat zum Preis von fünfzig Dollar; und, jedwede Unterhaltung und sogar jeden klaren Gedanken im Keim erstickend, die unablässige Kakophonie der Hupen und kreischenden Bremsen, der Signalhörner und Sirenen, der schnaufenden, ächzenden Autobusse, der quietschenden Autoreifen und aufheulenden Motoren: das mechanische Tollhaus einer Stadt, die fortwährend in Eile ist.

Der Massenexodus um die Mittagszeit erreichte gerade seinen Höhepunkt, als Andre das *DQ*-Gebäude betrat; ein Menschenstrom ergoß sich durch die Eingangshalle ins Freie, um außer Haus einen Happen zu essen. Er beschloß, nicht mit dem Fahrstuhl nach oben zu fahren, weil er nicht riskieren wollte, Camilla zu verpassen, falls sie sich gerade auf dem Weg nach unten befand; deshalb wartete er und sah Hunderte von Gestalten an ihm vorbeidrängen, die offenbar alle als erste an der Tür sein wollten. Warum konnte in New York niemand gemächlichen Schritts gehen? Es war doch nicht möglich, daß alle fürchteten, zu spät zu kommen.

Wieder öffnete sich eine Fahrstuhltür. Andre sah Camillas Sonnenbrille mit den übergroßen, dunklen Gläsern und das glänzende, wippende Haar, als sie heraustrat, eingezwängt vom Pulk ihres Redaktionsstabs, die Sekretärin, wie es sich geziemte, in Camillas Schlepptau. Andre ging auf die Gruppe zu und erkannte, daß es sich hier um eine mobile Mitarbeiterbesprechung handeln mußte. Meetings dieser Art waren in der Zeitschrift an der Tagesordnung, weil Camilla steif und fest behauptete, dynamisches Denken sei wesentlich ausgeprägter, wenn man dabei nicht saß, sie waren aber auch eine Folge ihrer angeborenen Unpünktlichkeit. Es war allseits bekannt, daß die meisten Besprechungen in Camillas Wagen fortgesetzt wurden, während sie zum Mittagessen oder zu Bergdorf's chauffiert wurde.

Dies war ein unerläßlicher Bestandteil ihrer Rolle: die erfolgreiche, überarbeitete Verlegerin, die sich für das Magazin aufopfert und keine Sekunde vergeudet.

Der Pulk war außerdem höchst willkommen als Schutzschild gegen die unerwünschte Annäherung jedweder Person, mit der Camilla nicht sprechen wollte, und eine solche Situation trat nun ein. Sie erspähte Andre – sie mußte ihn gesehen haben; der Abstand zwischen ihnen betrug nicht mehr als eineinhalb Meter, als er ihren Namen rief – und sah ihm einen Moment lang direkt ins Gesicht, bevor sie ihren Kopf mit einem Ruck abwandte. Und dann war sie, hinter dem Schutzwall menschlicher Leiber, gefahrlos an ihm vorübergerauscht. Bis er sich umgedreht hatte und sich anschickte, ihr zu folgen, war sie auch schon durch die Tür und im Fond des wartenden Wagens verschwunden.

Zwischen ungläubigem Staunen und wachsender Verärgerung hin- und hergerissen, stand er wie angewurzelt da und sah dem Fahrzeug nach, das sich seinen Weg durch den dichten Verkehr auf der Madison Avenue bahnte. Er arbeitete seit mehr als zwei Jahren mit Camilla zusammen. Zwar waren sie keine engen Freunde und würden es auch nie sein, aber er mochte sie und hatte immer gedacht, daß die Sympathie auf Gegenseitigkeit beruhte. Allem Anschein nach hatte er sich geirrt. Keine Anrufe mehr, und nun zeigte sie ihm ganz bewußt und offensichtlich die kalte Schulter. Aber warum? Was hatte er verbrochen?

Zögernd verließ er das Gebäude; er überlegte, ob er hinaufgehen und ein Wörtchen mit Noel reden sollte, der normalerweise in der Lage war, sich einen Reim auf Camillas Signale zu machen. Aber dann überwog eine Mischung aus Stolz und Wut: Wenn sie es vorzog, ihm aus dem Weg zu gehen, würde er den Teufel tun und ihr hinterherlaufen. Zur Hölle mit ihr, und auch *DQ* konnte ihm gestohlen bleiben. Es gab schließlich noch jede Menge anderer Zeitschriften. Auf dem Weg zur Park Avenue machte er einen Abstecher in die Bar des Drake-Hotels, um einen Sieg im kleinen zu feiern, den sein Hang zur Unabhängigkeit über die grundlegenden Bedürfnisse des Lebens errungen hatte. Und die Bedürfnisse waren grundlegend, wie er zugeben mußte, als er sinnend die Cocktail-Serviette betrachtete, auf der er die Kosten seiner neuen Fotoausrüstung zusammengerechnet hatte. Wenn die Versicherungsfritzen nicht bald die Kohle rüberrückten – und sie gaben deutlich zu verstehen, daß sie versuchen würden, die Schadensregulierung bis zu Beginn des 21. Jahrhunderts auf die lange Bank zu schieben –, würde er den finanziellen Engpaß schon sehr bald schmerzlich zu spüren bekommen. Arbeit, das war die einzige Lösung. Er hob sein Glas und sprach einen lautlosen Toast auf seinen nächsten Auftrag aus. Lucy würde sicher in Kürze irgend etwas austüfteln.

»Zugegeben, es reicht nicht aus, um sich damit ein für allemal zur Ruhe zu setzen, aber es ist besser als alles andere, was derzeit angeboten wird.« Lucy sah verwirrt und eine Spur kampflustig aus. »Da draußen herrscht Sauregurkenzeit.« Sie warf einen Blick auf ihren Notizblock. »Ich hab's fast bei allen versucht, mit Ausnahme der *Plumber's Gazette*, und der einzige andere Auftrag, der zu vergeben ist, wären Aufnahmen für einen Katalog gewesen.« Sie zog die Nase kraus. Es gefiel ihr nicht, wenn ihre Fotografen Kataloge machten, es sei denn, daß ihnen zum Beispiel infolge horrender Alimente, die sie berappen mußten, das Wasser bis zum Hals stand. Sie zuckte die Achseln. »Wer weiß, vielleicht macht die Arbeit ja sogar Spaß.«

Der Auftraggeber war ein englisches Magazin mit englischem Honorar, das deutlich unter Andres amerikanischem Tarif lag. Aber Lucy hatte recht. Kostbare Wandbehänge in einem Herrenhaus zu fotografieren war mit Sicherheit besser, als Dutzende von Innenausstattungen unter den Argusaugen eines künstlerischen Leiters zu knipsen, der jeden Winkel von Scheinwerfern angestrahlt haben wollte, was ausgesprochen mühsam war. Andre hatte das alles schon einmal zu Beginn seiner beruflichen Laufbahn durchgemacht, und er hatte keine Lust, wieder damit anzufangen.

»Lulu, ist schon in Ordnung. Ehrlich. Im Augenblick bleibt mir ohnehin kaum eine andere Wahl. Wann sollen die Aufnahmen stattfinden?«

Lucy warf einen Blick auf ihre Notizen. »Am liebsten gestern. Es ist ein Notfall. Die Herrschaften hatten alles vorbereitet. Ihr Haus- und Hoffotograf war bereits dort, aber dann ist er vom Pferd gefallen und hat sich den Arm gebrochen.«

Andre zuckte zusammen. »Die erwarten doch wohl hoffentlich nicht, daß ich auf einen Gaul steige! Was um Himmels willen hat er auf einem Pferd gemacht?«

»Woher soll ich das wissen? Wenn du dem Vieh die Knie in die Flanken preßt, kann gar nichts schiefgehen.«

»Du bist ein brutales Weibsbild, Lulu. Ich wünschte, du wärst heute morgen bei mir gewesen.« Andre beschrieb das unselige flüchtige Zusammentreffen mit Camilla und sah, wie Lucy die Stirn runzelte. »Und da stand ich also in der Eingangshalle herum wie ein *connard*...«

»Ein was?«

»Ein Klinkenputzer – und sie sah glatt durch mich hindurch. Und sie hat mich bemerkt, da bin ich mir hundertprozentig sicher.«

Lucy erhob sich von ihrem Schreibtisch. »Andre, sie ist eine launenhafte Zimtzicke. Du behauptest immer, so übel sei sie nicht, trotz ihrer Grillen, und daß sie etwas von ihrem Metier versteht und eine gute Zeitschrift herausgibt. Das mag ja alles stimmen«, Lucy wedelte belehrend mit dem Finger vor seiner Nase herum, »aber das ändert nichts an der Tatsache, daß sie eine launenhafte Zimtzicke ist. Wenn sie jemanden mag, dann klammert sie sich an ihn wie eine Klette; wenn nicht, ist man Luft für sie. Und aus irgendeinem Grund bist du derzeit bei ihr in Ungnade gefallen.« Lucy verschränkte die Arme und sah ihn schräg von der Seite an. »Bist du sicher, daß nichts passiert ist, als ihr miteinander in Frankreich wart?«

Andre dachte an den Abend im Colombe d'Or zurück und schüttelte den Kopf. »Nein. Nicht das geringste.«

Das Stirnrunzeln wurde durch die Andeutung eines Lächelns ersetzt, eines wissenden Lächelns. »Vielleicht liegt genau hier das Problem.«

Cyrus Pine war hinter der sorgfältig gepflegten Fassade seines lässigen, unverbindlichen Charmes, den er im Beisein seiner Klientel spielen ließ, ein ungemein wettbewerbsorientierter Geschäftsmann. Zu siegen war ein Bestreben, das ihm seit Eton in Fleisch und Blut übergegangen war, als er entdeckt hatte, daß ihm eine Spitzenposition – sowohl im sportlichen als auch im akademischen Bereich – ein gewisses Polster verschaffte, eine Art Panzer gegen die kleinen Unbilden und Härten des Lebens in einer elitären Privatschule. Und in Eton hatte er außerdem gelernt, seine Bestrebungen zu verschleiern, denn hier galt es als unfein, dabei ertappt zu werden, wie man sich durch Fleiß um eine Verbesserung seiner Fähigkeiten bemühte. Erfolg, den man durch einen Zufalls- oder Glückstreffer erzielte, war annehmbar; Erfolg als Resultat offenkundiger Entschlossenheit oder harter Arbeit haftete ein unangenehmer Ruch an. Als er seinen Abschluß in Harvard gemacht hatte, war ihm das Tiefstapeln zur Gewohnheit geworden: Es sah so aus, als gehöre er zu den sprichwörtlichen blinden Hühnern, die auch einmal ein Korn finden. Diese Camouflage-Taktik zahlte sich für ihn auch im Berufsleben aus, aber in Wirklichkeit arbeitete er genauso hart und war genauso auf einen guten Deal bedacht wie jedermann.

Geschäftsabschlüsse in der Kunstwelt – oder vielmehr in Pines hochkarätiger Nische des Kunstmarktes – hängen zumeist von der Fähigkeit ab, schneller als die Konkurrenz an Informationen heranzukommen. Gelegentlich fallen einem diese in den Schoß als wohlverdiente Früchte, die einem nach Jahren geduldiger Kontaktpflege von einem Informanten anvertraut werden. Häufiger stammen sie gleichwohl daher, daß man, um die Spreu vom Weizen zu trennen, Flüsterpropaganda und Gerüchten nachgeht; beides blüht unweigerlich in einer Branche, die Millionen damit verdient, ein paar hundert Gemälden nachzujagen. Und für Cyrus Pine, der oft zu scherzen pflegte, der ideale Kunsthändler sei ein Akrobat, der die Nase in seine eigenen Angelegenheiten stecke, seine Ohren überall gleichzeitig habe und mit den Augen ständig nach der Chance seines Lebens ausspähe, war keine Flüsterpropaganda zu vage, um der Fährte zu folgen.

Als er nach einem schicklichen Lunch ohne Wein, aber mit einer ältlichen Kundin, die regelmäßig erklärte, ihre Pissarro- und Sisley-Sammlung langweile sie (und die genauso regelmäßig ihre Meinung änderte), in sein Büro zurückkehrte, machte Cyrus es sich neben dem Telefon gemütlich. Die Geschichte des jungen Mannes war möglicherweise nur eine seltsame Begebenheit ohne Bedeutung, aber man konnte nie wissen. Mit einem Glas Cognac, um den Geschmack des Mineralwassers herunterzuspülen, begann er, sich durch seine Rolodex-Adreßkartei zu arbeiten.

9

Das Apartment war wieder in Chaos versunken, als wären die Einbrecher auf der Suche nach weiterer Beute noch einmal zurückgekommen. Außenkartons, Innenkartons, ein Gewirr zerrissener Plastikhäute mit Cellulitis-Dellen, Styropor in seiner ganzen reichen Artenvielfalt als Schablonen, Blöcke, Keile, dazu ungezählte lose Partikel, die bei jedem Lufthauch die Flucht ergriffen: Der Fußboden war ein lebendiges Beispiel für Amerikas Verpackungsmanie.

Im Gegensatz dazu bot der lange Arbeitstisch am anderen Ende des Raumes ein Bild mustergültiger Ordnung. Kameras ohne Zubehör, Linsen, Polaroid-Kassetten, Filme und Filter lagen fein säuberlich in Reih und Glied und warteten darauf, in den ausgepolsterten Fächern der dunkelblauen Nylonfutterale verstaut zu werden. Der Anblick war tröstlich. Andre hatte sich ohne das Handwerkszeug seiner Zunft verletzlich gefühlt, als sei er nicht nur seiner Ausrüstung, sondern auch seines geschärften Auges und seiner beruflichen Fähigkeiten beraubt worden. Doch nun ließ er die Finger über die Knöpfe und Wölbungen gleiten, lauschte dem Klicken der Linsen, als er sie in ihr Gehäuse einpaßte, und spürte, wie seine gute Laune und seine Zuversicht zurückkehrten. Vielleicht würde er nach England noch ein paar Tage in Paris anhängen, um zu sehen, ob er nicht weitere Aufträge von einer französischen Zeitschrift an Land ziehen konnte. Eine Woche oder mehr im Süden, um Aufnahmen für *Côte Sud* zu machen, wäre das perfekte Gegenmittel für den Frust der vergangenen Tage. Er nahm die Nikon in die Hand.

Es war nicht seine alte, in vielen Schlachten erprobte, vertraute Gefährtin, aber er genoß ihr Gewicht und die Art, wie sich der Kamerakörper in seine Hand schmiegte. Er nahm sie mit ans Fenster und blickte mit zusammengekniffenem Auge durch den Sucher auf das frühmorgendliche Mosaik aus Halbdunkel und Schatten, während draußen flackernd die ersten Lichter angingen. Der *DC* kann mich kreuzweise, dachte er, und Camilla desgleichen. Er würde auch ohne sie nicht am Hungertuch nagen.

Er hob beim zweiten Läuten ab, halb in der Erwartung, Lucys Stimme zu hören, die wie eine besorgte Kinderfrau die Litanei der unerläßlichen Reisevorbereitungen herunterbetete und sich vergewisserte, daß er Flugscheine, Paß und genügend saubere Socken eingepackt hatte. Deshalb erschrak er einen Augenblick lang, als er den sorgsam zurechtgestutzten, gedehnten Tonfall vernahm.

»Mein lieber Junge, Cyrus hier. Ich hoffe, daß ich Sie nicht störe. Ich nehme zwar an, daß Sie alle Hände voll zu tun haben, aber ich rufe trotzdem an, denn vielleicht besteht ja entfernt die Chance, daß Sie ein paar Minuten erübrigen und sich mit mir auf einen Drink zusammensetzen können. Ich habe ein paar Recherchen auf eigene Faust durchgeführt. Das Ergebnis wird Sie vielleicht interessieren.«

»Das ist sehr freundlich, Cyrus.« Andre warf einen flüchtigen Blick auf den mit Verpackungsmaterial übersäten Fußboden. »Es trifft sich sogar ausgezeichnet, denn eigentlich hätte ich eine Verabredung mit einem Raum voller Müll, aber ich habe soeben beschlossen, sie sausenzulassen. Wo wollen wir uns treffen?«

»Kennen Sie den Harvard Club? An der 44th Street, zwischen der Fifth und der Sixth, Hausnummer 27. Zum einen ist es dort ruhig, und zum anderen sieht man, mit wem man redet. Ich werde langsam zu alt für schummrige Bars. Sagen wir sechs Uhr dreißig? Oh, beinahe hätte ich es vergessen: Sie werden leider eine Krawatte brauchen. Dort legt man großen Wert auf solche Folterwerkzeuge.«

»Ich werde pünktlich zur Stelle sein.«

Andre brauchte einige Zeit, bis er seinen Schlips-für-alle-Fälle aufgespürt hatte, der sich zusammengerollt in der Innentasche eines seiner Jacketts verbarg. Er hatte die Tyrannei der Krawatte oft als lästiges Ärgernis empfunden, aber nie war sie ihm so schlimm erschienen wie in einem unverschämt teuren, unverschämt großspurigen Hotel in Dallas. Nachdem er den ganzen Tag lang Aufnahmen in einem texanischen Palazzo Protzo gemacht hatte, freute er sich auf einen Abstecher in die Hotelbar, nüchtern und respektierlich in seinem besten Sonntagsblazer, wo man ihm jedoch den Zutritt verwehrt hatte, weil die Brust seines frisch aus der Reinigung kommenden blütenweißen Hemdes keine Krawatte zierte. Der Zeremonienmeister hatte ihm daraufhin einen grellbunt gemusterten, mit Whiskyflecken übersäten Seidenbinder zur Verfügung gestellt – den Barschlips, eine Leihgabe des Hauses –, bevor er einen Drink zu sich nehmen durfte, als wäre der Paria damit im Handumdrehen gesellschaftlich akzeptabel. Er hatte den Tresen mit zwei polternden Mannsbildern geteilt, die Schnürsenkel um den Hals trugen, und einer Frau, die mit Ausnahme einer Schmuckkaskade von der Taille aufwärts praktisch nackt war. Einer der Männer trug außerdem einen breitkrempigen Hut, wie er sich erinnerte, ein Accessoire, dessen Anblick im geschlossenen Raum in vielen Teilen der zivilisierten Welt ein mißfallendes Stirnrunzeln hervorgerufen hätte. Seit dieser Erfahrung war er stets mit einer Allzweck-Krawatte aus schwarzem Seidengarn in der Tasche gereist – knitterfrei, fleckenfreundlich und selbst bei Beerdigungen passend. Er rückte den Knoten zurecht und machte sich erwartungsvoll auf den Weg in den stillen Hafen, in dem sich die Geistes- und Geldgrößen von Harvard nach einem anstrengenden Tag auf dem Börsenparkett oder im Dschungel der juristischen Auseinandersetzungen erholten, in die amerikanische Unternehmen fortwährend verwickelt waren.

Als er seinen Mantel abgab, entdeckte er Cyrus Pine in einem der Gänge, die von der Lobby abzweigten; er trug einen erstklassigen, maßgeschneiderten Anzug und las gerade die Anschläge am Schwarzen Brett, mit dem Rücken zum Garderobenraum. Andre trat zu ihm. »Ich hoffe, daß sie kein Verbot für Fotografen herausgegeben haben.«

Pine drehte sich um und lächelte. »Ich habe gerade nach einem

Hinweis Ausschau gehalten, ob irgenwelche Mitglieder dabei erwischt wurden, wie sie junge Frauen in die Dampfbäder eingeschleust haben. Ach ja, das waren noch Zeiten.« Er deutete mit einem Kopfnicken auf ein Informationsblatt, das auf den roten Filz geheftet war. »Die Zeiten haben sich geändert. Nun wird beim Mittagessen japanisch gesprochen. Wie geht es Ihnen, mein lieber Junge?« Er ergriff Andres Ellenbogen. »Kommen Sie, die Bar befindet sich dort drüben.«

Der Harvard Club wies keinerlei überflüssigen Schnickschnack auf, so wie früher in Bars üblich, bevor Hängefarne den Tabakrauch ersetzten und das Gedudel aus der Musikbox oder lautstarke Kommentare über die neuesten Sportereignisse jede gedämpfte Unterhaltung unmöglich machten. Zwar gab es in den heiligen Hallen, es läßt sich nicht leugnen, zwei Fernsehbildschirme – zu Pines beträchtlicher Verärgerung erst unlängst installiert –, aber an diesem Abend waren sie blind und stumm. Alles deutete auf einen geruhsamen Abend hin; von den vier kleinen Tischen war nur einer besetzt, von einer einsamen Gestalt, die sich über eine Zeitung beugte. Ein weiteres Mitglied saß an der Theke, gedankenverloren. Weit und breit keine frivolen Ablenkungen, die den friedvollen Genuß von Alkohol getrübt hätten.

Die beiden Männer nahmen am anderen Ende des Tresens Platz, weit entfernt von dem Getöse, welches das lesende Clubmitglied beim Umblättern der Seiten des *Wall Street Journal* verursachte. Pine schwieg und genoß den ersten langen Schluck Scotch, deutete mit einem Seufzer an, daß der Whisky ihm mundete, und machte es sich auf seinem Barhocker bequem. Andre lauschte auf die Geräusche. Das lauteste war das leise Klirren der Flaschen, als der Barmixer die Bourbon- und Wodkaflaschen neu ordnete. »Ich habe das Gefühl, daß wir uns mittels Zettelchen verständigen oder im Flüsterton unterhalten sollten«, sagte er mit leiser Stimme.

»Großer Gott, nein. Hier geht es sogar noch umtriebig zu, verglichen mit einem Club, den ich manchmal in London aufsuche. Kennen Sie diese Etablissements? Es ist eines von den wirklich steinalten. Disraeli war dort schon Mitglied – ich möchte behaupten, er ist es immer noch. Ich werde Ihnen eine kurze Anekdote erzählen, die angeblich auf Tatsachen beruht.« Er beugte sich vor, seine Augen blitzten vor Vergnügen. »Im Leseraum herrscht striktes Schweigegebot, und die Ohrensessel zu beiden Seiten des Kamins werden in aller Regel von den beiden ältesten Mitgliedern eingenommen, die dort nach dem Mittagessen meditieren. Eines Tages schlurft also der hochbetagte Carruthers herein und findet den ebenso hochbetagten Smythe bereits in seinem angestammten Sessel vor, fest eingeschlafen, die *Financial Times* über dem Gesicht, wie gewöhnlich. Carruthers liest seine Zeitung, hält sein Mittagsschläfchen und verläßt den Raum, als die Gin-Stunde naht. Ein paar Stunden später kehrt er zurück. In der Geschichte wird nicht erwähnt, warum – vermutlich hatte er sein Gebiß unter dem Sitzkissen vergessen. Wie dem auch sei, er sieht, daß Smythe noch immer in derselben Stellung sein Schläfchen hält. Hat sich nicht vom Fleck gerührt. Merkwürdig, denkt Carruthers und tippt Smythe auf die Schulter. Nichts. Er schüttelt ihn. Nichts. Dann hebt er die Zeitung hoch, sieht die starren Augen, den weit aufgerissenen Mund und zählt zwei und zwei zusammen. ›Mein Gott!‹ sagte er. ›Eines der Mitglieder hat das Zeitliche gesegnet! Ruft einen Arzt!‹ Da ertönt die strenge Stimme eines anderen Clubmitglieds, das am anderen Ende des Raumes vor sich hin döst: ›*Ruhe*, Plappermaul!‹«

Pines Schultern bebten vor unterdrückter Heiterkeit, und er nickte zustimmend, als Andre lauthals lachte. »Sehen Sie? Verglichen damit geht es bei uns zu wie in einer Gassenschenke – nach dem Fußballspiel.« Er genehmigte sich einen weiteren Schluck und tippte nachdenklich an seine Lippen. »Nun zum Geschäftlichen. Sagen Sie mir eines vorweg: Hatten Sie bei Ihrer letzten Begegnung mit diesem Denoyer den Eindruck, er könne den Verkauf des Cézanne in Betracht ziehen? Vielleicht hat er heimlich eine Träne verdrückt, als er die Fotos betrachtete? Oder eine unbedachte Bemerkung fallenlassen? Ein kurzer Anruf bei Christie's oder einem anderen Auktionshaus? Irgend etwas in dieser Richtung?«

Andre dachte an den ereignislosen Abend in Cooper Cay zurück. »Nein. Wie ich Ihnen bereits sagte, war das einzig Seltsame, daß er nicht im mindesten überrascht schien. Und falls er es doch war, ist es ihm auf jeden Fall hervorragend gelungen, es zu verbergen.«

»Kommt er Ihnen wie ein Mann vor, der mit seinen Gefühlen hinter dem Berg hält?« Die buschigen Augenbrauen schnellten auf und ab. »Ich möchte den Franzosen gegenüber nicht unehrerbietig sein, aber sie sind nicht gerade dafür bekannt, daß sie ihre Empfindungen meisterhaft kaschieren. Sie sind eher impulsiv, würde ich meinen. Und oft eine Spur theatralisch. Aber unergründlich, nein, das kommt eher selten vor. Vermutlich ist das ein Teil ihres Charmes.«

»Diszipliniert«, meinte Andre. »Ich glaube, dieser Ausdruck wäre zutreffender. Vielleicht lag es einfach nur daran, daß ich für ihn ein Fremder war, aber ich hatte das Gefühl, als ob er sich immer einen Moment Zeit ließ – oft nur eine Sekunde oder zwei –, bevor er eine Frage beantwortete oder auf eine Bemerkung reagierte. Er dachte angestrengt nach, bevor er den Mund aufmachte.«

»Großer Gott, das ist in der Tat ungewöhnlich«, erklärte Pine. »Was wäre aus der Welt geworden, wenn sich alle so zögerlich verhielten? Zum Glück haben nicht viele Angehörige der Kunstbranche diese Gewohnheit gemein.« Er blickte zum Barmixer hinüber und bedeutete ihm mit einem Wink des Fingers, daß Bedarf an einem weiteren Scotch bestand. »Ich habe heute nachmittag ein paar Telefonate geführt, wobei ich nicht ganz bei der Wahrheit geblieben bin, wie ich gestehen muß. Ich habe vorgegeben, im Auftrag eines ernsthaft interessierten Sammlers anzurufen – sein Name müsse natürlich ungenannt bleiben, um meine Kommission nicht zu gefährden, versteht sich –, der nach einem Cézanne sucht. Ein Kunde mit blütenweißer Weste und beachtlichen, jederzeit verfügbaren Geldmitteln, zahlbar gleich wo in der Welt, das übliche Blabla. Oh, vielen Dank, Tom.« Pine hielt inne und trank einen Schluck. »Und wissen Sie, was interessant ist? Wenn man einen solchen Köder auslegt, dauert es normalerweise eine ganze Weile, bevor jemand anbeißt. Doch nicht so dieses Mal.«

Pine hielt wieder inne, legte den Kopf auf die Seite und betrachtete einige Minuten lang schweigend Andres aufmerksames

Gesicht. Die Musterung schien zu seiner Zufriedenheit ausgefallen zu sein. »Ich will ganz offen mit Ihnen sein. Wenn hier eine geschäftliche Transaktion ins Haus steht, möchte ich daran beteiligt sein. Ich werde nicht jünger, und solche Chancen bieten sich nicht jeden Tag. Und da der Tip von Ihnen stammte, ist es nur recht und billig, wenn auch Sie Ihren Anteil erhalten.« Eine weitere Pause folgte, während sich die beiden Männer ansahen.

Andre war nicht sicher, was er darauf sagen sollte, und nahm zu seinem Glas Wein Zuflucht, während er versuchte, seine Gedanken zu sortieren. Geld hatte er bei dieser Sache nie in Erwägung gezogen; er war einzig bestrebt gewesen, seine Neugierde zu befriedigen. »Halten Sie das wirklich für wahrscheinlich? Ich meine, eine geschäftliche Transaktion?«

»Wer weiß? Ich könnte schon morgen drei Käufer für das Gemälde finden, wenn es verfügbar wäre – und wenn Denoyer mich mit der Transaktion beauftragen würde.«

»Und Sie glauben, daß es verfügbar ist?«

Pine lachte, was das Clubmitglied gegenüber veranlaßte, mit mißbilligend gerunzelter Stirn von dem Martini aufzublicken, dem es gerade seine Reverenz erwies. »Das ist nicht der springende Punkt, mein Lieber. Das werden wir erst dann sicher wissen, wenn wir unsere Hausaufgaben gemacht haben.«

»Wir?«

»Warum nicht? Ich kenne den Kunsthandel, und Sie kennen Denoyer. Ich habe den Eindruck gewonnen, daß Sie ein achtbarer junger Mann sind, und ich bin ein Stützpfeiler der Gesellschaft in puncto Rechtschaffenheit, auch wenn es heißt, daß Eigenlob stinkt. Zwei Köpfe, die sich mit dem Problem befassen, sind besser als einer. Unter dem Strich scheint es mir eine ganz vernünftige Basis für eine Zusammenarbeit zu sein. Warten Sie, ich werde Ihnen noch ein Glas Wein bestellen.« Pine sah Andre unverwandt an, während er erneut mit einem Wink seines Fingers den Barmixer in Bewegung setzte. »Also? Sind Sie dabei? Es würde sicher ganz amüsant werden.«

Andre stellte fest, daß Pine ein Mann war, dem man schwer

widerstehen konnte, und ihm fiel beim besten Willen kein Grund ein, warum er es überhaupt erst versuchen sollte. »Ich würde es nicht für Geld tun«, sagte er. »Geld ist nicht wichtig.«

Pines Reaktion erschöpfte sich darin, daß er eine Grimasse schnitt – so heftig, daß die Augenbrauen beinahe zusammenstießen. »Seien Sie nicht albern. Geld ist immer wichtig. Geld ist gleichbedeutend mit Freiheit.« Die Augenbrauen schnellten wieder in ihre normale Position zurück, und Pines Gesicht entspannte sich, machte einem Lächeln Platz. »Doch wenn Sie dabei ein besseres Gefühl haben, tun Sie es eben für eine gute Sache.«

»Und die wäre?«

»Meine Altersversorgung.«

Andre sah das silberne Haar, die zwinkernden Augen, die kecke, ein wenig schief sitzende Fliege. Es würde amüsant werden, hatte Pine gemeint, und Andre konnte sich des Gefühls nicht erwehren, daß er recht hatte. »Also gut«, sagte er. »Ich werde tun, was ich kann. Aber ich muß nebenher auch noch einem Broterwerb nachgehen; ich hoffe, daß Sie sich darüber im klaren sind.«

»Wunderbar. Könnte gar nicht besser sein. Für die Arbeit bleibt schon noch Zeit, machen Sie sich darüber keine Sorgen. So, und nun werde ich Ihnen erzählen, was mir heue nachmittag zu Ohren gekommen ist.« Pine wartete, bis der Barmixer Andres Glas ausgetauscht hatte und wieder lautlos hinter seinen Flaschen verschwunden war.

»Wir sollten dem Ganzen nicht zuviel Bedeutung beimessen, weil es sich nicht einmal um ein ausgewachsenes Gerücht handelt, sondern um eine Art Intuition. Doch wie bereits gesagt kam die Reaktion blitzschnell, wenige Stunden nachdem ich die Parole ausgegeben hatte. Es gibt da eine treue Seele, die im Met arbeitet; ich lade sie zwei- oder dreimal im Jahr zum Mittagessen ein, und sie besitzt die längsten Ohren weit und breit. Sie hat vermutlich ein Gespräch mitgehört, das nicht für ihre Ohren bestimmt war, oder eine Aktennotiz verkehrt herum gelesen, die auf irgendeinem Schreibtisch lag, und daraus andeutungsweise entnommen, daß ein allseits bekannter Cézanne innerhalb der nächsten zwei oder drei Monate auf den Markt kommen wird. Nichts Konkretes, natürlich, und keinerlei Einzelheiten.« Pine beugte sich vor, um seinen Worten Nachdruck zu verleihen. »Mit einer Ausnahme: Das Gemälde befindet sich in Privatbesitz, es sind keine Museen an dem Handel beteiligt, und es hat lange Zeit nicht mehr die Runde gemacht. Was alles auf unser Schmuckstück zutrifft, nicht wahr?«

Andre beugte sich ebenfalls instinktiv vor und ertappte sich dabei, wie er verstohlen über seine Schulter spähte. »Es könnte sich doch um ein anderes handeln, oder nicht? Ich meine, der Mann war ja ziemlich produktiv.«

»Zweifellos. Muß an die sechzig Bilder allein vom Mont Sainte-Victoire gemalt haben, und er ist buchstäblich mit dem Pinsel in der Hand gestorben. Aber ich glaube es nicht; dabei würden für meinen Geschmack zu viele Zufälle mitspielen.« Pine warf einen Blick auf ihre leeren Gläser und dann auf seine Armbanduhr. »Haben Sie Zeit und Lust, mit mir einen Happen zu essen? Der Wein ist trinkbar und die Gerichte auch ohne Zähne genießbar. Es sei denn, Sie haben heute abend schon etwas vor.«

»Cyrus, wenn ich Ihnen etwas über mein tristes Privatleben erzählen würde, wären Sie bald vor Langeweile eingeschlafen. Die einzigen Frauen, die es derzeit in meinem Leben gibt, sind diejenigen, die ihre Passagiere auffordern, sich anzuschnallen.«

»Tatsächlich? Sie sollten es mal bei Courtney versuchen. Flotter Käfer, aber sie hat bisher keine glückliche Hand mit jungen Männern bewiesen. Ich habe einen oder zwei ihrer Verehrer kennengelernt – abgeklärt, obwohl sie nicht einmal fünfundzwanzig sind, und von sich selbst fasziniert. Unglaubliche Langweiler.« Pine zeichnete die Rechnung an der Bar ab und stand auf.

»Hosenträger und Streifenhemden?«

»Und dazu passende Unterwäsche, da bin ich mir sicher. Gehen wir hinein?«

Sie verließen die Bar und betraten einen Raum mit zwei Ebenen, in dem problemlos dreihundert Harvard-Helden bewirtet werden konnten, mit zusätzlichen Abstellplätzen für eine kleine Armee von Harvard-Nieten. Der Stil der Inneneinrichtung rangierte irgendwo zwischen Bankettsaal und Jagdhütte, mit einer Fülle ausgestopfter, an die Wand genagelter Jagdtrophäen, von denen viele, erklärte Pine, Opfer von Teddy Roosevelts Jagdausflügen waren – Elefanten- und Bisonschädel, Hörner und Hauer, eine umfangreiche Sammlung von Elchgeweihen. Die menschlichen Trophäen waren in Form von Porträts zu besichtigen, Männer von Format mit würdevoller Miene: »Präsidenten des Clubs oder Präsidenten Amerikas«, kommentierte Pine, als sie den ebenerdigen Speisesaal durchquerten. Über ihnen, auf einer weitläufigen Empore, standen weitere Tische, und Andre entdeckte mehrere Frauen unter den speisenden Gästen, was ihn in einer derart männlich geprägten Umgebung einigermaßen überraschte. »Wir waren der letzte Universitätsclub, der Frauen zugelassen hat; ich glaube, das war '73. Gute Sache, wie ich finde. Eine nette Abwechslung, nachdem man an den Wänden nichts als ungezähmte Natur zu sehen bekommt.«

Pine begrüßte einen Bekannten an einem der Nachbartische – einen hochgewachsenen Mann, der einer Operette entsprungen zu sein schien und mit seinem schmucken, an den Enden hochgezwirbelten Schnauzbart an einen Räuberbaron erinnerte. »Das ist Chapman, ein brillanter Jurist, spielt Klarinette. Sein Begleiter mit den buschigen Haaren leitet ein Filmstudio in Hollywood. Hätte ihn ohne seine Sonnenbrille fast nicht erkannt. Ich schätze, die beiden hecken irgenwelche Gemeinheiten aus. Nun, haben Sie schon gewählt?«

Andre suchte sich Muscheln und Lachshaschee aus einer Speisekarte mit einfachen Gerichten ohne jeden Firlefanz aus und sah zu, wie Pine seine Wahl auf einem Bestellzettel notierte. Andre aß zum erstenmal in einem amerikanischen Universitätsclub, den er ein bißchen altmodisch und aufgrund seiner Atmosphäre ungemein beruhigend fand. Nirgendwo flitzte eine Schauspielerin ohne Engagement hektisch zwischen den Tischen hin und her, um, ohne Luft zu holen, die Gerichte des Tages herunterzuleiern, was in vielen New Yorker Restaurants obligatorisch zu sein schien. Die Ober in ihren roten Jacken murmelten, falls sie überhaupt den Mund aufmachten.

Sie waren flink und unaufdringlich. Sie verstanden etwas von ihrem Handwerk. Andre wünschte sich, er hätte in Harvard studiert, und wenn auch nur, um sich in diese friedliche Oase zurückziehen zu dürfen, wenn der Trubel Manhattans unerträglich wurde.

Nach dem ersten Gang, als der ärgste Hunger gestillt war, ergriff Pine das Wort und knüpfte dort wieder an, wo sie ihre Unterhaltung in der Bar unterbrochen hatten. »Der erste Schritt besteht also nach meinem Ermessen darin herauszufinden, wo das Gemälde jetzt steckt. Haben Sie eine Vermutung?«

»Nun, wir wissen, daß es sich nicht dort befindet, wo es nach Denoyers Aussage sein sollte, nämlich in einer Kunstgalerie in Cannes. Ich nehme an, es wurde irgendwohin zur Grundüberholung gebracht.«

»Ziemlich unwahrscheinlich«, warf Pine ein. »So alt ist es nun auch wieder nicht, und die Dame mit ihren Melonen sieht kerngesund aus, nach der Aufnahme zu urteilen, die Sie für *DQ* gemacht haben. Zweimal dürfen Sie noch raten!«

»Vielleicht sollte es neu gerahmt werden? Es hatte keinen Rahmen, als es im Lieferwagen verstaut wurde. Oder es befindet sich auf dem Weg zu Denoyers Domizil in Paris. Oder wurde im Tresor irgendeiner Bank eingeschlossen. Weiß der Himmel. Möglicherweise ist es inzwischen auch schon wieder in Cap Ferrat.«

»Sie haben recht.« Pine nickte. »Könnte sein. Oder auch nicht. Das ist alles, was wir im Augenblick an Informationen haben, und ich denke, daß wir dort ansetzen sollten. Sehr angenehm um diese Jahreszeit, wenn ich mich recht erinnere.«

»Cap Ferrat? Ist das Ihr Ernst?«

»Wo sollten wir sonst anfangen, mein Lieber? Wenn sich das Gemälde nicht dort befindet, wo es sein sollte, sind wir vielleicht einer großen Sache auf der Spur. Befindet es sich jedoch an seinem Platz, fahren wir einfach nach Beaulieu weiter und ertränken unseren Kummer im La Réserve. Bin schon seit zwanzig Jahren nicht mehr dortgewesen.« Pine sah wie ein Schuljunge aus, der weiß, daß die Ferien vor der Tür stehen. »Ich habe Ihnen doch gesagt, daß es amüsant sein wird.«

Andre wußte gegen diese Logik nichts einzuwenden und hatte auch keine Lust dazu. Es würde bestimmt kurzweilig sein, sich mit diesem liebenswerten, alten Haudegen auf die Jagd nach dem Cézanne zu begeben; er mußte so oder so morgen nach Europa fliegen. Sie beschlossen also, sich in Nizza zu treffen, nachdem Andre den Herrensitz-Auftrag beendet hatte. Den Rest des Abends verbrachten sie, beflügelt durch einige denkwürdige Cognacs, mit der Ausarbeitung eines Schlachtplans, wie sie in das Haus in Cap Ferrat gelangen könnten, ohne die französische Polizei zu ermutigen, ihnen Gesellschaft zu leisten.

10

Flughafen Heathrow an einem Frühlingsmorgen. Nieselregen tröpfelte unaufhörlich aus dem wolkenerhangenen grauen Himmel; ein Fries aus Passagieren, die Gesichter vom geraubten Schlaf gezeichnet, säumte das Gepäckkarussell, wo Koffer und Taschen im Schneckentempo die Runde machten; aus den Lautsprechern unverständliches Kauderwelsch; verspätete Landungen; verpaßte Anschlußflüge; Panikattacken: wieder der Beginn eines Tages, der den Freuden des Reisens gewidmet war.

Andre fühlte sich überraschend frisch und fit, da er jeden Tropfen Alkohol gemieden und sechs Stunden geschlafen hatte. Wenn der Verkehr nicht allzu schlimm war, würde er noch vor dem Mittagessen in Wiltshire eintreffen, am Nachmittag und am folgenden Morgen seine Aufnahmen machen und gerade rechtzeitig wieder in Heathrow ankommen, um eine Abendmaschine nach Nizza zu erwischen. Ermutigt durch diesen aufheiternden Gedanken, beging er den Fehler, den Zöllner anzulächeln, als er sich in den grünen Durchlaß für »Nicht anmeldepflichtige Waren« begab. Natürlich wurde er nicht durchgelassen.

»Würden Sie bitte dieses Gepäckstück öffnen, Sir?«

Der Zöllner betrachtete die stattliche Menge an Kamerazubehör in der Tasche und hob eine Augenbraue. »Sie sind wohl Amateur?«

»Berufsfotograf. Ich mache Aufnahmen für Zeitschriften.«

»Aha.« Die Stimme klang lustlos und nicht überzeugt. »Schon lange?«

»Seit ein paar Jahren, ja.«

»Aber nicht mit dieser Ausrüstung.«

»Nein.« Warum hatte er ein schlechtes Gewissen? »Meine Ausrüstung wurde gestohlen. Ich habe alles letzte Woche in New York gekauft.«

Ein eisiges Lächeln und die Erlaubnis weiterzugehen.

Er schwor sich, nie wieder Blickkontakt mit einem Zollbeamten zu suchen, und fuhr in seinem gemieteten Ford nach Westen, zwischen Fahrzeugen, die im Vergleich zu den Monstern auf den Straßen Amerikas wie Spielzeugautos anmuteten. Er fragte sich, wie viele Schmuggler wohl erwischt wurden und was sie klammheimlich ins Land brachten. Carepakete mit China White oder anderen Designerdrogen? Artikel, die eine Gefahr für die öffentliche Sicherheit darstellten? Oder waren es überwiegend eine zusätzliche Flasche Brandy aus dem Duty-Free-Shop und ein unverzollter Laptop? Wie würde man etwas Sperriges, beispielsweise ein Gemälde, durch die Zollkontrollen schmuggeln? Er gab Gas und beschleunigte den Wagen auf achtzig, erpicht darauf, die Arbeit so schnell wie möglich hinter sich zu bringen und sich mit Cyrus Pine zu treffen.

Der Nieselregen war mittlerweie in einen von Windböen gepeitschten Platzregen übergegangen, als er die Außenbezirke der Metropole hinter sich ließ und die ansehnlichen grünen Hügel und exakt abgegrenzten Felder der Grafschaft Wiltshire erreichte. Was für ein malerisches Fleckchen Erde England doch wäre, wenn jemand oben das Wasser abdrehen würde, dachte Andre. Er spähte zwischen den Scheibenwischern, die ein genauso gleichmäßiges Tempo wie ein Taktmesser vorlegten, nach der Abzweigung zu dem Dorf aus, in dem er sich nach dem Weg zu seinem endgültigen Bestimmungsort erkundigen sollte.

Er wäre um ein Haar hindurchgefahren, da Nether Trollope ein Weiler war, der nicht mehr als eine Straße besaß. Eine Handvoll versprengter Bauernkaten mit düsterem Balkenwerk, trist und tropfend angesichts des Wolkenbruchs, ein winziges Postgebäude, das zugleich als Kolonialwarenladen diente, und ein Pub.

Das Lamprey Arms pries sich Passanten mit einem verwitterten, bemalten Schild an; es zeigte ein wurmähnliches Getier, welches sich bedrohlich und mit gebleckten Raubtiergebiß über einem abblätternden, unleserlichen lateinischen Sinnspruch aufbäumte. Die Aufforderung zum Eintreten, die als Anhängsel an der Unterseite des Schildes baumelte, verwies darauf, daß es hier *pub grub*, also etwas mehr oder weniger Eßbares, gab. Andre stellte den Wagen auf dem Parkplatz ab und sprang über den mit Pfützen bedeckten Kies, wobei sich seine Fußstapfen auf der Stelle in Wasserlachen verwandelten.

Welche angeregten Gespräche auch immer in Gang gewesen sein mochten, sie verstummten auf Anhieb, als er die Tür aufstieß und das halbe Dutzend Gäste herumfuhr, um ihn anzustarren. Die zweite schweigende Begrüßung war der schale Geruch nach Bier und abgestandenem Rauch, der mit dem Mief feuchter Kleider verschmolz. Ein knisterndes Kohlenfeuer kämpfte auf dem Gitterrost ums Überleben, wobei jedes Quentchen Wärme, das es noch ausstrahlte, von dem mächtigen Rumpf eines schlafenden, ehrfurchtgebietenden schwarzen Labrador-Hundes vereinnahmt wurde, dessen graue Schnauze im Traum zuckte. Hinter der Theke strahlte eine dralle, dunkelhaarige Frau eine seltsam fahle Glut aus, wie sie nur von einer Hand erzielt wird, die nicht mit Schminke geizt.

»Morgen, der Herr«, begrüßte sie ihn. »Richtiger Tach zum Einkehrn. Was darf's denn sein?«

Andre bestellte ein Bier. Das Stimmengemurmel setzte wieder ein, leise und verschwörerisch, als wären Gartenarbeit und Fußball Themen, auf denen ein Tabu lastete.

»Bitte schön, der Herr.« Die Barmaid stellte das Bier vor Andre auf die Theke. »Auf der Durchreise?« Sie sah ihn neugierig an, ihre wißbegierigen Augen zeichneten sich hell vor den unergründlichen Tiefen des mitternachtsblauen Lidschattens ab.

»Vielleicht können Sie mir helfen. Ich muß nach Throttle Hall.«

»Ah, wohl zu Besuch bei Seiner Lordschaft!« Sie zog an ihrer Zigarette. Auch die war kosmetisch verschönert worden, mit einem Lippenstiftschmierflecken am Filter. »Sind nur noch fünf Minuten, wenn Sie die Straße gradaus weiterfahrn. Dann kommen große schmiedeeiserne Tore, mit diesen gräßlichen Viechern oben drauf. Können Sie nich verfehlen.«

»Gräßliche Viecher?«

»Neunaugen. Wie auf'm Pub-Schild. So 'ne Art Aal mit Zähnen, igitt, mich ekelt's, wenn ich bloß dran denk, aber die Geschmäcker sind eben verschieden. Mir wär'n netter Hund und 'ne Ente oder 'ne Königseiche lieber, aber da das nun mal Lord Lampreys Pub is, nehmen wir's, wie's kommt, und denken uns unser Teil.«

»Das ist ein historisches Wappentier, Rita«, mischte sich einer der Gäste in die Unterhaltung ein. »Reicht weit zurück. Hat Tradition.«

»Is mir egal.« Rita zündete sich eine neue Zigarette am Stummel der alten an. »Da ekelt's mich«, betonte sie noch einmal. »Wegen den Zähnen.«

Andre nahm seinen Ellenbogen aus einer Bierpfütze auf dem Tresen. »Kommt Lord Lamprey oft hierher?«

Rita schniefte. »Nee, nich, daß ich wüßte. Aber Daphne, die Tochter.« Sie nickte zwei- oder dreimal bestätigend und zwinkerte ihm zu. »Samstag abends.« Sie warf Andre unter gesenkten Augenlidern einen vielsagenden Blick zu. »Möchte eben Spaß ham, die Daphne. Und wie.«

Andre ignorierte die unausgesprochene Einladung, sich zu erkundigen, was genau Daphne an den Samstagabenden machte. »Und Lady Lamprey? Bekommen Sie die häufig zu Gesicht?«

Rita verließ ihren Spähposten hinter dem Bierzapfhahn und trat näher. »Lady L.«, erwiderte sie, ihre Stimme kaum mehr als ein Flüstern, »hat sich aus'm Staub gemacht, wissen Sie das nich? Is mit 'nem Anwalt aus Salisbury auf und davon.« Sie trug eine weitere Schicht Lippenstift auf ihre Zigarette auf. »Paar Jährchen jünger als sie, der Kerl. Aber Sie wissen ja, was man so munkelt.«

Andre wußte es nicht und wollte es auch nicht wissen. Er lenkte Rita von einer endlosen Kette weiterer Enthüllungen ab, indem er das Gericht bestellte, das auf der Anschlagtafel als »Bauernschmaus« bezeichnet wurde. Wie sich herausstellte, handelte es sich dabei um einen schmalen Kanten Brot, einen in Folie verpackten Klecks frische Faßbutter, eine Scheibe Käse und zwei große, viel zu sauer eingelegte Zwiebeln. Auf der Papierserviette war ein beleibter Mann mit Kochmütze abgebildet, der ein Fähnchen mit der Aufschrift *Hausmannskost* schwenkte. Andre benutzte sie, um den stechenden Geruch der Zwiebeln zu dämpfen. Der Bauer, der diesen Schmaus verkraften mußte, konnte einem leid tun.

Eine halbe Stunde später, nach einem Mittagessen, das ihm als unversöhnliche Erinnerung wie ein Stein im Magen lag, stieg Andre aus dem Wagen und öffnete das beschriebene schmiedeeiserne Tor. Dahinter lag eine breite Kiesauffahrt, die sich in einer parkähnlichen Landschaft mit einem wundervollen alten Bestand an Kastanienbäumen und Eichen verlor. Er fuhr hindurch, dann ging er zurück, um die Tore zu schließen. Eine Herde durchnäßter Schafe drehte wie auf Kommando die Köpfe zur Seite, um ihn in Augenschein zu nehmen. Eines der Tiere blökte, ein dünner, kläglicher Laut, der das Trommeln des Regens auf dem Kies kaum übertönte. Andre schauderte und brauste die Auffahrt hinauf.

In *Pringle's Guide to the Stately Homes of England* wird Throttle Hall als »imposanter Landsitz aus dem sechzehnten Jahrhundert mit Anbauten aus einer späteren Epoche« aufgelistet, eine wohlwollende Beschreibung, die vierhundert Jahre architektonischer Selbstverstümmelung schönfärberisch übertüncht. Die verblichenen Lord Lampreys hatten, wenn sie gut bei Kasse waren, in Seitenflügeln, Nebengebäuden, bizarren Türmchen, Strebepfeilern – von denen manche hoch hinauswollten –, Zinnen, Giebeln und gotischen Verzierungen geschwelgt, bis die strenge, elisabethanische Symmetrie des ursprünglichen Bauwerks vollständig verborgen war. Nun, an der Schwelle zum einundzwanzigsten Jahrhundert, war Throttle Hall eine Ansammlung weiträumiger, baufälliger Behausungen von augenscheinlicher Häßlichkeit. Als Andre den Wagen parkte und ausstieg, war er dankbar, daß Aufnahmen von den Außenfassaden nicht zu seinem Auftrag gehörten.

Als er das erste Mal die Türglocke zog, die an der nietenbeschlagenen Flügeltür hing, vernahm er nichts, außer dem Knirschen von Eisen, das über Stein schabt. Er zog noch einmal heftiger und wurde mit einem entfernten Gebell belohnt, das sich zügig näherte und immer aufgeregter wurde. Er hörte Pfoten, die an der Innenseite der Tür kratzten, dann einen Fluch und zum Schluß das Quietschen eines Schlosses, das dringend geölt werden mußte. Er machte einen Satz beiseite, als sich die Tür öffnete und eine Meute schlanker, rostfarbener Hunde ins Freie stürzte, jaulend und japsend vor Erregung, die an ihm hochsprangen, um ihn an der Wand festzunageln.

»Sie sind der Fotograf, wenn ich richtig vermute.«

Andre schob einen der Hunde von seiner Leistengegend weg und blickte hoch. Vor ihm stand ein ältlicher Mann in einer bodenlangen Schürze über einer schwarzen Hose und Weste, die Hemdsärmel über den mageren, mit Altersflecken übersäten Unterarmen hochgerollt, die Hände in schmuddeligen weißen Baumwollhandschuhen verborgen. Das Gesicht unter den spärlichen, quer über den Schädel angeklatschten Haaren wirkte schmal und bleich, die einzigen Farbtupfer waren ein Geflecht geplatzter Äderchen auf den Wangen.

Andre nickte. »Richtig. Lord Lamprey?«

»Schaut sich das Rennen an.« Das Faktotum schnaubte und bewegte ruckhaft den Kopf. »Folgen Sie mir.« Eskortiert von den vorausheztenden Hunden, schlurfte er mit kurzen, sorgfältig bemessenen Schritten vor Andre in das schummrig beleuchtete Haus; der Oberkörper war leicht vorgebeugt, als sei der Fußboden mit einer Eisschicht bedeckt. Sie durchquerten eine düstere, geflieste Halle, unter den starren Blicken verblichener Lampreys in ihren rissigen, vergoldeten Rahmen, und einen holzgetäfelten Korridor. Es war eisig, kälter als draußen, das typisch englische naßkalte Klima, das vom Boden aufsteigt und durch den Körper kriecht, wobei es Frostbeulen und Rheumatismus und Bronchitis hinterläßt. Andre hielt vergeblich nach Heizkörpern Ausschau.

Als sie sich einer geöffneten Tür am Ende des Ganges näherten, vernahm Andre das Maschinengewehrgebrabbel eines Fernsehkommentators, unterbrochen von tieferen, aristokratischen Anfeuerungsrufen: »Los, gib ihm die Peitsche, du verdammter Narr. Gib ihm die Peitsche!« Dann folgte ein enttäuschtes Stöhnen.

Sie hielten auf der Türschwelle inne. Der alte Butler hüstelte. »Der Fotograf, Mylord.«

»Was? Ach so, der Fotograf.« Lord Lamprey ließ den Bildschirm nicht aus den Augen, als die Pferde wieder in die Einfriedung zurückgaloppierten. »Was ist, Spink? Bring ihn her.«

Spink verdrehte die Augen. »Er ist bereits da, Mylord.«

Lord Lamprey fuhr herum. »Guter Gott, tatsächlich.« Er stellte sein Glas auf einem Beistelltisch ab und wuchtete seinen Körper aus dem Armsessel hoch, ein hochgewachsener, stämmiger Mann mit einem zerfurchten Gesicht, das früher einmal anziehend gewesen sein mochte, und einem blühenden Teint, der davon zeugte, daß er sich häufig an der frischen Luft aufhielt. Andre sah abgetragene Wildlederschuhe und braune Kordhosen unter dem Saum eines langen Tweedüberziehers hervorlugen; der Kragen war aufgestellt, zum Schutz gegen die Kälte.

»Lamprey. Guten Tag.« Die Hand, die sich Andre entgegenstreckte, fühlte sich an wie eisgekühltes Leder.

»Kelly.« Andre wies mit einer Kopfbewegung auf den Fernseher. »Bitte, lassen Sie sich nicht stören …«

»Es dauert noch eine halbe Stunde bis zum Beginn des nächsten Rennens – Zeit genug für ein Täßchen Tee. Spink, wie wäre es mit einer Tasse Tee?«

Spink flüsterte Andre aus dem Mundwinkel zu: »Zuerst trägt er mir auf, das Silber zu putzen. Jetzt will er Tee. Ich habe schließlich auch nur zwei Hände, oder?« Und dann, laut: »Darjeeling oder chinesischen, Mylord?«

»Ich denke, Darjeeling. Servieren Sie ihn in der Galerie, damit Mr. Kelly schon einmal einen Blick auf die Wandteppiche werfen kann.«

Lamprey führte ihn durch den Korridor an einer endlosen Abfolge weitläufiger Räume vorbei, deren Mobiliar gegen den Staub mit Laken abgedeckt war. Am Fuß einer breiten Eichentreppe hielt er an, klopfte stolz auf das geschnitzte Geländer. »Elisabethanisch«, erklärte er. »Ist ein ziemlicher Gemischtwarenladen hier, wie Sie vielleicht bemerkt haben. Meine Vorfahren waren diebische

Elstern, dauernd schleppten sie das eine oder andere nach Hause – Statuen, Gemälde, nicht standesgemäße Ehefrauen.« Sie hatten den oberen Treppenabsatz erreicht, und Lamprey deutete mit ausgestreckter Hand auf die Wandteppiche. »Und die, natürlich.«

Die Galerie erstreckte sich zu beiden Seiten der Treppe, ein schmaler Gang von annähernd zwanzig Metern Länge, wobei die Wandteppiche die gesamte Fläche bedeckten; einige hingen an Holzstangen, andere waren als Paneele gerahmt. »Bei den meisten handelt es sich um Gobelins«, erklärte Lamprey. »Wunderbar, finden Sie nicht?«

Andre murmelte beifällig, als er an den herrlich gedämpften Farben vorüberschlenderte, seine Gedanken bereits mit den technischen Schwierigkeiten befaßt, die Aufnahmen in der schmalen, schummrig beleuchteten Galerie mit sich bringen würden. Was immer im Lauf der Jahrhunderte auf Throttle Hall geändert worden sein mochte, die elektrischen Anlagen waren im Originalzustand erhalten geblieben – frühes zwanzigstes Jahrhundert, und die Steckdosen hatte man auf eine pro Wand rationiert. Die Beleuchtung würde sich als Problem erweisen.

Der Tee kam, dunkelbraun und gründlich durchgezogen. Spink machte keinerlei Anstalten, wieder zum Silberputzen zurückzukehren, sondern stand mit verschränkten Armen da und zutschte an den Zähnen. Andre wärmte seine Hände an der Teetasse und ertappte Lord Lamprey dabei, wie er einen ungeduldigen Blick auf seine Armbanduhr warf, als er den Wandbehängen den Rücken kehrte. »Sie sind phantastisch«, lobte Andre. »Wie lange befinden sie sich schon in Familienbesitz?«

»Sie wurden im achtzehnten Jahrhundert aus Frankreich herübergebracht.« Lamprey trat näher heran und strich mit den Fingern über einen der Gobelins. »Heute sind sie natürlich unbezahlbar.«

Spink drückte sich an Andre heran, bis dieser sich in Reichweite seines Geflüsters, vermischt mit Gingeruch, befand. »Geklaut waren die. Ausnahmslos Beutegut, jeder einzelne. Haben nie einen Penny dafür bezahlt.« Mit der Rückseite seiner Hand wischte er sich einen

Tropfen von der Nasenspitze und rümpfte die Nase. »So was nennt man Raub, am hellichten Tag.«

»Nun«, sagte Lamprey, »wir sollten hier nicht herumstehen und Spink von der Arbeit abhalten.«

»Wir sollten den Start des Rennens um halb drei nicht verpassen«, murmelte Spink.

Nach einer frustrierenden Stunde, die er damit verbracht hatte, die Beleuchtung zu verbessern, durchgebrannte Sicherungen auszuwechseln und die Schrullen elektrischer Leitungen zu überwinden, die das Ruhestandsalter längst überschritten hatten, war Andre endlich in der Lage, mit den Aufnahmen zu beginnen. Von Zeit zu Zeit erschien Spink am Fuß der Treppe und starrte mit geschürzten Lippen nach oben, bevor er sich wieder in den Dienstbotentrakt zurückzog und den Tröstungen des Gin hingab. Von Lord Lamprey weit und breit kein Lebenszeichen. Um sieben Uhr, als er von Spink gebeten wurde, sich für das Abendessen umzukleiden, stellte Andre mit Befriedigung fest, daß er mehr als die Hälfte der Arbeit geschafft hatte. Falls die Stromversorgung noch solange mitspielte, dürften drei Stunden am nächsten Morgen genügen, bis er sich verabschieden konnte.

Er wurde für die Nacht in einem Raum einquartiert, den Spink als das Blaue Zimmer bezeichnete, ein zutreffender Name, der nicht nur zu den Vorhängen, sondern auch zu den Auswirkungen der Temperatur auf die Hautfarbe der Gäste paßte. Während er auf das zögerliche Rinnsal heißen Wassers wartete, das zumindest den Boden der Badewanne bedecken sollte, inspizierte Andre das Schlafzimmer. Trotz des antiken Mobiliars, das auch schon bessere Zeiten gesehen hatte, bot der Raum die Aussicht auf eine denkbar unangenehme Nacht. Die Sprungfedern des großen Betts hatten ihren Geist aufgegeben und eine tiefe Mulde in der Mitte hinterlassen. Eine kleine Lampe warf ihren kümmerlichen Schein über einen der Nachttische. Auf dem anderen waren ein Zahnputzbecher und eine halbleere Karaffe Whisky bereitgestellt worden, zweifellos, um jene Betäubung zu erzeugen, die den Mangel an Wärme wettmachen würde. Es gab zwar einen mit Gas betriebenen Durchlauferhitzer, aber bei näherer Erforschung stellte sich heraus, daß das Gas fehlte. Andre badete also körperteilweise in zehn Zentimeter lauwarmem Wasser, mummelte sich so dick wie möglich ein und begab sich nach unten.

Die Cocktailstunde auf Throttle Hall wurde in einem der kleineren Salons zelebriert, einem schwachbeleuchteten Gewölbe, das von einem begeisterten Tierpräparator im gleich Stil wie der Harvard-Club gestaltet worden war. Am entgegengesetzten Ende des Raumes stand Lord Lamprey mit dem Rücken zum offenen Feuer, das Jackett gelüpft, damit die warme Luft ungehindert an seinen edlen Rumpf zu dringen vermochte. In einer Ecke gab sich Spink in gebückter Haltung den Anschein, als sei er mit dem Getränketisch beschäftigt; er hielt Gläser gegen das Licht und polierte sie mit seinem Ärmel. Als Andre den Raum betrat, stürzte sich die Hundemeute auf ihn, um ihn überschwenglich zu begrüßen.

»Verpassen Sie ihnen einen Tritt, wenn sie Ihnen lästig werden«, ließ sich Lord Lamprey vernehmen. »Nettes Völkchen, diese Irischen Setter, aber kein Sinn für Schicklichkeit. Fitz! Fitz! Platz!«

Die Hunde nahmen keine Notiz von ihm. »Welcher ist Fitz?« fragte Andre.

»Alle. *Platz* habe ich gesagt, verflixt und zugenäht! Konnte sie nie auseinanderhalten, und deshalb war es leichter, allen denselben Namen zu geben. Was möchten Sie trinken?«

Spink hatte ihm die Entscheidung offenbar schon abgenommen. Er hielt Andre ein Wasserglas auf einem Silbertablett unter die Nase. »Whisky.« Die Worte wurden wieder aus dem Mundwinkel, in vertraulichem Flüsterton geäußert. »Ich würde dem Sherry nicht über den Weg trauen, und Gin ist keiner mehr da.«

Andre war froh, kein Eis in seinem Glas zu entdecken. Er bahnte sich den Weg durch die Hundemeute und gesellte sich zu seinem Gastgeber vor den Kamin. »Bei den Aufnahmen ist alles gut gelaufen, wie ich hoffe«, sagte Lamprey. »Sie wissen ja, was mit Ihrem Vorgänger passiert ist, oder? Wurde leider von meiner Tochter auf schlechte Wege geführt und ist vom Pferd gefallen.«

»Ja, ich habe davon gehört.«

»Das Problem ist, daß Daphne meint, jeder sei imstande, eine so gute Figur zu machen wie sie, aber sie saß auch schon mit drei auf einem Pferd. Reitet wie ein Mann.«

Die beiden genossen schweigend das Feuer, und zum erstenmal seit seiner Ankunft wurde es Andre rundum warm. Das Vergnügen währte indessen nicht lange. Mit dem bedrückten Aussehen eines Menschen, auf dem die ganze Bürde ernsthafter organisatorischer Schwierigkeiten lastet, näherte sich Spink und tippte auf seine Uhr. »Die Köchin hat gesagt, Punkt halb acht, sonst ist alles verdorben.«

Lamprey seufzte. »Wo bleibt Daphne? Der Teufel hol die verdammten Frauen. Warum müssen sie immer zu spät kommen! Wo steckt sie, Spink?«

Spink warf ihnen einen scheelen Blick zu. »Putzt sich heraus, Mylord, würde ich sagen.«

»Wir werden ohne sie anfangen müssen. Wollen die Köchin schließlich nicht verärgern.« Lamprey leerte mit einem Zug sein Glas, reichte es Spink und vertrieb einen Hund, der sich quer über seine Füße gelegt hatte. Er ging Andre durch die Tür und einen langen Gang voran, wobei er sich grollend über das lasche Zeitgefühl seiner Tochter ausließ: Sie läßt ihre verdammten Pferde schließlich auch nicht warten, führt sich auf, als befände sie sich in einem Hotel, die jungen Leute von heute sind alle gleich, Pünktlichkeit scheint für sie ein alter Hut zu sein. Er ereiferte sich immer noch über das Thema, das offenbar zu seinen bevorzugten zählte, als sie den Speisesaal betraten.

Hier hing eine weitere Ahnengalerie, dieses Mal mit den Porträts der Lamprey-Frauen. Einige von ihnen wiesen mit ihren scharfgeschnittenen Gesichtszügen und glasigen Augen eine unverkennbare Familienähnlichkeit mit dem riesigen ausgestopften Dachs aus, der über dem offenen Kamin die Zähne bleckte. Die lange Eichentafel unter dem schweren Kristallüster war für drei gedeckt, und Andre erwartete halb, daß die kleinen, kerzenförmigen Glühbirnen in der steifen Brise, die durch die Ritzen in den Bleiglasfenstern drang, zu flackern begannen.

Lord Lamprey nahm am Kopfende Platz und setzte heftig eine kleine silberne Handglocke in Bewegung, bevor er die Weinflasche ergriff. Er warf einen Blick auf das Etikett und brummte. »Wir haben Glück. Ein Latour, Jahrgang '69. Ich dachte schon, Spink hätte alle geleert.« Er goß einen kleinen Schluck in sein Glas und schnupperte an dem Bukett. »Wunderbar. Sind Sie Weintrinker, Andre?«

»Gewiß.«

»So ein Pech.« Er streckte den Arm aus und füllte Andres Glas.

»Ist Spink schon lange in Ihren Diensten?«

»Dreißig Jahre, vielleicht auch länger. Hat dem Gesinde früher in der Spülküche geholfen, wenn Not am Mann war. Ist als einziger geblieben.« Lamprey schlürfte genüßlich seinen Wein. »Seltsamer alter Kauz, aber wir sind inzwischen aneinander gewöhnt, und er hat den Haushalt ganz gut im Griff. Um der Wahrheit die Ehre zu geben, ich mag ihn. Sie wissen ja, wie das heute ist mit dem Personal.«

Andre wurde einer Antwort enthoben, weil Spink mit einer Suppenterrine zur Tür hereinschlurfte. Gleichzeitig marschierte durch eine andere Tür in militärisch forschem Schritt die Tochter des Hauses herein, eine stämmige junge Frau in Stiefeln. Sie trug Reithosen, Rollkragenpullover und eine jener ausgebeulten Daunenwesten, die sich bei den Engländerinnen auf dem Lande großer Beliebtheit erfreuen. »Tut mir leid, daß ich zu spät komme, Daddy. Percy hatte eine Kolik.« Ihre Stimme, volltönend, aber leicht gequetscht, hallte im Raum wider; im Orchester der Stimmen war ihre mit einer Trompete zu vergleichen.

Sie drehte sich zu Andre um, der sich erhob.

Lord Lamprey sah von seiner Suppe auf, die er gerade näher in Augenschein genommen hatte. »Mr. Kelly, das ist meine Tochter Daphne.«

Spink, der mit ausbalancierter Suppenschüssel neben Andre stand, flüsterte: »Die *Ehrenwerte* Daphne.« Angesichts seiner Betonung stellte sich Andre die Frage, ob von ihm erwartet wurde, daß er sie mit einem Hofknicks begrüßte oder sich auf ein Knie herabließ und ihr die Hand küßte. Sie bedachte ihn mit einem scharfen Blick, den er sehr aufdringlich und beunruhigend fand; ihre Augen waren ungemein groß und ungemein blau in dem rosig angehauchten Gesicht. Das braune Haar war straff zurückgekämmt und wurde durch ein schwarzes Band in Schach gehalten, und auf ihrer Stirn sah man noch den schwachen Abdruck einer Reitkappe, die gerade erst abgenommen worden war. In fünfzehn Jahren würde er sich vermutlich neben anderen Linien in ihre von zuviel Wind und Wetter gegerbte Haut eingekerbt haben. Doch nun, Anfang Zwanzig, besaß sie die gesunde Ausstrahlung einer durchtrainierten Stute, die sich in bester körperlicher Verfassung befand.

Lord Lamprey versuchte mit dem Löffel einen kleinen Gummifingerhut zu erhaschen, der auf der Oberfläche der Suppe hin- und herschaukelte. »Spink, was zum Teufel ist das?«

Spink eilte herbei und rettete den Fingerhut mit der Schöpfkelle. »Oh! Die Köchin hat schon danach gesucht. Muß ihr vom Finger gerutscht sein, den sie sich verbrannt hat.« Er verwahrte den Ausreißer vorsichtig in seinem Taschentuch. »Meine Güte, wird die sich freuen! Es war ihr letzter.«

Andre beugte den Kopf über die Suppe und hielt nach anderen Gegenständen Ausschau, die in den Tiefen der sämigen Brown-Windsor-Suppe verborgen sein mochten. Zu seiner Überraschung stellte er fest, daß sie köstlich mundete – großzügig mit Sherry parfümiert, warm und trostreich. Er spürte, daß er beobachtet wurde, und als er aufsah, begegnete er Daphnes Blick.

»Reiten Sie?«

»Leider nicht mehr. Früher schon«, sagte Andre. »Da bin ich mit meinen Eltern ans Meer gefahren, nach Arcachon, nicht weit von Bordeaux entfernt. Am Strand gab es Esel. Ich glaube, ich habe es ganze zehn Minuten geschafft, mich auf dem Rücken zu halten.« Er lächelte sie an. »Aber es war auch ein sehr ruhiger, alter Esel.«

Bei der Erwähnung Frankreichs riß sich Lord Lamprey von seiner heißen Suppe los, um eine flammende Rede über die verderblichen Eigenheiten der Franzosen vom Stapel zu lassen – ihr offenkundiges Eigeninteresse, ihre Überheblichkeit und Selbstgefälligkeit, ihr Snobismus, ihre krankhafte Vorliebe für lukullische Absonderlichkeiten. Frösche, man stelle sich das vor, und Schnecken. Und nun wurde der verdammte Franc auch noch in einem solchen Maß überbewertet, daß man es sich nicht mehr leisten konnte, dort Urlaub zu machen. Es war ein abgedroschener Standpunkt, der Andre schon etliche Male von englischen Bekannten vorgetragen worden war. Sie schienen einen tiefverwurzelten, heimlichen Groll gegen ihre Nachbarn zu hegen, als ob das Schicksal den Franzosen eine Vorzugsbehandlung zugedacht hätte. Doch nichtsdestotrotz überquerten jedes Jahr Millionen von Engländern den Ärmelkanal, um mit Horrorgeschichten über eine Tasse Kaffee, die fünf englische Pfund kostete, und die sprichwörtliche Rüpelhaftigkeit der Pariser Kellner zurückzukehren.

Andre wartete, bis Lord Lamprey seiner Verdrossenheit Luft gemacht hatte. »Seltsam ist, daß die Franzosen ganz ähnliche Dinge über die Engländer sagen – abgesehen vom Essen, natürlich«, gab er zu bedenken. »Die Bemerkungen über die englische Küche möchte ich lieber nicht wiederholen. Aber Klagen über Selbstgefälligkeit und Snobismus – vor allem Snobismus – hört man auch auf der anderen Seite des Kanals. Wahrscheinlich ärgern wir uns nur zu gerne über die anderen.« Er lächelte Daphne an. »Ich bin übrigens selbst zur Hälfte Franzose«, fügte er hinzu. »Und ich muß sagen, wir sind bei weitem nicht so schlimm wie unser Ruf.«

Daphne schnaubte. »Sie haben ein Händchen für Pferde, diese Franzosen. Sie dürfen Daddy nicht zu ernst nehmen. Er läßt an niemandem ein gutes Haar. Sie sollten mal hören, wie er über die Deutschen vom Leder zieht. Oder die Engländer, nebenbei bemerkt. Und wenn Sie die Sprache auf die Politiker bringen – Sie brauchen nur das Wort Blair auszusprechen –, sitzen wir die ganze Nacht hier.«

»Eines muß man den Franzosen lassen«, räumte Lamprey ein, während er sein Glas nachfüllte und mit offenkundigem Widerwillen mit der Flasche schnell über die beiden anderen Gläser fuhr. »Sie produzieren einen anständigen Wein.« Er grinste Andre an und hob sein Glas: »Auf Ihr glorreiches Land.« Und er fügte mit einem neidvollen Unterton hinzu: »Ich wünschte, es wäre unseres.«

Spink hatte während des verbalen Schlagabtauschs die Teller abgeräumt und erschien nun mit dem Hauptgang, dem verkohlten Rumpf eines ausgeweideten Tieres in einem Meer von Röstkartoffeln und Rosenkohl. Nachdem er die Schärfe der Klinge an seinem Daumen geprüft hatte, reichte er Lamprey das Tranchiermesser, das einen Griff aus Tierknochen besaß, und eine Vorlegegabel.

»Es geht doch nichts über freilaufendes Geflügel«, sagte Lamprey, als er aufstand, um das gebratene Federvieh anzuschneiden. Er rückte ihm mit einem gewaltigen Stoß seiner Vorlegegabel zu Leibe, doch der Panzer der geschwärzten Haut widersetzte sich den Zinken: Das Huhn rutschte von der Platte und schlitterte bis zur Hälfte des Tisches hinunter, wobei es Kohl und Kartoffeln mit sich riß. »Großer Gott, dieses verdammte Vieh ist noch nicht tot. Spink!«

»Vielleicht waren Mylord bei der Attacke ein wenig übereilt.« Spink nahm eine Serviette, um den Vogel wieder einzufangen, und legte ihn auf die Platte zurück. »Dürfte ich vorschlagen, weniger ruckhaft mit den Zinken zuzustechen? Und dann hinein mit dem Messer, direkt oberhalb der Hörner!« Er begann, die ausgebüxten Gemüse wieder einzusammeln, wobei er Lamprey aus dem Augenwinkel beobachtete.

»Hörner? Was für Hörner? Das ist ein verdammtes Huhn.«

»Alter Stierkämpferausdruck, Mylord.«

Lamprey brummte, spießte erfolgreich das Huhn auf und begann, es mit dem Messer zu zerstückeln.

Spink grinste. »*Olé,* Mylord.«

Andre fiel es schwer zu entscheiden, was zäher war, der Rosenkohl oder der Flattermann, doch die anderen aßen mit dem vorbehaltlosen Appetit der Landbevölkerung und augenscheinlichem Genuß, da sie Nachschlag nahmen. Als nur mehr ein kahles Gerippe auf der Platte verblieb, verkündete Lamprey den Waffenstillstand. Das Skelett wurde entfernt und durch eine Karaffe Portwein und die Überreste eines großen Stilton-Käses ersetzt.

Die Unterhaltung driftete dahin; Daphne und ihr Vater sprachen über Pferde, ein Querfeldeinrennen, das unlängst stattgefunden hatte, und die Aussichten für die Fasanenjagd im nächsten Jahr. Sie waren in ihre eigene Welt vertieft und bekundeten keinerlei Neugierde bezüglich Andre oder seiner Arbeit, was ihm am Ende eines langen Tages sehr gelegen kam. Nach einem lauwarmen Kaffee im Salon kündigte Lord Lamprey seine Absicht an, sich über die neuesten Katastrophen im Fernsehen zu informieren, womit er die Zehn-Uhr-Nachrichten meinte, und Andre ergriff die Gelegenheit, sich mit der Bitte, man möge ihn nun entschuldigen, eine Treppe höher zu begeben.

Er setzte sich auf die Bettkante, ein Glas mit einem Fingerhut voll Whisky in der Hand, und zögerte den Augenblick hinaus, in dem er sich aus seinen Kleidern pellen und zwischen die Laken schlüpfen mußte, die eher frostigem Glas als Baumwolle ähnelten. Der Alkohol kämpfte auf verlorenem Posten gegen die Temperatur, und das Ausziehen drohte zu einem Gesundheitsrisiko auszuarten. Er versuchte zu entscheiden, ob er es wie ein Mann tragen oder sich in voller Montur ins Bett legen sollte, als ein kräftiges Klopfen an der Tür ertönte. In der Hoffnung, Spink mit einem heißen Ziegelstein oder einer Wärmflasche auf der Schwelle zu sehen, stand er auf und öffnete.

Draußen stand die Ehrenwerte Daphne.

»Wie wär's mit einem Galopp?«

»Wie bitte? Im Dunkeln?«

»Wir können ja das Licht anlassen, wenn es dir lieber ist.« Und damit legte sie ihre Hand auf seine Brust, schubste ihn ins Zimmer zurück und kickte mit einem Stoß ihrer bestiefelten Füße die Tür hinter sich zu.

11

Der Regen hatte aufgehört, der warme Atem des Frühlings war in der leichten Brise zu spüren, und selbst die Fassade von Throttle Hall sah im sanften Glühen der Nachmittagssonne weniger häßlich aus. Andre, der seinen Auftrag beendet und sich von seinem Gastgeber verabschiedet hatte, verstaute die letzten Taschen in seinem Leihwagen und schloß den Kofferraumdeckel. Spink wartete auf den Stufen in Habachtstellung, darauf bedacht, ihn nicht bei der Arbeit zu behindern, bis der Augenblick nahte, sich bemerkbar zu machen und die Hand aufzuhalten, um ein Trinkgeld einzufordern. Andre ging zur Fahrertür, doch Spink, der plötzlich eine bemerkenswerte Behendigkeit an den Tag legte, schlug ihn in diesem Kopf-an-Kopf-Rennen um eine Nasenlänge und öffnete ehrerbietig, wenn auch mit heimtückischem Seitenblick, den Schlag. Er verbarg die Zwanzig-Pfund-Note, die Andre ihm zusteckte, in der hohlen Hand, nachdem er eilig ihren Nennwert überprüft und den Grad der Dankbarkeit im Kopf überschlagen hatte.

»Vielen Dank, Sir, sehr freundlich.« Sobald das Geld sicher in seiner Tasche verstaut war, konnte er es sich leisten, seine Neugierde zu befriedigen. »Hatten Sie eine annehmbare Nacht, Sir? War es warm genug? Ich hoffe sehr, Sie haben von den kleinen Aufmerksamkeiten des Hauses Gebrauch gemacht.«

Andre konnte nicht umhin, den wunderlichen alten Kauz erheiternd zu finden. Er schnallte sich an und steckte den Schlüssel ins Zündschloß. »Ich habe nie besser geschlafen, Spink, vielen Dank für die Nachfrage.«

Wußte ich's doch, schien Spink vor sich hin zu murmeln. Das hätte ich ihm gleich sagen können, war ja offensichtlich aus den Blicken, die sie ihm während des Abendessens zugeworfen hat, wie sie ihn taxiert hat. Mannstolles kleines Luder. Ganz die Mutter. Dann warf er einen flüchtigen Blick auf seine Armbanduhr und fragte sich, ob noch Zeit für einen Abstecher ins Dorf blieb, um bei Rita eine Flasche Gin zu kaufen, bevor Lord Lamprey aus seinem Nachmittagsschläfchen auftauchte; das zu halten hatte er sich an jenen Tagen angewöhnt, wenn im Fernsehen keine Pferderennen übertragen wurden.

Auf der Rückfahrt nach Heathrow schüttelte Andre ungläubig den Kopf, wenn er an die Nacht mit der Ehrenwerten Daphne und die schweißtreibenden Turnübungen zurückdachte, die ihm akrobatische Meisterleistungen abverlangt hatten. Ihre Begegnung war eher schweigsamer Natur gewesen; nach der Begrüßung hatte sie ihre Bemerkungen auf Anweisungen technischer Natur und Forderungen nach mehr Eifer beim Überwinden der Hindernisse beschränkt. Während sie sich zwischen den einzelnen Runden von den Anstrengungen erholten, hatte sie einen Strauß mit der Whiskyflasche auf dem Nachttisch ausgefochten und war infolgedessen eingedöst, so daß sie seinen Versuchen, sie in eine Unterhaltung zu verwickeln, buchstäblich die kalte Schulter zeigte. Es schien sonnenklar, daß er nicht dazu auserkoren war, einen Plausch zu halten, sondern eine Dienstleistung zu erbringen, und zu Diensten war er ihr, so gut er vermochte. Bei Einbruch der Dämmerung hatte sie ihn, bäuchlings und erschöpft, mit einem kräftigen Klaps auf die Hinterbacken und dem Kommentar verlassen, sie hätte schon Schlimmeres erlebt.

In Heathrow händigte Andre einem Boten der englischen Zeitschrift wie verabredet die Filmrollen von den kostbaren Wandbehängen aus; dann klappte er in der Lounge der Abflughalle zusammen. Muskeln, von denen er vergessen hatte, daß er sie überhaupt besaß, schmerzten; noch eine Nacht wie die letzte, und er wäre reif für Krücken und einen Physiotherapeuten gewesen. Er sah, daß seine Hände zitterten, als er nach dem Telefonhörer griff, um Lucy anzurufen.

»Andre! Wo steckst du?«

»In Heathrow. Ich warte, daß die Maschine nach Nizza aufgerufen wird. Das Magazin hat jemanden hergeschickt, um den Film abzuholen; du kannst ihnen also die Rechnung schicken, wann immer es dir beliebt.« Er gähnte. »Tut mir leid. Die letzten Tage waren ziemlich hektisch.«

»Wie war's?«

»Kalt. Naß. Sonderbar. Köchin, Butler, Ahnengalerie, eine ganze Meute von Hunden, Landbesitz, soweit das Auge reicht, und keine Heizung. Lord Lamprey beschwerte sich, daß man heutzutage niemanden mehr findet, der aufs Dach steigen und den Kamin kehren will. Ich habe nicht gewußt, daß es in unserer Zeit immer noch Menschen gibt, die so leben.«

Lucys Kichern drang über dreitausend Meilen Entfernung an sein Ohr. »Klingt, als wäre das genau der Ort, an dem du dich wohl fühlst. Hattest du Zeit zum Reiten?«

»Lulu, das war die reinste Knochenarbeit. Ehrenwort.« Was völlig der Wahrheit entsprach, dachte Andre. »Wie läuft's bei euch drüben?«

»Alles paletti. Das Geschäft geht immer noch lau, aber Stephen ist aus Florida zurück; deshalb werde ich das Büro jetzt verlassen und Mittagessen gehen.«

»Für mich mit, ja? Heute abend treffe ich mich mit Cyrus Pine, aber wir werden vermutlich schon in ein paar Tagen zurückfliegen. Dann werde ich dich ganz groß ins Royalton ausführen, und wir können Camilla zuwinken.«

»Darauf freue ich mich schon«, sagte Lucy. »Ich werde eine Knarre mitnehmen.«

Andre hörte das verzerrte Kreischen des Lautsprechers, der ankündigte, daß seine Maschine zum Einsteigen bereit war. »Lulu, ich rufe dich wieder aus Nizza an.«

»Das klingt, als könne man dort hervorragend zu Mittag essen. Guten Flug!«

Andre nahm seinen Platz im hinteren Teil des Flugzeugs ein. Er war noch vor dem Start eingeschlafen, wobei sein letzter bewußter Gedanke der Vorstellung galt, Lucy säße ihm in einem Restaurant unter freiem Himmel, mit Blick auf das Mittelmeer, gegenüber. Als kurz vor der Landung die Stewardeß kam, um ihn zu wecken, sah sie, daß er lächelte.

Auf Cyrus Pines Vorschlag hatten sie sich im Beau Rivage einquartiert, einem kleinen, schmucken Hotel hinter der Promenade des Anglais, unweit der Oper. Hier nächtigten sogar Filmdivas, die zu Besuch in der Stadt weilten, wie Andre von Cyrus wußte, und er hatte hinzugefügt, er habe eine Schwäche für Leinwandgrößen, was an seiner Vorliebe für stattliche Oberweiten liegen müsse. Cyrus hatte einen Nachtflug nach Paris gebucht und war von dort aus nach Nizza weitergereist, wo er wenige Stunden vor Andre eingetroffen war. An der Rezeption lag eine Nachricht von ihm: *Bin schon mal losgezogen, um mir Fisch und Chips einzuverleiben. Wir sehen uns gegen zehn in der Bar.*

Andre stellte seine Armbanduhr vor, der französischen Zeit entsprechend, und sah, daß ihm noch eine halbe Stunde blieb. Er packte aus und duschte, untersuchte seinen Körper auf Wunden und Quetschungen, und spürte, wie das heiße Wasser, in Hülle und Fülle vorhanden, die Schmerzen linderte. Er schwor sich, nie wieder ein unfreundliches Wort über die französischen Sanitäreinrichtungen zu äußern, und ging in die Bar hinunter, wobei er sich zum erstenmal an diesem Tag wie ein Mensch fühlte.

Pine tauchte kurz nach zehn auf. Er wirkte wie aus dem Ei gepellt in seinem Anzug mit Hahnentrittmuster und pflaumenfarbener Fliege und war von der Mahlzeit, die er verdrückt hatte, in jedem Sinn des Wortes erfüllt. »Ich hatte ganz vergessen, wie wunderbar sie in Frankreich kochen«, rief er zur Begrüßung aus. »Ich rieche bestimmt nach Knoblauch. Haben Sie jemals etwas so Köstliches wie mit Hummer gefüllte Ravioli probiert?«

Andre wurde an seinen letzten Bissen erinnert, den er in der Küche von Throttle Hall aus der Hand zu sich genommen hatte. »Ich dachte, Sie wollten Fisch und Chips essen.«

»Ich hatte die allerbesten Vorsätze, aber dieses hübsche Mädchen an der Rezeption empfahl mir ein Restaurant namens L'Esquinade, unten am Hafen, und da konnte ich der Versuchung nicht widerstehen. Alte Gewohnheit, fürchte ich.« Pine hielt inne, um beim Barmixer einen Cognac zu bestellen. »Wie dem auch sei, Sie werden sicher erfreut sein zu erfahren, daß die Luft rein ist. Ich habe telefoniert, wie verabredet; Denoyer befindet sich noch auf den Bahamas. Ich habe mit ihm persönlich gesprochen. Macht einen ganz netten Eindruck.«

»Was haben Sie ihm erzählt?«

»Ich habe mich als Leiter des Bereichs Internationaler Kundendienst bei AT&T vorgestellt und ihm eröffnet, daß ihm in den nächsten Tagen eine Platin-Telefonkarte zugestellt würde, mit einem Rabatt von 75 Prozent auf alle künftigen Ferngespräche.« Pine blickte lächelnd in seinen Cognac. »Er war hellauf begeistert. Nichts lieben die Reichen mehr als Geld sparen. Er bat mich, die Karte nach Cap Ferrat zu schicken – er werde nächste Woche dort eintreffen. Morgen sind wir also noch mit dem Faktotum alleine.«

Andre grinste und zog einen imaginären Hut. »Haben Sie die Kollektion dabei, ich meine die Muster?«

»Dutzende, mein Freund. Wir sind bestens ausgerüstet.«

Gegen neun am darauffolgenden Morgen waren sie bereits unterwegs und fuhren auf der sonnenbeschienenen Küstenstraße nach Cap Ferrat. Pine hatte seine Garderobe auf den Anlaß abgestimmt: Statt eines Anzugs trug er einen Blazer und lachsfarbene, bequeme Hosen, und er hatte der üblichen Fliege entsagt und eine Seidenkrawatte mit Paisleymuster gewählt.

»Was meinen Sie?« fragte er Andre. »Könnte ich als Innenarchitekt durchgehen? Bei den Hosen habe ich vielleicht ein bißchen zu dick aufgetragen. Sie sind eine Erinnerung an ein Wochenende auf Feuerland.«

»Ehrlich gestanden, Cyrus, der einzige Innenarchitekt, den ich kenne, war eine Frau – eine richtige Walküre und hundertprozentig von sich überzeugt. Sie machte Kissen, wenn ich mich recht erinnere, und war selbst auch ausgesprochen gut gepolstert.« Andre bog von der N98 ab und folgte der Landstraße, die zum Cap führte.

»Zerbrechen Sie sich deswegen nicht den Kopf. Ihre Kleidung ist tadellos. Sie würden hier unten nur dann einen Riesenfehler begehen, wenn Sie einen Armani-Anzug tragen. Dann hält sie nämlich jeder für den Chauffeur.«

»Ich habe im Flugzeug brav meine Hausaufgaben gemacht und in einem Buch über die Riviera geschmökert«, sagte Cyrus. »König Leopold von Belgien hatte eine Zeitlang ein Feriendomizil auf Cap Ferrat, und wenn er im Meer schwimmen ging, pflegte er seinen Bart in eine Gummihülle zu stopfen, um ihn vor dem Salzwasser zu schützen. Faszinierend. Sind wir bald da?«

»In zwei Minuten«, erwiderte Andre. Er hatte angenommen, daß er vor Nervosität schier platzen würde; schließlich wollten sie sich unter Vorspiegelung falscher Tatsachen Zugang zu Denoyers Haus verschaffen. Doch sein aufgekratzter Begleiter schien sich prächtig zu amüsieren, und seine Zuversicht war so ansteckend, daß Andre beinahe so etwas wie Vorfreude und grenzenlosen Optimismus empfand. Er war sich absolut sicher, daß sie irgendwie ins Haus gelangen würden. Und das Schlimmste, was geschehen konnte, war, daß sie den Cézanne schließlich doch an seinem rechtmäßigen Platz vorfanden. Also Fehlanzeige, und die Enttäuschung würden sie mit einem köstlichen Mittagessen kompensieren. Er zuckte die Achseln und wandte sich Cyrus zu, während er langsamer fuhr.

»Es ist gleich hinter der Kurve. Sollen wir anhalten und das Ganze noch einmal Schritt für Schritt durchgehen?«

»Bloß nicht! Ich denke, im Prinzip ist der Plan klar. Und Spontaneität ist das Salz in der Suppe des Lebens, mein Freund. Sorgen Sie dafür, daß wir ins Haus gelangen, und überlassen Sie den Rest getrost mir.«

»Denken Sie daran, daß Claude vermutlich ein paar Brocken Englisch versteht.«

»Ich werde ein Muster an Verschwiegenheit sein.«

Andre grinste. »Nicht in solchen Hosen.« Er parkte den Wagen vor dem schmiedeeisernen Tor und drückte auf den Summer.

Eine Stimme ertönte aus der Gegensprechanlage, blechern und abgehackt. »*Oui?*«

»*Bonjour,* Claude. Andre Kelly hier – erinnern Sie sich? Der Fotograf. Monsieur Denoyer hat mich gebeten, einem seiner Freunde das Haus zu zeigen. Er soll im Salon ein paar Vorarbeiten durchführen.«

»*Attendez.*« Ein lautes Klicken, dann schwang langsam das Eingangstor auf. Andre drehte sich, einer plötzlichen Eingebung folgend, zu Cyrus um. »Wir werden Sie besser nicht mit Ihrem richtigen Namen vorstellen.«

»Sie sind ein schlaues Bürschchen, mein Freund.« Er rückte seine Krawatte zurecht. »Wie wär's mit Paisley? Frederick Paisley der Dritte«, fügte er hinzu. »Alteingesessene Familie in Palm Beach. Mit schottischen Vorfahren.«

»Jetzt übertreiben Sie mal nicht.« Andre nahm den Fuß von der Bremse und ließ den Wagen langsam die Auffahrt hinunterrollen. Die Gärtner hatten offenbar alle Hände voll zu tun gehabt, das Anwesen für Denoyers Rückkehr auf Vordermann zu bringen. Der Rasen wirkte wie mit dem Rasierapparat geschoren, die Zypressen und Palmen waren getrimmt und gestutzt, die Blumenbeete frisch gepflanzt. Der feine Sprühregen einer unsichtbaren Sprinkleranlage zauberte Regenbogen in den Sonnenschein, und hinter dem Haus, in der Ferne, schimmerte das Mittelmeer.

»Denoyer scheint es sich gutgehen zu lassen«, meinte Cyrus beifällig. »Ich hätte auch nichts dagegen, den Sommer hier zu verbringen. Ist das der getreue Diener, den meine Augen dort auf der Türschwelle erspähen?«

»Das ist er.« Andre hielt an und zog die Handbremse; sie stiegen aus, als Claude ihnen entgegeneilte, eine stämmige Gestalt in Baumwollhosen und altem Polohemd, das Gesicht bereits von der Sonne gebräunt, und ein goldenes Glitzern wurde sichtbar, als er sie mit einem Lächeln begrüßte. Er schüttelte Andre die ausgestreckte Hand und nickte.

»Geht es Ihnen gut, Monsieur Kelly?«

»Zuviel Arbeit, Claude. Zuviel unterwegs. Ich wünschte, ich könnte länger bleiben. Und wie geht es Ihnen?«

»*Ouf.* Man wird älter.« Claudes Augen wanderten zu Cyrus, der an der Seite stehengeblieben war, die Arme beladen mit Stoffmusterkollektionen, einer Farbpalette und einem Klemmbrett.

»Claude, das ist Monsieur Paisley aus New York.« Die beiden Männer tauschten eine knappe Verbeugung aus. »Er wird den Salon neu gestalten, und er muß Farben auswählen und Maß nehmen, bevor er den Denoyers seine Vorschläge unterbreiten kann.«

»*Ah bon?*« Claudes liebenswürdiges Gesicht nahm einen verdutzten Ausdruck an. »Die Herrschaften haben nichts davon erwähnt.«

»Nein? Seltsam.« Andre tat, als denke er angestrengt nach, dann zuckte er die Achseln. »Kein Problem. Das werden wir gleich haben. Rufen wir sie doch einfach an!« Er wandte sich an Cyrus und wiederholte, was er gerade gesagt hatte, in Englisch.

Cyrus reagierte prompt auf sein Stichwort. »Halten Sie das für eine gute Idee?« Er balancierte die Lasten aus, die er trug, so daß er einen Blick auf seine Armbanduhr werfen konnte. »Drüben ist es jetzt drei Uhr morgens, und Sie wissen doch, wie wichtig Bernard sein Schlaf ist.«

Andre erklärte Claude das Problem. »Und bedauerlicherweise hat Monsieur Paisley heute nachmittag einen Termin in Paris. Jetzt wäre die einzige Zeit, wo er nicht ausgebucht ist.«

Schweigen. Andre versuchte krampfhaft, nicht die Luft anzuhalten. Claude dachte nach, blickte auf seine eigene Uhr, als sei dort eine göttliche Eingebung zu finden, dann zuckte er schließlich schicksalsergeben die Schultern. »*Ce n'est pas grave*«, sagte er. Er hob einen imaginären Telefonhörer ab und hielt ihn an sein Ohr. »Ich werde später mit Monsieur Denoyer sprechen.« Er nickte. Sie traten ein.

Claude führte sie durch die geflieste Eingangshalle und öffnete die Flügeltüren zum Salon. Der lange Raum mit der hohen Decke lag im Dunkeln, und sie mußten warten, bis Claude die schweren Vorhänge zurückgezogen und, mit einer betulichen Bedächtigkeit, die Andre als qualvoll empfand, die hölzernen Fensterläden geöffnet hatte. Als das Sonnenlicht durch die Fensterscheiben drang, sah er die verzierten, gemauerten Kaminsitze, die verblaßten, pfirsichfarbenen Wände, das penibel angeordnete Mobiliar, den Aubusson-

Teppich, die Bücher und Nippessachen auf den Beistelltischen. Alles war genauso, wie er es fotografiert hatte. Haargenau.

»Aber das ist ja *phantastisch.*« Cyrus betrat den Raum und legte seine Musterkollektion und Farbpalette sorgfältig auf einer Couch ab, bevor er begeistert die Arme ausbreitete. »Die Proportionen sind himmlisch, das Licht ist exquisit, und *einige* Möbelstücke befinden sich sogar in einem außergewöhnlich guten Zustand.« Er stemmte die Hände in die Hüften und tippte mit dem Fuß auf den Marmorboden. »Nun, die Kaminsitze sind nicht ganz mein Geschmack, und je weniger Worte man über die Vorhänge verliert, desto besser. Aber ich sehe die Möglichkeiten, die dieser Raum bietet, direkt vor mir. Großartige Möglichkeiten.«

Andre hörte ihm nur mit halbem Ohr zu. Er verspürte ein flaues Gefühl im Magen, sein Optimismus war wie weggeblasen. Er starrte das Gemälde über dem Kamin an, und Cézannes *Frau mit Melonen* erwiderte seinen Bilck – von genau der Stelle aus, an der sie sich auch befinden sollte. Sogar der Rahmen war derselbe, bemerkte Andre düster. Sein Verdacht war reine Zeitverschwendung gewesen.

Claude bezog mit verschränkten Armen Stellung neben der Tür. Es war offensichtlich, daß er beschlossen hatte, sie nicht aus den Augen zu lassen. Andre bemühte sich, seine Enttäuschung zu verbergen. »Kann ich Ihnen helfen?« fragte er, an Cyrus gerichtet.

Cyrus reichte ihm das Klemmbrett und einen Stift. »Würden Sie so nett sein und die Notizen übernehmen, während ich mich umsehe? Vielen Dank.« Seine Stimme verriet nicht die geringste Gefühlsregung. Falls er zu der Auffassung gelangt war, Opfer eines Trugschlusses geworden zu sein, verstand er es jedenfalls meisterhaft, es zu verbergen. »Mir scheint, daß der Mittelpunkt des Raumes der Cézanne ist, ein wundervolles Kunstobjekt. Es sollte also nichts geben, was ihm diesen Rang streitig macht, richtig? Farben, Oberflächengestaltung, Stoffe – alles muß auf das Bild abgestimmt sein. Niemand weiß das besser als Cézanne. Das ist also unser Ausgangspunkt. Kommen Sie bitte.«

Er nahm ein Stoffmusterbündel, ging zum Kamin hinüber und

betrachtete das Gemälde prüfend, wobei er von Zeit zu Zeit einen Stoffstreifen daneben hielt, bevor er eine Referenznummer nannte, die Andre pflichtbewußt auf dem Klemmbrett vermerkte. Das Verfahren wurde mit der Farbpalette wiederholt, und Cyrus, von dem Gemälde geradezu magnetisch angezogen, fing immer wieder von vorn an, weil ihm ein zweiter und dritter Gedanke durch den Kopf ging. Zwei Stunden lang dauerte die Prozedur, wobei Claude schweigend und teilnahmslos im Hintergrund stand und Andres Stimmung sich mit jeder sinnlosen Notiz auf dem Klemmbrett verdüsterte.

Es war beinahe Mittag, als Cyrus Maß genommen hatte und einen letzten, langen Blick auf das Bild warf. »Ich denke, ich habe genug gesehen«, verkündete er. »Sind Sie sicher, daß Sie alles aufgeschrieben haben?« Ohne Andres Antwort abzuwarten, ging er zu Claude hinüber und schüttelte ihm kräftig die Hand. »*Désolé,* daß Sie meinetwegen so lange warten mußten, mein Guter. Sie waren überaus freundlich. Herzlichen Dank. *Merci, merci. Vive la France.*«

Claude blickte Andre belustigt an, der seinen persönlichen Dank hinzufügte, bevor sie das Haus verließen und in den Wagen stiegen. Schweigend passierten sie das Eingangstor. Sobald das Anwesen außer Sichtweite war, fuhr Andre an den Straßenrand und hielt an. »Cyrus, ich weiß nicht, was ich sagen soll. Ich habe keine Ahnung, wie es Ihnen gelungen ist, diese Schmierenkomödie bis zum Ende durchzuhalten.« Er schüttelte den Kopf und starrte betrübt durch die Windschutzscheibe. »Es tut mir leid. Sie waren wunderbar, und das macht alles nur noch schlimmer.«

»Es bestand keine Möglichkeit, es Ihnen vorher zu sagen, mein Freund. Aber das Gemälde ist eine Fälschung.«

»*Waaaas?*«

»Meisterhaft. Aber eine Fälschung. Dessen bin ich mir absolut sicher.« Cyrus beobachtete gut gelaunt Andres Gesicht, das zu strahlen begann, von einem Ohr zum anderen. »Was ist? Warum sitzen Sie da wie ein Ölgötze? Fahren Sie endlich los!«

»Wohin?«

»Mittagessen, mein Freund. Mittagessen.«

Es gibt nur wenige idyllischere Fleckchen Erde für ein Mittagessen im Sonnenschein als die von Geranien überwucherte Terrasse des Voile d'Or, hoch über dem Hafen von Saint-Jean-Cap-Ferrat. Cyrus summte zufrieden vor sich hin, als ihnen ein Tisch im Schatten eines alten Olivenbaumes zugewiesen wurde. Andre ließ ihn in Frieden die Speisekarte studieren, nachdem sie eine Flasche Rosé bestellt hatten. Schließlich konnte er seine Neugierde nicht länger zügeln.

»Woher wollen Sie wissen, daß es eine Fälschung ist?«

»Mmm? Gegrillte Crevetten! Klingt gut, finden Sie nicht auch?«

»Kommen Sie, Cyrus, lassen Sie sich nicht lange bitten! Wie können Sie das wissen?«

»Nun, das ist wahrscheinlich nur eine Folge der endlosen Jahre, in denen ich mir die Originale angesehen habe, und es sind seit Beginn meiner beruflichen Laufbahn einige Cézannes durch meine Hände gegangen. Mit der Zeit entwickelt das Auge eine gewisse Übung darin, beides voneinander zu unterscheiden. Haben Sie letztes Jahr die Cézanne-Ausstellung in Philadelphia besucht? Ich war zwei Tage lang dort und wurde nicht müde, die Exponate zu betrachten. Wunderbar. Ach, da kommt der Wein. Danke, mein Lieber.«

Der Ober entkorkte die Flasche und murmelte etwas vom Teint eines jungen Mädchens, als er die Gläser mit dem köstlichen mattrosa Wein füllte. Er nahm ihre Bestellung entgegen, nickte beifällig und trottete in die Küche zurück.

Cyrus hob sein Glas und hielt es gegen das Sonnenlicht, bevor er den Wein kostete. »Es gibt nichts, was sich mit Frankreich messen könnte, habe ich recht? Also, wo war ich stehengeblieben?«

»In Philadelphia.«

»Ach ja. Was ich sagen wollte, ist, daß die ganze Kunst darin besteht, das Auge an die typische Malweise eines Künstlers zu gewöhnen, an seinen Umgang mit Farbe, Licht und Perspektive, an seine kleinen Tricks bei der Komposition eines Bildes, an seine Pinselführung, die schwungvoll oder ruhig sein kann – kurzum, diese Merkmale können genauso charakteristisch sein wie eine

Handschrift. Bei Fotografien verhält es sich gewiß ähnlich. Ich meine, Sie würden vermutlich den Unterschied zwischen einem echten Avedon und einer Imitation auf Anhieb erkennen.« Er lächelte. »Oder einem echten Kelly, was das betrifft.«

»Bedauerlicherweise spiele ich nicht in der Oberliga wie dieser Modefotograf, Cyrus.«

»Aber Sie verstehen, was ich damit sagen will. Es gibt kein Schema, das einem gestattet, Fälschungen einwandfrei als solche zu erkennen. Wichtig sind ein geschultes Auge, Erfahrung und ein sicherer Instinkt – die Intuition aus dem Bauch heraus, wie man es manchmal ziemlich unappetitlich nennt. Es gibt natürlich Verfahren, um das Alter von Leinwand und Farbe, Spannleisten und Nägeln zu bestimmen, aber nicht einmal solche Analysen sind über jeden Zweifel erhaben. Nehmen wir beispielsweise Leinwand oder Holz. Es schwirren Tausende von unbekannten Bildern älteren Datums in der Weltgeschichte herum. Ein geschickter Fälscher – er muß natürlich auf die entsprechende Epoche spezialisiert sein – wählt eines aus und ersteht es für ein paar Dollar, um es als Vorlage für seine Kopie zu benutzen. Je jünger das Bild, desto leichter findet er die Materialien, die in jener Zeit verwendet wurden, und Cézanne ist erst vor neunzig Jahren gestorben.« Cyrus stärkte sich mit einem Schluck Wein. »Man stelle sich nur vor, was für Unsummen der Fälscher heute mit seiner Kopie verdient, im Vergleich zu dem Preis, den Cézanne mit seinem Original erzielt hat! Die Welt ist schlecht!«

Der Ober kam, ein Murmeln auf den Lippen. »*Les crevettes pour monsieur, et le saint-pierre avec la sauce gazpacho. Voilà. Bon appétit, messieurs.*«

Weitere Fragen von Andres Seite mußten warten, während sie dem Essen die gebührende Aufmerksamkeit widmeten. Sie teilten die Terrasse mit einigen anderen Paaren, die ihre nationale Herkunft schon durch die Wahl des Tisches verrieten: Die Einheimischen saßen im Schatten, die Besucher aus nördlichen Regionen in der prallen Sonne, um den langen, grauen Winter wettzumachen. Unter ihnen lag der Hafen friedlich da, die dicht an dicht gereihten

Yachten und Beiboote menschenleer, die Besitzer in ihren weitentfernten Büros mit harter Arbeit befaßt, um den Liegeplatz bezahlen zu können. Im Juli und August würden diese Freizeitmatrosen in Scharen eintreffen, um ihren zweiwöchigen Urlaub Rumpf an Rumpf unter Tausenden Gleichgesinnter zu verbringen. Doch heute war es den Seemöwen noch vergönnt, die Schiffe mit Beschlag zu belegen.

Andre tunkte die restliche Sauce auf und sah, daß Cyrus einen taxierenden Blick über das Käsebrett gleiten ließ. »Ich glaube allmählich, daß ich zu lange in Amerika gelebt habe«, seufzte Cyrus. »Die Propaganda hat mein Verhalten programmiert: Käse schadet der Gesundheit, die Sonne schadet der Gesundheit, und an Alkohol oder Tabak sollte man gar nicht erst denken. Bemerkenswert, wie die Franzosen es geschafft haben, trotz alledem alt zu werden, finden Sie nicht? Irgend etwas müssen sie richtig machen.«

»Spielen Sie vielleicht mit dem Gedanken, sich hier in der Gegend niederzulassen?«

»Würde ich wahnsinnig gerne, mein Freund, aber das ist eine Frage des nötigen Kleingelds. Das Haus in New York ist mit einer Hypothek belastet, und ich habe immer noch an der Abfindung für meine letzte Exfrau zu knapsen. Aber man kann nie wissen – ein einziger spektakulärer Geschäftsvorgang könnte alles ändern.«

»Glauben Sie, mit dieser Sache auf die Chance Ihres Lebens gestoßen zu sein?«

»Möglich wär's. Aber bis dahin bleibt noch einiges zu tun. Als erstes müssen wir das Original aufspüren.«

»Sie sagten, der Cézanne, der jetzt im Haus hängt, sei mehr als eine einfache Kopie, nämlich eine meisterhafte Fälschung. Hilft uns das irgendwie weiter?«

»Mmmm, ich weiß, von wem sie aller Wahrscheinlichkeit nach stammt. Es gibt nur einen Mann, der auf Impressionisten spezialisiert und zu solchen Spitzenleistungen befähigt ist. Wenn ich vorhin nicht soviel Zeit damit verbracht hätte, meine Nase buchstäblich in die Leinwand zu stecken, wäre es mir nie aufgefallen. Erstklassige Arbeit, wirklich erstklassig. Ich weiß zwar, wer dafür verantwortlich zeichnet, aber das Problem ist, ich habe keine Ahnung, wo sich der Halunke derzeit aufhält.« Cyrus bedeutete dem Ober mit einer Kopfbewegung, sich mit dem Käsebrett an den Tisch zu bemühen. »Sein Name steht natürlich nicht im Branchenverzeichnis.«

»Wozu soll es gut sein, ihn ausfindig zu machen? Er wird kaum mit der Wahrheit herausrücken, oder? Schließlich ist er ein Betrüger.«

»Genau«, sagte Cyrus. »Und Betrüger sind samt und sonders bestechlich. Möglicherweise ist ein gewisses Fingerspitzengefühl erforderlich, aber ich bin mir sicher, daß wir uns handelseinig werden. Denken Sie mal darüber nach. Es gibt nur noch eine weitere Person, die in die Sache verwickelt sein muß, nämlich Denoyer, und er wird sich hüten, reinen Tisch zu machen. Was meinen Sie, soll ich es mit dem Camenbert versuchen? Er sieht so aus, als würde er jeden Moment zum Angriff übergehen.«

Er deutete auf den Käse, und der Ober schnitt eine Scheibe ab, reif und cremig zerlaufend. »*Avec ça, monsieur?*«

Er nahm eine kleine Portion Cantal und einen Baby-*chèvre,* bestellte ein Glas Rotwein, um den Käse hinunterzuspülen, und beobachtete mit Interesse, welche Wahl Andre traf. »Was ist mit Ihnen? Es scheint Ihnen hier auch ganz gut zu gefallen, und Sie sprechen die Sprache. Ich kann Sie mir gut in einem kleinen Fotoatelier in Paris vorstellen. Oder in Nizza. Es sieht nicht so aus, als müßten Sie jeden Tag in einem Büro aufkreuzen.«

Andre blickte auf den Hafen hinaus. »Ich habe in letzter Zeit ziemlich häufig darüber nachgedacht. Aber die wirklich guten Aufträge findet man nur in New York.« Er zuckte die Achseln. »Oder fand, genauer gesagt, bis vor ein paar Wochen.« Und er erzählte Cyrus, wie ihn Camilla und der *DQ* abgehalftert hatten. »Buchstäblich über Nacht. Als ich von den Bahamas zurückkam, hat sie nicht einmal mehr meine Anrufe entgegengenommen.«

Cyrus runzelte die Stirn, während er seinem Camenbert zu Leibe rückte. »Interessant. Sie kennt nicht zufällig Denoyer?«

»Mmmm, doch! Sie hat mich letztes Jahr zu den Aufnahmen begleitet und ist ihm dabei begegnet. Aber sie hat ihn seither mit keiner Silbe mehr erwähnt.«

»Finden Sie das nicht seltsam – ich meine, das zeitliche Zusammentreffen? Sie beobachten etwas, das nicht für Ihre Augen bestimmt ist, und gleich darauf...« Cyrus fuhr sich mit dem Zeigefinger quer über die Kehle.

»Ich weiß nicht. Vermutlich reiner Zufall.«

»Je älter ich werde, desto weniger glaube ich an Zufälle«, brummte Cyrus.

Bernard Denoyer war ein sorgengeplagter Mann, während er pflichtschuldigst seine fünfzig Runden im Swimmingpool auf Cooper Cay absolvierte. Claudes Anruf aus Cap Ferrat hatte ihn um sechs Uhr morgens geweckt, und der Bericht war dazu angetan, für einen beunruhigenden Tagesbeginn zu sorgen. Ursprünglich hatte er angenommen – oder vielmehr gehofft –, daß sich Catherine, seine Frau, die Neugestaltung als Überraschung für ihn ausgedacht hatte. Doch als er sie danach fragte, wußte sie nichts davon; und sie kannte auch niemanden mit dem Namen Paisley.

Er erreichte den Beckenrand und wendete, den Kopf in das kühle Wasser getaucht, als er sich vom Rand abstieß und beobachtete, wie langsam sich sein Schatten auf dem Boden des Pools fortbewegte. Es hatte alles so überzeugend geklungen, als könne gar nichts schiefgehen. Der Cézanne sollte einfach durch eine erstklassige Fälschung ersetzt, das Original in aller Stille verkauft und der Erlös in der Schweiz »geparkt« werden. Keine Erbschaftssteuer, dafür aber ausreichend Bares, um die unseligen Verluste auszugleichen, die er nach dem Fiasko mit der Bank Crédit Lyonnais erlitten hatte. Und nun das! Warum war der junge Fotograf so interessiert, und wer zum Teufel war Paisley? Er beendete seine Pflichtrunden, schlüpfte in einen Frotteebademantel, ging in sein Arbeitszimmer und schloß die Tür hinter sich, bevor er zum Hörer griff.

Zum erstenmal sah sich Rudolph Holtz außerstande, ihn mit seinen Beteuerungen zu beschwichtigen. Auch er war ein sorgengeplagter Mann, als er das Gespräch mit Denoyer beendet hatte und die Stufen seines Himmelbetts hinunterstieg. Der Fotograf wuchs sich langsam zu einer Landplage aus, und mehr als das. Er wurde gefährlich. Holtz rasierte sich und duschte, danach saß er brütend bei einer Tasse Kaffee in der Küche. Die Strategie, die er ausgeknobelt hatte, schien narrensicher zu sein, und sie hatte zwei Jahre ohne die geringste Panne funktioniert. Wie alle genialen Strategien war auch diese verhältnismäßig einfach »gestrickt«: Camilla als Herausgeberin des *DQ* war imstande, sich problemlos Zugang zu den Häusern der Reichen zu verschaffen. Sie konnte stunden-, ja sogar tagelang durch die mit Kunstgegenständen überladenen Räume streifen, sich bei den Besitzern und ihrer Dienerschaft einschmeicheln, Notizen machen und Polaroid-Fotos schießen. Nach getaner Arbeit hatte sie dann ausreichend Material beisammen, um einen ihrer üblichen, schleimigen Artikel zu verfassen. Aber das war lediglich eine Fassade.

Die weiteren Zwecke ihrer Recherche – und davon erschien natürlich keine Silbe gedruckt – bestanden darin, zwei Dinge auszukundschaften. Erstens, wann die Besitzer in aller Regel abwesend waren, das heißt, das Datum, an dem sie ihre Hauptwohnsitze turnusmäßig gegen die Freuden der Karibik oder der Skipisten eintauschten. Und zweitens Ausmaß und Ausgefeiltheit der Sicherheitsmaßnahmen, die oftmals veraltet und verblüffend unzulänglich waren.

Mit diesen Informationen gewappnet, instruierte Holtz dann seine Fachkräfte, seinen Fälscher und seine Spediteure. Das ausgewählte Gemälde wurde kopiert (und der Holländer war fraglos ein Genie auf seinem Gebiet), und sobald die Besitzer in sicherer Entfernung in einer Almhütte oder an einem Strand weilten, pflegten die Spediteure – auch sie Künstler, deren Talent im verborgenen blühte – ins Haus zu schleichen und das Original gegen die Fälschung auszutauschen. Nichts schien verändert, es sei denn, für ein ungemein fachkundiges und argwöhnisches Auge. Das Original fand eine neue Heimstatt im Tresor eines Menschen, der sich heimlich an seiner Errungenschaft erfreute, oder in einem Penthouse in Tokio. Die Bankkonten, die Holtz und Camilla in der Schweiz eingerichtet hatten, wurden in aller Stille dicker. Niemand roch Lunte. Und in diesem besonderen Fall, mit Denoyer als willigem Komplizen, hätte eigentlich gar kein Risiko bestehen, hätte nichts schieflaufen dürfen. Theoretisch.

Holtz' Überlegungen fanden ein jähes Ende, als Camilla aus dem Fitneßstudio zurückkehrte, mit Sonnenbrille, ärmellosem Trikot und wadenlangem Chinchilla, ihrem Bonus für den letzten großen Coup. Sie beugte sich zu ihm hinunter und küßte ihn auf die Stirn.

»Was bedeuten die Kummerfalten, Schätzchen? Du machst ein Gesicht, als wäre das Hausmädchen mit dem Renoir durchgebrannt.« Sie nahm eine Flasche Evian-Wasser aus dem Kühlschrank und gab, da sie noch nicht gefrühstückt hatte, zusätzlich eine Zitronenscheibe ins Glas, bevor sie den Mantel auszog und sich zu ihm setzte.

Normalerweise war Camilla im Trikot für Holtz ein Anblick, der ihn anregte und häufig veranlaßt hatte, sie zu einem zweiten Konditionstraining zu ermuntern, doch heute lag ihm jeder Gedanke daran fern, und er empfand ihre gute Laune als Provokation ganz anderer Art. »Dein verdammter Fotograf«, fauchte er sie an. »Dauernd steckt er seine Nase in Dinge, die ihn nichts angehen.«

Camilla nahm ihre Sonnenbrille ab, bei ihr stets ein sicheres Zeichen für Besorgnis. »Das hat nichts mit mir zu tun, Schätzchen. Ich habe mich an deinen Rat gehalten und seit Wochen kein Wort mehr mit ihm gewechselt. Was hat er denn jetzt wieder angestellt?«

»Er war in Denoyers Haus mit irgendeinem Kerl namens Paisley, der behauptet, Innenarchitekt zu sein. Kennst du ihn?«

Camilla machte ein ratloses Gesicht. »Sagt mir nichts. Kann nicht zu den vierzig Besten ihres Fachs gehören. Die kenne ich *alle,* ausnahmslos.«

Holtz verwies die vierzig Besten mit einer ungeduldigen Handbewegung in ihre Schranken. »Nichts als eine Bande Klinkenputzer, die Stoffe feilbieten.«

Camilla zog einen Flunsch. »Sie waren uns bisher ganz nützlich, Rudi, wie du sehr gut weißt. Und mit einigen von ihnen bin ich eng befreundet. Mit Gianni, beispielsweise, und dem gutaussehenden Mann mit dem schwierigen Namen, den ich mir nie merken kann.«

»Gianni kann mich mal.« Holtz beugte sich vor und trommelte mit seinen Wurstfingern auf den Tisch. »Unternimm endlich was, bevor uns dieser Fotograf noch mehr Ärger macht.«

Camilla, die mit Gianni nach einem besonders schnuckeligen Mittagessen auch recht gut gekonnt hatte (sogar ausgesprochen gut, wenn sie sich recht erinnerte), merkte, daß ihr an diesem Morgen nichts geschenkt wurde. Sie warf einen Blick auf die Uhr, die sie beim Fitneßtraining trug und die, wie ihr der Verkäufer bei Cartier versichert hatte, wasserdicht und gegen Schweißtropfen gefeit war. »Schätzchen, ich bin in Eile. Was soll ich deiner Meinung nach mit ihm machen?«

»Sieh zu, daß dieser Mistkerl aus dem Verkehr gezogen wird. Denk dir was aus. Wenn nicht, werde ich es tun. Ich will keine weiteren Überraschungen mehr erleben.«

Camilla starrte auf den Hinterkopf des Chauffeurs, als er stadteinwärts zur Redaktion des *DQ* fuhr. Bleib mit beiden Beinen auf dem Boden, Schätzchen, sagte sie sich. Himmlische grüne Augen hin oder her, Andre ist ein Problem, das ich in den Griff bekommen muß.

12

Es gab für sie nichts Zweckdienliches mehr in Frankreich zu tun. Cyrus änderte seine Buchung, um mit Andre zusammen direkt von Nizza nach New York zu fliegen. Beide reisten schweren Herzens ab, konnten es aber gleichzeitig kaum erwarten, nach Hause zurückzukehren.

Cyrus hatte vorgeschlagen, die Leiden eines Feinschmeckers an Bord zu umgehen, und bevor sie zum Flughafen aufbrachen, waren sie eine halbe Stunde lang genußvoll über den Markt in Nizza gebummelt, um die Zutaten für ein Picknick zusammenzustellen. Sobald sie es sich im bescheidenen Komfort der Business Class gemütlich gemacht hatten, läutete Cyrus nach der Stewardeß und überreichte ihr die Einkaufstüte mit Räucherlachs, verschiedenen Sorten Käse, frischem Stangenweißbrot und einer Flasche weißen Burgunder. »Würden Sie so nett sein, uns zu gegebener Zeit das da zu servieren? Es ist unser Mittagessen.«

Das Lächeln der Flugbegleiterin gefror, als sie den Plastikbeutel entgegennahm, doch Cyrus gab ihr keine Chance, etwas darauf zu erwidern. »Das ist sehr freundlich von Ihnen«, fügte er strahlend hinzu. »Wir beide haben einen empfindlichen Magen. Ach, noch etwas – würden Sie bitte darauf achten, daß der Wein nicht zu kalt wird? Er sollte leicht angekühlt, aber nicht gefroren sein.«

»Nicht gefroren«, wiederholte sie mit ernster Miene. »Geht in Ordnung.«

Andre sah ihr nach, wie sie mit dem Plastikbeutel zur Bordküche hinüberging, und fragte sich, warum er selbst noch nie auf die Idee gekommen war. Die gutgemeinten gastronomischen Klimmzüge, mit denen sich die Küchenchefs von Fluggesellschaften abmühten, waren selten von Erfolg gekrönt, ungeachtet dessen, wie sehr einem bei der Beschreibung des Menüs das Wasser im Mund zusammenlaufen mochte. Lamm, Rind, Meeresfrüchte, Kalb, *meunières* von diesem, *fricassées* von jenem – die Gerichte, die Airlines ihren Passagieren vorsetzten, sahen aus und schmeckten wie Airlines-Gerichte: undefinierbar, noch halb gefroren und fade. Und die Weine, selbst die »eigens von unserem fliegenden Sommelier ausgewählten«, wurden selten ihrem anspruchsvollen Etikett gerecht.

»Machen Sie das öfter, Cyrus?«

»Immer. Ich bin erstaunt, daß nicht mehr Leute zur Selbsthilfe greifen. Das einzige, was ich im Flugzeug zu mir nehme, ist Brandy und Champagner. Daran können sie nicht viel verderben. Letzterer wird offenbar gerade serviert. Sollen wir?«

Die Boeing 707 machte ihre obligatorischen Rumpfbeugen und knarzenden Geräusche, als sie über die Asphaltbahn rollte, um sich für den Start aufzuwärmen. Die beiden Männer beschäftigten sich mit ihrem Champagner und blickten aus dem Fenster auf eine Traube von Menschen, die ihren Lieben von der Aussichtsterrasse des Flughafens zum Abschied zuwinkten. Andre empfand es als Abwechslung – als eine sehr angenehme Abwechslung –, einen Reisegefährten zu haben, was ihn daran erinnerte, daß er in letzter Zeit einen großen Teil seines Lebens alleine verbracht hatte. Seine eigene Schuld, wie er sich eingestehen mußte. Da war Lucy, die bezaubernde Lucy, frei und ungebunden, und wie schnöde hatte er sie behandelt? Höchstens ab und zu vom Flughafen hatte er sie angerufen und auf Gedeih und Verderb irgendwelchen Männern in roten Hosenträgern ausgeliefert! Gerade als er beschloß, sich bei Lucy mehr ins Zeug zu legen – genauer gesagt, sofort nach seiner Rückkehr damit zu beginnen –, sprach Cyrus das Thema an, als hätte er seine Gedanken gelesen.

»Waren Sie schon einmal verheiratet, Andre?«

»Beinahe.« Er stellte überrascht fest, daß das Gesicht jener Frau nur noch ein verschwommener Fleck in seiner Erinnerung war.

»Vor ungefähr fünf Jahren. Dann mehrten sich die Aufträge, und ich war viel unterwegs; ich schätze, sie hatte keine Lust mehr, andauernd auf meine Rückkehr zu warten. Sie heiratete einen Zahnarzt und zog mit ihm nach Scarsdale. Ich denke, es war unvermeidlich. Zuviel auf Reisen, das ist der rote Faden, der sich durch meine Lebensgeschichte zieht.«

Cyrus seufzte. »Ich war leider nicht genug außer Haus. Es heißt, nichts sei dem Erhalt einer harmonischen Ehe so zuträglich wie die Entfernung. Ich habe es zweimal probiert; beide Male endete das Ganze in einem Tränenbad.« Mit einem gelassenen Zucken der Augenbrauen trank er einen Schluck Champagner.

»Mögen Sie Frauen überhaupt noch?«

»Und ob. Das Problem ist, ich war nie in der Lage, die falschen zu erkennen.«

Zum erstenmal sah Andre Cyrus ohne die übliche aufgeräumte Miene, und er beschloß, das Gespräch über die Unabwägbarkeiten des Ehelebens für eine andere Gelegenheit aufzusparen. »Erzählen Sie mir etwas über diesen Fälscher. Sie sagten, daß Sie ihn kennen. Persönlich?«

»Großer Gott, nein! Er hält sich bedeckt, was in seinem Metier verständlich ist. Man läuft ihm nicht bei Cocktailparties in irgendwelchen Kunstgalerien über den Weg, wo er seine Visitenkarte verteilt. Ich weiß nicht einmal, in welchem Land er seinen Wohnsitz aufgeschlagen hat.« Cyrus runzelte die Stirn, als der Videofilm über die Sicherheitsvorkehrungen in ohrenbetäubender Lautstärke über den Bildschirm flimmerte und eine muntere Stimme Tips für den Fall eines Absturzes und unmittelbarer Todesgefahr gab. Er rückte näher an Andre heran, um sich akustisch verständlich zu machen. »Sein Name lautet Franzen, Nico Franzen, in Amsterdam geboren. Die Holländer sind auf diesem Gebiet ziemlich gut. Haben Sie schon einmal etwas vom Vermeer-Mann gehört?«

Andre schüttelte den Kopf.

»Ebenfalls Holländer. Sein Name war Meegeren, und er hatte sich auf die Fälschung von Vermeers spezialisiert. Benutzte alte Leinwand, von Hand gemahlene Farbpigmente und alle nur erdenklichen Tricks; er sahnte damit ordentlich ab, wie man munkelt. Sie sind ihm alle auf den Leim gegangen, eine Zeitlang zumindest. Man kann nicht umhin, den Hut vor diesen Meistern ihres Faches zu ziehen. Sie mögen Betrüger sein, aber sie besitzen ungeheures Talent. Wie dem auch sei, unser Franzen hält sich an die Impressionisten, und wie wir gesehen haben, kopiert er sie brillant. Gerüchten zufolge sollen einige seiner Arbeiten sogar in Museen und Privatsammlungen hängen, und sie werden ausnahmslos für echt gehalten. Das muß ein Nervenkitzel sondergleichen für ihn sein.«

»Wie kann das angehen? Werden Gemälde denn nicht von Experten geprüft?«

»Natürlich. Aber berühmte Bilder kommen mit einer Art Stammbaum in den Handel, versehen mit einer Biographie, einer lückenlosen Kette von Fachmeinungen und Zertifikaten, ähnlich wie bei einer Rechtsprechung, die auf Präzedenzfällen beruht. Wenn ein Bild jahrelang als echt gilt, ist das eine Empfehlung, die ins Gewicht fällt. Experten sind auch nur Menschen; sie glauben den Experten. Wenn man nicht darauf gefaßt ist, eine Fälschung zu sehen – und wenn die Kopie den Vergleich nicht scheuen muß –, dann stehen die Chancen besser als fünfzig zu fünfzig, daß der Schwindel unentdeckt bleibt. Unter normalen Umständen hätte ich Stein und Bein geschworen, daß Denoyers Cézanne echt ist, weil er meisterhaft kopiert wurde. Aber Ihnen habe ich zu verdanken, mein Freund, daß mein Auge auf eine Fälschung getrimmt war.« Cyrus machte eine Pause. »Und was ich gesehen habe, war eine lupenreine Fälschung.«

Andre schüttelte den Kopf. »Die Geschichte klingt für mich wie das Märchen von des Kaisers neuen Kleidern.«

Cyrus lächelte und winkte der Stewardeß mit seinem leeren Glas zu. »So ähnlich. Die Leute sind darauf programmiert, genau das zu sehen, was sie zu sehen erwarten. Was unser kleines Detektivspiel gleichwohl ungewöhnlich macht, ist die Tatsache, daß der Besitzer mit von der Partie ist. Denoyer wollte das Original verschwinden lassen, aus welchen Gründen auch immer, aber er konnte es nicht eigenhändig wegschaffen. Abgesehen von unserem Freund Franzen und dem alten Knaben, der sich um den Besitz in Cap Ferrat kümmert, müssen noch andere darin verwickelt sein. Nicht nur Familienangehörige. Auch Außenstehende.«

Cyrus hielt inne, um die Stewardeß zu bezirzen, die sein Champagnerglas nachfüllte, und Andre fielen die Bemerkungen ein, die sein Reisebegleiter früher über Zufälle im Leben gemacht hatte. »Ich hatte ganz vergessen, es Ihnen zu erzählen«, sagte er, »aber nach meiner Rückkehr von den Bahamas war mein Apartment ausgeraubt worden; die Einbrecher haben meine Fotoausrüstung samt allem Zubehör mitgehen lassen – Kameras, Filme und meine Karteikästen mit den alten Dias. Sonst fehlte merkwürdigerweise nichts.«

Cyrus hob überrascht die Augenbrauen. »Nanu! Und danach nimmt Ihre Verlegerin keine Telefongespräche mehr von Ihnen entgegen.«

»Camilla!?« Andre lachte. »Ich kann mir beim besten Willen nicht vorstellen, daß sie mit einem Sack voller Kameras auf dem Rücken die Feuerleiter hinunterklettert.«

»Ich habe nicht behauptet, daß sie es getan hat.« Cyrus rührte nachdenklich mit einem Cocktailstäbchen in seinem Champagner. »Nur die Wahl des Zeitpunkts für die Funkstille ist seltsam.«

Nachdem sie sich ein Taxi von JFK in die Stadt geteilt hatten, trennten sie sich. Cyrus wollte seine Fühler bei den Mitgliedern der Kunstwelt ausstrecken, um zu sehen, ob sich nicht etwas über den derzeitigen Aufenthaltsort des Fälschers herausfinden ließ. Andre hatte sich einverstanden erklärt, einen letzten Versuch zu wagen, ein Wort mit Camilla zu wechseln, und als das Taxi ihn in die Stadt brachte, zog er die Alternativen in Betracht. Es war sinnlos, sie am Arbeitsplatz anzurufen, und unmöglich, sie daheim zu erreichen, weil sie ihre private Telefonnummer wie ein Staatsgeheimnis hütete. Der Hinterhalt in der Eingangshalle des Redaktionsgebäudes war für die Katz gewesen. Es sah ganz so aus, als bestünde die einzige Möglichkeit darin, sie in aller Herrgottsfrühe mit einem Frontalangriff in ihrem Büro zu überrumpeln, einen Kniefall zu tun und zu behaupten, verzweifelt auf einen Auftrag angewiesen zu sein.

Die Reise mit Cyrus hatte ihm gutgetan; sein Verdacht hatte sich bestätigt, und trotz der Zeitverschiebung fühlte er sich putzmunter und erpicht darauf, die Fährte weiterzuverfolgen. Er sperrte seine Wohnung auf, stellte das Gepäck gleich an der Tür ab und eilte als erstes zum Anrufbeantworter hinüber, um nachzusehen, ob jemand eine Nachricht für ihn hinterlassen hatte.

»Schätzchen, wo steckst du bloß? Ich bin völlig außer mir vor Sorge!« Es war Camilla, mit ihrer gekonntesten Verführerinnenstimme, leise, kehlig und triefend vor Heuchelei, die Stimme, die sie immer dann einzusetzen pflegte, wenn sie etwas wollte. »Ich hab die Kleine in deiner Agentur angerufen, die rein gar nichts zu wissen scheint. Ich muß dich unbedingt sprechen. Wir haben uns lange nicht mehr gesehen, viel zu lange, und ich habe phantastische Neuigkeiten für dich. Also, komm heraus aus deinem Versteck und ruf mich an. Ciao.«

Und dann eine zweite Nachricht:

»Willkommen daheim, Odysseus. Stell dir vor: Der Krieg ist beendet. Camilla hat zweimal angerufen, und sie war beinahe höflich. Es muß sie den letzten Nerv gekostet haben. Wie dem auch sei, sie hat angeblich einen Riesenauftrag für dich. Übrigens – ich habe ihr nicht verraten, wo du dich herumtreibst. Ruf mich an. O.k.?«

Andre warf einen Blick auf seine Uhr, rechnete sechs Stunden weg und sah, daß es kurz nach fünf Uhr nachmittags war. Er rief in der Agentur an.

Als sie die ersten Begrüßungsfloskeln ausgetauscht hatten, holte Andre tief Luft. »Lulu, ich habe lange nachgedacht und beschlossen, daß ich dich viel zu lange aus der Ferne verehrt habe; das wird sich ändern. Nein, warte, das war es nicht, was ich dir eigentlich sagen wollte. Was ich meine, ist, daß sich das mit der Ferne ändern wird. Hoffe ich zumindest. Wäre mir lieb. Also, das heißt, wenn du… ach, Mist. Hör zu, ich kann es dir nicht richtig am Telefon erklären. Darf ich dich um sechs abholen, und wir essen zusammen?«

Er konnte Lucy atmen hören und ein weiteres Telefon, das am

anderen Ende der Leitung läutete. »Andre, ich habe bereits eine Verabredung.«

»Sag ab.«

»Einfach so?«

»Ja.« Andre nickte entschlossen vor sich hin. »Einfach so.«

Die Pause, die daraufhin eintrat, erschien ihm endlos.

»Andre?«

»Ja?«

»Komm nicht zu spät, und erzähl mir ja nicht, daß du sofort zum Flughafen mußt.«

Eine halbe Stunde später, geduscht und rasiert, spazierte Andre pfeifend den West Broadway entlang, eine einzelne langstielige weiße Rose in der Hand. Einer der Schnorrer, der den West Broadway als Jagdrevier abgesteckt und seine Radarantennen auf offenkundig gutgelaunte vorübereilende Beute gerichtet hatte, schlurfte näher und machte ein verdattertes Gesicht, als er ein Lächeln und einen Zehndollarschein abstaubte.

Es war zehn Minuten vor sechs, als Andre auf den Summer drückte, den Stiel der Rose zwischen die Zähne klemmte und den Kopf durch den Spalt der Bürotür steckte.

Lucys Partner Steven blickte von seinem Schreibtisch auf. »O hallo, Andre. So eine Überraschung! Ich wußte gar nicht, daß du scharf auf mich bist.«

Andre spürte, wie er errötete, als er die Rose aus dem Mund nahm und eintrat. »Wo ist Lucy?«

Stephen grinste. »Klebt sich falsche Wimpern an. Dauert nicht mehr lange. Wie geht's, wie steht's?«

Andre hörte, wie hinter ihm die Tür aufging, und drehte sich um; da stand Lucy, in Bluejeans und einem überdimensionalen weißen Rollkragenpullover, der sich vorteilhaft gegen ihre schokoladenbraune Haut abhob. Sie beäugte die Rose in Andres Hand.

»Für dich«, sagte er und überreichte sie ihr. »Passend zum Pullover.«

Stephens Kopf pendelte wie beim Pingpong unermüdlich hin und her, während er von einem ernsten, angespannten Gesicht zum anderen blickte. »Schade, daß du den großen Auftritt verpaßt hast, Lucy.« Und an Andre gewandt: »Ist das in Frankreich Sitte? Rosen kauen?«

Andre nahm Lucys Mantel von der Couch und half ihr hinein. Seine Finger streiften ihren Nacken, als er behutsam die Haare herauszog, die unter dem Kragen eingeklemmt waren. Er schluckte. »Erinnere mich bitte daran, deinem bezaubernden Partner einen großen Strauß Sumach zu schicken; der hat schöne weiße Beeren, ist schön giftig und macht einen schönen Hautausschlag.«

Stephen sah ihnen lächelnd nach, als sie das Büro verließen, zufrieden, daß sich Amors Pfeil endlich in Richtung Ziel bewegte. Er nahm den Telefonhörer ab und rief seine Freundin an. Er beschloß, sie irgendwo piekfein zum Essen auszuführen, ihr vielleicht sogar Blumen mitzubringen. Romantische Gefühle waren offenbar ansteckend.

Cyrus Pine hatte bereits wenige Minuten nach seiner Rückkehr begonnen, sich durch die Liste seiner Kontaktpersonen zu arbeiten. Doch obwohl er mit einer mehr oder weniger achtbaren Geschichte aufzuwarten vermochte, bekam er von allen achtbaren Kunsthändlern, die er kannte, dieselbe Leier zu hören. Wir handeln nur mit echten Kunstwerken, entrüsteten sie sich, und er konnte direkt sehen, wie sie die Nase rümpften. Dabei wußte er nur zu gut, daß alle mindestens einmal an selbiger herumgeführt worden waren, aber sie daran zu erinnern würde ihn bei seiner Suche keinen Schritt weiterbringen. Er gab das Unterfangen auf und blätterte statt dessen in seinem Adreßbuch, um jemanden zu finden, der in einem engeren Bezug zur Realität lebte. Er war drauf und dran, das Handtuch zu werfen, als er zum Buchstaben V kam und den Namen Villiers entdeckte. Er erinnerte sich an die Gerüchte und die nachfolgende öffentliche Schmach. Wenn jemand weiterhelfen konnte, dann war es Villiers.

Villiers war in den achtziger Jahren das Hätschelkind der Kunstbeflissenen gewesen, als das Geld aus schier unerschöpflichen Quellen durch die New Yorker Kunstwelt strömte. Hager, korrekt in Nadelstreifen, englisch bis ins Mark und entfernt mit dem Hochadel verwandt (eine Verbindung, die mit jedem Jahr, das er in Amerika verbrachte, auf wundersame Weise enger wurde), war er mit der Gabe des unfehlbaren Blicks gesegnet. Die Auktionshäuser standen Schlange, um seine Beraterdienste in Anspruch zu nehmen. Die Museen beugten sich seinem Urteilsspruch. Sammler luden ihn, wenn auch mit Bangen, ein, sie in den eigenen vier Wänden zu besuchen. Er war, wie ihm jedermann bestätigte, zu Höherem geboren, vom Schicksal ausersehen für einen Sitz im Vorstand von Stiftungen und Museen und letztlich auch für die Belohnungen, mit denen man die wichtigen Rädchen im Getriebe des Establishments schmiert.

»Letztlich« war jedoch nicht genug gewesen. Schließlich gab es nichts Schöneres als eine ansehnliche Summe bar auf die Hand, und so hatte Villiers begonnen, den Besitzern von Gemälden, deren Herkunft Raum für gewisse Zweifel ließ, kleine Gefälligkeiten zu erweisen. Sein Gütesiegel hatte für sie den gleichen Wert wie Geld auf dem Konto, und sie bekundeten ihre Dankbarkeit auf eine Weise, die alle Zeiten überdauert und eine sehr praktische Komponente hat. Villiers wurde wohlhabend und danach zunehmend geldgieriger, was in der Kunstwelt freilich nicht als Sünde galt. Schlimmer war gleichwohl, daß er selbstüberheblich und unachtsam wurde. Und, um dem Faß den Boden auszuschlagen, auch noch großspurig. Sein riesiges Luxusapartment – aus zwei mach eins –, sein Bentley, ein echter Oldtimer, sein Landsitz in den Hamptons, sein Stall voller Blondinen und seine Feste boten hinreichend Stoff für die Klatschspalten. Der Goldjunge der Kunst, so nannte man ihn, und er tat alles, um seinem Ruf gerecht zu werden.

Sein jäher Absturz aus den Höhen des Ruhms erfolgte blitzschnell und mit großem Getöse; die Medien berichteten darüber mit jener süffisanten Würze, die Journalisten erkennen lassen, wenn sie einen Mann, der erfolgreicher ist als sie selbst, mit heruntergelassenen Hosen erwischen. Es begann, als ein Gemälde aus dem siebzehnten Jahrhundert, dem Villiers Echtheit bescheinigt hatte, für mehrere Millionen Dollar veräußert wurde. Der neue Besitzer ließ das Werk, der Aufforderung seiner Versicherung Folge leistend, auf seine Echtheit überprüfen. Erste Zweifel wurden laut, dann erfolgten weitere Tests. Sie ergaben, daß die Nägel, die Leinwand und Spannrahmen miteinander verbanden, aus dem achtzehnten Jahrhundert stammten und daß die Leinwand selbst noch jüngeren Datums war. Das Bild wurde als Blindgänger entlarvt. Die Neuigkeit machte sofort die Runde, und andere Sammler, die Gemälde mit einem Echtheitszertifikat von Villiers erworben hatten, pilgerten in hellen Scharen in die Labors, um Analysen durchführen zu lassen. Weitere Fälschungen kamen ans Tageslicht. Innerhalb weniger Wochen war der Goldjunge in den Verdacht geraten, ein schwarzes Schaf und ausgemachter Schwindler zu sein.

Klagen und Gegenklagen vor Gericht zwangen Villiers, sein Aktivvermögen zu versilbern. Die Blondinen verschwanden, wie Blondinen es angesichts mißlicher Umstände zu tun pflegen. Das Establishment ließ ihn fallen wie eine heiße Kartoffel, und er sah sich gezwungen, kleine Brötchen zu backen und seinen Lebenunterhalt als Berater von Leuten zu fristen, die mehr an seinem scharfen Blick als an seiner angeschlagenen Reputation interessiert waren. Cyrus Pines Anruf, der während einer besonders hartnäckigen Durststrecke erfolgte, war folglich höchst willkommen. Nachdem er den Hörer aufgelegt hatte, dauerte es nicht einmal dreißig Minuten, bis Villiers in Pines Arbeitszimmer saß und kurzen Prozeß mit einem großen Wodka machte.

»Schön, daß Sie gleich herkommen konnten, Mr. Villiers. Wie ich bereits erwähnte, handelt es sich um eine Angelegenheit, die ich unverzüglich in Angriff nehmen möchte.« Pine zuckte entschuldigend die Schultern. »Sie wissen ja, wie Kunden sind, sie würden den Kauf am liebsten schon gestern über die Bühne gebracht haben.«

Villiers, von schmächtiger Gestalt und eher unappetitlichem Aussehen, ließ die ersten Anzeichen von Verwahrlosung erkennen. Sein Nadelstreifenanzug hätte, obwohl anständig geschnitten, dringend ein Bügeleisen benötigt. Sein Hemdkragen begann auszufransen, und was die Haare anging, die sich im Nacken glanzlos über den Kragen ringelten, so wäre längst ein Friseurbesuch fällig gewesen. Als er Cyrus nun anlächelte, entblößte er fleckige Zähne. »Ich habe im Augenblick nicht viel zu tun«, gestand er und wirbelte die Eiswürfel in seinem Glas umher. »Es wäre mir vielleicht möglich auszuhelfen.«

»Wunderbar. Wunderbar.« Cyrus stellte seinen Drink auf den Tisch und beugte sich vor, die Augenbrauen zusammengekniffen. »Was ich Ihnen jetzt erzählen werde, bleibt natürlich unter uns.« Ein zustimmendes Nicken von Villiers. »Mein Kunde besitzt eine recht beachtliche Sammlung – vorwiegend Impressionisten und einen oder zwei moderne Maler wie Hockney. Einige Bilder hängen in seiner Wohnung in Genf, der Rest auf dem Familiensitz in der Toskana, auch der wohlgemerkt recht ansehnlich. Wie dem auch sei, er ist in letzter Zeit ein wenig nervös. Da unten gab es unlängst eine ganze Einbruchsserie, von der Sie vielleicht noch nichts gehört haben. Die Angelegenheit wurde höheren Ortes vertuscht – solche Vorkommnisse sind schlecht für den Tourismus, schlecht für das Investitionsklima, all die üblichen faulen Ausreden. Wie dem auch sei, mein Kunde ist jedenfalls nicht besonders glücklich, daß er die wertvollen Gemälde in der Obhut eines Alarmsystems und eines Verwalters zurückläßt, der auch nicht mehr der Jüngste ist. Können Sie meinen Ausführungen folgen?«

Villiers war seinem Gastgeber sogar ein Stück vorausgeeilt. Es war schließlich immer die gleiche Geschichte. Zuerst tischte man das schmückende Beiwerk auf, bevor man zum Punkt kam. Und dieser Punkt hatte unabänderlich eine Schattenseite. Er sah schon, daß hier Aussicht auf einen Verdienst bestand. »Seine Besorgnis muß groß sein«, sagte er. »Könnte ich noch einen Wodka haben?«

»Lieber Kollege«, fuhr Cyrus fort, während er Villiers nachschenkte, »seine Besorgnis gilt vor allem zwei Gemälden, und deshalb habe ich ihm einen guten Rat gegeben.« Er reichte Villiers das Glas und nahm wieder Platz. »Verwahren Sie die beiden Originale im Tresor Ihrer Bank, habe ich ihm empfohlen, und lassen Sie Kopien davon fertigen. Was meinen Sie?«

Aha, darauf läuft es also hinaus, sagte sich Villiers. Er braucht einen Fälscher. »Sehr weise.«

»Der Ansicht war er auch. Aber er besteht auf Kopien von 1A-Qualität.«

»Versteht sich. Können Sie mir sagen, wer Ihr Kunde ist?«

»Er zieht es vor, anonym zu bleiben. Das tun sie alle, nicht wahr? Aber ich kann Ihnen soviel verraten: Er verfügt über beträchtliche Ressourcen.« Cyrus sah Villiers einen Augenblick an, bevor er fortfuhr: »Und er ist kein Mann, der sich lumpen läßt. Ich bin sicher, daß es in finanzieller Hinsicht nicht die geringsten Probleme geben wird.«

Läuft wie geschmiert, strikt nach Drehbuch, dachte Villiers. Geld gegen Kontakte. »Welche Maler?«

»Ein Pissarro und ein Cézanne.«

»Hmmm.« Villiers multiplizierte die Summe, an die er zunächst gedacht hatte, mit zwei. Franzen war der richtige Mann, der einzige, der in Frage kam. Aber zuerst mußte er abklären, ob er überhaupt mitmachen würde. »Ich bin möglicherweise in der Lage, Ihnen zu helfen, Mr. Pine. Können Sie mir vierundzwanzig Stunden Zeit geben?«

Im Taxi, das ihn in seine Behausung zurückbrachte, fragte sich Villiers, wieviel er von der Vermittlungsgebühr abzweigen mußte oder ob er es wagen konnte, ohne Umwege Kontakt zu Franzen aufzunehmen und die gesamte Summe in die eigene Tasche zu stecken. Besser nicht, entschied er mit Bedauern. Der Schwindel würde mit Sicherheit auffliegen, und dann gab es eine weitere Person auf der Liste derjenigen, die ihm nie wieder Arbeit verschaffen würden. Dieser nachtragende, geldgierige Mistkerl. Was für einen Unterschied würden die paar tausend Dollar mehr oder weniger für ihn schon machen? Als das Taxi in der Parkbucht hielt, blickte Villiers voller Abscheu auf den schäbigen Wohnsilo, in dem er mittlerweile hauste. Er gab dem Fahrer ein ebenso schäbiges Trinkgeld und eilte mit eingezogenen Schultern über den Bürgersteig, um sich vor der Flut von Schmähworten zu schützen, die ihm nachgerufen wurden.

Mit einem weiteren Wodka als Glückbringer rang er sich zu dem Anruf durch.

»Bei Holtz.«

»Ist Mr. Holtz da? Hier spricht Villiers.«

»Mr. Holtz speist gerade.«

»Es ist wichtig.« Ekelhaft, diese Butler, wenn es nicht die eigenen waren.

Eine Minute verging. Dann ein schwaches Klicken in der Leitung, als der Anruf durchgestellt wurde. »Ja bitte?«

Villiers zwang sich, freundlich zu sein. »Tut mir leid, dich zu stören, Rudi, aber ich bin da auf eine Sache gestoßen, und ich weiß, daß du es vorziehst, persönlich mit ihm zu verhandeln.«

»Von wem?«

»Cyrus Pine, spielt den Strohmann für irgendeinen Europäer. Wollte mir den Namen nicht nennen. Er braucht einen Pissarro und einen Cézanne.«

Holtz spähte durch die geöffnete Tür seines Arbeitszimmers. Camillas Lachen drang vom Eßzimmer durch die Halle, während er überlegte. Er kannte Pine vom Hörensagen und war ihm häufig bei den medienwirksamen Veranstaltungen von Kunstgalerien begegnet. Der Mann genoß einen erstklassigen Ruf und könnte in Zukunft noch nützlich für ihn sein. Solange sich Holtz im Hintergrund hielt, war Villiers ein geeigneter Sündenbock, auf den sich mögliche Unannehmlichkeiten abwälzen ließen. »Sehr gut«, erwiderte Holtz. »Ich werde mich gleich morgen mit Franzen in Verbindung setzen. Warte, bis du von mir hörst, bevor du Pine die Telefonnummer gibst. Obwohl«, Holtz gab ein Geräusch von sich, das man fälschlicherweise für ein Lachen halten konnte, »obwohl ich nicht weiß, ob ›geben‹ in diesem Fall der richtige Ausdruck ist.«

Villiers zuckte zusammen. Dieser elenden Kröte entging kein noch so geschickter Winkelzug. »Nun, ich werde ihm vielleicht einen kleinen Unkostenbeitrag in Rechnung stellen.«

»Natürlich. Aber ich erwarte nicht, daran beteiligt zu werden. Mir reicht eine Kiste Krug für meine Dienste aus, einverstanden? Ich rufe dich morgen an.« Als er ins Eßzimmer zurückkehrte, hatte Holtz allen Grund, seine eigene Großzügigkeit zu bewundern. Die fünfzig Prozent, die er von Franzens Honorar einzukassieren gedachte, würden sich auf eine sechsstellige Summe belaufen. Kleinvieh macht auch Mist, sagte er sich. Lächelnd entschuldigte er sich bei seinen Gästen, als er Platz nahm. »Verzeihen Sie die Störung«, sagte er. »Aber meine Mutter in Florida pflegt früh zu Abend zu essen, und sie glaubt, wir hätten hier die gleichen Gepflogenheiten.« Er schob eine Gabel Lammbraten in den Mund und fragte sich, ob sechzig Prozent nicht angemessener wären angesichts der ruinösen Preise von Telefongesprächen mit dem Ausland.

Mittlerweile nahm Villiers den Inhalt seines Kühlschranks in Augenschein: eine halbleere Flasche Wodka und ein ältliches Stück Leberwurst in einer zusammengerollten Pelle. Er beschloß, auszugehen und sich als Vorschuß auf sein Honorar ein richtiges Abendessen zu gönnen. Es würde noch genug übrigbleiben, nachdem er diesem Mistkerl eine Kiste Champagner gekauft hatte, echten französischen der Spitzenklasse. Er selbst würde sich mit Schaumwein begnügen.

13

Das schrille Geräusch ertönte nicht mehr als eine Handbreit von seinem Ohr entfernt und riß ihn aus dem Schlaf; das gellende, unnachgiebige Läuten drang sogar durch das Kissen, das er sich über den Kopf gestülpt hatte. Andre spürte eine Bewegung neben sich und sodann die Wärme nackter Haut und das Gewicht eines Körpers quer über seiner Brust, als Lucy über ihn hinweglangte und den Hörer abhob.

Verschwommen nahm er ihre Stimme wahr, ein schlaftrunkenes Hallo, bevor das Kissen von seinem Gesicht entfernt wurde. Lucy knabberte an seinem Ohrläppchen. »Camilla will dich sprechen.« Sie reichte ihm das Telefon und legte den Kopf auf seine Schulter. Andre versuchte, ein Gähnen zu unterdrücken.

»*Da* steckst du also! Bin ich froh, daß ich dich endlich erwischt habe.« Camillas Stimme, munter und laut, ließ ihn zusammenzucken und veranlaßte ihn, den Hörer ein Stück vom Ohr wegzuhalten.

»Camilla! Wie geht's?«

»Könnte nicht besser sein, Schätzchen, und ich kann es kaum erwarten, dich endlich wiederzusehen. Wir haben eine Menge zu besprechen. Hör zu, bei mir wurde gerade ein Termin abgesagt, und da dachte ich mir, ich könnte doch meinen Lieblingsfotografen zum Mittagessen einladen. Nur wir zwei.«

Andre hörte, wie Lucy an seinem Hals flüsterte: »Mein Lieblingsfotograf. Sieh mal einer an!«

»Andre?«

»Ja, ja. Klar, warum nicht? Wäre nett.«

»Wunderbar. Um eins im Royalton?«

»Im Royalton. Um eins.«

»Andre, wer war das gerade am Telefon?« Camilla konnte offenbar nicht widerstehen.

»Oh, die Putzfrau!« Lucy hob den Kopf und lächelte heimtückisch, bevor sie Andre in den Hals biß, woraufhin sich ihm ein ungewolltes Stöhnen entrang. »Sie kommt donnerstags immer sehr früh.«

»Heute ist Mittwoch, Schätzchen. Also, dann bis eins.«

Andre legte den Hörer auf und brauchte eine halbe Stunde, Lucy einen guten Morgen zu wünschen, bevor sie seine Hände beiseite schob und aus dem Bett sprang. »Ich muß los. Spar dir den Rest für später auf, okay?« Sie stülpte ihm wieder das Kissen über den Kopf. »Und vergiß ja die Stelle nicht.«

Er hörte das ferne Trommeln der Dusche, als er in den Schlaf zurückglitt, faul und von einem ungewohnten Wohlbehagen erfüllt. Er spürte ihrem Duft auf den Laken nach und fragte sich, warum es so lange gedauert hatte, bis der Funke übergesprungen war. Ihre Hand, die ihn sacht an der Schulter berührte, und das Aroma von frischgebrühtem Kaffee bewirkten, daß er sich auf Anhieb wieder hellwach fühlte.

»Andre, es ist höchste Zeit, mit diesem Lotterleben aufzuhören.«

Er setzte sich im Bett auf, nahm den Becher in beide Hände und atmete tief das Aroma ein. »Ja, Lulu.«

»In deinem Kühlschrank geht es zu wie in einem Forschungslabor. Da herrscht Leben. Ein Nährboden, in dem ganze Kulturen ausgebrütet werden.«

»Ja, Lulu.«

Sie beugte sich zu ihm hinunter und küßte ihn. »Paß auf dich auf, ja?« Er begann sie bereits zu vermissen, bevor er hörte, wie sie die Wohnungstür hinter sich zumachte.

Vier Stunden später, er fühlte sich immer noch herrlich beschwingt, wartete Andre darauf, zu Camillas Tisch im Royalton gebracht zu werden. Während er durch den Speisesaal geleitet wurde, drehten sich Gesichter nach ihm um, die Augen wie blasse Kameralinsen auf ihn geheftet – kurze, forschende Blicke, die einschätzten, ob er bekannt genug war, um ein längeres Anstarren zu verdienen. Niemand machte den Versuch, sein Interesse zu verbergen und auch nicht den Mangel daran zu kaschieren, als sich die Gesichter wieder abwandten.

Andre erkannte daran den Ausleseprozeß, der in einigen New Yorker Restaurants mit hochkarätigem Mittagstisch gang und gäbe ist. Der Erfolg derartiger Establissements stützt sich weniger auf die Qualität der Küche, die durchaus erstklassig sein kann, auch wenn das kaum jemand wahrnimmt, sondern vielmehr auf den Status, den man den Gästen zuordnet. Und für diese legendären Gestalten – Models, Schauspieler und Schriftsteller, die gerade in Mode sind, die Crème de la Crème auf dem Mediensektor, gewiefte Spieler, die mit Argusaugen jede noch so feine Nuance des Spektakels verfolgen – ist die richtige Plazierung von ausschlaggebender Bedeutung. Ins Exil, sprich an einen versteckten Tisch, verbannt zu werden kann bewirken, daß ein Thunfisch-Carpaccio nicht im Mund zergeht, sondern im Hals steckenbleibt. Brillant-Savarins *Physiologie des Geschmacks*, ein Lehrbuch der zeitgenössischen Gastronomie und Tafelfreuden, ist vor diesem Hintergrund nichts anderes als Schnee von gestern. »Sage mir, was du ißt, und ich sage dir, wer du bist«, lautet ein geflügeltes Wort dieses namhaften Feinschmeckers, doch die Zeiten, in denen sich die Welt auf einen so einfachen Nenner bringen ließ, gehören längst der Vergangenheit an. »Sage mir, wo du sitzt, und ich sage dir, wer du bist«, wäre zutreffender, und es kann nur noch eine Frage der Zeit sein, bis die täglich wechselnde Spezialität des Hauses kein Gericht mehr ist, sondern eine berühmte Persönlichkeit – die *personnage du jour* sozusagen, deren Anwesenheit im Restaurant diskret bekanntgegeben wird, während man das Menü serviert.

Während ihm diese Gedanken durch den Kopf schwirrten, wurde Andre zu einem erhöhten Tisch geleitet und mit der übertriebenen Geschäftigkeit einer Zeremonie umhegt, wie sie dem Ehrengast einer zuverlässigen Stütze des Restaurants gebührte. Die

Stütze hatte sich, wie es sich geziemt, verspätet. Als sie endlich eintraf und sich bei ihrem Weg durch das klippenreiche Gewässer der Tische überwiegend an ihrem Erinnerungsvermögen orientierte (ihr Sehvermögen war durch eine große dunkle Sonnenbrille beeinträchtigt), entfachte jeder Schritt eine Woge des Interesses und eine Salve hingehauchter Küßchen aus weiter Ferne.

»Andre!« Sie sah aus, als sei seine Anwesenheit an ihrem Tisch eine gelungene Überraschung, der einzige Lichtblick ihres freudlosen Tages. »Wie geht es dir? Laß dich anschauen.« Was sie auch tat, wobei sie den Kopf erst zur einen, dann zur anderen Seite neigte, die dunklen Brillengläser halbmast auf ihrer Nase. »Ich entdecke ganz eindeutig ein Funkeln in deinen Augen, Schätzchen. Und was ist das da an deinem Hals?«

Andre zog den Kopf ein und grinste. »Du siehst gesund und munter aus, Camilla. Ich habe dich seit Ewigkeiten nicht mehr gesehen. Viel Arbeit?«

»Total im Streß, Schätzchen! Ich habe Tag und Nacht an meiner kleinen Überraschung für dich gebastelt. Aber du zuerst: Erzähl, was es Neues gibt. Habe ich irgendwo läuten hören, daß du in Europa warst?«

»Ich war ein paar Tage in England.« Und Andre erstattete ihr einen stark modifizierten Bericht von seiner Reise, dessen Lücken er mit Beschreibungen von Lord Lamprey und den kostbaren Wandbehängen auf Throttle Hall auffüllte. Er war gerade bei den letzten Sätzen seiner Geschichte vom fliehenden Huhn angekommen, als er vom Klingeln des Handys in Camillas Handtasche unterbrochen wurde. Er bestellte, während sie telefonierte; der Ober harrte auf seinem Posten aus, bis das Handy in die Handtasche zurückgewandert war. Camilla schilderte in allen Einzelheiten ihre bevorzugte Grünfutter-Kombination und wandte, mit dem gramerfüllten Seufzer einer überarbeiteten und unabkömmlichen Topmanagerin, ihre Aufmerksamkeit wieder Andre zu. »Wo waren wir stehengeblieben, Schätzchen?«

»Du wolltest mir gerade von dem Projekt erzählen, das dich so auf Trab gehalten hat.«

Andre, der sich zurücklehnte, da er nicht genau wußte, was er zu erwarten hatte, sah sich eine halbe Stunde lang Camilla in der Rolle der Überredungskünstlerin gegenüber. Die dunkle Brille wurde entfernt, die Augen blickten ihn, ohne zu blinzeln, durchdringend an, die Hände flatterten aufgeregt hin und her, und dann und wann drückte sie seinen Arm, um ihren Worten Nachdruck zu verleihen. Der Grünfutter-Teller blieb unberührt. Ein Beobachter wäre unweigerlich zu der Schlußfolgerung gelangt, sie sei blind für ihre Umgebung mit Ausnahme des Mannes, der ihr gegenübersaß. Es war eine Szene, die sie im Lauf der Jahre perfektioniert hatte, und obwohl Andre sie bereits hinreichend kannte, spürte er, wie ihn ihr schauspielerisches Können fesselte. Und zugegeben, in gleichem Maße fesselte ihn der Gedanke, daß sie sich solche Mühe gab, ihm das Angebot schmackhaft zu machen. Sie kannte ihn sehr gut, und sie hatte den Köder mit großer Sorgfalt gewählt.

Es war ein Buch; nein, es war mehr als ein Buch. Es war eine Chronik der außergewöhnlichsten Herrensitze der Welt, ausnahmslos von ihm fotografiert; sämtliche Unkosten und Spesen würde die Zeitschrift übernehmen. Eine von Garabedians Beteiligungsgesellschaften würde die Veröffentlichungen und Werbung übernehmen. »Herrenhäuser rund um den Globus, Schätzchen«, sagte Camilla, wobei sie ihre Worte mit dem Pathos eines Politikers verbrämte, der ein Wahlversprechen abgibt. »Und dein Name«, hier hielt sie inne, um ihn mit den Händen weitläufig in die Luft zu schreiben, »dein Name wird *über dem Titel* stehen!« Außerdem habe man eine Promotiontour geplant, da das Buch auch im Ausland erscheinen solle – in Deutschland, Italien, Japan, in aller Herren Länder –, nebst einer Ausstellung seiner Bilder und einer CD-ROM. Das sei der Beginn seiner Karriere als weltweit bedeutendster Fotograf seines Fachs. Und natürlich würde der Rubel rollen – durch die Auslandsrechte, die Abdruckrechte, die Tantiemen. Geld in Hülle und Fülle. Camilla schüttelte angesichts all dieser aufregenden Aussichten ihr Haar und wartete auf Andres Reaktion.

Einen Moment lang fehlten ihm wirklich die Worte. Hier war sie, wie Camilla gesagt hatte, die Chance seines Lebens, der Traumauftrag, der perfekt mit seinen beruflichen Bestrebungen übereinstimmte. Unter normalen Umständen hätte er nun Champagner bestellt und Anstalten gemacht, Camillas Gemütsruhe – und möglicherweise auch ihr Make-up – im Überschwang der Begeisterung durch eine Umarmung zu erschüttern. Doch während er noch nach einer schicklichen Antwort suchte, nistete sich auch schon die Schlange des Argwohns in seinen Gedanken ein. Das Ganze kam wie gerufen, war eine Spur zu perfekt.

»Nun, du mußt entschuldigen, aber ich bin einfach baff«, sagte er schließlich. »Es wird eine Weile dauern, bis ich das verdaut habe. Aber vielleicht kannst du mir erklären, wie du dir den Zeitplan gedacht hast. Ich meine, das Projekt wird nicht gerade in zehn Tagen abgeschlossen sein.«

Camilla winkte derart nebensächliche Überlegungen mit einer Geste ab, die postwendend den Ober auf Trab brachte. »Nimm dir die Zeit, die du brauchst, Schätzchen.« Der Ober warf ihr einen verwirrten Blick zu und schnellte vor, um den Salat zu entfernen, als ihn ein zweiter Wink mit der Hand verscheuchte. »Das wird ein *monumentales* Werk werden. Ich sehe St. Petersburg vor mir, Jaipur, die schottischen Schlösser, Marrakesch, Bali, Venedig – Gott, Venedig.« Das Haar geriet wieder in Wallung. »Ein Jahr, achtzehn Monate, solange es eben dauert.« Ihre Stimme wurde leiser, vertraulicher. »Übrigens, ich habe bereits die erste Etappe ausgearbeitet, zu Anfang drängt die Zeit *ein ganz kleines bißchen*. Es ist ein phantastisches altes Taipan-Haus in Hongkong, und bei Hongkong spielen zu viele Unbekannte mit.«

»Tatsächlich?«

»Die Chinesen, Schätzchen. Sie haben die Macht übernommen, und keiner weiß, wie lange es dauert, bis sie alle Herrenhäuser in Wohnheime für die weiblichen Mitglieder der Revolutionsarmee umgewandelt haben. Du solltest also an Ort und Stelle sein, bevor unser kleiner Freund, Mr. Choy, kalte Füße bekommt und beschließt, Reißaus zu nehmen, um sich stärker seinem Kapital in Beverly Hills zu widmen.« Sie schob den Teller beiseite und stützte die Ellenbogen auf den Tisch. »So bald wie möglich, würde ich sagen.«

Die Schlange des Argwohns machte Überstunden. »Bleibt mir noch Zeit für einen Kaffee?« fragte Andre.

Camilla strahlte und tätschelte seine Hand. »Ich bin so froh, daß dir die Idee gefällt, Schätzchen. Das Projekt ist wie für dich geschaffen.«

Sie trennten sich am Ausgang des Hotels, Andre mit der Anweisung, für die erforderlichen Schutzimpfungen und Visa zu sorgen und Noel wegen der Flugtickets und Spesen anzurufen. Im Auto, auf der Rückfahrt ins Büro, klopfte sie sich selbst auf die Schulter. Er hatte den Köder offenbar geschluckt, und wenn alles gutging, würde er sich binnen einer Woche auf dem Weg nach Hongkong befinden. Rudi würde hocherfreut sein.

Andre kehrte in die Empfangshalle zurück und rief Cyrus Pine an. Der Kunsthändler ließ ihn gar nicht erst zu Wort kommen.

»Gute Neuigkeiten, mein Lieber, gute Neuigkeiten. Ich habe Franzen ausfindig gemacht, und Gott sei Dank lebt er an einem zivilisierten Ort. Sie haben doch hoffentlich nichts gegen einen kurzen Abstecher nach Paris?«

»Cyrus, ich habe gerade mit Camilla zu Mittag gegessen; das Drama scheint sich zuzuspitzen. Wann können wir uns treffen?«

»Mmm, lassen Sie mich überlegen. Unten wartet eine nette alte Spinatwachtel, die bei ein paar recht hübschen Aquarellen angebissen hat. Sie scheint es gar nicht mehr erwarten zu können, ihr Scheckheft zu zücken. Ich möchte sie keinesfalls enttäuschen. Wie wär's mit heute abend?«

»Hier in meinem Revier? Ich würde Ihnen gerne jemanden vorstellen.«

Cyrus gluckste stillvergnügt in sich hinein. »Ist sie hübsch?«

»Umwerfend.«

Sie verabredeten sich im Felix. Nachdem er Lucy angerufen hatte, die zahllose Fragen, aber zuviel zu tun hatte, um sich ausführlich Antworten anzuhören, mußte Andre irgenwie den Nachmittag über die Runden bringen. Einem Impuls gehorchend, beschloß er, zu Fuß nach SoHo zu marschieren.

Ein ausgedehnter, gemächlicher Spaziergang entlang der Fifth

Avenue an einem frischen, aber sonnigen Frühlingsnachmittag ist eines der Bonbons, mit denen Manhattan aufzuwarten hat. Wenn der Himmel über New York blau ist, dann ist er strahlend blau, und wenn die New Yorker spüren, daß der Winter vorüber ist, lockern und straffen sie die gebeugten Schultern, strecken das Gesicht der Sonne entgegen und schenken gelegentlich sogar Fremden ein Lächeln. Das Wetter entsprach Andres Hochstimmung, und obwohl er es für angeraten hielt zu ergründen, was sich hinter Camillas Angebot verbarg, wurden seine Versuche, das Rätsel zu lösen, immer wieder durch mentale Bilder von Lucy und Paris verdrängt. Eine gedankliche Verknüpfung, die ihn ablenkte.

Er ließ den brodelnden Hexenkessel der 42nd Street und die Löwen an der New York Library hinter sich; majestätisch und wohlwollend lagerten sie im Sonnenschein und sahen so würdevoll aus, wie es Löwen eben vermögen, deren Haupt von einer dichten Taubengirlande umkränzt ist. Dann folgten die Geschäfte und Büros im unteren Abschnitt der Fifth Avenue, bescheiden und proletarisch im Vergleich zu ihren piekfeinen Uptown-Nachbarn. An jedem Häuserblock warf er einen prüfenden Blick auf seine Uhr und zählte die Minuten bis zum Wiedersehen. Er schlenderte über den Washington Square und legte eine Pause ein, um eine Tasse Kaffee zu trinken. In ihm war eine Sehnsucht, an die er sich erst wieder gewöhnen mußte. Es war Jahre her, seit ein menschliches Wesen ihn derart magisch angezogen hatte.

Sein fester Vorsatz – erst bei Büroschluß zu erscheinen – ging über Bord, als er kurz vor fünf den West Broadway erreichte und die letzten hundert Meter beinahe in einen Laufschritt verfiel in der Hoffnung, Lucy alleine anzutreffen.

Stephen empfing ihn an der Bürotür. »Du bist früh dran, ich wollte gerade Feierabend machen. Lucy ist nach Hause gegangen, sich umziehen, und wenn du sie morgen früh wieder zu spät zur Arbeit gehen läßt, zerre ich dich vor den Kadi. Schönen Abend noch.«

»Stephen, da ich dich gerade treffe…« Andre stieß ihn sanft ins Büro zurück. »Ich würde gerne… also, die Sache ist die: Ich hatte gehofft, daß du einen Tag, oder auch zwei, ohne Lucy auskommst.

Weißt du, ich hatte an ein verlängertes Wochenende gedacht. Oder sogar eine ganze Woche?«

Stephen lächelte und zuckte die Schultern. »Habe ich die Wahl?«

»Noch habe ich sie nicht gefragt.«

»Wohin soll's denn gehen?«

»Paris.«

Stephen legte Andre die Hand auf die Schulter, und sein Gesicht war ernst. »Dann frag sie. Aber eine Bedingung stelle ich.«

Andre nickte.

»Falls sie dir einen Korb gibt, komme ich mit.«

Gemeinsam verließen sie das Büro. Andre wartete draußen vor dem Gebäude und verrenkte sich den Hals, um jedem Taxi nachzusehen, das bremste. Es war die Zeit im Jahr, wo die Abende allmählich länger und lauer wurden. Die einsetzende Dämmerung, geheimnisvoll und schmeichelhaft, hatte die Unvollkommenheiten und scharfen Kanten des West Broadway kaschiert. Flimmernd begrüßten die Lichter den Abend, und Andre spürte, wie sich sein Puls beschleunigte, als ein Taxi hielt, die Tür aufging und ein schlankes braunes Bein auftauchte. Man kann über die New Yorker Taxis sagen, was man will, dachte er, aber wer immer sie konstruiert haben mag, muß ein Beinfetischist gewesen sein. Er beobachtete beifällig, wie das zweite Bein erschien, dann überquerte er den Bürgersteig, um Lucy beim Aussteigen zu helfen.

Sie trug ein dunkelgraues Kleid, kurz und schlicht, eine schwarze Jacke war lässig um ihre Schultern drapiert. Sie hatte die Haare straff zurückgekämmt, und ihre Augen blitzten im Licht der Straßenlaternen. Sie strich seinen Hemdkragen glatt. »Du bist früh dran«, begrüßte sie ihn.

»Ich kam rein zufällig hier vorbei und habe auf mein Glück gehofft.«

Arm in Arm schlenderten sie zur Grand Street hinüber. »Lulu, ich habe eine Überraschung für dich.«

Sie blickte zu ihm hoch, wobei sich das Licht in ihren silbernen Ohrringen spiegelte. »Laß mich raten. Du hast den Kühlschrank ausgemistet.«

»Besser.«

»Du hast Camilla dazu gebracht, zum Mittagessen Pommes frites zu verdrücken.«

Er schüttelte den Kopf. »Warst du schon mal in Paris? Hättest du Lust hinzufliegen?«

»Paris!« Es war beihnahe ein Schrei, laut genug, daß zwei Männer, die an ihnen vorübergingen, abrupt anhielten und der Dinge harrten, die da kommen würden. »Paris! Ist das dein Ernst?«

»Es ist alles klar. Ich habe mit Stephen gesprochen. Er gibt dir eine Woche frei, wegen guter Führung. Wir treffen uns jetzt mit Cyrus, um zu besprechen, wann und...«

Sie nahm sein Gesicht in die Hände, und der West Broadway wurde Zeuge eines Kusses, der den gesamten Verkehr lahmzulegen drohte. Einer der beiden Passanten stupste den anderen an. »Irgendwann müssen die beiden doch mal wieder auftauchen, um Luft zu holen.« Sein Freund seufzte und schüttelte den Kopf. »Würdest du das tun?«

Als sie das Restaurant betraten, hatte Lucy ihre Aufregung ausreichend im Griff, um an der Bar Platz zu nehmen, ein Glas Rum und Wasser zu bestellen und Andre mit Fragen zu löchern: Was war das für ein Auftrag? Wie war das Wetter in Paris? In welchem Hotel würden sie wohnen? Würde sie dort drüben mit ihrer Baskenmütze albern aussehen? Würde Cyrus auch mitkommen? Würde er sie mögen? Fragen über Fragen, die ohne Punkt und Komma aufeinander folgten, so daß Andre keine Gelegenheit erhielt, sie zu beantworten. Schließlich nahm er ihr Glas und drückte es ihr in die Hand.

»Ein Trinkspruch, bevor du heiser bist und keinen Ton mehr herausbringst«, schlug er vor. »Auf deine erste Reise nach Frankreich.«

Sie stießen miteinander an und sahen sich in die Augen, während sie tranken. Andre beugte sich vor – um sie zu küssen oder ihr etwas ins Ohr zu flüstern, er hatte sich noch nicht entschieden –, als hinter ihnen ein taktvolles Hüsteln ertönte. Andre drehte sich um und ertappte Cyrus dabei, wie er Lucy mit offensichtlichem Wohlgefallen musterte. Die Augenbrauen waren hochgezogen, als er die Konturen und die Kürze des Kleides begutachtete, die noch von dem hohen Barhocker betont wurden.

Andre stellte sein Glas ab. »Lulu, darf ich bekannt machen: Das ist Cyrus Pine.«

Sie streckte die Hand aus, die Cyrus mit beiden Händen ergriff. »Ich freue mich sehr, Sie kennenzulernen, meine Liebe. Ich war schon seit Jahren nicht mehr in SoHo, aber wenn die Mädchen hier alle so hübsch sind wie Sie, werde ich künftig häufiger herkommen.«

»Wenn Sie ihre Hand wieder loslassen würden, Cyrus, könnten Sie mir endlich das Glas abnehmen.« Andre reichte ihm einen Scotch, machte ihm Komplimente über seine rotweiß getupfte Fliege und lotste sie von der Bar zu einem Tisch in der Nähe.

Sie nahmen Platz, Lucy zwischen den beiden Männern. »Wo fangen wir am besten an?« fragte Andre. »Cyrus, wollen Sie zuerst? Lulu ist über alles im Bilde, was sich bisher zugetragen hat.«

Cyrus war ein Mensch, dem es gefiel, wenn eine Geschichte der Reihe nach erzählt wurde. Er begann also mit einer Schilderung vom Aufstieg und Fall des unseligen Villiers, bevor er die erste Zusammenkunft mit dem Mann, das kurze Verhandlungsgespräch, das folgte, und das zweite Treffen in der Eingangshalle einer Bank an der Park Avenue beschrieb, wo Franzens Telefonnummer gegen fünftausend Dollar ausgetauscht werden sollte.

Lucy pfiff erstaunt durch die Zähne. »Ist das nicht eine Menge Geld für eine Telefonnummer?«

»Jeder will in solchen Situationen seinen Schnitt machen«, meinte Cyrus, »und je näher man dem Gemälde kommt, desto größer ist dieser Schnitt. Mich schaudert's, wenn ich daran denke, wie Franzens Preise aussehen mögen. Wie dem auch sei, da stehe ich also wie bestellt und nicht abgeholt an der Tür mit einem Umschlag voller Bargeld. Dann trifft Villiers ein, späht mißtrauisch umher, als sei ihm der halbe Geheimdienst auf den Fersen, und schleicht sich an mich heran. Es war das verdächtigste Verhalten, das ich jemals in meinem ganzen Leben gesehen habe. Und es war ansteckend: Ich hielt die ganze Zeit nach jemandem Ausschau, der aus dem Hinterhalt auftauchen und mich mit der Schußwaffe bedrohen könnte. Wir tauschten also die Umschläge aus, und dann hat mich diese miese kleine Ratte warten lassen, während er das Geld nachzählte. Und weg war er.« Cyrus betrachtete mit leicht überraschter Miene sein leeres Glas.

»Ich hole Nachschub.« Andre ging zur Bar hinüber, und Cyrus ergriff die Gelegenheit, Lucy ins Kreuzverhör zu nehmen: »Einer der Vorteile, wenn man so alt ist wie ich, liegt darin, daß man das Gefühl hat, anmaßende Fragen stellen zu dürfen.« Die Augenbrauen schnellten kurz in die Höhe. »Stehen Sie und Andre sich – wie soll ich sagen – sehr nahe?«

Lucy lächelte verschmitzt. »Wir sind auf dem besten Weg. Vielleicht sollten Sie ihm diese Frage stellen.«

»Nicht nötig, meine Liebe. Für mich liegt das auf der Hand. Ich glaube, er hat mich nicht öfter als einmal angesehen, seit ich da bin. Niemand könnte glücklicher darüber sein als ich. Er ist mir sehr ans Herz gewachsen; ein Prachtstück von einem Mann.«

Lucy schob verlegen das Glas hin und her. »Ja. Das ist er. Cyrus, bevor er zurückkommt – würde es Ihnen etwas ausmachen, wenn ich nach Paris mitkäme? Er hat mich auf dem Weg hierher gefragt, aber ich möchte nicht...«

Cyrus unterbrach sie mit erhobener Hand. »Kein Wort mehr. Wenn Sie auf die Idee kämen, ihn nicht zu begleiten, wäre ich sehr enttäuscht.«

Sie beugte sich zu ihm hinüber, um ihn auf die Wange zu küssen, und Andre, der gerade mit einem Scotch in der Hand an den Tisch zurückkehrte, hätte schwören mögen, daß Cyrus errötete. Er blickte von einem zum anderen, als er sich hinsetzte. »Störe ich?«

Lucy zwinkerte Andre zu. Cyrus räusperte sich. »Ich habe auf Sie gewartet, damit Sie den Schluß nicht verpassen«, sagte er. »Aber ich wurde von unserer Reisebegleiterin tätlich angegriffen. Also.« Er stärkte sich mit einem kräftigen Schluck. »Ich rief die Nummer an, die Villiers mir gegeben hatte, und sprach mit Franzen; er schien ziemlich interessiert zu sein, obwohl wir am Telefon natürlich nicht die Einzelheiten erörtern konnten, aus offensichtlichen Gründen. Wir werden uns nächste Woche treffen, auf neutralem Boden, wie er es bezeichnet. Ich muß sagen, der Mann hat einen kostspieligen Sinn für Humor. Er hat das Lucas-Carton vorgeschlagen, wegen des künstlerischen Ambientes. Er sagte, das sei eines der Lieblingslokale von Toulouse-Lautrec gewesen.«

Andre schüttelte die Finger, als habe er sich verbrannt, und gewahrte Lucys verdutzte Miene. »Das ist eines der besten Restaurants in Paris«, erklärte er. »An der Place de la Madeleine. Ich war dort nur ein einziges Mal in meinem Leben, an meinem Geburtstag.«

»Nicht gerade eine Kaschemme«, meinte Lucy.

»Kann man wohl sagen.«

Cyrus fegte die finanziellen Bedenken mit einem Kopfschütteln vom Tisch. »Meine Lieben, ihr müßt diese Reise als Investition betrachten. Die Renditemöglichkeiten, die sich hier bieten, sind kein Pappenstiel. Und davon abgesehen«, sagte er und sah Andre an, »war ich heute nachmittag überaus erfolgreich – die alte Dame hat beide Aquarelle für ihren Enkelsohn gekauft, und ich bin gut bei Kasse. Wir werden nicht knausern müssen.«

Andre runzelte die Stirn. »Ich weiß nicht, Cyrus. Sie hatten bereits ein Menge Auslagen.«

Cyrus hob schulmeisterlich den Finger. »Sie müssen spekulieren, um Ihr Kapital zu mehren, Andre. Was könnte dieses Gemälde wert sein, wissen Sie es noch? Dreißig Millionen und mehr.« Der Finger senkte sich, und Cyrus lehnte sich zufrieden zurück, als hätte er soeben in einem Streitgespräch den Sieg errungen. »Und nun erzählen Sie mir, was mit Ihrer Verlegerin war.«

Andre berichtete von Camillas Vorschlag, unterbrochen von gelegentlichen Bemerkungen, die Lucy einflocht, während Cyrus schweigend lauschte. Als Andre die Einzelheiten des Buchprojekts und seiner Veröffentlichung erläuterte, spürte er den wachsenden Argwohn seiner beiden Begleiter und beendete seine Schilderung mit einem Achselzucken und der Bemerkung, zu dem Zeitpunkt, als ihm die Idee schmackhaft gemacht worden sei, habe er sie für gut gehalten. Aber auch er selbst fand die Begründung ziemlich lahm.

Lucy war die erste, die das kurze Schweigen brach. »Sie ist ein Herzchen, deine Camilla. Glaubt sie denn wirklich, du könntest dich von einer Minute auf die andere für achtzehn Monate aus dem Staub machen? Die Frau ist verrückt.« Sie wandte sich an Cyrus. »Wie Sie bemerkt haben dürften, bin ich nicht gerade vor Begeisterung aus dem Häuschen.«

»Lulu, möglich wäre das alles.« Andre zählte an den Finger ab: »Sie hat Verbindungen, sie hat Garabedians Geld im Rücken, die Idee macht Sinn, und sie weiß, daß ich derzeit nicht gerade mit Arbeit überlastet bin. Cyrus, was halten Sie davon?«

Cyrus schüttelte den Kopf. »Das stinkt zum Himmel, mein Lieber. Lulu hat ganz recht – der Zeitpunkt ist mehr als seltsam. Wenn ich ein Zyniker wäre, würde ich behaupten, daß dieses ganze Gerede von Ausstellungen und Veröffentlichungen im Ausland und weiß Gott was noch alles eine Finte ist. Die ganze Aktion – und ich muß zugeben, sie ist erstklassig durchdacht – läuft darauf hinaus, Sie ins nächste Flugzeug zu setzen. Sie will erreichen, daß Sie weit weg vom Schuß sind, am liebsten gestern.«

»Also gut. Aber warum?«

»Mmmm«, erwiderte Cyrus, »jetzt haben Sie mich eiskalt erwischt; ich muß Ihnen die Antwort schuldig bleiben. Aber zu Ihrem Besten ist das alles nicht, und vor allem finde ich, es sollte uns nicht von unserer kleinen Expedition abhalten. Was meinen Sie, meine Liebe?«

Lucys Antwort bestand in einem strahlenden Lächeln, das ansteckend wirkte. »Ich glaube, daß mir Paris gefallen wird.«

»Ihr habt mich überredet«, sagte Andre. Er winkte den Ober herbei und bat um die Speisekarte. »Wir sollten kräftig üben, bevor's losgeht.«

14

Das Quietschen von Rädern, die über den Boden rollten, und das Knirschen eines schweren Reißverschlusses, der geöffnet wurde, bewirkten, daß Andre mit einem Satz hochschoß, gerädert und desorientiert, wobei ihm im ersten Moment nur bewußt war, daß er sich in einem fremden Bett befand. In einem kleineren, typisch weiblichen Bett, mit einer einfühlsameren Sprungfedermatratze als seine eigene, dessen eine Hälfte, wie er nun sah, mit Kleiderstapeln bedeckt war. Am anderen Ende des Zimmers, im sanften Schein einer beschirmten Lampe, konnte er Lucy ausmachen, die über einem geöffneten Koffer hockte, eine menschliche Insel in einem Meer weiterer Kleidungsstücke. Sie hatte ein weißes T-Shirt an und eine schuldbewußte Miene aufgesetzt, als sie hörte, wie er sich regte, und sich zu ihm umdrehte.

»Lulu? Was zum Teufel treibst du da?«

Sie schlug die Hand vor den Mund und stand mit schreckgeweiteten Augen auf. Das T-Shirt war gerade lang genug, um ihr den Weg hinter Gitter zu ersparen. »Andre, tut mir leid. Ich wollte dich nicht aufwecken. Ich konnte nicht mehr einschlafen, und deshalb dachte ich mir… du weißt schon.« Sie deutete vage mit der Hand auf den Koffer und zuckte die Achseln. »… daß ich schon mal anfange zu packen.«

Andre tastete schlaftrunken nach seiner Armbanduhr, die auf dem Nachttisch lag. »Wie spät ist es?«

Lucys weiße Zähne blitzten. »Oh. Noch ziemlich früh.« »Es sei denn, man hat vor, nach Paris zu fliegen.«

Endlich fand er seine Uhr und kniff die Augen zusammen. »Lulu, es ist vier Uhr morgens. Die Maschine geht erst heute abend um acht. Wie lange brauchst du denn zum Packen?«

Lucy setzte sich zu ihm auf die Bettkante und strich ihm das Haar aus der Stirn. »Das verstehst du nicht. So etwas geht nicht im Handumdrehen. Ich habe schließlich keine Lust, neben all den schicken Pariserinnen wie eine Landpomeranze auszusehen.« Sie lächelte ihm zu; ihr Haar, von hinten beleuchtet, bildete ein schwarzes, luftiges Knäuel, welches das blassere Dreieck ihres Gesichts umrahmte.

Andre ließ die Hand über ihren Schenkel gleiten, spürte die langen Muskeln unter seiner Berührung, und jeder Gedanke an Schlaf war dahin. »Du hast recht«, sagte er. »Und diese schicken Pariserinnen können auch noch kochen.«

Sie versetzte ihm einen Stoß, drückte seine Schultern aufs Bett und beugte sich über ihn. »Aber nicht mit meinen Zutaten, mein Lieber!«

Sie trafen Cyrus in der Lounge der Air France, nach einem Tag, der ihnen so aufregend erschienen war, als stünde Anfang April Weihnachten vor der Tür: packen, umpacken, sich telefonisch verabschieden, Besorgungen in letzter Minute, das Gefühl, als gäbe es etwas zu feiern. Sie waren spät am Mittag irgendwo eingekehrt, aßen Pasta und tranken eine Flasche Champagner dazu, und als sie am JFK-Flughafen eintrafen, waren sie beide herrlich trunken vor Erschöpfung und Aufregung. Cyrus, der ihnen über der zusammengefalteten Ausgabe der *New York Times* einen prüfenden Blick zuwarf, sah aus, als hätte er den ganzen Tag nichts Aufregenderes zu tun gehabt, als eine Anprobe bei seinem Schneider über sich ergehen zu lassen.

»Guten Abend, meine Lieben. Kennt ihr euch mit Kreuzworträtseln aus? Ich suche ein Wort mit fünf Buchstaben für ›Lichterstadt‹. Ob damit Paris gemeint ist, was meint ihr?« Er lächelte, als er seine Zeitung weglegte, aufstand und Lucy auf die Wange küßte. »Die Baskenmütze sieht bezaubernd aus. Ganz Saint-Germain wird kopfstehen. Andre, Sie sind ein Glückspilz.«

Der Beginn eines Abenteuers an der Seite von Freunden zählt zu den Sternstunden im Leben und zu den wenigen noch verbliebenen Annehmlichkeiten des Reisens in der heutigen Zeit. Die willkommene Gesellschaft und der zusätzliche Reiz der Vorfreude sorgen für eine gewisse Immunität gegen Langeweile und Verdruß, die ansonsten mit der Erledigung der Formalitäten einhergehen. Verspätungen, verdrießliches Bodenpersonal, Sicherheitsüberprüfungen und das allseits bekannte Gefühl, ein unliebsames, lästiges Gepäckstück auf zwei Beinen zu sein, verblassen zur Bedeutungslosigkeit und werden Teil der Kulisse. Da Andre und Cyrus Lucy abwechselnd über ihre Lieblingsecken in Paris aufklärten – die Bar des Ritz, der Flohmarkt, das Musée d'Orsay, Pont Neuf, die Lokale mit den lukullischen Köstlichkeiten und die Rue de Buci mit ihren Blumenständen –, achteten sie kaum darauf, wie langsam die Fließbandabfertigung vonstatten ging, an deren Ende sie auf ihren Plätzen in der Maschine landeten.

Lucy beobachtete die Flugbegleiter, ungemein elegant in ihren blauen Uniformen, die männlichen physisch kleiner als ihre Entsprechungen bei amerikanischen Fluggesellschaften, die weiblichen gestylt bis in die Haarspitzen und mit einer Miene höflicher Blasiertheit, die ein charakteristisches Merkmal in einem offiziellen französischen Gesicht ist. Sie stieß Andre an. »Ich hatte recht mit den schicken Französinnen. Sie sehen durch die Bank aus, als arbeiteten sie bei Dior.«

Andre zwinkerte ihr zu. »Und das ist nur der sichtbare Teil. Französinnen geben mehr Geld für ihre Unterwäsche aus als alle anderen Europäerinnen. Hat mir die Dessous-Korrespondentin beim *Wall Street Journal* verraten.«

Lucy beugte sich vor, um ein Paar Hüften zu begutachten, die, erbarmungslos in ein Miederhöschen gezwängt, wiegend den Gang hinaufschlenderten, und nickte gedankenvoll. Als die Maschine vom Flugsteig wegrollte, nahm sie Andres Hand und drückte sie. »Komm bloß nicht auf dumme Gedanken, Freundchen. Du bist in festen Händen.« Ihr Kopf machte es sich an seiner Schulter bequem, und sie war auf der Stelle, wie ein todmüdes Kind, eingeschlafen.

Cyrus hatte weniger Glück mit seiner unmittelbaren Nachbarin, einer umtriebigen, mittelalterlichen Dame aus Washington D.C., die auf eine Unterhaltung und Tips erpicht war, da sie zum erstenmal – solo, wie sie mit einem einladenden Lächeln betonte – nach Frankreich reiste. Weitere persönliche Einzelheiten folgten, nebst ungezählten zarten Anspielungen, doch nach einer halben Stunde beschloß Cyrus, Kopfweh zu haben. Er kippte seine Rückenlehne nach hinten, schloß die Augen und ließ wieder einmal seine Chancen Revue passieren, einen Verkaufsvorgang mit einem Wert von dreißig Millionen Dollar im Auftrag eines Mannes zu übernehmen, dem er nie begegnet war.

Die Chancen standen noch genauso schlecht wie beim letztenmal, als er darüber nachgedacht hatte. Vieles würde von Franzen abhängen – von seiner Beziehung zu Denoyer, seiner Verschwiegenheit (oder, mit ein wenig Glück, seinem Mangel an selbiger) und seiner Reaktion auf das Trio. Fälscher waren, verständlicherweise, von Haus aus nervös, schnell mit Argwohn und langsam mit Vertraulichkeiten bei der Hand, da sie von Berufs wegen genötigt waren, ständig auf der Hut zu sein. Was erzählte ein Mann wie Franzen seinen Freunden, wenn diese wissen wollten, womit er seinen Lebensunterhalt verdiene? War er geneigt, jemandem zu vertrauen, den er durch Vermittlung eines kleinen Gauners wie Villiers kennengelernt hatte? Doch wer sonst war die Kundschaft, die einem Fälscher den Broterwerb brachte? Mit Sicherheit nicht der Kurator des Metropolitan Museum of Art.

Was die Verkaufschancen des Cézanne anging, so sah Cyrus keine ernsthaften Probleme. Der inoffizielle Markt für Kunstwerke war, wie er wußte, weitläufig. Da gab es die sogenannten Voyeure, die ein Gemälde in einem Tresor vor den Augen der Öffentlichkeit versteckten, um es dann und wann klammheimlich zu besuchen und sich an seinem Anblick zu erfreuen; da gab es die Japaner, die von einem höchst wünschenswerten Gesetz in ihrer Heimat profitierten, das Privateigentum vor Offenlegung schützt; da war Hongkong, wo Schätze aller Art auf das angenehmste verschwanden Cyrus war überzeugt, daß sich ein wohlüberlegter Verkauf in aller

Stille abwickeln ließ. Es herrschte nie Mangel an reichen und sammelwütigen Leuten.

Er warf einen Blick zu Andre und Lucy hinüber, die an der anderen Seite des Ganges saßen und aneinandergekuschelt schliefen. Die Aussicht auf das Abendessen an Bord gegen weitere Enthüllungen der entflammten Dame aus Washington abwägend, beschloß er, seinen Appetit zu zügeln, bis er ihn in Paris gebührend stillen konnte.

Doch Paris sollte nicht kampflos erobert werden. Das Flugzeug mußte infolge des dichten Luftverkehrs mehrere Warteschleifen im blaßblauen Morgenhimmel über Roissy drehen. Weitere Verzögerungen gingen auf das Konto der Einwanderungsbehörde, deren Inspektoren Dienst nach Vorschrift machten, als Aufwärmübung für die alljährlich im Sommer ausgerufenen Streiks. Und der Verkehr vom Flughafen zur Innenstadt bewegte sich mit der Geschwindigkeit eingedickten Sirups. Pläne, unterwegs ein Frühstück in einem Café einzunehmen, wurden gestrichen, da sich das Taxi fortwährend mit ruckartigen Anfahr- und Anhaltemanövern seinen Weg die Schnellstraße hinunter bahnte. Es war bereits nach elf, als es mit seinen drei Fahrgästen die Seinebrücke passierte, um sich in die Autoschlange einzureihen, die sich die engen Gassen am linken Seineufer entlangwälzte.

Sie hatten Zimmer im Montalembert reserviert; es lag in einer schmalen Seitenstraße, die von der Rue du Bac abzweigte, seine Fassade war *vieux Paris*, das Interieur kühl und modern, ein Hotel, das sich bei den schwarzuniformierten Schmuckstücken der Modewelt großer Beliebtheit erfreute. Andre hatte es nicht nur wegen seines Ambientes und seiner geographischen Lage, sondern auch deshalb ausgewählt, weil das Personal reizend, jung und – den Pariser Gepflogenheiten zum Trotze – freundlich war. Außerdem befand sich dort »die Bar«.

Die Bar im Montalembert, gleich links neben der Eingangshalle, zählt zu denjenigen Örtlichkeiten, wo man leicht einen ganzen Tag verbringen kann. Frühstück, Mittag- und Abendessen werden hier serviert. Der Alkohol fließt in Strömen, vom späten Vormittag an.

Alle Welt kommt und geht, Geschäftsabschlüsse werden unter Dach und Fach gebracht und Liebesaffären begonnen (doch selten beendet, aus welchem Grunde auch immer; vielleicht ist die Beleuchtung zu grell für Tränen und Gewissensbisse). Nirgendwo sind Fernsehbildschirme zu sehen. Für Unterhaltung sorgen die Menschen.

Während sie an der Rezeption warteten, musterte Lucy zwei superschlanke, auf Hochglanz getrimmte Frauen, die bei einem Glas Champagner saßen, an ihren Zigaretten zogen und sich jedesmal danach mit einer Drehung des langen, eleganten Halses der Rauchwolke entzogen. »Chic, diese Französinnen«, murmelte Lucy. »Schau sie dir an. Sie vergleichen ihre Wangenknochen.«

Cyrus klopfte ihr auf die Schulter. »Zwei Hausfrauen aus der Vorstadt, meine Liebe. Vermutlich beratschlagen sie gerade, was sie ihren Männern zum Abendessen vorsetzen sollen.«

Lucy schürzte die Lippen und versuchte sich die beiden auch nur in der Nähe einer Küche vorzustellen. Andre, der an der Rezeption die Anmeldeformaltitäten erledigt hatte, drehte sich um und gesellte sich zu ihnen, zwei Schlüssel in der Hand. »Lulu, hör auf, die zwei netten alten Damen anzustarren.«

Er reichte Cyrus einen der Schlüssel und führte sie zu einem Aufzug mit jenen typisch gallischen Ausmaßen, die enge persönliche Beziehungen ungemein fördern. Mögen die Benutzer zu Beginn des gemeinsamen Weges auch noch Fremde sein, am Ende sind sie es gewiß nicht mehr.

Lucy inspizierte das Zimmer mit der Gründlichkeit eines Michelin-Prüfers, ließ die Finger über das Rosenholz gleiten, testete die Widerstandsfähigkeit des Betts mit seinem gestärkten, blauweißen Überwurf, bewunderte Stahl und Schiefer im Badezimmer, stieß alle hohen Flügelfenster auf, die Aussicht auf das Gewirr der Pariser Dächer boten, Dächer, die einzigartig in der Welt sind. Andre lächelte, als er beobachtete, wie eine Entdeckung die andere jagte.

»Na, genügt das Zimmer deinen Ansprüchen?«

»Ich kann noch gar nicht glauben, daß ich wirklich hier bin.«

Sie ergriff seine Hand und zog ihn zum Fenster. »Schau doch, *Paris*!«

»So ist es. Was möchtest du als erstes besichtigen?«

»Alles.«

Es gibt mehrere tausend Ausgangspunkte für ein so ehrgeiziges Unterfangen, doch sind nur wenige augenfälliger oder faszinierender für den Besucher, der zum erstenmal in Paris weilt, als das Deux Magots, der Inbegriff eines französischen Cafés am Boulevard Saint-Germain. Kritiker könnten anführen, daß es hier von Touristen nur so wimmle; daß die Bedienungen, weltmüde und weidwund an den Füßen, die griesgrämige Behandlung der Gäste zu einer Kunstform erhoben haben; und daß die Preise unwirtlich sind. Darin mag ein Körnchen Wahrheit stecken, aber nichts läßt sich mit einem Tisch auf der Terrasse vergleichen, um die Pariser bei Tätigkeiten zu beobachten, in denen sie es zu wahrer Meisterschaft gebracht haben: flanieren, sich in Pose setzen, die neue Frühjahrsgarderobe der anderen beäugen, die Unterhaltung immer wieder durch Schulterzucken, Schmollmund und Küsse beleben, kurzum: sehen und gesehen werden.

Als der Morgen in die Mittagszeit überging, war es mild und sonnig geworden, eine leichte Brise wehte von der Seine herüber, ein Straßencafé-Wetter, wie man es sich nur wünschen kann. Die Blätter an den Bäumen, noch nicht stumpf von den Autoabgasen, glänzten klar und dunkelgrün an ihren Zweigen, als wären sie frisch gestrichen. Es war ein Tag wie der aus dem berühmten Lied über den Frühling in Paris.

Lucy saß wie verzaubert zwischen den beiden Männern. Es sah aus, als würde sie bei einem Tennisturnier zuschauen, so häufig drehte sie den Kopf hin und her, damit ihr nichts entging. Alles war ganz anders als in New York. So viele Raucher, so viele Hunde, so viele imposante alte Bauwerke und ein Gefühl der Weitläufigkeit, das sich nicht einstellen wollte in einer Stadt voller Wolkenkratzer. Der Kaffee war stärker, die Luft schmeckte anders, selbst Andre schien verwandelt. Wenn er Französich sprach, schaltete sein Körper in einen höheren Gang und wurde wendiger, seine Hände und Schultern befanden sich ununterbrochen in Bewegung. Kinn und Unterlippe waren vorgeschoben, während er redete, was in Lucys Ohren, die an die härteren Kadenzen der angelsächsischen Aussprache gewöhnt war, sehr exotisch klang. Und sehr schnell. Alle redeten mit rasender Geschwindigkeit.

Cyrus schlug einen leichten Imbiß vor, um die Kräfte für ein ausgedehntes Abendessen mit allem Drum und Dran aufzusparen, und nach dem Kaffee bestellten sie je ein Glas Beaujolais und ein Schinkensandwich. Es bestand aus einem halben, reich belegten Baguette, wobei Lucy erstmals Bekanntschaft mit dem Geschmack eines echten französischen Stangenweißbrots und goldgelber Butter aus der Normandie machte. Sie biß probeweise hinein, dann hörte sie auf zu kauen und sah Andre an.

»Warum sind die Pariser eigentlich nicht kugelrund?« Sie deutete mit der Hand auf die anderen Gäste in ihrer Umgebung. »Schau doch nur, was sie alles verdrücken, und dann auch noch der Wein. Und das gleiche noch einmal beim Abendessen. Wie machen die das nur? Haben die eine besondere Diät?«

»Gewiß doch!« erwiderte Andre. »Mittags nicht mehr als drei Gänge, abends nicht mehr als fünf, und vor dem Frühstück keinen Tropfen Alkohol. Stimmt's Cyrus?«

»So ähnlich, mein Freund. Und nicht zu vergessen, jeden Tag eine Flasche Wein und einen kleinen Cognac vor dem Zubettgehen – oh, und beim Kochen nicht mit der Butter sparen. Wenig körperliche Bewegung, Das ist wichtig. Und eine Schachtel Zigaretten pro Tag.«

Lucy schüttelte den Kopf. »Na gut, vielleicht war die Frage albern. Aber bisher habe ich hier noch keinen dicken Menschen gesehen. Nicht einen einzigen.«

»Das gehört zum sogenannten Französischen Paradox«, sagte Andre. »Erinnerst du dich? Vor ein paar Jahren wurde deswegen ein Riesentamtam gemacht. Ich glaube, es begann damit, daß in zwanzig Ländern eine Umfrage über die typischen Eßgewohnheiten der Bevölkerung durchgeführt wurde. Man wollte anhand dieser Statistiken den Zusammenhang zwischen der jeweiligen Küche und Herzerkrankungen untersuchen.«

Cyrus blickte gedankenvoll in sein Weinglas. »Ich bin mir nicht sicher, ob ich mir das anhören sollte.«

Andre grinste. »Es kann Ihnen nichts Schlimmes widerfahren, solange Sie hierbleiben. Die Ergebnisse zeigten, daß Japan das Land mit der gesundheitszuträglichsten Küche ist – was eigentlich nicht verwundert, wenn man bedenkt, daß man sich dort hauptsächlich von Fisch und Reis ernährt. Die große Überraschung war freilich der Zweitbeste im Rennen. Das Land, das von zwanzig Teilnehmern den Platz zwei belegte, war Frankreich, trotz Brot, Käse, den gehaltvollen *foies gras*, Saucen, dreistündigen Mittagessen und Alkoholgenuß. Natürlich wollten die Leute wissen, warum. Sie witterten ein Geheimnis, irgendeinen Trick, der den Franzosen erlaubt, alles zu essen, was das Herz begehrt, und ungestraft mit ihrer Völlerei davonzukommen. Und siehe da, die Erklärung war der Rotwein.«

Cyrus nickte. »Jetzt fällt es mir wieder ein«, sagte er. »Es kam im Fernsehen, oder? Den meisten Spirituosenläden in Amerika ging binnen achtundvierzig Stunden der Cabernet Sauvignon aus.«

»Richtig. Und dann begann jemand, auf den Umstand hinzuweisen, daß in Frankreich mehr Menschen an Leberzirrhose erkranken als in den Vereinigten Staaten, und jeder kehrte reumütig zu Hamburger und Coke zurück.«

»Und an welcher Stelle der Liste stand Amerika?« fragte Lucy.

»Oh, ziemlich weit unten. Irgendwo auf dem vierzehnten oder fünfzehnten Rang, glaube ich. Der Rotwein würde daran auch nichts ändern. Nach meiner Theorie hat der Rotwein sogar weniger damit zu tun, als die meisten denken. *Was* man ißt und trinkt, ist zweifellos wichtig, aber auch, *wie* man ißt und trinkt. Und es besteht ein riesiger Unterschied in den landesspezifischen Eß- und Trinkgewohnheiten. Für die Mehrzahl der Amerikaner ist Nahrung eine Art Treibstoff, der den menschlichen Motor in Gang hält – man schlingt das Essen im Auto oder auf der Straße hinunter, und im Restaurant beendet man eine Mahlzeit in fünfzehn Minuten. Für die Franzosen ist das Essen ein Genuß. Sie nehmen sich dafür Zeit.

Sie konzentrieren sich auf die Gaumenfreuden. Sie sitzen gerne stundenlang bei Tisch, und sie naschen nicht zwischen den Mahlzeiten. Man wird den französischen Präsidenten nie dabei ertappen, wie er an seinem Schreibtisch Kartoffelchips mampft. In Frankreich gilt das Kochen als heilige Handlung. Als eine weithin akzeptierte Kunst. Die renommierten Küchenchefs werden wie Filmstars behandelt.« Andre hielt inne und trank seinen Wein aus. »Tut mir leid. Das klang wie eine Moralpredigt. Aber es ist wahr.« Er wandte sich an Lucy. »Warte ab, bis du das Essen heute abend siehst.«

»Ich habe noch gar nicht erzählt, daß ich Franzen vom Hotel aus angerufen habe«, wechselte Cyrus das Thema.

»Alles in Ordnung?«

Cyrus verdrehte die Augen. »Er ist hellauf begeistert. Konnte nicht aufhören, vom Menü zu schwärmen – offenbar gehört Senderens zu den erwähnten begnadeten Küchenchefs, und Franzens Stimme klang so, als hätte er bereits Messer und Gabel gezückt. Wir treffen uns dort mit ihm, um acht. Er machte einen recht zugänglichen Eindruck, muß ich sagen, bat mich, ihn Nico zu nennen. Ich habe das Gefühl, daß wir auf einer Wellenlänge liegen.«

Lucy beobachtete eine große Blonde in schwarzem Leder, die sich mit einem Barsoi an der Leine durch den dichten Verkehr auf der breiten Prachtstraße schlängelte, wobei sie die Fahrzeuge keines Blickes würdigte; beide, das Mädchen und der russische Windhund, gingen mit einer arroganten, hoheitsvollen Anmut ihrer Wege. Die Wirkung wurde gleichwohl durch die Entscheidung des Hundes beeinträchtigt, das Bein zu heben und gegen das Hinterrad eines geparkten Motorrads zu pinkeln, während der Besitzer aufzusteigen versuchte. Das Mädchen ignorierte ihn und schlenderte davon.

Lucy schüttelte den Kopf. »In New York hätte es jetzt ein Riesengezeter gegeben. Und dann wäre der Hund vor den Kadi gezerrt worden.« Sie schüttelte wieder den Kopf. »Könnten wir kurz über etwas Geschäftliches sprechen?« fragte sie Cyrus.

»Selbstverständlich.«

»Soll ich heute abend Schwarz tragen? Nein, nein, ich mache nur Spaß. Was haben Sie mit Franzen vor?«

»Mmmm, lassen Sie mich überlegen.« Cyrus rückte seine Fliege zurecht, während er den Blick auf die gegenüberliegende Straßenseite, auf die Brasserie Lipp, richtete. »Ich möchte, daß er sich in unserer Gesellschaft wohl fühlt und den Eindruck gewinnt, daß er uns vertrauen kann. Ich möchte, daß er uns erzählt, wie es zu der Arbeit für Denoyer kam, und ich möchte herausfinden, was er über das Original weiß – über den derzeitigen Aufenthaltsort und den letztendlichen Bestimmungsort.« Er sah Lucy an und lächelte. »Ich möchte, daß er alles ausplaudert, was er tunlichst nicht ausplaudern sollte.«

Lucy runzelte die Stirn. »Haben Sie schon einen Plan?«

»Gewiß«, entgegnete Cyrus. »Ihn betrunken machen und das Beste hoffen.«

Camilla war geladen. Sie rannte vor Noels Schreibtisch hin und her, mit kurzen, hastigen Schritten, die Ellenbogen wie ein Boxer angewinkelt, die Hand mit der Zigarette in Schulterhöhe. Es war nicht zu fassen. Da hatte sie Andre die Chance seines Lebens angeboten, eine einmalige Gelegenheit, für die jeder andere Fotograf seine eigene Großmutter verkauft hätte, und da löste sich dieser Kerl einfach in Luft auf. Sie hatte in den letzten zwei Tagen wohl ein dutzendmal in seinem Apartment angerufen. Der Flug nach Hongkong war gebucht, sämtliche Vorbereitungen waren getroffen – komplizierte Vorbereitungen, bei denen Camilla auf Knien betteln mußte –, und wo war er? Spurlos verschwunden. Immer das gleiche mit den Künstlern, unzuverlässig und unverantwortlich! Diese Überheblichkeit! Diese Undankbarkeit! Sie hätte seine Telefonnummer am liebsten ein für allemal aus ihrem Filofax verbannt.

»Versuchen Sie es noch einmal in seiner Agentur, Noel. Sprechen Sie mit dieser kleinen Walcott. Vielleicht weiß sie, wo er steckt.«

Camilla stellte ihren Marsch ein und beugte sich gespannt über Noel, als dieser die Nummer wählte. Er schüttelte den Kopf, als er den Hörer auflegte. »Sie ist nicht da. Hat bis nächste Woche Urlaub.«

»Urlaub!« Camilla rümpfte die Nase. »Vermutlich eine Woche

Popelstrand, Pauschalreise. Na gut, versuchen Sie es weiter unter seiner Privatnummer.«

Noel sah ihr nach, wie sie in ihr Büro ging, starr vor Zorn, und seufzte. Das würde wieder einer von diesen Tagen werden, an denen man sich wünscht, man wäre im Bett geblieben.

15

Sie trafen sich kurz vor acht in der Eingangshalle, Lucy in ihrem besten kleinen Schwarzen, Andre mit dem Gefühl, auf der Stelle zu ersticken, das immer dann eintrat, wenn er eine Krawatte trug, und Cyrus in einem Flanieranzug mit Karomuster, wie ihn der Prince of Wales zu tragen pflegte. Mit der Verbeugung eines vollendeten Kavaliers küßte er Lucy die Hand. »Sie sehen bezaubernd aus, meine Liebe. Das hübscheste Mädchen in ganz Paris.«

Lucy errötete und bemerkte, daß einer der Pagen, der hinter Cyrus stand, versuchte, ihre Aufmerksamkeit auf sich zu lenken. Sie lächelte ihn an und wurde sogleich von einem Schwall französischer Worte überschwemmt: Ein Taxi habe soeben einen Gast vor dem Hotel abgeliefert. Es sei frei und verfügbar. Er wolle es gerne für Mademoiselle in Beschlag nehmen, sofern sie wünsche. Nach seinem hingerissenen Gesichtsausdruck zu schließen, hätte er es bei weitem bevorzugt, Mademoiselle selbst in Beschlag zu nehmen. Lucy wandte sich ratlos an Andre, der neben ihr stand und lächelte. »Was hat er gesagt?«

»Er meint, daß er vielen schönen Frauen begegnet ist, aber keine könne sich mit dir messen. Er möchte dich zu sich nach Hause einladen, damit du seine Mutter kennenlernst.«

Das Taxi fuhr mit ihnen den Boulevard Saint-Germain hinunter, und als sie den Pont de la Concorde überquerten, stockte Lucy der Atem beim Anblick der Seine, die wie ein breites, dunkles Band unter dem Lichtermeer der Brücken dahinfloß. Andre betrachtete ihr Gesicht. »Ich habe veranlaßt, daß die Straßenlaternen angezündet werden, extra für dich, Lulu. Da drüben rechts, die Gärten, das sind die Tuilerien, und unmittelbar vor uns siehst du die Place de la Concorde. Sie hat dem West Broadway an einem verregneten Montagmorgen einiges voraus, findest du nicht?«

Lucy nickte andächtig, ohne die Augen von der außerordentlichen Schönheit ihrer Umgebung zu lösen: prachtvolle Bauwerke, von Flutlicht angestrahlt, die Bäume, wie Zinnsoldaten aufgereiht, die dichten Schatten der Skulpturen, die auf mächtige Steinwände fielen. Sie schwieg, brachte vor Staunen über den ersten flüchtigen Blick auf Paris bei Nacht kein Wort heraus.

Der Taxifahrer war eindeutig nicht in der Stimmung für die müßigen Freuden einer Stadtbesichtigung. Er beschleunigte rasant, als er von der Rue Royale abbog und sich in den dichten Verkehr auf der Place de la Madeleine einfädelte, setzte sich haarscharf einem verdutzten Motorradfahrer vor die Nase, schenkte dem Hupkonzert, das folgte, keinerlei Beachtung, scherte nach rechts aus und hielt mit einem triumphierenden Schnaufen in der Parkbucht. Nachdem er sein Trinkgeld geprüft und für angemessen befunden hatte, wünschte er brummend *»Bon appétit«*, bevor er sich wieder in das Verkehrsgetümmel stürzte und das Trio auf dem Bürgersteig vor dem Eingang des Restaurants zurückließ. Dieser erinnerte entfernt an ein Theater, wobei der Star des Ensembles – Maître Alain Senderens – auf einem Aushang über der Tür, direkt unter dem balkengroßen Restaurantnamen, namentlich aufgeführt war.

Die Ursprünge des Lucas-Carton reichen in das achtzehnte Jahrhundert zurück, als Robert Lucas, ein wagemutiger Engländer, seine Taverne Anglaise eröffnete, um den gastronomisch darbenden Parisern kaltes Fleisch und in Dampf gegarten Fleischpudding zu kredenzen. Diese zweifelhafte Zusammenstellung fand in einem solchen Maße Anklang bei den lokalen Feinschmeckern, daß der Name und Ruf des Robert Lucas seinen Tod lange überdauerte. Als das Restaurant einhundertdreißig Jahre später in andere Hände überging, taufte der neue Besitzer es in »Taverne Lucas« um. Die guten Jahre hielten unvermindert an, der Gourmet-Tempel wurde zu Beginn des neuen Jahrhunderts einer kosmetischen Operation unterzogen und auf Jugendstil getrimmt; 1925 fand erneut ein Besitzerwechsel statt, und Francis Carton übernahm das Ruder.

Die heutige Inneneinrichtung unterscheidet sich vermutlich kaum von der Ausstattung, die es schon vor mehr als neunzig Jahren gab: Ahorn, Plantane und Bronze in herrlich fließenden Formen, Spiegel in Hülle und Fülle, eine mit reichem Schnitzwerk versehene Holztäfelung, bunte Tupfer aus frischen Blumen, gedämpftes Murmeln hinter großen, cremefarbigen Speisekarten, kurzum, eine Atmosphäre, die *luxe et volupté* ausstrahlt.

Cyrus rieb sich voller Vorfreude die Hände und holte tief und genußvoll Luft, als inhaliere er eine Brise Sauerstoff mit besonders heilsamen Eigenschaften. »Ich hätte einen altmodischen Gehrock und Zylinder tragen sollen«, meinte er und blickte sich suchend im Raum um. »Seht ihr irgendwo unseren Mann?«

Die meisten Tische waren von Grüppchen adrett und nüchtern gekleideter Geschäftsleute besetzt, ein unerläßlicher, wenn auch unansehnlicher Stützpfeiler jedes teuren Restaurants. Eine Handvoll Frauen hob sich auffällig von der geballten Masse dunkler Anzüge ab; manche trugen auffälligen Schmuck und ein entsprechendes Make-up, andere die maßgeschneiderten Uniformen, die sie als Rekruten in der internationalen Streitmacht des Managements auswiesen. Und in einer Ecke am anderen Ende des Raumes saß eine einsame Gestalt, in die Speisekarte vertieft; der Hinterkopf mit dem ungepflegten Haarschopf wurde in den spiegelblanken Holzpaneelen hinter ihm reflektiert.

Der Empfangschef führte sie an den Tisch; Franzen sah auf, und seine runden blauen Augen musterten die Ankömmlinge über die Ränder seiner Lesebrille hinweg, glitten über Andre und Cyrus und weiteten sich, als sie Lucys ansichtig wurden. Er erhob sich ungelenk, beugte sich über den Tisch und streckte ihnen der Reihe nach seine fleischige Hand entgegen. Er war ein großer Mann, stark wie ein Bär, der in seinem Anzug aus braunem Kord, so dick, daß er aussah wie kugelsicher, noch unbeholfener wirkte. Einem karierten Hemd, dessen oberster Knopf geöffnet war, verlieh eine gelbe Wollkrawatte einen Hauch von verknautschter Förmlichkeit.

Er hatte einen mächtigen Kopf, gekrönt von einem struppigen Heiligenschein aus graubraun gesprenkelten Haaren, die in alle Richtungen über der hohen Stirn abstanden, eine lange, gerade Nase und einen säuberlich gestutzten Schnurrbart. Wenn er sprach, dann in dem beinahe zu perfekten Englisch, das Holländer offenbar schon im Kindergarten lernen.

»Verzeihen Sie mir, wenn ich überrascht aussehe«, sagte er. »Aber ich habe nur Mr. Pine erwartet.« Er verschränkte die Hände über der Speisekarte und nickte den anderen wohlwollend zu. »Steht heute abend ein geselliges Beisammensein auf dem Programm?«

»Vielleicht gelingt es uns, dabei gleichzeitig auch ein wenig zu arbeiten«, erwiderte Cyrus. »Miss Walcott und Mr. Kelly sind Kollegen. Ich garantiere für ihre Verschwiegenheit.«

Der Ober, der neben dem Tisch stand und die Stellung eines Eiskübels korrigiert hatte, zog eine tropfende Champagnerflasche so weit heraus, bis das Etikett sichtbar wurde. Franzen wandte den Kopf, um einen flüchtigen Blick darauf zu werfen, nickte und lächelte Cyrus zu. »Hausmarke«, sagte er. »Wird Ihnen schmecken. Sie ist sehr gut.« In der Stille, die nun eintrat, war nur das gedämpfte Plopp des Korkens zu hören, der herausgezogen wurde, nicht lauter als ein Atemzug, gefolgt vom Geflüster der Bläschen, die in den Gläsern hochstiegen.

Cyrus lehnte sich über den Tisch, seine Stimme war leise. »Dieser Abend geht selbstverständlich auf meine Rechnung. Ich bestehe darauf.«

Der Holländer schien diesen Vorschlag in Erwägung zu ziehen, während seine Finger mit dem Stiel des Glases spielten. Ein vielversprechender Anfang, dachte er. Nicht so wie bei dem widerlichen Holtz, diesem Geizkragen, der unerbittlich um jeden Centime feilschte. »Sehr großzügig«, erwiderte er mit einer leichten Verbeugung. »Ich sehe schon, es wird ein Vergnügen sein, mit Ihnen zusammenzuarbeiten, mein Freund.«

Cyrus blickte in die Runde und hob das Glas. »Auf die Kunst.«

»Auf das Geschäft«, sagte Franzen. »Aber nicht auf leeren Magen, oder?«

Lucy und Andre, deren Knie sich unter dem Tisch trafen, überließen es den beiden älteren Herrschaften, Höflichkeitsfloskeln auszutauschen, und während sie einen Blick auf die Speisekarte warfen, lieferte Andre mit gedämpfter Stimme eine Übersetzung der Gerichte, wobei Lucy ein Bild konzentrierter Aufmerksamkeit bot. Ein Beobachter hätte mutmaßen können, daß sie über die Ehe sprachen. In Wirklichkeit bemühte sich Andre nach besten Kräften, ihr *bigorneaux* zu erklären.

»Das sind Schnecken, Lulu. Weißt du, Schnecken. Meeresschnekken.«

»Wie Fisch? Oder wie Krabben?«

»Nein, nicht genau. Mehr wie eine Nacktschnecke.«

Ein unwillkürliches Schaudern. »Wie wär's mit *ris de veau?«*

»Köstlich, aber ich kann mir nicht vorstellen, daß du hören willst, was es ist.«

»So schlimm?«

»So schlimm.«

»Na gut. Da habe ich ja noch mal Glück gehabt. Dann werde ich die *cuisses de grenouille* versuchen.«

»Wunderbar. Wie butterzartes Hühnchen.«

»Aber kein Hühnchen?

»Nein. Froschschenkel.«

»Oh.«

Franzen senkte seine Speisekarte und sah Lucy über den Rand hinweg an. »Wenn ich einen Vorschlag machen dürfte. Es gibt hier ein Gericht, das man nirgendwo sonst in Frankreich findet und vielleicht nicht einmal in anderen Ländern der Welt: *canard Apicius.* Das Rezept ist zweitausend Jahre alt und geht auf die Römer zurück.« Er hielt inne, um einen Schluck Champagner zu trinken. »Es ist Ente, aber eine Ente wie keine andere, in Honig und Gewürzen geschmort, eine Ente, bei der man in Verzückung gerät. Sie werden sich für den Rest des Lebens an diese Ente erinnern.« Er hob die Hand an seine Lippen und küßte schmatzend die Fingerspitzen. »Sie werden noch Ihren Enkelkindern von dieser Ente vorschwärmen.«

Lucy blickte die drei ihr zugewandten Gesichter der Reihe nach an und lächelte. »Wißt ihr was?« sagte sie. »Ich glaube, ich werde die Ente nehmen.«

Als der Ober an ihren Tisch kam, um die Bestellungen entgegenzunehmen, war Franzen beauftragt worden, die lukullischen Wünsche gesammelt weiterzugeben, eine Aufgabe, die er mit großer Begeisterung und profundem Wissen bewältigte. Als er mit dem Ober und dem Sommelier die Weine auf die Menüwahl abstimmte, war ihr Tisch alsbald der lebhafteste des gesamten Restaurants, eine Tatsache, auf die Andre Franzen hinwies, als die Bestellungen endlich aufgegeben waren.

»Das hat einen ganz einfachen Grund«, meinte der Holländer. »Die meisten Leute besuchen solche Restaurants aus den falschen Motiven. Sie kommen her, um Eindruck zu schinden, um zu zeigen, daß sie es sich leisten können, ein paar tausend Francs für ein Abendessen auszugeben. Und da Geld für sie heilig ist, benehmen sie sich wie in der Kirche.« Er faltete die Hände und blickte zur Decke empor, ein in die Jahre gekommener Cherub. »Kein Lachen, nicht zuviel Wein, kein *gusto.* Nun, für die Ober und den Sommelier ist das nicht ergötzlich, wissen Sie? Wo bleibt die innere Befriedigung, wenn man Gästen, die mehr am Preis als am Geschmack interessiert sind, Speis und Trank servieren muß? Pah!« Er leerte sein Glas in einem Zug und gab dem Ober mit einem Wink zu verstehen, ihm nachzuschenken.

»Aber bei uns ist das anders. Wir sind hier, um das Essen, den Wein und den Abend zu genießen. Wir sind noch begeisterungsfähig. Wir glauben an die *joie de manger*, wir sind ein dankbares Publikum, das die Künste des Küchenchefs zu würdigen weiß. Das wird von allen Mitarbeitern des Hauses geschätzt. Sie finden uns jetzt schon sympathisch. Und am Ende der Mahlzeit werden sie uns ein Glas auf Kosten des Hauses kredenzen.«

Franzens Begeisterung war so ansteckend, daß niemand ihr widerstehen konnte, wobei der nicht versiegende Strom Burgunder und Bordeaux, der mit den größten lukullischen Köstlichkeiten in ganz Paris einhergeht, ein übriges tat, und so herrschte alsbald eine heitere, gelöste Stimmung. Cyrus wartete ab und beobachtete, wie der Wein und die angenehme Gesellschaft ganze Arbeit bei Franzen leisteten; er wollte den richtigen Zeitpunkt abpassen, um den eigentlichen Zweck ihres Treffens aufs Tapet zu bringen.

Der Moment kam, als sie nach dem Hauptgang eine kurze Verschnaufpause einlegten, und es war Franzen, der das Thema zur Sprache brachte.

»Die Ente hat in mir den Wunsch nach dem nötigen Kleingeld geweckt, um jeden Abend hier zu speisen«, sagte er und tupfte seinen Schnurrbart behutsam mit der Serviette ab. Als er fortfuhr, schien es, als führe er ein Selbstgespräch, als überlege er laut. »Stammgast werden, das wär's! Jeden Abend am selben Tisch sitzen, der Wein steht bereits im Kübel, man kennt meine kleinen Vorlieben, und von Zeit zu Zeit kommt der Küchenchef auf einen kurzen Plausch. Herrlich!« Er stopfte die Serviette sorgfältig in den Hemdkragen, strich sie glatt und beugte sich, mit der Miene eines Mannes, der sich zu einer Entscheidung durchgerungen hat, zu Cyrus hinüber. »Bei solchen Bestrebungen bleibt mir nichts anderes übrig, als hart zu arbeiten. Was für Wünsche haben Sie? Unser gemeinsamer Freund in New York hat mir keine Einzelheiten verraten, als ich mit ihm sprach. Sagen Sie es mir.«

Cyrus, durch jahrelange Erfahrung mit den Empfindlichkeiten und aufgeblähten Egos der Kunstwelt auf du und du, tastete sich zartfühlend und umsichtig vor, darauf bedacht, dem Holländer immer wieder zu versichern, daß man seinen Status als Künstler anerkenne. Franzen schüttelte den Kopf, lächelte und gebot ihm mit erhobener Hand Einhalt.

»Mein Freund, Sie sprechen nicht mit Picasso. Ich bin ein Geschäftsmann, der sein Geld mit dem Pinsel verdient.«

»Das freut mich zu hören«, beteuerte Cyrus. »Wenn das so ist, kann ich gleich zur Sache kommen. Ich brauche einen Cézanne.«

Franzen hob die Augenbrauen. »Wie seltsam. Er war seit '92 nicht mehr in meinem Programm. Dieses Jahr habe ich gleichwohl schon den zweiten produziert, und nun wollen Sie noch einen. Der alte Knabe muß wieder in Mode sein. Das kommt bisweilen vor.«

Bevor Cyrus die Gelegenheit hatte zu antworten, kam der Ober, um die Bestellungen für das Dessert entgegenzunehmen, und Franzen war auf Anhieb abgelenkt. »Schauen Sie mal auf die Rückseite der Speisekarte«, sagte er. »Da gibt es etwas, was Sie unbedingt probieren sollten.« Als die anderen seiner Aufforderung Folge leisteten, fuhr Franzen fort: »Traditionsgemäß ißt man zum Abschluß Käse, und dazu trinkt man ein Glas Rotwein. Aber sehen Sie sich das an – Camembert mit Calvados, Epoisses mit Marce de Bourgogne, Vieux Brebis mit Manzanilla. Himmlische Kombinationen! Das zeugt von Phantasie! Und Forschergeist!« Kopfschüttelnd starrte Franzen auf die Liste mit annähernd dreißig verschiedenen Käsesorten, jede in Begleitung handverlesener hochprozentiger Spirituosen. Es dauerte einige Zeit, bis er die Speisekarte aus der Hand gab und zum Thema Cézanne zurückkehrte.

»Ich hege große Bewunderung für ihn«, sagte er. »Und nicht nur seiner Werke wegen. Verzeihen Sie, aber darf ich Sie bitten, die Flasche herüberzureichen? Dann werde ich Ihnen meine Lieblingsgeschichte von Cézanne erzählen.« Er leerte den Rest Bordeaux in sein Glas, hielt es gegen das Licht, seufzte und trank. »Wie viele Künstler wurde auch er zu Lebzeiten verkannt und ständig von Leuten verrissen, die nicht einmal dazu getaugt hätten, seine Pinsel zu säubern. Er wohnte in Aix, wie Sie sicher wissen, nicht gerade eine Weltstadt, was die Malerei angeht. Wie dem auch sei, bei einer Ausstellung seiner Werke – wie gewöhnlich gut besucht von Kritikern aus der Umgebung –, stand Cézanne hinter einem seiner Widersacher. Der Mann hielt endlose Monologe über eines der Bilder, wobei er jede Minute aggressiver wurde, und dann, nach einer besonders einfältigen Bemerkung, konnte Cézanne sich nicht mehr zügeln. Er tippte dem Kritiker auf die Schulter. Der Mann drehte sich um. ›Monsieur‹, sagte Cézanne, ›ich scheiß auf Sie.‹ Was soll man darauf erwidern? Bei Gott, ich wünschte, ich hätte in diesem Augenblick das Gesicht des Kritikers sehen können. Ah, da kommt der Käse.«

Nach dem Essen gelang es Cyrus, mit Taktgefühl und einem großen Cognac, den zunehmend fidelen Holländer wieder auf die geschäftliche Ebene zurückzulavieren. Man kam überein, daß sich alle am nächsten Morgen mit klarem Kopf in Franzens Atelier treffen sollten, um die Einzelheiten zu besprechen. Danach, meinte Franzen, könne man die neue Geschäftsbeziehung mit einem leichten Mittagessen besiegeln; er kenne ein Plätzchen, das sich hervorragend dafür eigne. Dann schrieb er seine Adresse in der Rue des Saints-Pères auf und fügte den Zahlencode hinzu, der wie ein Sesam-öffne-dich den Haupteingang des Gebäudes öffnen würde. Im Gegenzug notierte Cyrus seine Zimmernummer im Montalembert.

Sie waren die letzten Gäste, die das Restaurant verließen, wobei drei Ober, der Sommelier und der Oberkellner Spalier standen, um ihnen eine gute Nacht zu wünschen. Es war ein köstliches Mahl gewesen, und als sie dem Holländer ins Taxi halfen, hatte Cyrus das Gefühl, daß es seine hoffnungsvollen Erwartungen voll und ganz erfüllt hatte. Heute waren sie Freunde geworden. Morgen würden sie, wenn ihre Glückssträhne anhielt, Komplizen werden.

Sie fuhren zum Hotel zurück, erhitzt vom Wein und schläfrig von der Zeitverschiebung. Lucy nahm die Lichter von Saint-Germain durch ihre halbgeschlossenen Augen wie im Nebel wahr und merkte, wie ihr der Kopf immer wieder nach vorne kippte. »Andre? Weißt du noch, der Spaziergang, den wir heute nacht machen wollten, über die Brücke? Können wir den auf morgen verschieben?« Keine Antwort. »Andre?« Nichts. »Cyrus?«

Sie bemerkte die Augen des Taxifahrers im Rückspiegel. *»Dodo«*, sagte er. »Alle schlafen. Sehr gut.«

Franzen sperrte seine Wohnungstür auf; der vertraute Geruch nach Ölfarbe und Terpentin drang durch den Alkoholnebel in seinem Kopf. Er durchquerte den großen Raum, der ihm als Atelier diente, und begab sich in die kleine Kochnische, um Kaffee zu kochen. Ein liebenswürdiger Zeitgenosse, dieser Cyrus Pine, dachte er, ganz anders als Rudolph Holtz. Er starrte auf die Kaffeemaschine und spürte, wie ein langgehegter heimlicher Groll wieder in ihm hochstieg. Holtz war geldgierig und ein kleiner Tyrann, er ging über Leichen, und man konnte ihm nicht über den Weg trauen, aber bedauerlicherweise bezog Franzen aus dieser Quelle den Löwenanteil seiner Einkünfte, und beide wußten es. Wie angenehm es doch wäre, wenn sich durch diesen neuen Auftrag für einen neuen und kultivierten Kunden weitere Geschäfte anbahnen ließen. Vielleicht sollte er Pine morgen die beiden Gemälde zeigen, bevor er sie einpacken und verschicken würde. Original und Fälschung im direkten Vergleich, damit der Kunsthändler sein meisterhaftes handwerkliches Können zu würdigen vermochte.

Mit einer Tasse Kaffee und zweifelsohne dem letzten Cognac des heutigen Tages setzte sich Franzen in einen Armsessel aus abgewetztem Leder und durchstöberte seine Tasche nach einer Zigarre, als das Telefon läutete. Und es läutete ununterbrochen. Er tröstete sich mit dem Gedanken, daß er sich vielleicht schon morgen einen Anrufbeantworter zulegen würde, und eilte auf die andere Seite des Raumes, um abzuheben.

»Franzen? Holtz am Apparat. Ich nehme an, Sie hatten gerade ein erquickliches Abendessen mit Mr. Pine.«

Franzen gähnte. Es war immer das gleiche mit Holtz. Vom ersten Kontakt mit dem Kunden bis zu dem Moment, wo die Farbe trocken war, saß er einem im Nacken, kontrollierte, nörgelte an allem herum und vergewisserte sich immer wieder, daß er auch ja den ihm zustehenden Anteil erhielt. »Ja, das hatte ich. Sehr sympathisch, der Mann.«

»Was will er?«

»Einen Cézanne.«

»Ich weiß, daß er auf einen Cézanne scharf ist, um Himmels willen. Villiers hat es mir erzählt, bevor ich Sie angerufen habe. Auf welchen?«

»Keine Ahnung.«

Holtz ächzte. Das Original bestimmte den Preis der Fälschung. Wie war es möglich, daß Pine und Franzen den ganzen Abend miteinander verbrachten, ohne sich über die Einzelheiten des Auftrags zu unterhalten? Er bemühte sich, die Gereiztheit in seiner Stimme zu verbergen. »Wann haben Sie vor, es herauszufinden?«

»Morgen. Sie kommen Punkt zehn zu mir ins Atelier, und dann werden wir…«

»Sie? Wer ist sie? Ich dachte, es wäre nur Pine.«

»O nein. Er kam in Gesellschaft eines Pärchens – ein junger Mann und ein Mädchen.«

Holtz spürte, wie in seinem Innern eine Alarmglocke zu schrillen begann. »Namen – wie lauten ihre Namen?«

»Der Mann hieß Kelly. Andre Kelly. Das Mädchen wurde Lucy genannt. An ihren Familiennamen erinnere ich mich nicht.«

Holtz schwieg; nur sein keuchender Atem war zu hören.

»Holtz? Sind Sie noch da?«

»Sie müssen weg! Schnappen Sie sich die Bilder und nichts wie weg. Noch heute nacht. Auf der Stelle.«

»Warum? Ich verstehe nicht.«

Holtz holte tief Luft. Dann sprach er mit der mühsam gezügelten Ungeduld eines Menschen, der versucht, ein starrköpfiges Kind zur Vernunft zu bringen. »Nehmen Sie die Bilder. Suchen Sie sich schleunigst ein Hotel. Sobald Sie die Anmeldeformalitäten erledigt haben, rufen Sie mich an und sagen mir, wo Sie sich befinden. Ich bleibe in der Nähe des Telefons. Ist das klar?«

Franzen warf einen Blick auf seine Uhr. »Wissen Sie eigentlich, wie spät es ist?«

»Himmeldonnerwetter, es ist ernst! Tun Sie, was ich sage. Sofort.« Dann war die Leitung tot.

Franzen starrte verwirrt auf den Telefonhörer in seiner Hand und zuckte die Achseln. Er war drauf und dran, den Anruf zu ignorieren und ins Bett zu gehen, aber seine berufsbedingte Vorsicht gewann die Oberhand. Was Holtz auch immer sein mochte, er war kein Mann, der grundlos in Panik geriet. Und er hatte gesagt, daß es ernst sei. Franzen legte den Hörer auf die Gabel zurück und stand auf, um die beiden Bilder aus ihrem Versteck zu holen.

Holtz saß im Arbeitszimmer. Seine winzigen Füße, in schwarze Abendschuhe aus Wildleder mit Keilabsatz gezwängt, traktierten den Aubusson-Teppich mit einem erregten Trommelwirbel. Dieser verdammte Fotograf. Was zum Teufel machte er in Paris? Wo er doch eigentlich in Hongkong sein sollte!

»Schätzchen?« Camilla stand auf der Türschwelle, dramatisch wie eine Stummfilmdiva in ihrem schwermütigen Make-up *de soir*, am Hals eine Kaskade aus schwarzen Glasperlen. Offenbar war sie wild entschlossen, sich für den wohltätigen Zweck, dem dieser Abend gewidmet war, ins Geschirr zu legen. »Schätzchen? Wir müssen gehen, wenn wir nicht zu spät kommen wollen.«

»Komm rein und mach die Tür zu. Wir werden nirgendwohin gehen.«

16

Ein erboster und schlagartig ernüchterter Franzen eilte durch die mitternächtlich stille Straße zu der schmalen Gasse hinüber, in der er eine abschließbare Garage gemietet hatte. Er trug einen kleinen Handkoffer in der einen und ein großes Aluminiumbehältnis, mit dem man Kunstobjekte zu transportieren pflegt, in der anderen Hand. In letzterem lagen einträchtig, in mehrere Schichten Schaumgummi und Luftblasenfolie gehüllt, zwei Gemälde nebeneinander – die *Frau mit Melonen* von Paul Cézanne und die *Frau mit Melonen* von Nico Franzen. Der Wert der beiden Bilder unter dem Strich: sechzig Millionen Dollar und ein paar zerquetschte.

Normalerweise hätte der Gedanke, mitten in der Nacht mutterseelenalleine durch die finsteren Gassen von Paris zu schleichen, und das mit einer so kostbaren Fracht im Gepäck, bei dem Holländer beträchtliche Besorgnis geweckt. Doch als er in die Dunkelheit der schmalen Straße einbog, wurde jegliche bange Unruhe, die er sonst vielleicht empfunden hätte, durch wachsenden Zorn verdrängt, überwiegend auf sich selbst. Er hatte Holtz nie ausstehen können, hatte ihm nie über den Weg getraut. In der Branche gab es inzwischen ein geflügeltes Wort: Wenn man Rudolph Holtz die Hand reiche, sei es besser, anschließend die eigenen Finger nachzuzählen. Dennoch war er Holtzens Befehl ohne Widerrede gefolgt, hatte auf sein warmes Bett und die Aussicht auf einen gewinnträchtigen Auftrag verzichtet, wie eine Marionette, gelenkt von einem Drahtzieher im Miniaturformat, der an galoppierendem Verfolgungswahn litt. Was um alles in der Welt konnte so ernst und dringlich sein? Pine war auf Herz und Nieren überprüft worden; er war, was er zu sein behauptete, ein Händler, in der Kunstwelt allseits bekannt. Außerdem munkelte man, er sei ehrlich. Villiers hatte sogar mit Nachdruck darauf hingewiesen. Würde ein solcher Mann jemanden bei der Polizei verpfeifen? Bestimmt nicht.

Franzen hielt vor der Garagentür inne und mühte sich mit dem Vorhängeschloß ab, beobachtet von einer Katze mit zerbissenen Ohren und riesigen, neugierigen Augen. Er zischte, um sie zu verscheuchen, da er sich gut daran erinnerte, wie sich einmal die Katze seines Nachbarn in sein Atelier eingeschlichen und ihre Krallen an einem rundum perfekten Bild von Seurat gewetzt hatte, dessen Farbe noch nicht ganz trocken war. Er haßte Katzen. Kein Respekt vor Kunstwerken.

Er öffnete die Türen mit einem Ruck und knipste das Licht an, wobei er mit dem Fuß nach der Katze trat, die sich duckte und zum Sprung auf die staubbedeckte Motorhaube eines Citroën DS ansetzte. An der Garagenwand lehnten Dutzende alter Bilder und Keilrahmen, mehr oder weniger chronologisch geordnet – Ausbeute mehrerer hundert Flohmarktbesuche und privater Räumungsverkäufe und das Rohmaterial jedes fleißigen Fälschers. Der korpulente Mann quetschte seine Leibesfülle an der Seite des Vehikels vorbei, verstaute die beiden Gemälde darin, ließ den Motor an und fuhr im Schrittempo aus der Garage. Das Rasseln des Dieselmotors, der eine Zeitlang untätig gewesen und eingerostet war, wurde von der Mauer der schmalen Gasse wie ein Echo zurückgeworfen, als er noch einmal ausstieg, um das Licht zu löschen und die Garagentür wieder zu versperren. Die Katze warf ihm aus sicherer Entfernung einen vorwurfsvollen Blick zu. Franzen machte sich auf die Suche nach einem Bett für die Nacht.

Es war schon nach ein Uhr morgens, nicht gerade die Zeit, in der man freiwillig an Hoteltüren klopft. Franzen dachte sehnsüchtig an eine Suite im Crillion oder einer anderen Nobelherberge, als er durch die Straßen des schäbigen Viertels hinter dem Gare de Lyon kurvte. Die Absteigen in Bahnhofsnähe waren vermutlich an Gäste gewöhnt, die zu den seltsamsten Stunden ein Quartier suchten. Als er das Hotel mit dem flackernd beleuchteten Schild *Léon Tout Confort* entdeckte, mit einer Parklücke auf der gegenüberliegenden Straßenseite, war er zu müde und ausgelaugt, um etwas anderes als Dankbarkeit zu empfinden.

Der Nachtportier, ein schlaftrunkener Algerier, bewaffnet mit einem Transistorradio und einer eselsohrigen Ausgabe des Herrenmagazins *Lui*, verlangte Bares, bevor er ihm einen Schlüssel aushändigte und mit einem Kopfnicken auf eine schummrige Betontreppe deutete, die mit einem glatzköpfigen orangefarbenen Läufer bedeckt war. Franzen ertastete seinen Weg durch den engen Korridor, in dem es säuerlich roch, und schloß die Tür seiner nächtlichen Heimstätte auf: ein eisernes Bettgestell, eine von Schmutzflecken verfärbte Baumwolldecke, zwei dünne, vom Kampf aufgeriebene Kopfkissen. Man hatte den wenig gelungenen Versuch gemacht, einen Schrank in ein Badezimmer zu verwandeln. Die Oberflächen der Kommode und des Nachttischchens wiesen zahllose alte Brandspuren von Zigaretten auf, und über dem Bett hing ein verblaßtes Poster vom Eiffelturm, über das ein früherer Gast mit unübersehbaren, aufgebrachten Großbuchstaben das Wort MERDE gekritzelt hatte. Kurz: Ihn trennten Welten vom gepflegten Stil und Komfort des Abendessens im Lucas-Carlton.

Franzen schob das Metallbehältnis mit den Bildern unter das Bett und suchte in seinem Handkoffer nach dem Oktavheftchen, in dem er Adressen und Telefonnummern notiert hatte. Er streckte die Hand automatisch nach dem Nachttisch aus, bevor ihm bewußt wurde, daß sich die Annehmlichkeiten des Hotels nicht auf ein Telefon in den Zimmern erstreckten.

Hätte das Bett auch nur eine Spur einladender oder reinlicher gewirkt, hätte er den Anruf möglicherweise auf den nächsten Morgen verschoben. Doch so begab er sich, das Oktavheftchen in der Hand, wieder die Treppe hinunter und stellte sich vor dem Nachtportier in Positur, der kaum die Augen von den aufklappbaren Mittelseiten mit dem Nackedei hob, sondern Franzen das Telefon zuschob und einen Hebel betätigte, um den kleinen Gebührenzähler auf dem Tresen in Gang zu setzen.

Holtz hob bereits nach dem ersten Klingelzeichen ab.

»Wo sind Sie? Geben Sie mir die Telefonnummer.«

»Machen Sie sich gar nicht erst die Mühe. Ich bin nur für heute Nacht in diesem Flohzirkus. Also, was ist los?«

»Es geht um diesen Kelly, den Mann in Pines Begleitung. Er hat beobachtet, wie das Gemälde aus Denoyers Haus weggeschafft wurde.«

»Ja und?«

»Er hat Verdacht geschöpft. Was mag ihn bewogen haben, sich mit Pine zu verbünden? Warum hält er sich in Paris auf, was denken Sie? Er ist in der Lage, uns einen Strich durch die Rechnung zu machen.«

Der Nachtportier drehte das Magazin auf die Seite, um die kurvenreiche junge Dame, die ihm entgegenlächelte, aus einer anderen Warte zu betrachten, und zündete sich eine Zigarette an. Franzen kniff die Augen zusammen, um sie vor dem Rauch zu schützen. »Verstehe ich nicht. Pine arbeitet schließlich nicht für Interpol; er ist Kunsthändler, und wenn er mir einen Auftrag erteilt, muß ich ihn natürlich einbeziehen. Er wird nicht…«

»Sie müssen es auch nicht verstehen. Sie werden fürs Malen bezahlt, nicht fürs Denken. Hören Sie zu: Sie werden sich vorerst nicht mehr in der Nähe Ihres Ateliers blicken lassen. Tauchen Sie einfach eine Weile unter, und teilen Sie mir mit, wo Sie sich aufhalten. Und den Auftrag von Pine vergessen Sie am besten gleich wieder.«

Franzen kaute an seinem Schnurrbart und versuchte, seine Wut im Zaum zu halten. »Sie verlangen von mir, eine Menge Geld in den Wind zu schießen.«

»Dann lassen Sie sich eines gesagt sein: Falls Sie doch für Pine arbeiten, sind Sie ein für allemal erledigt.«

»Ich mag keine Drohungen, Holtz. Oder soll das ein Versprechen sein?«

Holtz lauschte auf die atmosphärischen Störungen in der Leitung und bemühte sich, seine Stimme weicher klingen zu lassen. »Nico, Nico, warum müssen wir uns streiten?« Diese plötzliche Herzlichkeit, ausgelöst durch das Wissen, daß sich die Bilder derzeit im Besitz des Holländers befanden, dauerte an, solange Holtz versuchte, seine eigenen Interessen zu wahren. »Denken Sie daran, wie oft wir schon zusammengearbeitet haben – und an unsere künftige Geschäftsbeziehung. Wir wollen doch vernünftig sein. Oder? Ich werde morgen nach Paris kommen. Dann werden wir die Angelegenheit in aller Ruhe besprechen. Hinterlassen Sie Ihre Telefonnummer im Ritz.«

Franzen musterte die winzige, schäbige Rezeption, die schmierige Plastikpflanze auf dem Tresen und den Nachtportier, der seinen Finger leckte, um die Seiten des Magazins umzublättern. »Im Ritz«, wiederholte er.

Franzen zahlte für das Telefongespräch und kehrte in sein Zimmer zurück. Als er den Inhalt seiner Taschen auf den Nachttisch leerte, fiel sein Blick auf Cyrus Pines Visitenkarten mitsamt der Telefonnummer seines Hotels in Paris auf der Rückseite – ein Souvenir eines Auftrags, der ihm durch die Lappen gehen würde. Franzen betrachtete mit Abscheu das Bett, das in letzter Zeit offenbar einigen Gästen mit Kopfschuppen als Ruhestätte gedient hatte. Unwillig, sich unter die Decke und in gesundheitliche Gefahren zu begeben, legte er sich voll angezogen auf das Bett, starrte an die Decke und dachte an Holtz. Was für ein mieser Feigling dieser Kerl doch war.

»Dieser holländische Einfaltspinsel«, schimpfte Holtz und funkelte Camilla an, die im Schneidersitz auf einem Sessel hockte. Eine geläuterte Camilla, die sich immer noch von der Predigt erholte, mit der Holtz sie gerade abgekanzelt hatte. Sie sah gebannt zu, wie seine manikürten schneeweißen Finger auf die Schreibtischplatte eintrommelten; der Kopf war eingezogen, das Gesicht verkniffen vor Wut, ein Giftzwerg im Smoking.

Ihre Stimme war einschmeichelnd, als sie die Stille brach.

»Kann ich irgend etwas tun?«

Holtz erhob sich, die Hände auf den Schreibtisch gestützt, als schicke er sich an, eine Rede vor großem Publikum zu halten.

»Zwei Plätze auf der Concorde nach Paris buchen, für morgen. Und im Ritz telefonisch ein Zimmer für uns reservieren.«

»Ich soll mitkommen?«

»Vielleicht bist du zur Abwechslung auch mal zu etwas zu gebrauchen.«

Camilla erkannte an seinem Gesichtsausdruck, daß sie schlecht beraten war, gleich welchen Kommentar dazu abzugeben. Alles zu seiner Zeit, gelobte sie sich. Betrachte es doch einfach von der positiven Seite, Schätzchen. April in Paris! Sie stand auf, um die Anrufe zu tätigen und alsdann die Koffer zu packen. Der Frühling ist eine so vertrackte Jahreszeit, dachte sie. Nie weiß man, wie das Wetter wird.

Holtz nahm wieder Platz und ging in Gedanken noch einmal sein Gespräch mit Franzen durch. Dieser Vollidiot schien den Ernst der Lage nicht begriffen zu haben. Es war immer das gleiche mit den Handwerkern, wie geschickt und tüchtig sie auch sein mochten. Sie dachten nicht nach. Oder vielmehr dachten sie ausschließlich an ihre eigenen belanglosen Probleme, nie an das Gesamtbild, nie an die Zukunft. Kein visionärer Blick für die langfristigen, ehrgeizigen Ziele im Leben. Wenn er untätig zusah, wie das Verhängnis seinen Lauf nahm, wenn Denoyer je herausfand, daß eine zweite Kopie angefertigt worden war, wenn Pine und dieser Fotograf ausplauderten, was sie wußten, dann war die Katastrophe nicht mehr aufzuhalten.

Holtz ließ die Alternativen vor seinem inneren Auge Revue passieren. Auf der einen Seite bestand die Möglichkeit, sein luxuriöses Leben fortzusetzen, mit dem weichen Polster der Millionenbeträge, die er jedes Jahr kassierte. Auf der anderen Seite drohten Komplikationen, Gott weiß welche Unannehmlichkeiten mit Denoyer, Schlagzeilen; der gute Ruf des Rudolph Holtz wäre dahin und die Arbeit von Jahren mit einem Schlag vernichtet. Villiers war das beste Beispiel dafür, wie unversöhnlich die Kunstwelt reagierte, wenn eines ihrer Mitglieder von seinem Sockel stürzte. Entgleisungen waren natürlich keine Sünde, wohl aber, sich dabei erwischen zu lassen; das konnte einen Mann in den Ruin treiben.

Holtz war weit davon entfernt, einer solchen Niederlage ins Auge zu sehen, aber er hatte auch keineswegs die Absicht, mit ihr auf Tuchfühlung zu gehen. Außergewöhnliche Probleme erfordern außergewöhnliche Lösungen. Er warf einen Blick auf seine Armbanduhr und griff zum Telefon. Wie hoch sollte er mit seinem Angebot gehen? Fünfundsiebzig? Hundert? Während er auf das Freizeichen wartete, schüttelte er den Kopf über die horrenden Kosten in seiner Branche, die einem das letzte Hemd raubten. Und dabei ließen sie sich nicht einmal von der Steuer absetzen!

Telefonate außerhalb der regulären Geschäftszeit waren für Bruno Paradou ein Berufsrisiko. In seiner Branche – auf seiner Visitenkarte hatte er sich als Sicherheitsexperte ausgewiesen – war Panik an der Tagesordnung. Die Kunden waren immer ungeduldig, manche sogar verzweifelt. Dennoch befand sich Paradou um drei Uhr morgens selten in Bestform, und das Brummen, mit dem er den Hörer abnahm, hätte sogar einen zu allem entschlossenen Anrufer entmutigt.

»Paradou? Holtz hier. Ich habe einen Auftrag für Sie.«

»*Attendez.*« Paradou verließ das Bett und seine leise schnarchende Frau, um das Telefonat im Wohnzimmer fortzusetzen. Er stellte mit einem flüchtigen Blick fest, wie spät es war, schnappte sich seine Zigaretten und einen Notizblock und bereitete sich innerlich – wie immer, wenn er mit Holtz zu tun hatte – auf eine beinharte Verhandlung vor. *»Je vous écoute.«*

Holtz beschrieb den Auftrag und unterstrich die Dringlichkeit. Paradou trieb in Gedanken den Preis in die Höhe, während er die Einzelheiten wiederholte und sich für das unabwendbare Feilschen rüstete.

»Ich biete dreißigtausend«, sagte Holtz.

»Pro Kopf?«

»Sind Sie verrückt? Für alle zusammen.«

»Unmöglich. Schließlich geben Sie mir nur ein paar Stunden Zeit, um die Vorbereitungen zu treffen – ich muß reinkommen, mir einen Überblick verschaffen, das Material anbringen. Große Eile, großes Risiko, große Summe. *C'est normal.*«

Holtz seufzte. Er hatte keine andere Wahl, und er wußte es. »Was verstehen Sie unter einer großen Summe?«

»Hunderttausend.«

Am anderen Ende der Leitung erklang ein Stöhnen wie von einem weidwunden Tier, bevor sich Holtz so weit erholt hatte, um zu murmeln: »Fünfzig.«

»Fünfundsiebzig.«

»Sie sind ein zäher Brocken. Ich werde morgen abend in Paris sein, im Ritz. Rufen Sie mich dort an.«

Paradou zog sich an und begann, die Ausrüstung zusammenzustellen, die er nach seinem Dafürhalten brauchen würde. Er war ein Mann von kompakter, untersetzter Statur und trug das schwarze Haar noch immer rasiermesserkurz, *en brosse*, geschoren, wie in der Zeit, als er noch in der Fremdenlegion diente. Holtz war vor einigen Jahren auf ihn aufmerksam geworden, in seiner Anfangsphase als Zivilist, in der er sich als Leibwächter berühmter Persönlichkeiten verdingt hatte. Es war während einer Party nach einer Kunstauktion gewesen, und Paradous Schützling für diesen Abend, eine mehrfach geschiedene Filmschauspielerin, hatte gegen die ständige Belagerung eines Klatschreporters Einspruch erhoben. Holtz war von der unaufdringlichen Tüchtigkeit, mit der Paradou dem Journalisten das Nasenbein gebrochen und den Abtransport im Krankenwagen organisiert hatte, ungemein beeindruckt gewesen. Seither hatte Holtz ihn schon verschiedene Male auf seine Gehaltsliste gesetzt, in Situationen, in denen ein Geschäftsverlauf Paradous besondere Befähigungen erforderte.

Doch der Auftrag, den er heute erhalten hatte, gehörte einer anderen Kategorie an; er war um einiges anspruchsvoller als routinemäßige Einschüchterungsmanöver oder Knochenbrüche, und Paradou summte vergnügt vor sich hin, als er den Reißverschluß seiner Reisetasche schloß. Rohe Gewalt, so sehr er sie auch genoß, reichte ihm nicht mehr aus. Er brauchte die berufliche Herausforderung, ein Unterfangen, das ihm gestattete, sämtliche Tricks anzuwenden, die ihn die Fremdenlegion freundlicherweise gelehrt hatte. Endlich war sie da, die große Chance, der Lackmustest für seine Fähigkeit zu planen und sein handwerkliches Können zu beweisen, ganz zu schweigen vom Honorar. Es konnte keinen Zweifel geben; er war im Begriff, in seinem erwählten Beruf in die Oberliga aufzusteigen.

Von seiner Wohnung in Montparnasse bis zur Rue des Saints-Pères brauchte man, da die Straßen um diese Stunde wie ausgestorben waren, nicht mehr als zehn Minuten. Paradou fuhr besonnen; er hielt vor jeder roten Ampel für den Fall, daß irgendein diensteifriger kleiner *flic* in einer Seitenstraße lauerte, und fand einen Parkplatz fünfzig Meter von dem Gebäude entfernt, in dem Franzen wohnte. Er blickte auf seine Armbanduhr. Vier Uhr morgens. Er hätte gerne mehr Zeit für die Vorbereitungen gehabt. Er streifte die Latex-Handschuhe über, prüfte noch einmal den Inhalt seiner Reisetasche, sperrte das Auto zu und schlich lautlos, auf Gummisohlen, von dannen.

Das Gebäude war typisch für dieses Stadtviertel; drei Seiten grenzten an einen Innenhof, der von der Straße durch eine hohe Mauer und massive Doppeltüren abgeschirmt war. Ein elektronischer Türöffner war in das Mauerwerk eingelassen, und der Code wurde jeden Monat geändert, um die Sicherheit der Bewohner zu gewährleisten. Paradou lächelte in der Dunkelheit. Wenn sie nur wüßten, diese Trottel. Die Hausbesitzer in Paris waren alle gleich: zu schwerfällig und zu knauserig, um mit der modernen Technologie Schritt zu halten. Er nahm ein schmales Kästchen aus seinem Werkzeugkoffer, hielt es über den elektronischen Türöffner, schaltete es ein und las die sechsstellige Ziffer ab, die auf der winzigen Flüssigkristallanzeige aufleuchtete. Er entfernte das Kästchen, tippte den Code ein, und die schwere Tür schwang unter seiner Hand nach innen auf.

Paradou stand einen Moment lang im Schatten, spürte dem belebenden Kribbeln des Adrenalinstoßes nach und sah sich im Innenhof um. Er war unbeleuchtet bis auf eine Lampe über der Eingangstür; die tiefschwarzen, geduckten Umrisse der Pflanzenkübel zeichneten sich gegen das Kopfsteinpflaster ab, die Fenster in den oberen Stockwerken waren mit hölzernen Rolläden verschlossen und dunkel. So weit schien alles bestens.

Er brauchte zehn Sekunden, um den Hof zu überqueren und die Eingangstür mit dem altmodischen Schloß zu erreichen, das dem Dietrich keinerlei Widerstand entgegensetzte. Im schwachen Lichtschein, der durch das gläserne Oberlicht drang, konnte Paradou ein Fahrrad ausmachen, das an der entgegengesetzten Wand des Hausflurs lehnte, und einen anmutig geschwungenen Aufgang aus Stein. Er stieg die beiden Treppen zum obersten Stockwerk empor, begab sich zur Tür auf der rechten Seite des Absatzes und fand ein weiteres kümmerliches Schloß vor, das ein Achtjähriger mit links geknackt hätte. Paradou schüttelte fassungslos den Kopf. Das Vertrauen, das die Leute in solche schrottreifen Sicherheitsvorkehrungen setzten, war grenzenlos.

Er trat ein, schloß die Tür und stellte die Tasche vorsichtig auf dem Fußboden ab. Bisher war das Ganze ein Sonntagsspaziergang gewesen. Nun kam der interessante Teil. Paradou schaltete seine Taschenlampe ein.

Der Lichtstrahl enthüllte einen weitläufigen Raum, schätzungsweise fünfzehn Meter lang und beinahe genauso breit. Unter dem Dachfenster, das in die Dachschräge eingelassen war, standen eine Staffelei und ein riesiger Arbeitstisch, auf dem Pinselbehältnisse und Spachtel, Tuben und Farbtöpfe, noch nicht montierte Leinwandrollen, ein alter gußeiserner *caches-clou*, der Nägel und Reißzwecken in verschiedenen Größen enthielt, und ein verbeulter Messingaschenbecher, randvoll mit Zigarrenkippen, ein kunterbuntes Sammelsurium bildeten. Von der Staffelei baumelte, wie ein Erhängter, eine zerknitterte, verblichene und mit Farbklecksen verschmierte blaue Arbeitshose.

Jenseits des Arbeitsbereichs waren eine Couch und Sessel um einen niedrigen Tisch angeordnet, auf dem sich ein Stapel Bücher und Tageszeitungen, eine unberührte Tasse Kaffee und eine Karaffe mit Cognac befanden. Paradou ging, an einem kleinen Eßtisch vorbei, in die enge Küche, die nur durch eine Frühstücksbar mit Marmorplatte vom übrigen Raum abgetrennt war. Er inspizierte den

Ofen mit einem anerkennenden Nicken. Gas war eine feine Sache. Ungemein vielseitig verwendbar.

Badezimmer und Schlafzimmer, am jenseitigen Ende eines kurzen Ganges nebeneinander gelegen, boten weder interessante noch inspirierende Ausblicke, und Paradou kehrte in den Hauptraum zurück. Er nahm das Glas in die Hand, schnupperte daran und probierte einen kleinen Schluck; kein Brennen in der Kehle, sondern nur die sich rasch ausbreitende Wärme eines sehr guten, sehr alten Cognacs.

Er lugte durch einen Spalt in den Fensterläden auf den Hof, der in einer Falltiefe von zwei Stockwerken unter ihm lag. Wenn man drei Leute dazu bringen könnte, sich an den Händen zu fassen und kopfüber ins Leere zu stürzen, wäre das Problem auf einen Schlag gelöst. Genickbruch für alle. Alles geritzt. Er nippte noch einmal am Cognac und begann, die Entfernung zwischen Küche und der Mitte des Raumes mit Schritten auszumessen. Wo würden sie stehenbleiben? Sein Blick wurde von einem alten Gemälde mit rissiger Farbschicht gefesselt, das am Tischbein lehnte. Er nahm es und stellte es auf die leere Staffelei, wobei er die Arbeitshose über den größten Teil der Leinwand drapierte, so daß nur eine Ecke hervorlugte. Wer könnte da widerstehen, das Bild zu enthüllen?

Er brauchte eine Stunde, um das Atelier herzurichten, und verfluchte den Mangel an Zeit. Hätten ihm weitere vierundzwanzig Stunden zur Verfügung gestanden, um die richtigen Sprengkapseln zu beschaffen, wäre er imstande gewesen, die ganze Wohnung zu verminen und wieder brav daheim in seinem Bett zu liegen, sobald das Feuerwerk losging. Doch die Morgendämmerung war nicht mehr fern, und bald würde das Haus aus seinem Schlaf erwachen. Dieser Notbehelf mußte eben genügen. Er überprüfte das *plastique* noch einmal: Eine Ladung Dynamit war an der Staffelei und eine andere an der Seite des Gasofens angebracht; die Drähte hatte er mit Klebestreifen knapp in der Kehlung über dem Fußboden befestigt oder in die Ritzen zwischen den Dielen gestopft. Er ging in die Küche zurück, drehte das Gas auf kleine Flamme und fixierte das Schnappschloß so an der Wohnungstür, daß es mit einer Drehung des Knaufs geöffnet werden konnte. Ein letzter prüfender Blick, dann zog er sacht die Tür hinter sich zu und ging die Treppe hinunter.

Sie würden um zehn eintreffen, hatte Holtz gesagt. Bis dahin mußte er noch mehr als vier Stunden totschlagen, ausreichend Zeit, um zu warten, daß ein Parkplatz frei wurde, der näher am Gebäude lag. Aber zunächst brauchte er einmal einen Kaffee. Er schlug den Weg zum Boulevard Saint-Germain ein, als der dunkle Nachthimmel dem ersten grauen Schimmer des Tages wich.

Franzen setzte sich auf die Bettkante. Er hatte eine turbulente und ermüdende Nacht verbracht – seine kurzen Schlafphasen waren immer wieder durch das Bild von Holtz im Ritz unterbrochen worden, der wie ein wasserspeiender Dämon über einem mit Geld gefüllten Koffer hockte und ihn mit erhobenem Finger herbeizitierte. Dieser Mistkerl verdiente die meisterhafte Arbeit nicht, die er von Franzen erhielt. Der Holländer streckte sich und gähnte, er spürte die Verspannungen in seinem Rücken. Doch als er sich über die Bartstoppeln strich, lächelte er plötzlich, und seine Stimmung besserte sich. Der einzige Lichtblick an diesem elenden, bedrückenden Morgen befand sich unter seinem Bett. Er hatte die Bilder.

Er pfiff vor sich hin, als er die Treppe hinunterging, um den Zimmerschlüssel abzugeben. Der Nachtportier, der die Freuden seines Herrenmagazins bis zur Neige ausgekostet hatte, stierte mit gelangweilten und trüben Augen auf die Straße hinaus.

»An diese Nacht werde ich mich mein Lebtag erinnern«, sagte Franzen. »Die Begrüßung, das Zimmer, der Service – hervorragend, nicht die geringste Beanstandung.«

Der Nachtportier zündete sich, nicht sichtbar bewegt von der Lobeshymne, eine Zigarette an. »Haben Sie die Dusche benutzt?«

»Ich habe nirgendwo Handtücher gefunden.«

»Hier gibt's Handtücher. Zwanzig Francs.«

»Wenn ich das bloß gewußt hätte!« erwiderte Franzen. Mit seinem kleinen Handkoffer in der einen und sechzig Millionen Dollar in der anderen Hand trabte er um die Ecke zum Gare de Lyon, wo er sich mit einem Frühstück und einer Analyse seiner unmittelbaren Zukunft beschäftigte.

17

Franzen saß in einem Café in der Haupthalle des Gare de Lyon und betrachtete andächtig sein Croissant, goldgelb in der Mitte und von einem dunkleren Braun an den beiden Enden, genau so, wie er es liebte. Er tunkte das eine Ende in seine Kaffeeschale, biß ab und kaute versonnen. Es schmeckte erstaunlich gut für ein Bahnhofshörnchen, noch frisch und ofenwarm zu so früher Stunde, und der Kaffee war heiß, stark und belebend. Tief in seinem Inneren begann er sich allmählich wieder wie ein menschliches Wesen zu fühlen. Sein äußeres Erscheinungsbild bedurfte gleichwohl, wie er bei einem Blick auf sein zerknittertes Hemd und die Bratensaftspuren auf seiner Krawatte feststellen mußte, dringend einiger Zuwendung. Eine Rasur, eine Dusche, ein sauberes Hemd – dann war er gerüstet, die Unwägbarkeiten des Tages in Angriff zu nehmen. Gleich nach dem Frühstück wollte er sich als erstes eine angemessene Herberge suchen.

Der Gedanke an Herbergen erinnerte ihn an das noble Ritz und, unvermeidlich, an das bevorstehende Wiedersehen mit Rudolph Holtz. Franzen hatte sich noch nie darauf gefreut, Holtz zu sehen, doch angesichts des Gedankens, daß er aus seiner Wohnung vertrieben worden war, spürte der Holländer, daß der langgehegte Groll so säuerlich in ihm hochstieg wie Sodbrennen. Während des Telefongesprächs hatte Holtz ihn wie einen Lakaien behandelt; ihre Beziehung war, wie er rückblickend erkannte, nie sehr viel anders gewesen. Holtz hatte die Aufträge, Holtz hatte das Geld, und Holtz hatte seine Freude daran, andere nach seiner Pfeife tanzen zu lassen.

Das Herumkommandieren war ihm in Fleisch und Blut übergegangen.

Franzen wischte sich sorgfältig die Krümel aus dem Schnurrbart, und dabei merkte er, daß er lächelte. Dieses Mal könnte alles ganz anders laufen. Er blickte auf das Metallbehältnis hinunter, das er unter den Tisch geklemmt hatte. Er hatte die Bilder, und solange sie sich in seinem Besitz befanden, war er im Vorteil. Trotz seiner zwielichtigen beruflichen Tätigkeit gehörte er zu den Menschen, die über ein gerüttelt Maß an persönlicher Integrität verfügen, und er würde nie auch nur den Versuch in Betracht ziehen, mehr als das vereinbarte Honorar herauszuschinden. Aber eine Geschäftsbeziehung bestand in seinen Augen aus Geben und Nehmen. Er war nicht Holtzens Privateigentum. Daher empfand er es nur als recht und billig, sich die Freiheit zu nehmen, sein täglich Brot auf ehrliche Weise zu verdienen und auch für andere Kopien zu fertigen, wenn sich die Chance bot. Und eine solche Chance nahte oder würde vielmehr in wenigen Stunden an seine Tür klopfen, wenn Pine und seine Freunde ihn in seiner Wohnung aufsuchten.

Franzen wühlte in seinen Taschen und zog Pines Visitenkarte hervor. Er warf einen Blick auf seine Uhr: zu früh, ein kultivierter Mann war zu dieser Stunde noch nicht wach. Er hatte reichlich Zeit, sich ein Hotel zu suchen und ihn von dort aus anzurufen. Aufgeheitert ob dieser Entscheidung, sammelte er sein Gepäck ein, durchquerte den Bahnhof und trat in das Sonnenlicht hinaus, einem neuen und gewiß besseren Tag entgegen.

Bruno Paradou saß in seinem Wagen und beobachtete, wie die Rue des Saints-Pères zum Leben erwachte. Eine Tür öffnete sich, und ein bebrillter Mann mittleren Alters erschien auf der Schwelle – zweifellos ein Pessimist, denn er trug, dem beständigen, wolkenlosen blauen Morgenhimmel zum Trotz, Regenmantel und Regenschirm. Der Mann sah hoch, blickte auf die Uhr und machte sich zielstrebig auf den Weg zur Hauptverkehrsstraße; ein U-Bahn-Fahrer also, nutzlos für Paradou.

Es dauerte eine halbe Stunde, bis er endlich sah, worauf er gewartet hatte. Eine Frau überquerte die schmale Straße und schloß die Tür eines Wagens auf, der fast vis-à-vis von Franzens Wohnhaus stand. Paradou fuhr heraus und ein Stück weiter vor, so daß er die Zufahrt zu seinem soeben entdeckten Parkplatz versperrte. Die Frau machte es sich auf dem Sitz bequem und inspizierte als erstes Falte für Falte ihr Make-up im Rückspiegel, bevor sie ihrer Handtasche eine Bürste entnahm und ihre bereits tadellos frisierten Haare noch einmal kämmte. Hinter Paradou drückte ein wartender Fahrer auf die Hupe. Paradou streckte den Arm aus dem Fenster und machte das althergebrachte Zeichen, dann betätigte er seine eigene Hupe. Die Frau drehte sich um und blickte ihn an, ihr Gesicht der Inbegriff tiefster Verachtung. Mit übertriebener Saumseligkeit nahm sie eine dunkle Sonnenbrille heraus, setzte sie auf und räumte den Parkplatz.

Bon. Paradou parkte, stellte den Motor ab und breitete eine Ausgabe des *Soldier of Fortune* auf dem Lenkrad aus, das federführende Magazin für den gutinformierten Söldner. Da er nicht mehr als ein paar Brocken Englisch beherrschte und diese überwiegend in Spelunken aufgeschnappt hatte, entgingen ihm die unterschwelligen Feinheiten des redaktionellen Inhalts. Aber er liebte die Abbildungen und die Werbung. So wie ein gewissenhafter Anleger das *Wall Street Journal* überfliegt, widmete er sich den Inseraten – besonders faszinierend, wenn man sie nur teilweise verstand –, die für das neue, stetig verbesserte Arsenal der Vernichtungswaffen warben. Heute wurde sein Auge als erstes von der neuen Glock 26 gefesselt, die sich auf dem Begleitfoto in die Innenfläche einer Männerhand schmiegte. Kaliber neun Millimeter, Magazin mit zehn Schuß, Gewicht 560 Gramm, eine Waffe der Art, die sich locker in der handgestrickten und kampferprobten Schweizer Armeesocke unterbringen ließ. Als er die Seiten umblätterte, fesselten weitere Werbeanzeigen sein Augenmerk: Hier warb man für ein Messer, mit dem sich ein zehn Zentimeter dickes, freihängendes Seil aus Manilahanf durchtrennen ließ, dort um Abonnenten für die *Machine Gun News*; des weiteren wurden Hirschlederhandschuhe mit Bleiverstärkung an den Knöcheln, Nachtsichtgeräte in sämtlichen Größen, ein Trainingslager für Heckenschützen und kugelsichere Westen feilgeboten. Was für ein wundervolles Land dieses Amerika doch ist, dachte er und vertiefte sich in das Foto einer Blondine, die einen Patronengurt, eine Selbstladepistole und sonst nichts trug. Von Zeit zu Zeit blickte er hoch und überprüfte die Straße, doch im Moment hatte er nichts anderes zu tun, als darüber nachzudenken, wie er sein Honorar ausgeben wollte. Fünfundsiebzigtausend Dollar war kein Pappenstiel, selbst bei den horrenden Preisen, die man heute für eine Uzi verlangte.

Wie so häufig war die Zeitverschiebung stimulierender als jeder Wecker. Dieser Umstand und Lucys Aufregung, mehr von Paris zu sehen, waren dafür verantwortlich, daß sie und Andre schon kurz nach sieben in den Frühstücksraum des Montalembert hinuntergingen. Cyrus hielt bereits die Stellung: Mit rosigen Wangen und dezent nach Haarwasser duftend, blätterte er im *Herald Tribune*.

»Guten Morgen, meine Lieben«, begrüßte er sie. »Ich habe euch nicht so früh erwartet. Was ist aus dem guten alten Frühstück im Bett geworden? Richtig romantisch über den Dächern von Paris, mit einem gekochten Ei und einem Spritzer Champagner im Orangensaft…«

Lucy beugte sich zu ihm hinunter und küßte ihn auf die Wange. »Ich glaube, es ist höchste Zeit, daß wir Sie unter die Haube bringen.«

»Ja, ich bitte darum.« Cyrus nahm seine Lesebrille ab und sah sich im Speiseraum um. »Sehen Sie eine Kandidatin, die in Frage käme? Am liebsten wäre mir eine wohlhabende Witwe mit dem sanften Gemüt eines Engels, einem festen und üppigen Busen und einer Wohnung auf der Île Saint-Louis. Kochkünste von Vorteil, aber keine Voraussetzung; muß jedoch Sinn für Humor besitzen.«

»Haben Sie es mal mit dem Zimmerservice versucht?« fragte Andre.

Als die Kaffeekannen kamen und der Raum sich zu füllen begann, sprachen sie über eine der angenehmsten Zwickmühlen der Welt, nämlich die Gretchenfrage, was man an einem so wunderbaren Tag in Paris anfängt. Abgesehen von der Verabredung um zehn Uhr, einschließlich der Möglichkeit, mit Franzen Mittagessen zu gehen, wenn alles glattging. Der Nachmittag jedoch gehörte ihnen, und Lucy wurde von Cyrus und Andre mit gutgemeinten, aber unendlich verwirrenden Vorschlägen bombardiert: das Musée d'Orsay, ein absolutes Muß, der Ausblick oben vom Arc de Triomphe, Sacré-Cœur, ein *bateau mouche*, das Café La Palette, wo Andre den größten Teil seiner Studienzeit verbracht hatte, der Louvre, die letzte Ruhestätte Oscar Wildes, Willi's Wine Bar, und so weiter und so fort. Endlich legten die beiden Männer eine Verschnaufpause ein und gaben Lucy die Möglichkeit, auch ein Wörtchen mitzureden.

Sie erzählte ihnen, was ihr gefallen würde, so abgedroschen es auch klingen mochte: Sie wollte sich einen Tag lang wie ein ganz gewöhnlicher Tourist benehmen. Champs Elysées, Eiffelturm, Seine. Und sie würde der glücklichste Tourist in ganz Paris sein, wenn Andre Fotos von ihr machen würde, um sie Grandma Walcott nach Barbados zu schicken, die in ihrem Leben nie weiter als nach Port of Spain gereist war, vor zwanzig Jahren, anläßlich der Hochzeit ihres Neffen mit einem Mädchen aus Trinidad. Ob das zuviel verlangt sei, wollte sie wissen und sah die beiden Männer bang an.

»Ich kann es kaum erwarten, den Eiffelturm wiederzusehen«, erklärte Cyrus. »Sie nicht, mein Freund?«

Andre schwieg und betrachtete Lucys Gesicht. Sie war sich offenbar nicht sicher, ob Cyrus sie auf den Arm nahm, und ihre Miene war bezaubernd ernst. »Das ist kein Scherz?«

»So früh am Morgen pflege ich nie zu scherzen! Also, was kommt zuerst, bevor wir Franzen aufsuchen? Fluß oder Turm?«

Der Fluß trug den Sieg davon. Sie verließen das Hotel kurz nach acht – unseligerweise nur wenige Minuten, bevor ein Anruf für Monsieur Pine eintraf, mit dem Vorschlag, die Pläne für den heutigen Morgen zu ändern. Der Page lief den Boulevard hinunter in der Hoffnung, den Empfänger der Botschaft noch einzuholen, aber er kam zu spät. Weit und breit war keine Spur von Pine zwischen den eiligen Gestalten zu entdecken, die zur Arbeit strebten.

Wie es das Schicksal wollte, hatten sie genau die entgegengesetzte Richtung eingeschlagen und gingen durch die schmalen Nebenstraßen zu einem von Andres Lieblingsplätzen in Paris, in das Viertel rund um die Rue de Buci, wo jeder Tag Markttag zu sein scheint.

Die Atmosphäre, die hier herrscht, würde man eher in einem rührigen Provinzstädtchen als in einer Metropole vermuten. Die Verkaufsstände quellen über die Bürgersteige und ragen in die Straßen hinein; die Hunde, die sich hier auf heimischem Territorium befinden, machen sich unter den auf Böcken ruhenden Tischplatten gegenseitig die herunterfallenden Brocken streitig; zwischen den Standbesitzern und der Stammkundschaft werden Begrüßungen, Beleidigungen und eilfertige Erkundigungen nach der Gesundheit im allgemeinen und nach dem Befinden der Leber im besonderen ausgetauscht. Die Luft ist schwer von Düften, die einem das Wasser im Munde zusammenlaufen lassen, wobei die Vielfalt an Käse-, Brot- und Wurstsorten besonders atemberaubend wirkt; und es gibt Gemüse in jedweder Form und Farbe, von den flachen Kartoffeln, die *rats* genannt werden, bis hin zu Haricot-Böhnchen, kaum dicker als ein Zündholz und knackig frisch. Hinter den ambulanten Marktständen befinden sich die bodenständigen Läden, viele von ihnen *traiteurs* mit Fleisch- und Fischgerichten in Gelee, Terrinen, Pasteten und winzigen, köstlichen Vögeln, die in den Schaufensterauslagen wie Kunstwerke arrangiert und präsentiert werden, was sie ja auch sind. An einer Ecke stehen, solange die Saison andauert, Holzbottiche mit Austern und ein Mann mit Lederhandschuhen, der sie aus der Schale löst und in ein Bett aus zerstoßenem Eis legt. Und überall Blumen – ein ganzes Meer von Schnittblumen, die der Nase der Vorübergehenden die unterschiedlichsten Freuden bereiten: der betäubende Duft der Freesien, der taufrische Duft der Rosenblütenblätter, der zarte, moosige Duft von Farnkraut.

Lucy hielt an einem der Stände inne, um ihren ersten Einkauf in Paris zu tätigen: zwei *boutonnières*, winzige dunkelrote Rosen, die sie den beiden Männern in die Reversknopflöcher ihrer Jacketts steckte. »So«, sagte sie. »Jetzt seid ihr für die Fotos richtig ausstaffiert.« Sie schlenderten die Rue Dauphine entlang zum Fluß und zur ältesten Seinebrücke von Paris, die, wie könnte es anders sein, Pont Neuf heißt.

Eine Stunde verging, eine Stunde voller Heiterkeit, als sie für Grandma Walcott vor verschiedenen Hintergrundmotiven posierten, die von Lucy ausgewählt und abwechselnd von Cyrus und Andre fotografiert wurden. Wenn sie sich nicht gerade hinter der Kamera aufhielten, übernahmen die Männer die Rolle des Statisten oder der menschlichen Kulisse – Andre, der sich vor Lucy auf ein Knie herabließ, Cyrus, der hinter einer Straßenlaterne lauerte und einen lüsternen Blick wagte –, bis es Andre schließlich gelang, einen Gendarmen zu überreden, eine Aufnahme von allen dreien auf der Brücke zu machen, Arm in Arm, die Île de la Cité im Hintergrund. Und als sich der Gesetzeshüter auch noch einverstanden erklärte, sich mit ihr gemeinsam ablichten zu lassen, war Lucy sicher, daß sie auf Barbados für Gesprächsstoff sorgen würde.

»Merkwürdig«, sagte sie, als sie zurückgingen, um pünktlich in der Rue des Saints-Pères zu erscheinen. »Immer heißt es, die Pariser wären überheblich. Ihr wißt schon, Eigenbrötler, unfreundlich gegenüber Fremden, blasiert. Aber könnt ihr euch vorstellen, daß ein Polizist in New York sich bereit erklärt hätte, uns zu fotografieren?«

»Vielleicht sollte man sich vor Augen halten, daß sie in erster Linie Franzosen und dann erst Polizisten sind. Und ein Franzose von echtem Schrot und Korn reißt sich für ein hübsches Mädchen beide Beine aus.«

»Und das zu Recht.« Cyrus warf einen Blick auf seine Uhr und legte einen Zahn zu. »Ist es noch weit? Ich möchte nicht zu spät kommen.«

Als sie von der Uferstraße abbogen und die Rue des Saints-Pères hinaufgingen, schnippte Paradou gerade die letzte Zigarettenkippe aus dem Autofenster, legte das Magazin beiseite – bei einigen Seiten hatte er die Ecken umgeknickt, um sie später schnellstmöglich wiederzufinden – und konzentrierte sich auf die Straße. Er hielt nach Passanten Ausschau, auf die Holtz' Beschreibungen paßten: ein hochgewachsener silberhaariger Mann, gut gekleidet; ein jüngerer Mann, dunkelhaarig, der möglicherweise eine Kamera trug; ein schlankes, gutaussehendes schwarzes Mädchen. Dürfte nicht schwer sein, das Trio zu entdecken. Paradou nahm den Zündmechanismus aus der Tasche, die neben ihm auf dem Beifahrersitz lag. Fünf vor zehn. Jetzt mußte es jede Minute soweit sein.

Er sah, wie sie sich im Eilschritt vom Boulevard Saint-Germain her näherten, mit munteren, lachenden Gesichtern; das Mädchen mußte beinahe rennen, um mit den beiden Männern Schritt zu halten. Er beobachtete sie leidenschaftslos, betrachtete sie nicht als Menschen, sondern als fünfundsiebzigtausend Dollar auf Schusters Rappen, während seine Gedanken bei der Wahl des richtigen Zeitpunkts verweilten. Eine Vorgabe von fünf Minuten, nachdem sie durch die Tür in den Innenhof gelangt waren, sollte reichen, vielleicht etwas mehr, falls der Alte die Treppe im Schneckentempo hinaufkroch. Und dann, *paf*!

Sie hatten nun die Außentür erreicht, wo sie stehenblieben, während Cyrus einen Zettel aus der Tasche zog und den Code überprüfte, den Franzen ihm diktiert hatte, bevor er die Zahlenkombination eingab. Er trat beiseite, um den beiden den Vortritt zu lassen, und rückte, ein angedeutetes Lächeln im Gesicht, seine Fliege zurecht. Paradou sah zu, wie sich die Tür hinter ihnen schloß, und überprüfte seine Uhr. Er hatte beschlossen, ihnen sieben Minuten zu geben.

Sie überquerten den Innenhof und hielten gerade nach einem Summer an der Haustür Ausschau, als sich diese öffnete und ein Mann heraustrat, der mit einer Hand ein Fahrrad schob und mit der anderen ein Handy ans Ohr drückte. Er ging an ihnen vorüber, ohne sie zu beachten, und sie betraten den Hausflur. Cyrus zog wieder seinen Zettel zu Rate: oberstes Stockwerk, die Tür rechter Hand. Sie begannen, die Steintreppe hinaufzusteigen. Draußen auf der Straße saß Paradou in seinem Wagen, die Augen unablässig auf die Zeiger seiner Armbanduhr gerichtet, während seine Finger ungeduldig auf das Lenkrad trommelten.

»Wenn man unterm Dach wohnt, bleibt man fit«, meinte Cyrus, der ein wenig außer Atem war, als sie den obersten Treppenabsatz bewältigt hatten. Andre betätigte zweimal den alten Messingtürklopfer, dessen tiefer Ton von den Wänden zurückgeworfen wurde; als er gegen die Klinke drückte, sprang die Tür einen Spaltbreit auf. Sie warteten, unschlüssig.

»Er wird sie für uns offengelassen haben«, sagte Andre. »Kommt.« Er stieß die Tür auf. »Hallo, Nico! Guten Morgen. Wir sind's!«

Sie waren auf der Schwelle stehengeblieben, mit gerümpfter Nase wegen des penetranten Gasgeruchs und weil sie sich wie Eindringlinge vorkamen, die sich unbefugt Zutritt zu einer fremden Wohnung verschafften, als sie plötzlich das Schlurfen von Pantoffeln im Gang hinter sich vernahmen.

»*Il est parti.*« Die Stimme, kraftlos und argwöhnisch, gehörte einer alte Frau, die vor die Tür der Nachbarwohnung getreten war. Sie wischte ihre Hände an einer ausgeblichenen Schürze ab, während die hellwachen Greisenaugen wieselflink zwischen Cyrus, Lucy und Andre hin- und herhuschten. »*Parti*«, wiederholte sie.

»Das kann nicht sein, daß er weggegangen ist, er erwartet uns«, warf Andre ein.

Die Alte zuckte die Schultern. Schon möglich, aber Künstler waren eben launenhaft und unzuverlässig. Letzte Nacht hatte ein ständiges Kommen und Gehen geherrscht. Die Geräusche waren nicht zu überhören gewesen – da sie einen leichten Schlaf hatte, versteht sich, denn nie wäre sie auf die Idee gekommen, aus schierer Neugierde zu lauschen, Gott bewahre, obwohl man selbstverständlich gewisse Pflichten gegenüber den Nachbarn hatte. Allem Anschein nach waren es Geräusche gewesen, die auf eine Abreise hindeuteten. Und es sei sonnenklar, sagte sie und schnupperte, daß jemand das Gas angelassen habe. Sie schüttelte den Kopf über soviel Gedankenlosigkeit und Geheimniskrämerei. »*Ils sont comme ça, les artistes. Un peu dingues.*«

Paradou sah, wie der kleine Zeiger seiner Uhr anzeigte, daß die sieben Minuten vorüber waren; er drückte auf den Knopf.

Der doppelte Luftdruck der Detonation fegte durch die Wohnung wie ein Donnerschlag und zerfetzte die Küche, das benachbarte Ende des Ateliers, das Oberlicht, die Fenster und einen Großteil des Schrägdachs. Die Sprengkraft der Explosion, durch das Gas um ein Vielfaches verstärkt, hob die Wohnungstür aus den Angeln, packte die vier Menschen auf dem Treppenabsatz mit eiserner Faust und schleuderte sie gegen die Wand. Dann trat Totenstille ein bis auf das Geräusch eines dicken Mauerwerksbrockens, der zu Boden fiel, und des sanften Kalkregens, der herabrieselte.

Und dann ergoß sich ein Strom wüster Beschimpfungen aus dem Mund der alten Dame, die sich damit abplagte, den benommenen Cyrus aus seiner Ruhestellung auf ihrem Busen wegzuschieben. Andre schüttelte krampfhaft den Kopf, um das Klingeln in seinen Ohren zu vertreiben, und spürte, wie Lucys Hand seine Schulter berührte. Sie sprachen beide gleichzeitig. »Alles in Ordnung?« Zweimal erleichtertes Kopfnicken.

»Cyrus? Was ist mit Ihnen?«

»Mir geht's bestens. Denke ich.« Er bewegte behutsam den Arm, was einen weiteren schrillen Protestschrei bei der alten Dame auslöste. »Es tut mir leid, Madame. Verzeihen Sie bitte. Andre, sagen Sie ihr, daß es keine Absicht war.«

Langsam entwirrten sie das Knäuel der Gliedmaßen. Andre half der Alten beim Aufstehen. »Wir müssen die *pompiers* rufen«, sagte er zu ihr. »Dürfen wir Ihr Telefon benutzen?«

Die Alte nickte und strich mit den Händen automatisch die Vorderseite ihrer Schürze glatt. »Aber putzen Sie sich die Füße ab, bevor Sie hereinkommen.«

Selbst durch die Entfernung gemäßigt und durch Mauern gedämpft, hatte das Getöse der Detonation beruhigend laut geklungen. Paradou überlegte, wie schnell Polizei und Feuerwehr eintreffen mochten. Und eine Ambulanz. Er mußte die Leichen mit eigenen Augen sehen. Schon hatten sich drei oder vier Schaulustige vor dem Gebäude eingefunden, die gebannt auf die geschlossene Flügeltür zum Innenhof starrten und sich gegenseitig mit ihren schaurigen Mutmaßungen über das Geschehene überboten. In

Kürze würde die ganze Straße abgeriegelt sein, und dann konnte keine Rede mehr davon sein, unbemerkt das Weite zu suchen. Paradou beschloß, ein Bußgeld zu riskieren, seinen Wagen auf dem Boulevard Saint-Germain stehenzulassen, zu Fuß zurückzukehren und sich in die Schar der Gaffer einzureihen, die vom Unglück anderer magisch angezogen wurden.

Das blecherne Schrillen der Hörner kündigte ein Löschfahrzeug der Feuerwehr an, das nun in die Straße einbog und vor dem Gebäude hielt, gefolgt von einem Streifenwagen der Polizei und gleich darauf einem zweiten. Innerhalb von Minuten hatten uniformierte Gestalten das gesamte Gelände mit Beschlag belegt, stießen die Flügeltüren auf und die wachsende Schar der Zuschauer beiseite, leiteten den Verkehr um und brüllten Kommandos, um das von Knistern und Knacken begleitete Stimmengewirr in ihren Sprechfunkgeräten zu übertönen. Paradou setzte seine dunkle Sonnebrille auf und schloß sich einer kleinen Gruppe von Neugierigen an, die sich auf dem Bürgersteig gegenüber dem Gebäude zusammengerottet hatte.

Am oberen Treppenabsatz strebten die Uniformierten auseinander; eine Brigade *pompiers* stapfte vorsichtig durch die Trümmer von Franzens Wohnung, während sich zwei Polizeibeamte nach nebenan begaben, um die vier Überlebenden zu befragen. Die Alte hatte sich inzwischen ausreichend vom Schock erholt, um ihrer Empörung Luft zu machen; sie klärte den leitenden Ermittlungsbeamten – ein erschöpft wirkender Mann, dessen bläulich schimmernde Bartstoppeln am Kinn auf das nahende Ende seiner Schicht hindeuteten – über die himmelschreiende Verantwortungslosigkeit ihres Nachbarn auf. Sie hätten alle mausetot sein können, *écrasés*, und so etwas mußte ausgerechnet ihr passieren, wo sie doch von Haus aus ein zartbesaiteter Mensch war und ganz alleine lebte, abgesehen von ihrer Katze.

Der Polizeibeamte seufzte und nickte mit allem Mitgefühl, das er aufzubringen vermochte. Ein *pompier* steckte den Kopf durch die Tür, um zu melden, daß man in dem Trümmerfeld keine Toten gefunden hatte. Dann begann der zeitraubende Prozeß der Niederschrift von Namen, Adressen und Zeugenaussagen.

Paradou wartete vergeblich auf den erhofften Krankenwagen. Als die Minuten ohne ein weiteres Anzeichen von Explosionen, Blutvergießen oder Leichen verstrichen, die für Abwechslung gesorgt hätten, zerstreute sich die Zuschauermenge allmählich, so daß seine Bemühungen, das Geschehen unauffällig zu beobachten, erschwert wurden. Auf der Suche nach einer Zufluchtsstätte spähte er die Straße hinauf und hinunter und betrat schließlich ein Buchantiquariat, wo er unweit des Fensters Stellung bezog, als Bücherwurm getarnt, der in einem ledergebundenen Band von Racine schmökerte.

Der Polizeibeamte blätterte die Seiten seines Notizbuchs zurück, blickte hoch und rieb sich die Augen. »Ich glaube, es besteht keine Notwendigkeit, Sie noch länger aufzuhalten«, sagte er, an Andre gewandt. »Einer meiner Männer wird Sie im Dienstwagen zum Hotel zurückbringen. Ich bedaure, daß Sie in Paris ein so unangenehmes Erlebnis hatten.« Dann wandte er sich an die alte Dame. »Vielen Dank für Ihre Kooperationsbereitschaft, Madame.«

»Ich nehme an, daß ich noch einmal aufs Revier kommen muß.« Sie seufzte, ganz pflichtbewußte Bürgerin. »Um weitere Fragen zu beantworten.«

»Nein, Madame. Das wird nicht erforderlich sein.«

»Oh.« Sie stand auf der Türschwelle und sah ihnen nach, als sie sich entfernten, einen Anflug von Enttäuschung im Gesicht.

Paradou erspähte die drei wandelnden Zielscheiben, staubbedeckt, aber unversehrt, just in dem Augenblick, als sie das Gebäude verließen und auf dem Rücksitz eines Streifenwagens Platz nahmen, während ein *pompier* auf die Straße hinauslief, um das Löschfahrzeug, das ihnen den Weg versperrte, anderswo zu parken.

»*Merde!*« Er warf das Buch auf den Wühltisch zurück und sprintete durch die Tür zu seinem Auto. Der Inhaber des Buchladens beobachtete den Abgang mit hochgezogenen Brauen. Zugegeben, Racine war nicht jedermanns Geschmack, aber eine so heftige Reaktion auf das Werk des großen französischen Dramatikers war ihm selten begegnet.

Der Streifenwagen fuhr in zügigem Tempo durch Saint-Germain; Paradou, der seine liebe Not hatte, ihn nicht aus den Augen zu verlieren, fluchte in einem fort. *Putains*, diese Polizisten. Fuhren wie die Verrückten. Er schüttelte den Kopf und tastete blind nach einer Zigarette. Wie war es möglich, bei einer solchen Explosion mit heiler Haut davonzukommen? Er konnte nun ihre Konturen ausmachen, alle drei saßen auf der Rückbank, der ältere Mann wandte den Kopf, um dem Mädchen neben ihm etwas zu sagen. Fünfundsiebzigtausend Dollar hockten dort, keine zehn Meter entfernt. Und nun spürte er zu allem Überfluß, als hätte er nicht schon genug Probleme, auch noch einen unerbittlichen Druck auf der Blase. Wie weit wollten sie noch fahren, zum Teufel?

Mit quietschenden Reifen bog der Streifenwagen vom Boulevard ab, schwenkte nach rechts in die Rue du Bac ein und fuhr die schmale Seitenstraße weiter; dann hielt er vor dem Montalembert, wobei sich Paradou in seinem wachsenden Unbehagen wieder einmal dem Problem gegenübersah, irgendwo, gleich wo, einen Parkplatz zu finden.

»Ich weiß nicht, wie ihr beide darüber denkt«, sagte Cyrus, »aber ich könnte jetzt eine kleine Stärkung vertragen.« Just in dem Moment, als sie sich umdrehten und den Weg zur Bar einschlagen wollten, rannte die Rezeptionistin durch die Empfangshalle hinter ihnen her. »Monsieur Pine? Das da ist heute morgen für Sie gekommen, gleich nachdem Sie das Hotel verlassen hatten. Wir haben noch versucht, Sie zu erwischen«, sie zuckte mit einem bezaubernden Lächeln die Schultern, »aber Sie waren zu schnell.«

Cyrus bedankte sich und las laut vor, was auf dem Blatt Papier stand: »*Bedaure Änderung der Pläne. Bitte rufen Sie mich in der Pension Relais Christine an, 43 26 71 80. Franzen.*«

»Das sagt er uns jetzt!« stöhnte Andre. »Denken Sie, er hat davon gewußt?«

»Das werden wir bald herausfinden. Bitte bestellen Sie mir den größten Wodka, den es hier gibt, ja? Ich bin gleich zurück.«

Andre und Lucy betraten die Bar; dabei nahmen sie kaum Notiz von dem bulligen Mann mit der dunklen Sonnenbrille, der sich an ihnen vorbeidrängte, einen Ricard bestellte und im gleichen Atemzug wissen wollte, wo sich die Herrentoilette befand. Sie setzten sich, und Andre wischte einen Schmutzfleck von Lucys Wange.

»Es tut mir so leid, Lulu. Bist du wirklich absolut sicher, daß dir nichts fehlt?«

Sie nickte. »Wir haben Mordsglück gehabt, oder? Wenn die alte Dame nicht aus ihrer Wohnung gekommen wäre...«

Andre nahm ihre Hand, eiskalt und noch immer zitternd, in seine beiden Hände. »Rum?«

Sie lächelte verschmitzt. »Einen doppelten. Ohne Eis.«

Paradou kehrte in die Bar zurück und suchte sich einen Platz so weit wie möglich von Andre und Lucy entfernt. Er versteckte sich hinter einer Tageszeitung und suhlte sich in seinem Frust. Der einzige Erfolg an diesem verpatzten Morgen bestand darin, daß er nun wußte, wo das Trio abgestiegen war. Aber für wie lange? Während sie sich im Hotel aufhielten, bot sich ihm keine Gelegenheit, einen kleinen Unfall zu arrangieren. Holtz würde heute abend in Paris eintreffen. Vielleicht hatte er ja eine Idee. In der Zwischenzeit blieb Paradou nichts weiter übrig, als sich an ihre Fersen zu heften. Er gab dem Ober mit einem Handzeichen zu verstehen, ihm einen weiteren Ricard zu bringen, und beobachtete über den Rand der Zeitung hinweg, wie sich der ältere Mann dem Pärchen zugesellte.

Cyrus trank einen kräftigen Schluck Wodka und beugte sich vor. Seine Miene war ernst. »Ich fürchte, das hat uns nicht viel weitergebracht«, sagte er mit gedämpfter Stimme. »Franzen war entsetzt, als ich ihm von der Explosion erzählte – klang völlig benommen, wollte wissen, ob euch beiden auch wirklich nichts passiert ist –, und er möchte sich nach wie vor mit uns treffen. Aber nicht in Paris.«

»Warum nicht?«

»Er meint, es sei zu gefährlich. Irgend etwas – oder irgendwer – hat ihn offenbar in Panik versetzt. Aber er wollte nicht damit herausrücken. Behauptete nur, Paris sei für uns alle ein ungesundes Pflaster.«

Andre spürte, wie Lucy ihre Hand in seine schob. »Hmmm, was

den heutigen Tag angeht, hat er sicher recht. Welchen Treffpunkt schlägt er vor?«

Cyrus starrte in seinen Wodka und schüttelte den Kopf. »Er wird uns Bescheid geben, aber er will Paris auf der Stelle verlassen. Wir müssen einfach abwarten, bis er sich meldet – oh, da ist noch etwas: Er sagte, daß wir möglicherweise beschattet werden.«

Instinktiv blickten sie sich im Raum um, konnten gleichwohl nichts entdecken, was vom gewohnten Bild abwich. An mehreren Tischen verteilt, saßen die Gäste pärchenweise und in Gruppen – sie lächelten, unterhielten sich angeregt miteinander, bestellten etwas zu essen. Ein hageres, bleichgesichtiges Mädchen, das alleine an einem Zweiertisch saß, sah abwechselnd auf ihre Armbanduhr und zur Eingangshalle hinüber. Ein Mann in einer Ecke am anderen Ende des Raumes las Zeitung. In einer so angenehmen Umgebung, inmitten entspannter, ganz gewöhnlicher Menschen, war der Gedanke an Gefahr einfach lächerlich.

»Sagen Sie, Cyrus, nehmen Sie ihm das wirklich ab? Ich meine, warum sollte uns jemand beschatten wollen?« fragte Andre.

»Ich werde Ihnen sagen, was ich davon halte.« Cyrus leerte sein Wodkaglas. »Erstens klang er, wie ich bereits sagte, überaus aufrichtig. Und überaus beunruhigt. Zweitens muß man kein Genie sein, um sich zusammenzureimen, daß zwischen dieser Sache und dem Gemälde ein Zusammenhang besteht. Und drittens«, er wandte sich an Lucy, »halte ich es für besser, wenn Sie schnellstmöglich nach New York zurückfliegen. Sie auch, Andre. Ich bin derjenige, der auf ein Geschäft erpicht ist. Ihre Anwesenheit ist dabei nicht unbedingt erforderlich.«

Sie blickten einander stumm an, während das Murmeln der anderen Gäste plötzlich lauter und deutlicher wurde. »... und deshalb habe ich ihm gesagt«, erklärte eine typisch amerikanische Stimme gerade mit Nachdruck, »wenn seine Scheidung nächsten Monat nicht durch ist, hat er mich zum letztenmal gesehen, Versprechen hin oder her, und sein Liebesnest kann er sich an den Hut stecken. Herrgott, diese französischen Männer. Was meinst du? Der Lachs sieht gut aus.«

Lucy kicherte. »Aber Cyrus, nun sehen Sie das Ganze doch nicht so verbissen. Es war ein Unfall. Sie haben doch auch das Gas gerochen. Oder vielleicht war es jemand, der noch eine Rechnung mit Franzen zu begleichen hatte. Wie auch immer, ich bleibe jedenfalls hier.« Sie blickte Andre an. »Wir bleiben, einverstanden?«

Andre lächelte angesichts ihres entschlossenen, kampflustig vorgeschobenen Kinns. »Ich finde, Lulu hat recht. Sie müssen leider noch eine Weile mit uns vorliebnehmen, Cyrus.«

»Mit dem größten Vergnügen«, erwiderte Pine, und sie sahen, daß sich seine Miene in der Tat aufheiterte und seine Augen wieder unternehmungslustig blitzten, während er tief und zu allem entschlossen Luft holte. »Wenn ich mich recht erinnere, gibt es hier ein nettes kleines Lokal ganz in der Nähe, das Cherche-Midi, und nichts wirkt so appetitanregend wie eine gute Explosion. Wie wär's?«

Paradou ließ ihnen Zeit, die Lobby zu durchqueren und durch die Drehtür zu gehen, bevor er ihnen folgte. Der Pastis hatte ihn hungrig gemacht, und als er sah, wie sie zehn Minuten später ein kleines Restaurant betraten, knurrte sein Magen zunehmend lauter. Er wartete, bis er sicher sein konnte, daß sie einen Tisch bekommen hatten, und machte sich eilends auf den Weg, um sich ein Sandwich zu besorgen.

18

Franzen fädelte sich in den fließenden Verkehr auf der *périphérique* ein und war heilfroh darüber, Paris, Holtz und mordlustigen, psychopathischen Bombenlegern zu entkommen. Er vermutete – nein, er war so gut wie sicher –, daß Holtz hinter dem Anschlag steckte und ihm nur eine Warnung erteilen wollte, die Bilder besser zu schützen. Diese Bilder sind ein Geschenk des Himmels, dachte Franzen, eine tragbare Lebensversicherung. Und er mußte, das war ihm nun klar, eine grundlegende Wahl treffen: Holtz oder Pine. Es galt, sich für einen der beiden zu entscheiden.

Ohne bewußt darüber nachzudenken, folgte er den Wegweisern in Richtung Süden, zur A 6, die sich durch Burgund bis nach Lyon hinunter erstreckt. Mit Südfrankreich verband er angenehme Erinnerungen, und eine war ihm besonders lieb, zumal sie sich – mit der richtigen Mischung aus Abbitte, Komplimenten, Erfindungsgabe, offenkundiger Verzweiflung und gewinnendem Charme – als Lösung seines unmittelbaren Problems erweisen konnte. Seine Gedanken schweiften in die Vergangenheit zurück, nach Les Crottins, einem abgelegenen kleinen Dörfchen in der ländlichen Idylle zwischen Aix und den Bergen, und zu dem baufälligen Haus, das einen unvergleichlichen Ausblick auf den Mont Sainte-Victoire bot. Und zu Anouk.

Er und Anouk waren sechs Jahre lang ein Paar gewesen – mit Unterbrechungen, genauer gesagt, weil Anouk ein wankelmütiges Temperament besaß. Sie war in jeder Beziehung eine imponierende Frau: ihre Stimme, ihre Körpergröße, ihre Ansichten, ihre Mähne, ihre Gegenwart, ihre weitläufigen Konturen. Kritiker hätten sie vielleicht als barock und überladen bezeichnet. Nicht so Rubens, und Franzen erst recht nicht. Unter dem Strich waren jene gemeinsamen Jahre gute Jahre gewesen, und sie erschienen ihm noch besser in dem rosigen Licht, mit dem die Zeit Herzensangelegenheiten verklärt.

Der Bruch war vor achtzehn Monaten erfolgt, wegen eines, nach Franzens Ansicht, kleinen künstlerischen Mißverständnisses. Eines Nachmittags war Anouk unerwartet nach Hause zurückgekehrt, wo Franzen gerade damit beschäftigt war, die schlanken Gliedmaßen einer Dorfmaid zu ordnen, die sich bereit erklärt hatte, ihm Modell zu sitzen. Der Kelch wäre noch einmal an ihm vorübergegangen, wenn das Mädchen mehr als eine Blumengirlande im Haar getragen hätte (für ein Bild im Stil der Romantik) oder wenn sie eine schicklichere Ruhepose eingenommen oder Franzen seine Hose angehabt hätte. Wie dem auch sei, Anouk hatte voreilig Schlußfolgerungen gezogen und beiden die Tür gewiesen. Jedwede Versuche, das Mißverständnis zu klären, waren fehlgeschlagen, und Franzen hatte sich mit eingekniffenem Schwanz nach Paris davongemacht.

Aber die Zeit heilt bekanntlich Wunden, sagte er sich, während der wuchernde Moloch Paris der Weite einer ländlichen Umgebung wich, und trotz ihrer Wankelmütigkeit war sie eine Frau, die das Herz auf dem rechten Fleck hatte. Er würde sie heute abend anrufen und sich ihr auf Gedeih und Verderb ausliefern, ein Mann auf der Flucht. Da er die himmlische Versöhnungsszene bereits fix und fertig im Kopf hatte, kehrten seine Gedanken zu weltlicheren Angelegenheiten zurück, verursacht durch seinen weiträumigen Magen, der seit dem frühen Morgen darbte und sich nun hörbar beschwerte.

Nach dem Elend der vergangenen Nacht und der Tragödie des versäumten Mittagessens hatte Franzen das Gefühl, die Tröstungen eines ausgezeichneten Abendmahls und ein sauberes Bett verdient zu haben. Der Wegweiser nach Mâcon und Lyon half seinem Gedächtnis auf die Sprünge. Irgendwo zwischen den beiden Ortschaften lag die kleine Stadt Roanne. Hier hatten Anouk und er in der Anfangszeit ihrer Beziehung einmal Rast gemacht und im Troisgrois zu Mittag gegessen, ein wahres Festmahl, wie ihm nun wieder einfiel, mit zahlreichen eisgekühlten Zinnkrügen aus dem Hause Fleurie und sieben köstlichen Gängen, ein Festmahl, das sie so entkräftete, daß sie kaum die Straße zu dem kleinen Hotel vis-à-vis überqueren konnten. Was konnte ein Mann auf der Flucht mehr verlangen? Als wollte er seine Entscheidung als die einzig wahre bestätigen, trat Franzen kräftiger aufs Gaspedal.

Paradous Nachmittag war nicht dazu angetan, seine Laune zu verbessern. Er hatte die Gelegenheit beim Schopf gepackt und seinen Wagen geholt und danach in selbigem zwei Stunden vor dem Cherce-Midi gehockt. Als Andre und die beiden anderen endlich das Restaurant verließen, war er dem Taxi bis zum Eiffelturm gefolgt, wo er wieder endlos wartete. Nun befanden sie sich oben auf dem Arc de Triomphe, und Paradou waren die Zigaretten ausgegangen. Er benutzte das Handy, um seine Frau anzurufen und zu hören, ob jemand eine Nachricht für ihn hinterlassen hatte. Sie fragte an, ob er zum Abendessen nach Hause kommen würde. Woher zum Teufel sollte er das wissen? Das Schlimmste daran war, daß seines Wissens keine Chance bestand, seinen Auftrag an Örtlichkeiten mit soviel Publikumsverkehr zu erledigen, doch zumindest würde er in der Lage sein, Holtz lückenlos zu berichten, wo sie den Tag verbracht hatten. Es war fast fünf Uhr nachmittags. Wie lange wollten sie noch von oben auf die *putain* Champs Elysées glotzen?

»Es gibt noch eine Sehenswürdigkeit, die Sie heute keinesfalls versäumen sollten«, sagte Cyrus, an Lucy gewandt, als sie am Fuß des Arc de Triomphe standen, dieser Radnabe, von der die Speichen der breiten Prachtstraßen sternförmig abzweigen. »Jedes Mädchen sollte beim ersten Besuch in Paris einen Drink im Ritz nehmen, und ich kann Ihnen das *cinq à sept* zeigen.«

Andre grinste. »Sie sind ein Wüstling, Cyrus.«

»Ich bin zu jeder Schandtat im Ritz bereit«, verkündete Lucy augenzwinkernd. »Und was für eine ist das?«

»Ein uralter Brauch«, erwiderte Cyrus und zupfte seine Fliege zurecht. »In diesen beiden Stunden zwischen fünf und sieben vergnügen sich die Pariser Herren mit ihren Mätressen, bevor sie sich zu ihrem angetrauten Weib begeben. Sehr diskret, sehr romantisch.«

»Romantisch?« Lucy versteifte sich; wenn ihr Cyrus nicht so sympathisch gewesen wäre, hätte sie bestimmt eine kratzbürstige Antwort zur Hand gehabt. »Wie *furchtbar*. Von so chauvinistischen Sitten habe ich mein Lebtag noch nicht gehört!«

Cyrus sah sie strahlend an. »Sie haben vollkommen recht«, sagte er, die Augenbrauen hochgezogen. »Aber Chauvin war schließlich Franzose, obgleich besser bekannt für seinen glühenden Patriotismus als für seine glühenden Liebesabenteuer.«

Lucy schüttelte den Kopf. »Ich glaube, Sie haben es faustdick hinter den Ohren, Cyrus! Ist das die Happy Hour auf französisch? Aber dem Glücklichen schlägt keine Stunde. Sind damit bestimmte Erwartungen an mich verknüpft?«

»O ja, meine Liebe! Sie müssen hübsch aussehen, die Beine gekonnt übereinanderschlagen und Champagner trinken.«

Lucy überlegte einen Moment. Dann sah sie ihn schräg von der Seite an. »Das gefällt mir.«

Andre hatte andere Pläne. »Ich muß noch etwas erledigen, und außerdem bin ich nicht fürs Ritz gekleidet. Lulu, wenn du deinen Rock ein paar Zentimeter hochziehst, kriegst du eine zusätzliche Portion Erdnüsse.«

Sie streckte ihm die Zunge heraus und hakte sich bei Cyrus unter. »Ich werde gar nicht erst fragen, was du in der Zwischenzeit treibst.«

»Eine Überraschung. Wir treffen uns wieder im Hotel. Bis später.«

Paradou runzelte finster die Stirn, als er sah, wie sich die Gruppe aufteilte und verschiedene Richtungen einschlug; der Alte und das Mädchen hielten nach einem Taxi Ausschau, während der junge

Mann zur Metrostation an der Avenue Kléber eilte. Damit waren die Würfel gefallen. Er konnte das Auto nicht an Ort und Stelle stehenlassen, und er konnte es nicht in den U-Bahn-Schacht mitnehmen. Also würde er die anderen beiden im Auge behalten.

Lucy und Cyrus befanden sich noch immer im dichten Verkehrsgewühl, das während der Stoßzeiten auf den Champs Elysées herrschte, als Andre die Treppen der Metro in Saint-Germain hinaufstieg und sich auf den Weg zu dem Trödelladen in der Rue Jacob machte. Die Auslagen waren, wie bei vielen ähnlichen Geschäften in diesem Viertel, mit dem Vorsatz ausgewählt, die Touristen von den Straßen ins Innere zu locken – ein kunstvolles, kunterbuntes Sammelsurium von Objekten, die meisten von ihnen verstaubt, kein einziges mit einem Preisschild versehen. Porzellanschüsseln, Eßbestecke, mit einer Schnur zusammengebunden, Hutablagen aus Messing, Spiegel in der Blüte ihres Alters, Näpfe für Barttrimmgerätschaften, Stiefelknöpfer aus Ebenholz und Silber, Korkenzieher mit Bürstchen im Handgriff, Trinkbecher und Likörgläser, zierliche Schemel für die Füße, Schnupftabakdosen, Pillendöschen, Tintenfässer aus Kristall – alles auf scheinbar zufällige, unbedachte Weise zusammengewürfelt. Blauäugigen Passanten konnte man getrost nachsehen, daß sie meinten, zufällig an eine der letzten Bastionen des Feilschens geraten zu sein, eine Seltenheit in der heutigen Zeit. Andre, der seit seiner Studentenzeit mit dem Besitzer befreundet war, kannte die Wahrheit: Die Preise waren exorbitant, und die besten Stücke befanden sich im Hinterzimmer.

Er stieß die Tür auf und stieg über den reglos auf dem Rücken liegenden Körper der ausgestopften Katze hinweg, der es nie mißlang, den arglosen Besucher zu täuschen. »Hubert! Aufwachen! Dein erster Kunde am heutigen Tag!«

Ein Ächzen wurde hinter einem lackierten Wandschirm laut, dann erschien der Besitzer des Ladens auf der Bildfläche, ein hochgewachsener Mann – außergewöhnlich groß für einen Franzosen – mit lockigem braunem Haar und Augen, die halb geschlossen waren, um dem Rauch der Zigarre zwischen seinen Lippen zu entgehen. Er trug ein kragenloses weißes Hemd und eine altväterliche Nadelstreifenhose, hochgebunden mit einem ähnlich altertümlichen Seidenschal in Farben, die ihn als Mitglied des Marylebone Cricket Club auswiesen.

Er nahm die Zigarre aus dem Mund und streckte den Kopf vor, während er aus dem Schatten in den vorderen Verkaufsraum trat. »Sehe ich richtig? Ist das tatsächlich der moderne Lartigue? Der künftige Cartier-Bresson? Oder bist du es, Andre, du *salaud*? Was machst du denn hier?«

Andre wurde mit einer nach Havanna duftenden Umarmung begrüßt, bevor ihn der hochgewachsene Mann auf Armeslänge von sich hielt und eingehend musterte. »Du bist zu mager. Oh, ich vergaß – du lebst ja in New York, wo ein Mensch mit Eßkultur darben muß. Wie geht es dir?«

»Gut, Hubert. Und selbst?«

»Ach, man schlägt sich so durch. Immer von der Hand in den Mund.«

»Hast du dein Rennpferd noch?«

Hubert zwinkerte ihm zu. »Drei, aber sag Karine nichts davon.«

Die beiden Männer verglichen die jüngsten Neuerungen in ihrer jeweiligen Biographie und verfielen umgehend wieder in den lockeren, vertrauten Umgangston, der sich zwischen alten Freunden einzubürgern pflegt: Austausch abgedroschener Witze, leidenschaftliches Lästern über Abwesende, Klatsch über gemeinsame Bekannte, wilde Spekulationen über deren Ehefrauen. Es dauerte eine halbe Stunde, bevor sie auf den Grund von Andres Besuch zu sprechen kamen.

Hubert hörte aufmerksam zu, als Andre erklärte, wonach er suchte; dann nickte er. »Bei mir bist du goldrichtig, mein Freund.« Er führte Andre zu einem wuchtigen, antiken Doppelpulttisch. »Hier – schau dir die einmal an.« Er öffnete das breite, mittlere Schubfach und holte eine geräumige Lade heraus, die mit mottenzerfressenem Samt zugedeckt war. Mit der fließenden Gebärde eines Magiers, der ein besonders edles weißes Kaninchen aus dem

Hut zaubert, schob er die Hülle beiseite. »*Voilà*. Die beste Kollektion in ganz Paris, auch wenn Eigenlob stinkt.«

Andre spähte durch den Dunstschleier des Zigarrenrauchs und pfiff anerkennend durch die Zähne. »Wo hast du das alles zusammengeklaut?«

Hubert zuckte die Achseln. »Siehst du einen, der dir gefällt?«

Andre nahm die kleinen, silbernen Bilderrahmen genauer in Augenschein; sie waren in Reih und Glied geordnet, ausnahmslos im Jugendstil gehalten, die elegant geschwungenen, meisterhaft gearbeiteten Rundungen glatt und glänzend und weich. Hubert hatte sie mit graubraunen, verblaßten Sepiafotografien bestückt – von der Dietrich, der Garbo, der Piaf, von Jeanne Moreau und Brigitte Bardot –, und dort, stolz den Platz in der Mitte der Schublade behauptend, entdeckte Andre genau das, was ihm vorschwebte. Eine Spur größer als die übrigen Rahmen, war dieser eine naturgetreue Nachbildung der eisernen Hinweisschilder über jeder Metrostation. Ein einziges Wort stand dort, in schlichten Großbuchstaben: PARIS. Und aus dem Rahmen, die lackschwarzen, pomadisierten Haare über der Stirn zu einer kecken Welle aufgetürmt, lächelte ihm Josephine Baker entgegen. Andre nahm den Rahmen in die Hand, fühlte das Gewicht des Silbers und den seidigen Flor der Rückwand. »Der gefällt mir.«

Auf der Stelle verwandelte sich Hubert, der Freund, in Hubert, den professionellen Antiquitätenhändler, der den Kunden auf einen Schock in puncto Preis vorbereitet. »Ah ja. Ein geschultes Auge hast du, Andre, das muß der Neid dir lassen. Davon wurden nur sehr wenige gefertigt – ich habe in den letzten fünf Jahren nicht mehr als zwei zu Gesicht bekommen, und man findet sie selten in einem so einwandfreien Zustand. Alles noch Original, sogar das Glas.« Der hochgewachsene Mann nickte, legte den Arm um Andre und drückte ihm die Schulter. »Und weil du es bist, betrachte die Fotografie als kostenlose Zugabe.«

Der Preis – Hubert erwähnte ihn mit kummervoller Miene, als sei er ihm gegen seinen Willen von einer höheren Macht aufgezwungen worden – war genauso, wie Andre erwartet und weswegen er seine gesamte Barschaft mitgenommen hatte. Der Rahmen wurde mangels Geschenkpapier in eine Zeitungsseite eingewickelt, aus der heutigen Ausgabe von *Le Monde* herausgerissen, und da das Geschäft nun unter Dach und Fach war, lieh sich Andre hundert Francs von seinem Freund, um den Kauf bei einem Glas Wein im Café Flore zu begießen.

Der Rahmen wog schwer in der Tasche seiner Jacke, als er von seinem Platz aus die allabendliche Parade auf dem Boulevard betrachtete; er freute sich schon auf den Anblick von Lulus Gesicht, wenn er ihr das Geschenk überreichte. Er lächelte bei dem Gedanken und spürte eine Welle des Glücks in sich aufsteigen. Es war wunderbar zu beobachten, wie sie sich in Paris verliebte.

»Ist der Verkehr hier immer so dicht?« Auf der Rue Saint-Honoré kamen Lucy und Cyrus mit ihrem Taxi nur im Schneckentempo voran; ihr Fahrer schimpfte wie ein Rohrspatz – über die Dummheit anderer Fahrer, über die Verkehrspolizisten, die das Verkehrschaos nur noch verschlimmerten, über die Unmöglichkeit, unter solchen Bedingungen sein täglich Brot zu verdienen. Es war nicht erforderlich, die Worte zu verstehen; es handelte sich um das Klagelied der Taxifahrergilde, eine internationale Elegie, die in jeder Metropole der Welt angestimmt wird.

Cyrus zahlte an der Ecke Rue Royale und ließ den Fahrer wie einen Korken in der Flasche zurück, der jeden Moment explodieren konnte, während sie den Rest des Weges zu Fuß zurücklegten. Ungefähr hundert Meter hinter ihnen sprang Paradou aus seinem Wagen und sah gerade noch, wie sie nach links auf die Place Vendôme einbogen. Außerstande, bei dem Gewühl auch nur einen Schritt voranzukommen, und gleichermaßen außerstande, das Auto einfach am Straßenrand stehenzulassen, setzte er sich wieder hinters Steuer und drückte frustriert auf die Hupe.

»Meine Liebe«, sagte Cyrus, als sie zu der berühmten Säule hinüberschlenderten, die an Napoleons militärische Siege erinnerte, »ich werde Sie nicht in die Nähe von Armani lassen, zu Ihrem eigenen Besten. Sehen Sie das Geschäft dort drüben? Der Ruin vieler Käuferinnen, die hier ihre Kreditwürdigkeit eingebüßt haben. Ich staune immer wieder über…«

»Cyrus, halt.« Lucy packte seinen Arm und zog ihn in einen Hausgang. Sie deutete mit dem Kopf zum Haupteingang des Hotel Ritz, wo just in diesem Augenblick ein schwarzer Mercedes am Fuß der breiten Freitreppe hielt. Ein Mann und eine Frau, beide mit dunkler Sonnenbrille, standen neben dem offenen Kofferraum und sahen zu, wie das Gepäck ausgeladen wurde; die Frau war einen Kopf größer als der Mann. »Ich kenne sie«, flüsterte Lucy. »Das ist Camilla, die Herausgeberin des Magazins.«

Cyrus musterte das Paar angestrengt. »Da brat mir einer einen Storch! Ich kenne nämlich ihren Begleiter. Das ist Rudolph Holtz.« Er rieb sich nachdenklich die Wange und beobachtete stirnrunzelnd, wie die beiden die Stufen hinaufgingen und im Hotel verschwanden. »Wären Sie sehr enttäuscht, wenn wir das Ritz von unserer Liste streichen? Ich denke, wir sollten schnellstmöglich ins Hotel zurückkehren und Andre finden. Kommen Sie, ich werde Ihnen unterwegs etwas über Holtz erzählen.«

Paradou umrundete in seinem Wagen zweimal die Place Vendôme, bis er einen Parkplatz fand und die Strecke noch einmal zu Fuß abklapperte; erst dann gelang es ihm, die Tatsache zu akzeptieren, daß er sie verloren hatte. Er hielt vor dem Ritz inne und sah auf seine Uhr. Falls Holtz' Maschine keine Verspätung hatte, mußte er inzwischen im Hotel eingetroffen sein. Er und seine fünfundsiebzigtausend Mäuse. *Merde*, was war das für ein rabenschwarzer Tag! Die Schultern gestrafft und seine Blase verfluchend, rannte er die Stufen zum Hotel hinauf.

Camilla erledigte die beiden Telefonate, die sie sofort nach der Ankunft in gleich welchem Hotel zu führen pflegte: Champagner beim Zimmerservice bestellen und eine nette kleine Bedienstete damit beauftragen, alle wichtigen Teile ihrer Garderobe unverzüglich mit dem Dampfbügeleisen in Form zu bringen. Sie war jetzt fast wieder die alte und zu jeder Schandtat bereit. Holtz' Stimmung hatte sich während des Fluges merklich gebessert, was immer der

Fall war, wenn er seinen Willen durchsetzen konnte. Und obwohl er keine Einzelheiten erwähnte, war klar, daß er mit guten Nachrichten rechnete. Das erkannte man allein daran, daß er dem Hotelpersonal ein Trinkgeld gegeben hatte, statt es wie Luft zu behandeln. Er telefonierte gerade und plauderte in dem wundervollen Französisch, das ihm zu eigen war, als der Champagner kam. Camilla stellte ein Glas vor ihn auf den Tisch und blickte aus dem Fenster, auf eine ihrer bevorzugten Sehenswürdigkeiten: Die Armani-Boutique war hier wahrlich eine Augenweide. Morgen früh würde sie auf einen Sprung hineinschauen, während sich Rudi massieren ließ.

Er beendete das Gespräch und griff nach seinem Glas, als das Telefon erneut läutete. »Ja«, sagte er. »Schicken Sie ihn herauf.«

»Schätzchen, wo möchtest du heute abend essen?« erkundigte sich Camilla.

Holtz nahm sein Glas und hob es an die Nase. »Oh, in irgendeinem einfachen Lokal. Taillevent oder Grand Véfour. Du darfst es dir aussuchen. Der Nachtportier soll uns einen Tisch reservieren.« Der erste Schluck Champagner prickelte noch auf seiner Zunge, als es an der Tür der Suite klopfte.

Camilla öffnete; Paradou stürmte mit Schafsgesicht und Trippelschritten herein, brachte kaum ein Nicken zur Begrüßung zustande und bat, das Badezimmer benutzen zu dürfen.

Camilla wartete, bis die Badezimmertür geschlossen war. »Wer um Himmels willen ist das? Hat er einen Gehfehler?«

»Er erledigt einen kleinen Auftrag für mich.« Holtz sah keinen Grund, Camilla mehr mitzuteilen; je weniger Leute Bescheid wußten, desto besser. Er lächelte entschuldigend. »Ich fürchte, er spricht kein Wort Englisch, meine Liebe; du wirst unsere Unterhaltung vermutlich überaus langweilig finden.«

»Ich habe den Wink mit dem Zaunpfahl schon verstanden, Schätzchen. Ich werde kurz hinuntergehen und mich mit dem Nachtportier beraten.« Sie warf Paradou, der nun wieder aus dem Badezimmer auftauchte und noch damit beschäftigt war, den Reißverschluß hochzuziehen, einen mißbilligenden Blick zu, doch dann lächelte sie liebenswürdig und schloß leise die Tür der Suite hinter sich.

»Nun, Paradou.« Holtz lehnte sich bequem in seinem Sessel zurück. »Nehmen Sie sich etwas zu trinken, bevor ich Ihre gute Nachricht höre.«

Paradou leerte ein ganzes Glas Champagner auf einen Zug, bevor er den Mund aufmachte. Seine Sprechweise war militärisch knapp und bar jeder Gefühlsregung, wie in der Fremdenlegion Brauch, ob es nun Sieg oder Niederlage zu melden galt. Zeiten, Einzelheiten, Umstände, alles in chronologischer Ordnung heruntergerasselt; keine persönliche Meinung, dafür zahlreiche Fakten. Während er Bericht erstattete, gewahrte er, wie Holtz' Gesichtsausdruck nach und nach von wohlwollender Vorfreude zu versteinertem Mißbehagen überwechselte. Als er fertig war, hing ein langes, unheilvolles Schweigen im Raum.

»Wir wissen jetzt also, wo sie sich einquartiert haben«, sagte Holtz nach einer Weile. »Läßt sich dort irgend etwas arrangieren?«

Paradou schüttelte den Kopf. »Ausgeschlossen.«

»Ausgeschlossen.« Holtz seufzte. »Würden hunderttausend Dollar ausreichen, um die Hürden zu überwinden?«

»Monsieur Holtz, man kann jeden Menschen umbringen, wenn es einem nichts ausmacht, geschnappt zu werden. Bei Fanatikern ist das nahezu an der Tagesordnung. Natürlich hätte ich sie erschießen können, als sie aus dem Hotel kamen. Töten ist ein Kinderspiel. Ungestraft davonkommen, das ist die Kunst. Aufgrund des unbotmäßigen Verhaltens, das die Algerier derzeit an den Tag legen, wimmelt es in Paris von Polizisten.« Er faltete die Hände über seinem Bauch. Er hatte nichts mehr zu sagen.

Holtz stand auf und begann, ruhelos im Raum hin- und herzumarschieren. Da war eine Schlappe, eine ernstzunehmende Schlappe, aber keine, die sich nicht mehr wettmachen ließ. Die Explosion würde als Unglücksfall durchgehen, einer von Hunderten, die sich jeden Tag in Paris ereigneten. Es gab nichts, was man mit Rudolph Holtz in Verbindung bringen konnte. Er mußte sich eine plausible Geschichte für Franzen ausdenken, wenn dieser sich meldete, aber das würde ihm ein leichtes sein. Doch was Pine und seine Freunde anbetraf... die waren ihm inzwischen zu dicht auf den Fersen. Auf die eine oder andere Weise mußten sie verschwinden. In der Zwischenzeit empfahl es sich, sie ständig zu observieren.

Holtz stand mit verschränkten Armen am Fenster und blickte hinaus auf die Lichter der Place Vendôme. »Ich möchte, daß Sie das Trio beschatten. Früher oder später wird sich Ihnen die richtige Gelegenheit bieten. Aber denken Sie daran, Sie müssen sich aller drei entledigen, auf einen Streich. Wir können keinen Überlebenden brauchen, der herumläuft und wilde Geschichten verbreitet.« Er drehte sich herum und blickte Paradou durchdringend an. »Ist das klar?«

»Rund um die Uhr observieren?« Paradou rutschte unruhig auf seinem Stuhl hin und her, er spürte die Anstrengungen jetzt schon im Kreuz. »Ich muß jemanden finden, der mich dabei ablöst. Aber die Zusatzkosten sind im Preis inbegriffen, wenn wir uns auf das neue Honorar einigen.«

Holtz blinzelte, als sei er geohrfeigt worden. Dann nickte er, mit sichtlichem Widerwillen. »Alle drei«, wiederholte er.

Paradou lächelte. »Hunderttausend, *d'accord*?« Er schickte sich zum Gehen an und hatte das Gefühl, daß der Tag doch nicht ganz für die Katz gewesen war. »Ich melde mich.«

Andre durchquerte pfeifend die Empfangshalle des Montalembert und betrat die Bar. Zu seiner Überraschung saßen Lucy und Cyrus schon da und hatten die Köpfe zusammengesteckt. »Nanu, was macht ihr denn hier?« Er beugte sich hinab und küßte Lucy, bevor er Platz nahm. »Ist dem Ritz der Champagner ausgegangen?«

»Eine neue Entwicklung, die unsere Pläne zunichte gemacht hat, mein Freund. Eine sehr seltsame Entwicklung.« Cyrus wartete, bis Andre etwas zu Trinken bestellt hatte. »Ihre Freundin Camilla hat gerade im Ritz Quartier bezogen, und sie war in Begleitung eines widerlichen kleinen Giftzwergs namens Holtz. Ein Kunsthändler. Ich hatte einmal das Vergnügen, ihm persönlich zu begegnen. Was völlig ausreichte.«

Andre beugte sich vor. »Haben die beiden euch gesehen?«

Cyrus schüttelte den Kopf. »Zum Glück hat Lucy sie zuerst entdeckt. Nun, ich muß sagen, daß Holtz in der Branche den Ruf genießt, Geschäfte in großem Stil abzuwickeln, einige von allergrößtem Kaliber. Durch seine Hände ist ein Picasso im Wert von vierzig Millionen gegangen, um nur ein Beispiel zu nennen. Und da ist noch etwas... nur ein Gerücht, nichts Hieb- und Stichfestes – aber man munkelt, daß er sich nebenbei auch als Hehler betätigt.« Cyrus hielt inne, als der Ober mit Andres Wein kam. »Wie gesagt, man konnte ihm nie etwas nachweisen, aber mir leuchtet das ein. Er ist ein skrupelloser kleiner Halunke; einige Leute in der Branche sind fuchsteufelswild auf ihn.«

»Was hat er mit Camilla zu schaffen?« Andre war der Herausgeberin nie auf dem gesellschaftlichen Parkett begegnet und wußte nichts über ihr Privatleben. Niemand beim *DQ* wußte etwas Genaues, nicht einmal Noel. In der Redaktion war Camillas Privatsphäre die Quelle wilder Spekulationen, wovon einige ziemlich skurril schienen. Ihr Friseur bei Bergdorf's, ihr persönlicher Fitneßtrainer, Garabedian junior und eine breitgefächerte Palette von Innendekorateuren waren als mögliche Verehrer im Gespräch. Niemand hatte je den Namen Holtz erwähnt.

»Die große Frage ist, was haben sie in Paris zu schaffen?« sagte Cyrus versonnen. »Vielleicht höre ich auf meine alten Tage die Flöhe husten, aber ich kann mich des Gefühls nicht erwehren, daß es da einen Zusammenhang geben könnte. Das kann kein Zufall sein.«

Andre konnte nicht umhin zu lächeln. Cyrus sah aus wie ein Terrier, der eine Fährte verfolgt: wachsam, die Augenbrauen ständig zuckend, während die Finger auf die Tischplatte trommelten, als könne er es nicht mehr erwarten, seine Nase ins nächste Erdloch zu stecken. »Nehmen wir einmal an, daß Sie recht haben«, sagte Andre. »Der einzige, der Ihren Verdacht bestätigen könnte, ist Franzen. Hat er an der Rezeption eine Nachricht hinterlassen?«

Die Finger hörten mit dem Trommeln auf. »Nein, bisher nicht. Ich habe die Hoffnung gleichwohl noch nicht aufgegeben. Ungeachtet dessen, ob er mit Holtz unter einer Decke steckt oder nicht,

Fälschern fällt es schwer, einen lukrativen Auftrag abzulehnen, und er ist der Meinung, wir hätten einen für ihn in petto.« Cyrus nickte, wie um sich selbst zu ermutigen. Er blickte mit derselben überraschten Miene zuerst auf sein leeres Glas, danach auf seine Uhr. »Wir können nichts anderes tun als warten. Wie wäre es mit einer Dusche und einem bescheidenen kleinen Abendessen?«

Lucy kam in einem weißen Bademantel, der drei Nummern zu groß war, aus dem Bad und rubbelte sich die Haare mit dem Handtuch trocken. »Weißt du was? Ich glaube, Cyrus genießt diesen Nervenkitzel. Er wirkt richtig aufgekratzt.«

Andre schlüpfte aus seiner Jacke und zog den Bilderrahmen aus der Tasche. »Und was ist mit dir?«

Lucy schüttelte ihre Mähne und kam zu ihm herüber, rätselhaft lächelnd wie Mona Lisa. »Mußt du da noch fragen?« Sie legte das Handtuch um ihren Hals und blickte auf das Päckchen hinunter, das Andre ihr entgegenhielt. »Was ist das?«

»Ein Souvenir, Lulu. Für das Foto von dir und deinem Galan in Uniform.«

Sie nahm es in beide Hände und ertastete die Umrisse unter dem Zeitungspapier; ihre Miene war plötzlich ernst geworden.

»Tut mir leid wegen des Einwickelpapiers. Na komm schon, mach es auf.«

Sie riß das Papier herunter und stand wie angewurzelt da, starrte sprachlos auf den Rahmen, strich behutsam darüber. »O Gott. Der ist wunderschön, Andre. Danke.« Als sie aufsah, schimmerten ihre Augen feucht.

»Du mußt nicht unbedingt ein Bild von deinem Gendarmen hineintun. Es kann auch Grandma Walcott sein, oder Cyrus, der an einer Straßenlaterne Turnübungen macht…« Der Satz wurde nie beendet, sondern von einem Mundvoll Mädchen unterbrochen, warm, tropfnaß und betörend duftend.

Später, als er unter der Dusche stand und das Wasser auf seinen Rücken prasselte, hörte er Lucy rufen: »Wohin gehen wir heute abend? Ich überlege die ganze Zeit, was ich anziehen soll.«

»Etwas Enges würde mir gefallen, Lulu.«

Sie stellte sich im Schlafzimmer vor den Spiegel und hielt sich das zehn Gramm schwere Tocca-Kleid an, das sie vor einigen Monaten gekauft hatte für den Fall, daß sich irgendwann einmal die richtige Gelegenheit bot, es zu tragen. »Gefährlich eng?« hakte sie nach.

Franzen setzte sich an den Tisch, stopfte sich die Serviette in den Hemdkragen und kam zu der Schlußfolgerung, daß es sich auf der Welt doch nicht so schlecht leben ließ. Anouk war, wie er vorausgesehen hatte, überrascht gewesen, als er anrief, aber nicht ganz ohne Mitgefühl. Ein unverbesserlicher Optimist – und als solcher mußte Franzen gelten, sowohl infolge seiner Anlagen als auch seiner Lebensumstände – hätte sie als warmherzig beschrieben; auf der Hut, aber warmherzig. Oder zumindest nicht gefühlskalt und frigide. Er würde ihr aus Troisgros irgendeine Köstlichkeit in Aspik mitbringen und einen Blumenstrauß. Alles würde gut werden. Er gestattete sich, an den langen Sommer in der Provence zu denken, der gerade begann, an die herrlichen Monate voller Sonnenschein und blaßrotem Wein, an *aioli*, an saftige, frisch gepflückte Pfirsiche, an das Licht. Die Bedienung mit einem Lächeln größter Zufriedenheit begrüßend, vertiefte er sich in die Speisekarte. Morgen früh würde er sich dem geschäftlichen Teil widmen. Morgen früh würde er Cyrus Pine anrufen.

Seine Entscheidung, die Beziehung zu Holtz ein für allemal zu beenden, war nahezu von selbst gefallen. Von den persönlichen Gefühlen einmal abgesehen, stand immer noch die Frage im Raum, wer seine Wohnung verwüstet hatte, ein Anschlag, der mit an Sicherheit grenzender Wahrscheinlichkeit auf Holtz' Konto ging. Den Schaden würde er vor der Rückgabe der Bilder in Rechnung stellen müssen. Und wer wußte schon, zu welchen Anschlußgeschäften der neue Auftrag führen mochte? Mehrere hunderttausend Francs winkten ihm, und das war möglicherweise erst der Anfang. Ja, er würde Pine anrufen, gleich morgen früh.

19

Paradou traf kurz nach sieben Uhr morgens vor dem Montalambert ein, um Charnier abzulösen, der auf dem Bürgersteig unweit des Wagens stand und sich dankbar rekelte, während er seinem Arbeitgeber gähnend Bericht erstattete.

Es gab herzlich wenig zu vermelden. Charnier hatte beobachtet, wie das Trio gegen Mitternacht ins Hotel zurückgekehrt war, und danach schien alles ruhig; kein Muckser war zu hören, bis kurz vor sechs, als frisches Brot und *pâtisserie* angeliefert wurden. Eine Handvoll Gäste, die in aller Hergottsfrühe ihr Flugzeug erwischen mußten, hatte eine halbe Stunde später das Hotel verlassen. Abgesehen davon rührte sich nichts. Eine ruhige Schicht, keine Veranlassung, sich vom Fleck zu bewegen, leicht verdientes Geld. Er wünschte, alle Aufträge wären so.

Charnier stellte den Kragen seines Mantels hoch, um sich vor der eisigen Morgenluft zu schützen, und verabschiedete sich. »Viel Spaß, *chef*. Ich melde mich heute nachmittag.«

Paradou setzte sich in den Wagen und kurbelte das Fenster herunter, damit der Gestank nach abgestandenem Rauch und Knoblauch entweichen konnte. Ein guter, zuverlässiger Mann, dieser Charnier, wenn er nicht immer diese vermaledeite Kuttelbratwurst im Auto essen und das fettige, übelriechende Einwickelpapier unter dem Sitz vergessen würde. Paradou warf es in den Rinnstein und ordnete die Gegenstände, die sich in seiner Reichweite befanden: Er legte Zigaretten und Handy auf das Armaturenbrett, schob die Nylontasche mit ihrem handverlesenen Waffenarsenal unter den

Beifahrersitz und stellte einen fünf Liter fassenden Plastikbenzinkanister mit Schraubverschluß auf den Boden. Nachdem er gestern zweimal Blut und Wasser geschwitzt hatte, hatte er nicht die geringste Lust, wieder in die Bredouille zu geraten. Daß einem das Benzin ausging, war eines der schlimmsten Berufsrisiken bei einer langfristigen Beschattung auf der Straße; das und die Langeweile. Doch da er nachts wie ein Murmeltier geschlafen hatte und ihm nach Erledigung des Auftrags eine sechsstellige Summe winkte, konnte er mit ein bißchen Langeweile leben.

Die Straße war immer noch naß, nachdem die städtischen Reinigungsfahrzeuge hindurchgefahren waren, die Luft war frisch und die Sonne nach besten Kräften bemüht, sich ihren Weg durch die grauen Wolkenschleier zu bahnen. Einer der Hoteldiener fegte den Bürgersteig vor dem Hoteleingang, während ein anderer die sorgsam gestutzten immergrünen Pflanzen goß, welche die Terrasse säumten. Paradou ließ seine Augen zum angrenzenden Gebäude hinüberschweifen. Es wirkte unbewohnt: Die Fensterscheiben waren blind und schmutzig, und der Eingang war mit einer schweren Eisenkette versperrt, die über die gesamte Breite der Tür verlief; die Schäbigkeit des Hauses wurde durch die Makellosigkeit seines Nachbarn noch betont. Es dürfte kein Problem sein, in das leere Gebäude zu gelangen, dachte Paradou, und danach einen Durchschlupf in die Wand bis ins Hotel zu bohren... und was dann? Zuviel Lärm, zu kompliziert. Er mußte alle drei auf einen Streich erwischen, abseits der Straße, abseits der Menschenmenge, an irgendeinem entlegenen Fleckchen, wie es sie beispielsweise zuhauf im Bois de Boulogne gab. Warum gingen sie dort nicht zum Joggen? Schließlich waren alle Amerikaner wild aufs Joggen.

Cyrus rasierte sich und war gerade dabei, die planen Flächen und Spalten direkt unterhalb der Nase mit List und Tücke zu überwinden, als das Telefon läutete.

»Guten Morgen, mein Freund. Nico Franzen am Apparat. Ich hoffe, es geht Ihnen gut?« Die Stimme klang heiter und zuversichtlich, ganz anders als der sorgenvolle Franzen, der ihn das letztemal angerufen hatte.

»Es freut mich sehr, von Ihnen zu hören, Nico. Wo stecken Sie?«

»Weit genug von Saint-Germain entfernt zum Glück. Hören Sie, ich befinde mich auf dem Weg zu einer Freundin, in der Nähe von Aix, wo ich eine Weile bleiben werde. Können wir uns dort treffen? Es ist kein Problem, von Paris aus hinzugelangen. Der TGV braucht nicht mehr als vier Stunden bis Avignon, und am Bahnhof können Sie einen Leihwagen nehmen.«

Cyrus wischte einen Klecks Rasiercreme vom Telefonhörer und legte Notizblock und Stift bereit. »Wir kommen. Wo wollen wir uns treffen?«

»Ich werde Ihnen die Telefonnummer geben, unter der Sie mich erreichen können. Rufen Sie mich an, sobald Sie in Aix eintreffen. Wir haben viel zu besprechen.« Eine kurze Pause, und dann: »Cyrus, ist Ihnen gestern etwas Ungewöhnliches aufgefallen? Ist Ihnen auch niemand gefolgt?«

Cyrus überlegte blitzschnell. Wenn er erwähnte, daß er Holtz gesehen hatte, bestand die Gefahr, daß der Holländer in Panik geriet und die Flucht ergriff. Das konnte bis zu ihrer persönlichen Begegnung warten. »Nein, alter Junge. Nichts und niemand.«

»Gut, gut. Haben Sie was zum Schreiben in der Nähe?« Franzen las Anouks Telefonnummer vor und lauschte, während Cyrus sie wiederholte. »Eines möchte ich noch wissen.« In seiner Stimme lag ein Anflug von Besorgnis, und Cyrus runzelte die Stirn. »Wo haben Sie gestern abend gegessen?«

»Brasserie Lipp.«

»Und was? *Choucroute?*«

»Selbstverständlich!«

»Ausgezeichnet. Also dann, *à bientôt.*«

Cyrus telefonierte mit Andre und Lucy, beendete seine Rasur, packte und saß binnen einer halben Stunde unten, um einen Kaffee zu trinken. Die beiden gesellten sich wenige Minuten später zu ihm, leicht zerzaust und begierig darauf, die Neuigkeiten zu erfahren.

»Ich habe euch doch gesagt, daß er sich wieder melden wird«, erklärte Cyrus, dessen morgenfrische Haut infolge der Aufregung noch eine Spur rosiger wirkte. »Jetzt kommen wir der Sache allmählich näher. Es tut mir allerdings leid, daß wir die kleine Lucy von Paris weglotsen.« Er hob entschuldigend die Augenbrauen. »Aber es heißt, die Provence sei auch nicht gerade ein häßliches Fleckchen Erde. Ich war noch nie in Aix. Was ist mit Ihnen, Andre?«

»Dort findet man die hübschesten Mädchen der Welt. Studentinnen. Manchmal sogar die eine oder andere reiche Witwe. Es wird dir gefallen, Lulu. Eine malerische kleine Stadt.«

Lucy zog einen Schmollmund, den sie bei den Pariserinnen beobachtet und danach heimlich geübt hatte: Unterlippe vorschieben, Mundwinkel nach unten ziehen, ein orales Achselzucken, das Ablehnung auf ganzer Linie andeutet. »Hübsche Mädchen? Klingt wie ein Alptraum. Können wir uns nicht anderswo mit ihm treffen? Welche französische Entsprechung gibt es für ein amerikanisches Kaff wie Hoboken? Da würde ich mich wohl fühlen!«

Als sie das Frühstück beendet und die Hotelrechnung beglichen hatten, war Paradou gerade bei seiner fünften Zigarette angekommen und wünschte sich, er hätte seine Zeitschrift mitgenommen. Als er das Trio mitsamt Gepäck durch die Tür kommen sah, sank ihm der Mut. Sie würden zum Flughafen fahren. Und nach Hause zurückfliegen. Und seine hunderttausend Dollar konnte er damit auch abschreiben. *Merde.* Als ein Taxi vor dem Hotel hielt, ließ er den Motor an und überprüfte instinktiv die Tankanzeige.

Das Taxi überquerte den Fluß und bog, statt weiter nach Nordosten in Richtung Roissy zu fahren, scharf nach rechts ab. Paradou betätigte erleichtert den Blinker; sie wollten vermutlich zu einem der beiden Bahnhöfe, Austerlitz oder Lyon. Nach weiteren fünf Minuten war klar, daß die Fahrt zum Gare de Lyon gehen sollte. Was bedeutete, daß er den Wagen in einer Parkverbotszone zurücklassen mußte, in der er jederzeit abgeschleppt werden konnte. Zum Teufel, was soll's! Was war schon eine läppische Geldstrafe verglichen mit hundert Riesen? Mit seiner freien Hand schnappte er das

Telefon vom Armaturenbrett und steckte es in die Manteltasche, während er dem Taxi bis zum Eingang folgte, der den TGV-Reisenden vorbehalten war. Falls sie bereits Fahrkarten besaßen, würde er sich sputen müssen, um Schritt mit ihnen zu halten. Er ließ das Auto mit zwei Rädern auf dem Randstein der Parkbucht stehen, nahm seine Tasche und rannte in die Bahnhofshalle.

Und bremste abrupt ab, weil er um ein Haar mit dem Mädchen zusammengestoßen wäre, das vor einem Zeitungskiosk stand und die Magazine betrachtete. Dann entdeckte er die beiden anderen. Sie standen am Ende einer der beiden Schlangen vor dem Fahrkartenschalter – der langen, in der es nur langsam vorwärtsging, was Paradou unendlich begrüßte. Er nahm eine Tageszeitung aus dem Gestell und stellte sich in der Schlange daneben an, wobei er tunlichst den Kopf abwandte.

Er erreichte die Glasscheibe, just bevor sie an der Reihe waren. Der Schalterbeamte warf ihm einen griesgrämigen, ungeduldigen Blick zu. *»Alors, Monsieur?«*

Metz? Straßburg? Marseille? Mit einer gemurmelten Entschuldigung trat Paradou einen Schritt beiseite und tat, als suche er krampfhaft etwas in seiner Tasche, wobei er der Schlange neben ihm den Rücken zukehrte und seine Ohren spitzte.

Er hätte es beinahe überhört, da er einen amerikanischen Akzent und nicht das astreine Pariser Französisch erwartete, in dem Andre drei Fahrscheine und Sitzreservierungen nach Avignon verlangte. Und dann, in Englisch: »Cyrus? Der nächste geht bereits in zehn Minuten!«

Also Avignon. Paradou straffte die Schultern und nahm seinen angestammten Platz in der Schlange wieder ein, wobei er eine Frau, die sich lautstark beschwerte, und ihren kläffenden Köter mit einem funkelnden Blick zum Schweigen brachte, bevor er das Geld durch den Schlitz schob. Es blieben ihm nur noch wenige Minuten bis zur Abfahrt. Es hatte keinen Zweck, Holtz schon jetzt anzurufen. Er beschloß zu warten, bis er sicher sein konnte, daß sich alle drei im Zug befanden.

Camilla tat ihr Bestes, um geistreich und heiter zu wirken, aber den Schein zu wahren erwies sich als Strapaze. Die gute Laune, die Rudi noch am Vortag gehabt hatte, war wie weggeblasen – mit Sicherheit verdorben von diesem gräßlichen, ungehobelten Burschen, der die Klobrille oben gelassen hatte, eine Unart von vielen, auf die Camilla allergisch reagierte. Das Dinner im Tallivent war trotz des himmlischen Menüs alles andere als glanzvoll verlaufen. Und den ganzen Morgen lang hatte der liebe Rudi finster vor sich hin gebrütet: Er hatte kaum das Frühstück angerührt, keine Lust auf seine Massage gehabt und war wirklich grob geworden, als sie vorschlug, sich mit Jean-Paul und Philippe, die so ungemein amüsant waren, zum Lunch zu verabreden. Allmählich wünschte sie sich, sie wäre gar nicht mitgekommen. Und jetzt hockte er auch noch neben dem Telefon wie ein Mensch, der in Trance gefallen ist! Es war wohl an der Zeit, endlich Tacheles mit ihm zu reden, selbst wenn es ihr lieber gewesen wäre, sich die unliebsamen Einzelheiten zu ersparen.

»Würde es dir helfen, darüber zu sprechen, was dich bedrückt, Schätzchen?«

Holtz' Augen blieben auf das Telefon geheftet. »Das bezweifle ich.«

Camilla zündete sich eine Zigarette an und blies den Rauch mit einer Drehung ihres Kopfes in seine Richtung. »Rudi, bisweilen finde ich deinen jungenhaften Charme alles andere als unwiderstehlich. Ich versuche doch nur, dir zu helfen. Was ist los? Macht dir dieser Holländer Kummer?«

Natürlich war es dieser Holländer, der mit einem Dreißig-Millionen-Dollar-Cézanne in Paris herumgeisterte. Derselbe Holländer, der längst angerufen und dem lieben Rudi mitgeteilt haben sollte, wo er sich jetzt aufhielt. Bis er sich meldete und bis sich Paradou meldete, konnte Holtz nichts weiter tun, als neben dem Telefon ausharren, ein Gefangener im Ritz. Er blickte zu Camilla auf. »Das willst du doch nicht wirklich wissen, oder?«

Camilla zog den Kopf ein, unfähig, der Wirkung ihrer zweifarbigen Chanel-Schuhe zu widerstehen, die einen herrlichen Kontrast zu den Rosa- und Grüntönen des Aubusson-Teppichs bildeten.

»Nein, eigentlich nicht. Ich glaube, ich werde mal ein bißchen frische Luft schnappen gehen.«

Holtz stöhnte.

Der Zug kroch im Schneckentempo aus dem Bahnhof, während die zuletzt eingestiegenen Fahrgäste auf der Suche nach ihren Sitzplätzen durch die Abteile irrten. Fleißige Manager zogen ihr Jackett aus und klappten ihren Laptop auf, Mütter mit kleinen Kindern suchten im Gepäck nach Spielzeug und anderen Ablenkungen, Urlauber schlugen Zeitschriften und Reiseführer auf und bemerkten kaum, daß der Zug sein Tempo steigerte – eine sanfte, allmähliche Beschleunigung, die sie mit mehr als hundertfünfzig Kilometern pro Stunde in den Süden Frankreichs befördern würde.

Paradou hatte einen Fahrschein zweiter Klasse gekauft und bahnte sich seinen Weg vom hinteren Ende des Zuges bis nach vorne zu den Erste-Klasse-Abteilen; seine Augen hinter den dunklen Brillengläsern huschten flink hin und her, während er nach Lucys deutlich erkennbarer Lockenmähne Ausschau hielt. Die Unruhe, die ihn auf dem Bahnsteig befallen hatte, war verschwunden. Er hatte sich mit eigenen Augen davon überzeugt, daß sie eingestiegen waren, und er wußte, wo sie aussteigen würden. Ihm blieb nur noch eines zu tun, bevor er Holtz Meldung erstattete: sich vergewissern, daß sie sich nicht im Zug mit irgend jemandem verabredet hatten. Danach konnte er für ein paar Stunden eine ruhige Kugel schieben.

Er entdeckte sie ungefähr auf halber Höhe des vordersten Großraumabteils; sie hatten eine der Vierer-Sitzgruppen mit Tisch reserviert. Der vierte Platz war frei. Er holte das Handy aus seiner Manteltasche, huschte durch die mit »WC« gekennzeichnete Tür am Ende des Abteils, machte es sich auf dem Klodeckel so bequem wie möglich und tippte die Nummer des Ritz ein.

Es war eine ausführliche Unterhaltung, zum Teil, weil Holtz die Gelegenheit beim Schopf ergriff und ein Thema zur Sprache brachte, das ihm den ganzen Morgen keine Ruhe gelassen hatte. Angenommen, Franzen spielte mit gezinkten Karten? Er hätte längst im Ritz anrufen sollen, sich aber bisher noch nicht gemeldet. Warum nicht? Es gab nur zwei mögliche Erklärungen: entweder wollte er Holtz auf die Folter spannen, um mehr Geld aus ihm herauszuholen, oder er hatte beschlossen, die Warnungen, seinen gesunden Menschenverstand und die ungeheueren moralischen Verpflichtungen gegenüber Holtz zu ignorieren, um gemeinsame Sache mit Cyrus Pine zu machen. Holtz begann, den Holländer zu beschreiben.

Paradou unterbrach ihn. »Mag sein, daß er ein geldgieriger undankbarer holländischer *putz* ist – was immer das auch sein mag, Monsieur Holtz, aber das hilft mir nicht, ihn einwandfrei zu erkennen. Wie sieht er aus, und was soll ich tun, wenn ich ihn finde?«

Holtz riß sich am Riemen, beschränkte seine Bemerkungen auf Franzens physisches Erscheinungsbild und forderte Paradou auf, die Personenbeschreibung zu wiederholen. Was die weiteren Anweisungen betraf, drückte er sich weniger präzise aus, und wenn auch nur, weil ihm kein Lösungsvorschlag einfiel. Franzen ins Jenseits zu befördern – Paradous vorrangige Alternative; er konnte direkt sehen, wie das Honorar in schwindelnde Höhe stieg – stand außer Frage ... zumindest solange, bis sich die Bilder wieder in seinem Besitz befanden. »Rufen Sie mich einfach an, sobald er auftaucht«, sagte Holtz. »Dann bleibt immer noch genug Zeit, eine Entscheidung zu treffen. Und geben Sie mir die Nummer Ihres Handys.«

Lucy kehrte mit drei Tassen Kaffee und verwunderter Miene aus der Bar zurück. »Also, da hört sich doch alles auf; und ich dachte, mich könnte nichts mehr überraschen. Benutzen die Männer die Toiletten hier immer zu zweit? Ist das typisch französisch?«

Andre blickte auf und lächelte. »Nicht, daß ich wüßte, Lulu. Warum?«

»Als ich gerade durch den Gang kam, konnte ich hören, wie da drinnen gesprochen wurde.« Sie deutete mit dem Kopf in Richtung Toilette und nahm Platz. »Eine richtige Unterhaltung war da im Gang, wißt ihr.« Sie schüttelte den Kopf. Frankreich war wirklich eine Welt für sich.

Der Zug setzte seine Fahrt nach Süden fort, der Rhythmus der

Räder war monoton, sanft und einschläfernd. Lyon kam und ging, und die Landschaft wechselte von den frühlingsgrünen, sanft geschwungenen Hügeln Burgunds zur schrofferen Kulisse des Midi über, mit Weingärten, die sich an steile Berghänge schmiegten, und einem Himmel von deutlich tieferem Blau. Während Cyrus leise vor sich hin schnarchte, erzählte Andre Lucy, was er über die Provence wußte: Sie war ein Landstrich ganz eigener Art, mit eigenem Wortschatz und einer Aussprache des Französischen, die Außenstehenden oft wie ein Buch mit sieben Siegeln erschien; und dann die Mentalität der Bewohner, heißblütig und temperamentvoll, eben südländisch wie in allen Ländern des Mittelmeers; das Zeitgefühl, das sich nicht nach der Uhr, sondern nach den Jahreszeiten richtete, wobei Pünktlichkeit verächtlich als Zwangsneurose der Menschen im Norden abgetan wurde; die stille Schönheit und Einsamkeit des unbewohnten Hinterlandes, die lärmende Heiterkeit und das Gedränge auf den Märkten; die Flamingos und berittenen Viehhirten der Camargue; und nicht zu vergessen die Köstlichkeiten der regionalen Küche – *tapenade* und *estouffade*, Trüffel und frische Feigen, Ziegenkäse, Olivenöl, Lammbraten im Kräutermantel, eine Spezialität aus Sisteron, die rautenförmigen Mandelplätzchen aus Aix.

Lucy hielt Andre den Mund zu. »Du klingst wie ein Ein-Mann-Reisebüro. Und jetzt habe ich deinetwegen einen Bärenhunger.«

Die Ankündigung erfolgte über Lautsprecher in Französisch und Englisch; den Passagieren wurde mitgeteilt, daß die nächste Station Avignon sei und daß ihnen dort genau zwei Minuten zum Aussteigen blieben. Cyrus öffnete die Augen und schüttelte den Kopf. »Ich wäre beinahe eingenickt«, sagte er. »Sind wir schon da?«

Der Bahnhof von Avignon ist kein Ort, den man Fremden als Ausgangspunkt empfehlen würde, um einen ersten Eindruck von der Provence zu bekommen. Er sieht aus, als warte er seit langem darauf, sowohl auf Hochglanz als auch auf Trab gebracht zu werden, mit launischen Fahrstühlen und endlos langen Treppen, die das Tragen des schweren Gepäcks so unangenehm wie möglich machen, und mit einem Bahnhofsvorplatz, der vermutlich von einem besonders galligen Stadtplaner mit einer Aversion gegen Kraftfahrzeuge entworfen wurde. Dort herrscht Chaos, soweit das Auge reicht. Das Stimmengewirr erreicht ständig Brüllstärke, und von Zeit zu Zeit werden Hände und Arme der im Stau steckenden, frustrierten Autofahrer aus dem Fenster gestreckt, um einer ebenso eindringlichen wie unanständigen Empfehlung Ausdruck zu verleihen.

Paradou beobachtete, wie das Trio durch die Tür der Mietwagenfirma verschwand, bevor er auf dem Rücksitz eines Taxis Platz nahm. Der Fahrer drehte sich zu ihm um und hob fragend eine Augenbraue.

»Warten Sie einen Moment«, wies Paradou ihn an. »Ich möchte, daß Sie einem Wagen folgen.«

Der Taxifahrer deutete mit der Hand auf den Parkbereich. »Die Wahl liegt ganz bei Ihnen, Monsieur. Eine bestimmte Farbe gefällig?«

Ein Komiker. Paradou behielt die Bürotür im Auge. »Ich sage Ihnen Bescheid, wenn ich ihn sehe.«

Der Taxifahrer zuckte die Achseln. »Ist ja Ihr Geld.« Er schaltete den Taxameter ein und vertiefte sich wieder in seine Zeitung.

Zehn Minuten später verließ ein blauer Renault mit Andre am Steuer vorsichtig den Parkpatz der Leihwagenfirma. »Da ist er«, rief Paradou. *»Allez.* Verlieren Sie ihn nicht.«

Die beiden Fahrzeuge wendeten unter der Eisenbahnbrücke, fädelten sich in den fließenden Verkehr ein und folgten dem Autobahnwegweiser zur A7. Andre steuerte den Renault zunächst äußerst verhalten, während er sich erneut mit den Fahrtechniken des Landes vertraut machte. Wie immer, wenn er sich nach längerer Abwesenheit zum erstenmal wieder in Frankreich ans Lenkrad setzte, wurde ihm mit leichtem Unbehagen bewußt, wie rasant man hier fuhr, wie abrupt man die Fahrbahnen zu wechseln pflegte und wie sich das nachfolgende Fahrzeug unvermeidlich an den Auspuff klemmte und auf einen entsprechend gefährlichen Moment lauerte, um zu überholen. Erst als sie den Flughafen von Avignon hinter sich gelassen und die breitere Autobahn erreicht hatten, merkte er, wie die Anspannung in seinen Schultern nachließ.

Lucy und Cyrus hatten die Beinahezusammenstöße und das

Hupkonzert ungehaltener Autofahrer tonlos und mit erschrockenem Zusammenzucken verfolgt. »Ich verstehe die Leute nicht«, meinte Lucy schließlich. »Warum haben sie's so eilig? Du hast mir doch erzählt, hier unten sei es idyllisch und ruhig, eine richtig verschlafene Provinz.«

Andre trat mit voller Kraft auf die Bremse, als ein Mini-Citroën sie beim Überholen schnitt. »Das ist genetisch bedingt, Lulu. Alle Franzosen kommen mit einem Bleifuß zur Welt, dem rechten. Genieß lieber die Landschaft. Versuch, den Autos keine Beachtung zu schenken.«

Sie fuhren weiter nach Süden, Paradous Taxi in angemessenem Abstand hinter ihnen, während sich die Nachmittagssonne langsam und auf spektakuläre Weise anschickte, Zentimeter für Zentimeter ins Mittelmeer einzutauchen. Selbst im Kokon des Wagens eingesponnen, spürten sie die Hitze, die draußen herrschte, die Backofenglut der Kalksteinhügel, die dumpf vor sich hin brüteten und sich scharf gegen das undurchdringliche Blau des Himmels abzeichneten. Und plötzlich, als sie sich Aix näherten, erspähten sie das zerklüftete Felsmassiv des Sainte-Victoire, denjenigen Berg, der eine so ungeheure Faszination auf Cézanne ausgeübt hatte.

Andre kurbelte das Fenster auf der Fahrerseite herunter, als sie sich in den Verkehr von Aix einfädelten; man spürte einen Hauch Frische in der Luft, eine leichte Brise, die Gischt von der Fontäne im untersten Becken des prachtvollen und reichverzierten Springbrunnens auf dem Cours Mirabeau versprühte. »Meine Damen und Herren«, verkündete er, »Sie befinden sich nun auf der schönsten Straße Frankreichs.« Sie fuhren in einen ausgedehnten Tunnel hinein, grün und kühl und schattig, geformt von den Zweigen der Platanen zu beiden Seiten der Allee. »Es ist zwar schon lange her, aber ich glaube, hier gibt es irgendwo ein Hotel... ja, dort drüben! Das Nègre-Coste. Wie wär's damit?«

Paradou sah, wie sie dem Türsteher des Hotels die Wagenschlüssel überreichten und ihr Gepäck hineintrugen. Er ließ ihnen fünf Minuten Vorsprung, um sicherzugehen, daß sie Zimmer bekommen hatten, dann entlohnte er den Taxifahrer und fand eine Sitzbank auf der anderen Straßenseite, beinahe vis-à-vis. Er überlegte gerade, wo er einen Wagen mieten könnte, als ein Klingelzeichen aus seiner Manteltasche ertönte.

»Paradou? Wo stecken Sie?« Holtz' Stimme klang leise und schwach.

»In Aix. Sie haben sich vor fünf Minuten in einem Hotel einquartiert.«

»Haben Sie sich mit irgend jemandem getroffen?«

Paradou schüttelte gereizt den Kopf. »Ich kann nicht durch Steinmauern sehen. Warten Sie, sie tauchen gerade wieder auf. Nur die drei.« Schweigen, während er beobachtete, wie sie die Straße hinaufgingen. »Alles klar. Sie betreten gerade ein Café. Ich rufe Sie später wieder an.« Das Café war gerammelt voll, wie Paradou auf den ersten Blick sah. Die Bedienung würde auf sich warten lassen. Beim Anblick eines Obers, der ein Tablett voller Gläser mit eiskaltem, goldfarbenem Bier trug, lief ihm das Wasser im Munde zusammen, und er eilte die Straßen hinunter, auf der Suche nach einem Mietwagen.

Während Cyrus ins Haus ging, um Franzen anzurufen, musterten Lucy und Andre die übrigen Gäste auf der Terrasse des Deux Garçons – Touristen, heimische Geschäftsleute, die hier nach ihrem anstrengenden Tagwerk Zerstreuung suchten, und Studenten, die völlig ohne anstrengendes Tagwerk einer Zerstreuung bedurften. Lucy war fasziniert von den Studentinnen, von denen einige, wie Andre gesagt hatte, bemerkenswert gut aussahen: Sie flirteten, lachten und zogen eine Riesenschau ab mit ihren dunklen Sonnenbrillen und ihren Zigaretten, während sie immer wieder aufsprangen, um Neuankömmlinge mit der ritualisierten Umarmung und einem angedeuteten Kuß auf beide Wangen zu begrüßen.

»Das sind keine Kopfarbeiter, sondern Kußfetischisten«, meinte Lulu. »Schau dir das an.«

»Das schreibt der Studienplan vor, Lulu. Sie haben als Hauptfach Kontaktpflege gewählt. Was möchtest du?«

Sie bestellten und beobachteten den trägen, sich ständig wandelnden Menschenstrom auf dem Bürgersteig, der an- und abschwoll; die spähenden Blicke der Passanten begegneten den spähenden Blicken der Gäste an den Cafétischen, ein endloser, gemächlicher Austausch müßiger Neugierde. Andre sah Lucy lächelnd an; in dem Bemühen, sich ja nichts entgehen zu lassen, drehte sie ihr Gesicht hin und her wie eine Radarantenne, die jede Bewegung ortet. Er umfaßte ihr Kinn mit beiden Händen und schob sein Gesicht dicht vor ihres. »Hallo du! Erinnerst du dich? An den Mann, mit dem du hergekommen bist?«

»Ach, du liebe Zeit«, stöhnte Cyrus, der hoch über den beiden aufragte, als sich der Ober näherte. »Das muß ansteckend sein. In der Telefonzelle nebenan stand ein Pärchen, das regelrecht aneinander *klebte*. Sie sind immer noch dort. Diese Jugend.« Er nahm Platz und hob sein Glas. »Also, es ist alles geregelt. Wir treffen Nico in einem Restaurant namens Le Fiacre, draußen auf dem Lande, ungefähr eine halbe Stunde von hier entfernt. Er bringt jemanden mit, seine *petite amie*, wie er sie nannte.« Er trank einen kräftigen Schluck Bier und leckte sich genußvoll die Lippen. »Das dürfte ein interessanter Abend werden.«

Lucy verdrehte die Augen. »Noch ein Vollblutweib. Hier wimmelt es bereits von der Sorte.«

»Ich denke, wir sollten einfach die Ohren spitzen und auf unsere Intuition vertrauen«, sagte Cyrus. »Findet ihr nicht auch? Aber ich bin geneigt, mit der Wahrheit nicht länger hinter dem Berg zu halten. Ich glaube, uns bleibt angesichts der augenblicklichen Situation auch gar keine andere Wahl.«

Sie sprachen die verschiedenen Möglichkeiten durch: ob Franzen tatsächlich die Kopie angefertigt hatte (mehr als wahrscheinlich); ob er und Holtz eine Partnerschaft mit Brief und Siegel eingegangen waren (was Cyrus bezweifelte); ob Franzen Denoyer kannte; ob er wußte, wo sich das Original derzeit befand; ein Dutzend Fragen und keine Antworten. Am Ende stimmten sie dahingehend überein, daß es, wie Cyrus gesagt hatte, an der Zeit sei, reinen Tisch zu machen.

Der erste violette Anhauch der Abenddämmerung verwandelte den Cours Mirabeau in eine beleuchtete Grotte. Die Studentinnen und Studenten verließen nach und nach das Café, um die Lernchancen des Abends wahrzunehmen. Pärchen, die untergehakt spazierengingen, hielten an, um einen Blick auf die Speisekarten zu werfen, die vor den Restaurants ausgehängt waren. Paradou rappelte sich hoch, rieb sich das schmerzende Hinterteil und verließ seine Bank, um die drei Gestalten zu beschatten, die zu ihrem Hotel zurückschlenderten.

»Kein Wunder, daß der alte Knabe ihn so oft gemalt hat«, sagte Cyrus. »Seht euch das an. Zauberhaft.« Sie fuhren auf der D7 nach Osten, der Sainte-Victoire befand sich zu ihrer Linken; sein Gipfel fing noch das letzte Nachglühen des Sonnenuntergangs ein, während die niederen Hänge bereits im tiefen Schatten lagen. Obwohl sie sich erst wenige Kilometer außerhalb von Aix befanden, entdeckten sie nur wenige Anzeichen, daß dieser Landstrich bewohnt war, abgesehen von den winzigen Lichtpünktchen der Bauernhäuser in der Ferne, nicht größer als eine Nadelspitze. Es herrschte spärlicher Verkehr – gelegentlich tauchte ein unbeleuchteter Traktor auf, der sich schnaufend nach Hause bequemte, und hin und wieder ein klappriger Personenkraftwagen, der in die andere Richtung fuhr. Und ein gutes Stück hinter ihnen waren die Scheinwerfer eines Autos, dessen Fahrer für einen Franzosen ungewöhnlich rücksichtsvoll Abstand hielt, im Rückspiegel kaum auszumachen.

Paradou lehnte sich gemütlich im Sitz zurück und umspannte mit seinen Armen das Lenkrad. Das war eher nach seinem Geschmack. Hier draußen, wo sich Fuchs und Hase gute Nacht sagten, würde sich gewiß eher eine günstige Gelegenheit bieten. Er war drauf und dran, zum Wagen vor ihm aufzuschließen, ihn von der Straße abzudrängen und das Werk mit der Waffe, die ihm seit Paris ein Loch in die Achselhöhle brannte, zu beenden; aber die Vorsicht des Profis gewann die Oberhand. Geduld, Bruno. Geduld. Sie fuhren nicht weit, sonst hätten sie ihr Gepäck mitgenommen. Sobald sie anhielten, war der richtige Moment gekommen.

»Sind Sie sicher, daß wir uns nicht verfahren haben, Cyrus? Die Gegend hier sieht mir nicht gerade wie ein gastronomisches Schlaraffenland aus, und ich weiß, daß Nico ein Feinschmecker ist.« Andre fuhr langsamer, um eine scharfe Kurve zu nehmen.

»Er sagte, an der D17 befände sich ein Schild. Sehen Sie mal, was ist denn das da drüben?«

Es war ein Holzpfahl mit einem Hinweisschild, auf dem in roten, weißen und blauen Buchstaben geschrieben stand: FIACRE. *Le patron mange ici.* Ein Pfeil deutete auf eine schmale Seitenstraße, die kaum breiter war als ein Saumpfad für Handwägelchen. Cyrus seufzte erleichtert auf.

Andre folgte der gewundenen Straße rund einen Kilometer lang, bevor sie sich mit einemmal einer jener angenehmen Überraschungen gegenübersahen, die Franzosen für selbstverständlich halten: einem kleinen, bezaubernden und – nach dem Parkplatz zu schließen – beliebten Restaurant in der Mitte von Nirgendwo. Rein architektonisch handelte es sich um ein bescheidenes, schlichtes zweigeschossiges Gebäude, mit dem typischen rosafarbenen Verputz, wie er hierzulande häufig das Mauerwerk der ursprünglichen Konstruktion verdeckte oder zusammenhielt; bescheiden vielleicht, aber hervorragend in Schuß, mit Weinreben, die sich an einem Spalier über die ganze Länge der Fassade rankten, und einer weitläufigen Terrasse mit Tischen, Stühlen und einem Blick auf den von Flutlicht erhellten Garten, in dem Zypressen, Oleanderbüsche und ein verwitterter alter Olivenbaum standen.

»Tut mir leid, Cyrus.« Andre quetsche sich in eine der wenigen Parklücken. »Ich nehme alles zurück. Das sieht nicht schlecht aus.«

Einige Köpfe drehten sich zu ihnen um, als sie die Terrasse überquerten, und da war Franzen, in eine angeregte Unterhaltung mit einer stattlichen Frau vertieft, die ein graues Kleid, passend zu ihrem graumelierten Haar trug.

»Dann wollen wir mal«, sagte Cyrus. »Daumen drücken.«

Paradou trabte die dunkle Straße zu Fuß entlang, sein Gepäck in der Hand; den Wagen hatte er am Straßenrand der D17 abgestellt. Als er am Rande des Gartens stand, im Schatten, hinter einer Zypresse verborgen, war er enttäuscht über das, was er entdecken mußte. Zu viele Menschen, zuviel Licht. Aber ihm blieb ja immer noch das Auto. Er schlich auf Zehenspitzen um den kiesbedeckten Parkplatz herum, bis er zu dem blauen Renault gelangte.

20

Eine kleine, rundliche Frau in Blue jeans und weißem Hemd nahm sie lächelnd am Rande der Terrasse in Empfang und benutzte eine zusammengerollte Speisekarte, um sie vor der stürmischen Begrüßung eines Hundes zu schützen, der sich im Restaurant auf heimischem Territorium befand, ein Terrier auf sprungbereiten Beinen.

»*Messieurs-dame, bonsoir, bonsoir.* Sind Sie die Freunde von Anouk?« Es gelang ihr, den Hund mitten in der Luft abzuschmettern. »*Hercule! Ça suffit!* Bitte – folgen Sie mir.« Sie führte das Trio mit einem wiegenden, breitbeinigen Seemannsgang um die Klippen der Tische herum, wobei der Terrier neben ihr Luftsprünge machte. Als Franzen ihrer ansichtig wurde, sprang er auf, lächelte und nickte, während er sie reihum seiner Begleiterin vorstellte.

Anouk war keine Schönheit im landläufigen Sinn, aber unfraglich eine ansehnliche Frau. Ihr Profil unter dem dichten Haarschopf wäre auf jeder Münze am rechten Fleck gewesen, und sie besaß den olivfarbenen Teint der Südländer, der den Sonnenschein einzufangen scheint. Ihre Augen waren dunkel, die kräftigen Hände wirkten, als ob sie zupacken könnten; keine Frau,mit der man ungestraft seine Späße trieb. Cyrus zwinkerte ihr verschmitzt zu und rückte unwillkürlich seine Fliege zurecht.

Franzen wandte seine Aufmerksamkeit der Flasche Rosé zu und füllte die Gläser, während er die Köstlichkeiten des Hauses kommentierte. »Hier schmeckt alles hervorragend, aber eine besondere Delikatesse ist die *pissaladière*, und man findet in der ganzen Provence kein besseres Lamm. Habe ich recht, *chérie?*« Er sprach mit ihr in dem eifrigen Tonfall eines Mannes, dem es noch nicht wieder gelungen ist, auf dem schwankenden Boden festen Tritt zu fassen, und der sich deshalb bemüht, jeden Schritt sorgfältig abzuwägen.

»Nicht oft, aber in diesem Fall schon«, räumte Anouk ein. Sie sprach Englisch mit starkem französischem Akzent und großer Selbstsicherheit, ihr Lächeln nahm den Worten jegliche Härte. Sie sah Franzen liebevoll an, war aber gleichzeitig auf der Hut, wie eine Mutter, die weiß, daß sie ihr ungebärdiges, eigenwilliges Kind ständig im Auge behalten muß.

Der Auftakt zum Abendessen – die ungemein appetitanregende Zeitspanne der Unentschlossenheit und Vorfreude, in der man Speisekarten studiert und das Für und Wider der Gerichte erörtert – konnte seinen gemächlichen Gang nehmen. Erst geraume Zeit nachdem die erste Flasche geleert und Nachschub bestellt war, hielt Cyrus den Augenblick für gekommen, das Thema Geschäft anzuschneiden. »Nico, wir schulden Ihnen eine Erklärung«, sagte er.

Andre begann zu erzählen, wobei er sich der konzentrierten Aufmerksamkeit, mit der ihn Anouk beobachtete, sehr bewußt war: Ihre Augen waren unablässig auf sein Gesicht geheftet, ihre Miene wirkte unbeteiligt. Franzen dagegen reagierte sichtbar auf jede Phase des Geschehens – Andres Besuch bei Denoyer und der Diebstahl der Fotoausrüstung wurden mit hochgezogenen Brauen zur Kenntnis genommen. Und dann wurde, bevor Cyrus Gelegenheit hatte, den Faden weiterzuspinnen, für alle der erste Gang aufgetragen: köstliche Teigfladen, üppig mit Oliven, Zwiebeln und Anchovis belegt; Schalen mit Gemüse-, Bohnen- und Nudelsuppe, die meilenweit nach Basilikum und Knoblauch dufteten; Töpfe mit *tapenade*; Stockfischpüree aus gesalzenem Kabeljau; eine in Olivenöl schwimmende, sämige Ratatouille – die Eröffnungssalve eines provenzalischen Festmahls, das wirksamste Mittel, das die Menschheit kennt, um ein Gespräch schlagartig zum Verstummen zu bringen.

Zwischen zwei Bissen warf Cyrus einen verstohlenen Blick auf

Franzen; er versuchte, sich darüber klarzuwerden, welche Wirkung das Gehörte bisher auf ihn gehabt haben mochte. Doch der Holländer war ausschließlich mit seinem Essen und Anouk befaßt, tauschte einen Löffel seiner Suppe gegen einen Happen ihres Fischpürees, als handle es sich um ein völlig alltägliches, geselliges Beisammensein mit Freunden. Cyrus hoffte inständig, daß die heitere, gelöste Stimmung auch die nächsten Runden der schonungslosen Enthüllung überdauern möge.

Auf der anderen Seite des Tisches erhielt Lucy einige gemurmelte und weitgehend unbeachtete Tips von Andre, der sich über die Bedeutung eines gedrosselten Tempos und frühzeitigen Maßhaltens ausließ, weil er an die vier Gänge dachte, die noch kommen würden. Aber beides fiel ihr schwer; sie hatte zum einen den gesunden Appetit der Jugend und zum anderen nichts zu Mittag gegessen, und außerdem ließen sich diese erdnahen, würzigen Köstlichkeiten mit nichts vergleichen, was ihr jemals untergekommen war. Sie vertilgte sie so genüßlich wie ein Lastwagenfahrer seinen Sonntagsschmaus, und es war eine Freude, ihr dabei zuzusehen.

Nachdem Teller und Schüsseln mit Brotbrocken blitzblank ausgewischt und abgeräumt worden waren, holte Cyrus tief Luft und knüpfte dort wieder an, wo Andres Geschichte abrupt geendet hatte. Als er zu Holtz' Ankunft in Paris kam, bemerkte er eine unverkennbar Reaktion – nicht bei Franzen, der bereits Kenntnis davon hatte und einfach nur nickte, sondern bei Anouk. Ihre Miene wurde hart, sie schnaubte verächtlich, hob ihr Glas an die Lippen und trank einen kräftigen Schluck, als ob der Wein imstande sei, einen üblen Nachgeschmack im Mund zu vertreiben. Cyrus fühlte sich dadurch ermutigt, seinen letzten Trumpf auszuspielen: Er würde alles daransetzen, den offiziellen Auftrag für die Abwicklung des Verkaufs der *Frau mit Melonen* zu erhalten. Des Originals, wohlgemerkt.

Die Ankunft des Lammbratens, rosig und herrlich nach würzigen Kräutern duftend, dazu ein Berg knuspriger, hauchdünner Röstkartoffeln, ließ Franzen einen Augenblick Zeit, das Gehörte zu verdauen. Aber nur einen Augenblick. Anouk drehte sich zu ihm hin und stieß ihm streng den Zeigefinger in die Brust, um ihrer Aufforderung Nachdruck zu verleihen.

»*Alors*, Nico. Sie haben ihre Karten offen auf den Tisch gelegt. Jetzt bist zu dran.«

Franzens Erzählung würde voraussichtlich einige Zeit in Anspruch nehmen, da er regelmäßig eine Pause einlegte, in der er sich ganz seinem Lamm widmete. Ja, er hatte die Kopie angefertigt, obwohl er Denoyer nie persönlich begegnet war; Holtz hatte es nicht für nötig befunden. Wieder huschte allein bei der Erwähnung des Namens ein Ausdruck des Abscheus über Anouks Gesicht; Cyrus vermerkte sie bereits als potentielle Verbündete. Und dann sei etwas sehr Merkwürdiges geschehen, erklärte Franzen: Holtz hatte eine zweite Kopie desselben Gemäldes in Auftrag gegeben, was der Holländer, der seit vielen Jahren mit ausgekochten Schlitzohren zusammenzuarbeiten pflegte, noch nie erlebt hatte.

Cyrus, die Unschuld in Person, schien laut zu überlegen. »Äußerst seltsam. Für wen die wohl bestimmt gewesen sein mag?«

Franzen zuckte die Achseln. »In meiner Branche stellt man keine unnötigen Fragen. Es sei dringend, das war alles, was mir mitgeteilt wurde.«

»Denoyer wäre gewiß nicht sehr erfreut, wenn er wüßte, daß noch ein Cézanne herumschwirrt, während Holtz das Original zu verkaufen versucht.« Cyrus schnalzte mißbilligend mit der Zunge. »Höchst verwirrend – obgleich es durchaus denkbar wäre, daß Holtz plant, beide Bilder als Original an den Mann zu bringen.« Er bemerkte die verdutzten Blicke am Tisch. »Er braucht nur ein paar heimliche Voyeure – zwei äußerst verschwiegene Kunden, die kein Interesse daran haben, daß die Transaktion an die große Glocke gehängt wird –, und von der Sorte gibt es jede Menge. Ich kenne selbst den einen oder anderen.«

»Und Sie wollen behaupten, daß jeder der beiden dann der Meinung wäre, er hätte das Original erstanden?« Andre schüttelte ungläubig den Kopf. »Nun machen Sie aber mal einen Punkt, Cyrus. Das kann doch nicht angehen!«

»Darauf würde ich an Ihrer Stelle nicht Haus und Hof verwetten, mein Freund. Manche Leute – die meisten vermutlich – zeigen gerne her, was sie haben; anderen reicht es dagegen völlig aus, berühmte Gemälde einfach nur zu besitzen, auch wenn sie immer im Tresor verborgen bleiben müssen. Ich habe mir sagen lassen, daß die Heimlichtuerei den Nervenkitzel sogar noch erhöht.« Cyrus nippte an seinem Wein und sah Franzen nachdenklich an. »Sie wissen nicht zufällig, wo sich das Original befindet, Nico?«

Franzen sah Anouk an. Falls er auf eine Entscheidungshilfe hoffte, so blieb sie aus. Ihre Miene war ausdruckslos, und Cyrus hatte seine Antwort, noch bevor der Holländer den Mund aufmachte: »Ich habe es«, sagte er. »Ich habe beide.« Er nickte und griff nach seinem Glas. Anouk gestattete sich die Andeutung eines Lächelns.

Cyrus lehnte sich zurück und schwieg, als Salat, eine Käseplatte, bei deren Anblick einem das Wasser im Mund zusammenlief, und eine weitere Flasche Wein an den Tisch gebracht wurden. Er beobachtete den Holländer, der gerade Lucy in die Geheimnisse des französischen Käses einweihte: Auf der Platte gab es verschiedene Sorten aus Ziegen-, Kuh- und Schafsmilch und dazu ein irdenes Gefäß mit pikantem *cachat*, angereichert mit Cognac und Knoblauch. War es reines Wunschdenken, oder schien Franzen tatsächlich erleichtert zu sein, wie ein Mann, der endlich eine Entscheidung getroffen hatte? Cyrus sammelte seine Gedanken und beugte sich vor.

»Wie ich es sehe, gibt es zwei Möglichkeiten«, sagte er. »Wir könnten uns zusammentun, gemeinsam nach Cap Ferrat fahren und uns mit Denoyer beraten – ihm von der zweiten Kopie erzählen, das Original zurückgeben und hoffen, daß wir uns mit ihm auf einen Handel einigen, von dem alle Beteiligten profitieren. Nach dem zu urteilen, was Andre mir erzählt hat, scheint er ein absolut integrer Mann zu sein. Er will verkaufen, und es ist für mich kein Problem, die Angelegenheit über die Bühne zu bringen. Die Provision, die dabei abfällt, wird beträchtlich sein, und wir können sie uns teilen.« Cyrus grinste. »Das heißt natürlich, wenn alles nach Plan verläuft. Aber ich sehe nichts, was dagegenspricht.«

Franzen wischte sich den Mund ab und trank einen Schluck Wein. »Und die zweite Möglichkeit?«

»Ach ja. Nicht so angenehm, fürchte ich. Wir könnten uns bei Ihnen für ein hervorragendes Abendessen bedanken, nach New York zurückfliegen und in aller Ruhe zusehen, wie Sie und Mr. Holtz glücklich miteinander sind bis an ihr Lebensende.«

Danach trat nachdenkliches Schweigen ein; ein scharfes Ohr hätte in diesem Moment der Stille vielleicht das Läuten eines Telefons vernommen, ein Geräusch, das aus dem dunklen Teil des Gartens jenseits der Terrasse kam.

Paradou zog sich eilends von seinem Beobachtungsposten hinter der Zypresse zurück, bis er weit genug entfernt war, um zu sprechen. »Sie sind in einem Restarant außerhalb von Aix. Zusammen mit dem Holländer.«

Holtz murmelte etwas, das niederträchtig klang, in einer Sprache, die Paradou nicht verstand. Dann sagte er, um Fassung bemüht: »Ich komme. Wo ist der nächste Flughafen?«

»Marseille. Bis zu Ihrem Eintreffen habe ich vielleicht schon gute Neuigkeiten für Sie. Ich habe mich ein bißchen mit ihrem Wagen beschäftigt.«

»Ich möchte keinesfalls, daß dem Holländer etwas passiert. Ich rufe Sie aus Marseille wieder an.« Am anderen Ende wurde der Hörer aufgelegt. Mit einem letzten sehnsüchtigen Blick auf die Lichter des Restaurants – er hatte das Gefühl, seit Tagen nichts Anständiges mehr gegessen zu haben – eilte Paradou den schmalen Saumpfad hinunter, um in seinem Wagen zu warten.

Die Stimmung am Tisch hatte sich grundlegend gewandelt: Aus der Geschäftsbesprechung war eine Feier geworden. Franzen, mit Kopfnicken und Rippenstößen von Anouk ermutigt, hatte beschlossen, sich auf Gedeih und Verderb mit Cyrus zu verbünden. Morgen früh würden sie sich in Anouks Haus treffen und gemeinsam nach Cap Ferrat fahren, wo Denoyer, beeindruckt von ihrer Ehrlichkeit, dankbar für ihre Hilfe, erobert von ihrem Charme und entgeistert über Holtz' hinterhältiges Spiel, wo er Cyrus also den Auftrag erteilen würde, den Verkaufsvorgang zu übernehmen. Die gute Laune und der Optimismus waren allerdings nicht nur Ergebnis einer logischen Situationsanalyse. Mit dem Kaffee hatte Franzen nämlich darauf bestanden, ein Glas – oder vielmehr große Schwenker, da das Lokal mit seinen Portionen nicht zu geizen pflegte – *marc* zu bestellen, aus den Privatbeständen des Hauses. Als Verdauungshilfe besaß das Destillat aus gepreßten Traubenhäuten gewisse Vorteile, die bekanntlich sogar von den fachkundigen Mitgliedern der französischen Ärztezunft gewürdigt wurden. Nach einem langen, weinseligen Abend reichte es gleichwohl aus, um selbst die hartgesottensten Zecher in die Knie zu zwingen.

Sie trennten sich auf dem Parkplatz. Anouk und Franzen fuhren in ihr Dorf zurück, rund eineinhalb Kilometer die Straße hinauf, während die anderen in Richtung Aix aufbrachen, wie sie hofften.

Andre drosselte das Tempo und steuerte mit der übertriebenen Vorsicht eines Mannes, der nüchtern genug ist, um zu erkennen, daß seine Reflexe gründlich umnebelt sind. Lucy und Cyrus dösten vor sich hin, nachdem sie sporadisch versucht hatten, eine Unterhaltung in Gang zu bringen. Andre, der das Fenster heruntergekurbelt hatte und sich hinauslehnte, um sich so viel frischen Wind wie möglich ins Gesicht wehen zu lassen, fuhr schweigend weiter, ohne auf die abgeblendeten Rücklichter zu achten, die sich in einiger Entfernung hinter ihm befanden, wie er mit einem flüchtigen Blick in die nachtschwarze Finsternis feststellen konnte.

Im Dunkeln, auf den unbekannten, unbeschilderten Landstraßen, die immer wieder mit überraschenden Gabelungen und Kurven aufwarteten, gelangte Andre trotz des Nebels in seinem Kopf allmählich zu der Überzeugung, sich verfahren zu haben. Doch dann wurde er, dem Himmel sei Dank, von einem blauweißen Schild gerettet, das ihm den Weg zur A7 wies. Sobald er sich auf der Autobahn befand, waren es nur noch ein paar Minuten bis Aix.

Er gelangte zur Auffahrt und kurbelte das Fenster wieder hoch, während er beschleunigte, um sich der Geschwindigkeit des spärlichen Verkehrs anzupassen – überwiegend Lkws auf Nachtfahrt nach Paris, beladen mit landwirtschaftlichen Produkten, die in der sonnenwarmen Erde Südfrankreichs gereift waren. Begierig darauf, schnellstmöglich ins Hotel zurückzukommen und den Kampf gegen die bleierne Schwere seiner Augenlider zu gewinnen, blinzelte Andre mehrmals kräftig, bevor er nach links ausscherte, um einen spanischen *frigorifico* in doppelter Länge zu überholen.

Es war spät, und der Fahrer des Lastwagens war unachtsam; er hätte in den Rückspiegel blicken sollen, bevor er, ohne zu blinken, die Spur zu wechseln begann. Mit der schrecklichen Klarheit, die sich bisweilen unmittelbar vor einem Unfall einstellt, sah Andre den Firmennamen auf der Rückseite des Ungetüms, die paarigen Rücklichter, die staubigen Schmutzfänger, den Aufkleber mit der Aufschrift *Viva Real Madrid*, das Muster der Reifen – er sah das alles, sah es im Bruchteil der Sekunde, die er brauchte, um voll auf die Bremse zu treten. Und sah alles aus extremer Nähe, als das Pedal plötzlich keinen Widerstand bot und das Bremsseil nachgab.

Er riß das Lenkrad scharf nach links, und der Wagen schoß über den grasbewachsenen Mittelstreifen und mitten durch die Oleanderbüsche, welche die Autobahn teilten, raste quer über drei Spuren und durch die Leitplanke der Gegenfahrbahn, rollte die Böschung hinunter, pflügte durch Gebüsch und Geäst und Geröll, bis er, nach einem letzten Knirschen des gequälten Metalls und dem Klirren von zersplitterndem Glas, an eine Pinie geschmiegt zur Ruhe kam. Durch eine unergründliche Laune des Schicksals lief der Motor noch. Andre streckte die Hand aus und schaltete die Zündung ab; seine Hand zitterte dabei so sehr, daß sie gegen die Lenksäule schlug.

Sieht gut aus, dachte Paradou. Sehr gut sogar. Natürlich wäre es perfekt gewesen, wenn sie während ihrer Schlitterpartie quer über die Fahrbahnen mit einem von vorne kommenden Lkw zusammengestoßen wären, aber es reichte auch so. Er hielt nach der nächsten Ausfahrt Ausschau, damit er die Strecke zurückfahren und einen Blick auf das Autowrack werfen konnte.

Nichts macht einen alkoholumnebelten Kopf so klar wie das Wissen, dem Tod von der Schippe gesprungen zu sein, und drei schwer gebeutelte, schlagartig nüchterne Gestalten krochen auf Händen und Füßen den Abhang hoch auf das Bankett. »Schafft ihr es auf die andere Seite?« erkundigte sich Andre besorgt. »Wir werden versuchen, per Anhalter nach Aix zu kommen.« Eine Lücke im Verkehr, ein Adrenalinstoß, ein Sprint quer über die Autobahn, deren Breite ihnen endlos erschien, und schon befanden sie sich auf der gegenüberliegenden Seite, wo die Übelkeit und das Zittern der Schockreaktion einsetzten. Andre bezog auf der Standspur Stellung, die Notfällen vorbehalten ist, den Daumen wacklig, aber hoffnungsvoll erhoben, um einen sich nähernden Lastwagen anzuhalten. Er fuhr vorbei, ohne sein Tempo zu verlangsamen. Genauso wie der nächste, und danach ein weiteres halbes Dutzend.

»So wird das nie was«, meinte Lucy. »Ihr zwei bleibt da unten, außer Sichtweite. Kommt erst wieder hoch, wenn ich pfeife.« Während die beiden Männer in der Dunkelheit am Fuße der Böschung warteten, öffnete sie die obersten Knöpfe ihrer Bluse, krempelte den ohnehin schon kurzen Rock in der Taille ein paarmal um und sah den sich nähernden Scheinwerfern mit einem Lächeln und erhobener Hand entgegen. Und siehe da, in Null Komma nichts erwies sich die sprichwörtliche französische Galanterie, mit einem ohrenbetäubenden Zischen hydraulischer Bremsen, als Retter in der Not.

Der Fahrer des Lastwagens riß die Beifahrertür auf und blickte mit gespitztem Mund und einem unverkennbaren Funkeln im Blick auf Lucy hinunter. Sie zwinkerte ihm verheißungsvoll zu und rückte den Träger ihres Büstenhalters zurecht. »Aix?«

»Paris, si vous voulez, chérie.«

»Prima.« Ein Pfiff, und wie der Blitz aus heiterem Himmel tauchten Cyrus und Andre aus der Versenkung auf, so schnell, daß er sich außerstande sah, ihnen die Tür vor der Nase zuzuknallen. Einige Hundert-Franc-Scheine, die sie ihm in die Hand drückten, halfen ihm, seine Enttäuschung zu überwinden, und Andres Schilderung, wie die Bremse versagt und zum Unfall geführt hatte, rief sogar wider Willen ein gewisses Mitgefühl hervor – genug zumindest, um seinem Herzen einen Stoß zu geben, von der Autobahn abzufahren und sie in Nähe des Stadtzentrums herauszulassen. Sie befanden sich wieder im Hotel, als Paradou immer noch damit beschäftigt war, mit der Waffe in der Hand das Gelände rund um das Autowrack abzusuchen.

Holtz und Camilla saßen, in feindseligem Schweigen vereint, nebeneinander. Der Streit, im Ritz begonnen, hatte sich im Wagen fortgesetzt und schwelte nun leise im hinteren Teil des Flugzeugs vor sich hin, als die letzte Maschine des Tages nach Süden, gen Marseille, startete. Camilla war erbost, daß er sie von Paris wegschleppte, und das nur – wie sie wußte und er sich nicht einmal zu leugnen bemühte –, damit sie bei Bedarf als Chauffeur und Mädchen für alles zur Verfügung stand. Es war ein Trauerspiel, und es konnte nur noch schlimmer werden, da sie die Nacht mit Sicherheit in irgendeinem gräßlichen kleinen Flughafenhotel ohne die geringsten Annehmlichkeiten verbringen mußten, und dann der liebe Rudi mit seiner schlechten Laune, ganz zu schweigen von der Tatsache, daß sie morgen absolut nichts zum Anziehen hatte, weil sie in solcher Eile aufgebrochen waren.

Das Hotel bestätigte ihre schlimmsten Befürchtungen, und es wurde auch nicht besser durch den widerlichen, wissenden Gesichtsausdruck des Nachtportiers, als sie ohne Gepäck nach einem Zimmer fragten. Er grinste. Er grinste anzüglich – als ob irgendein Liebespaar, das noch alle Tassen im Schrank hatte, ausgerechnet den Flughafen von Marseille für ein Stelldichein wählen würde! Ihr fehlten die Worte; eine bodenlose Frechheit!

Im Zimmer angekommen, griff Holtz als erstes zum Telefon und führte ein langes, offensichtlich unbefriedigendes Gespräch. Beim Anblick seiner düsteren Miene flüchtete Camilla ins Badezimmer, schloß ab und ließ Wasser für ein Bad ein – ein ausgedehntes Bad, in der Hoffnung, er möge eingeschlafen sein, wenn sie fertig war.

Die Stimmung am darauffolgenden Morgen war immer noch alles andere als fröhlich. Sie waren früh aus den Federn, um mit dem

Taxi nach Aix zu fahren, wo sie Paradou treffen sollten, und nun befanden sich die drei in seinem Wagen auf dem Cours Mirabeau, diagonal gegenüber dem Eingang des Hotels Nègre-Coste.

»Sind Sie sicher, daß sie noch dort sind?«

Paradou drehte sich um und blickte Holtz, der mit Camilla auf der Rückbank Platz genommen hatte, mit getrübten Augen an. »Ich habe mich gestern nacht an der Rezeption vergewissert. Sie sind zurückgekommen, Gott weiß, wie. Seither befinde ich mich hier ununterbrochen auf Posten.«

Wieder herrschte Schweigen im Wagen. Die Schönheit der baumbeschatteten Allee in der Morgensonne, das gesprenkelte Licht auf den Markisen der Cafés, die berückenden Gesichter und Geräusche einer idyllischen Kleinstadt, die zum Leben erwacht – nichts von alledem konnte Camillas angeschlagener Gemütsverfassung, Holtz' innerer Anspannung oder der Wut, die an Paradou zu nagen begann, den Stachel nehmen. Wie er sich nach ein paar Minuten ungetrübter Gewalt und dem Ende des leidigen Auftrags sehnte! Er tastete nach der Kreuzschraffierung auf dem Griff der Waffe, die er unter dem Arm trug. Aller guten Dinge sind drei, und dieses Mal würde er die Sache auf kurze Distanz erledigen, damit er mit eigenen Augen sehen konnte, wie diese Schießbudenfiguren umfielen. Er gähnte und zündete sich eine Zigarette an.

Einen Steinwurf weit entfernt saß ein ungewöhnlich zahmes Trio im Hotel beim Kaffee. Schock und Alkohol hatten für einen festen, beinahe narkotisierten Schlaf gesorgt, doch die Wirkung war inzwischen verflogen und hatte der Ernüchterung Platz gemacht, weil sie nun die Möglichkeit ins Auge fassen mußten, daß die Bruchlandung unter Umständen gar kein Unfall gewesen war. Wieder hatte Cyrus vorgeschlagen, alleine weiterzumachen, und wieder hatten Andre und Lucy dieses Ansinnen strikt abgelehnt. Schließlich blieb nur noch eines: der Weg nach Cap Ferrat, aber nicht mehr in einem Mietwagen. Sie beschlossen, ein Taxi bis zum Haus in Les Crottins zu nehmen und danach bei Franzen mitzufahren.

Und so ließen sie, als die Sonne bereits hoch am Himmel stand, Aix hinter sich; ihre Laune begann sich angesichts der heiteren und wenig bedrohlichen Normalität der gewundenen Landstraße, die parallel zum Sainte-Victoire verläuft, merklich zu bessern. Der Berg glühte im Licht, das von Osten kam, und wirkte nicht länger unheimlich und düster. Kleinlaster und Traktoren keuchten geschäftig die schmalen, unbefestigten Straßen zwischen den Weingärten hinauf, Elstern hüpften umher und zankten sich auf den Grasstreifen am Wegesrand, und ein paar vereinzelte, hohe Wolken wälzten sich gemächlich entlang der unendlichen Weite des blauen Morgenhimmels: wieder ein ganz gewöhnlicher, herrlicher Tag.

Das Taxi gelangte an eine Weggabelung und machte sich an den kurzen, steilen Anstieg nach Les Crottins; der Fahrer fluchte, als zwei Dorfhunde auf ihrem morgendlichen Patrouillengang aus dem Gebüsch sprangen und nach den Reifen schnappten.

»Da wären wir; halten Sie bitte vor dem Haus mit den blauen Fensterläden«, bat Andre. »Dort drüben, am Ende der Straße, wo der Citroën steht.«

Der Fahrer murrte erneut, als er sah, daß Franzens Wagen ihm keinen Platz zum Wenden ließ und er gezwungen sein würde, rückwärts die steile Straße hinunterzufahren. Diese Dörfer waren für Esel errichtet. Einigermaßen beschwichtigt durch das Trinkgeld, ließ er sich zu einem Nicken herab, als seine Fahrgäste ausstiegen, und legte den Rückwärtsgang ein.

Franzen öffnete die Tür, noch bevor sie Gelegenheit hatten anzuklopfen. »*Salut, mes amis*. Hereinspaziert, hereinspaziert.« Händeschütteln für die Männer, ein schnauzbärtiger Kuß auf beide Wangen für Lucy, dann führte er sie in einen Raum mit niedriger Decke, der den ganzen Umfang des Hauses einnahm, und erklärte, daß Anouk, eine notorische Langschläferin, ihnen *bon voyage* wünsche und hoffe, sie bald wiederzusehen. »Aber bevor wir aufbrechen, sollten Sie sich etwas ansehen, was Sie vermutlich recht komisch finden.« Er deutete mit einer angelegentlichen Geste auf den offenen Kamin aus Steinquadern. »Das Licht ist keine besondere Hilfe, wie ich zugeben muß, aber man braucht schon ein scharfes, geschultes Auge, um sie zu unterscheiden, sogar dann, wenn man sie direkt nebeneinander sieht. Nun, Cyrus, was sagen Sie?«

Vom steinernen Kaminsims blickten Cézannes *Frau mit Melonen* und ihre Zwillingsschwester zu ihnen hinab, sanftmütig und schön, und sie schienen sich wie ein Ei dem anderen zu gleichen. Cyrus trat näher heran, schüttelte fassungslos den Kopf. »Alle Achtung, Nico, meinen Glückwunsch. Sehr, sehr außergewöhnlich. Verraten Sie mir ein Geschäftsgeheimnis: Wie lange brauchen Sie…«

»Cyrus!« Andre, der beim Geräusch eines sich nähernden Motors aus dem Fenster gespäht hatte, entdeckte einen stämmigen Mann mit kurzgeschorenen Haaren und dunkler Sonnenbrille, der soeben aus einem weißen Renault stieg; er steckte die Hand in sein Jackett, als er die Straße überquerte und sich dem Haus näherte. »Da kommt jemand.« Und dann: »Großer Gott. Er hat eine Waffe.«

Sie standen reglos, zu Salzsäulen erstarrt, bis das fortwährende, unnachgiebige Klopfen an der Haustür sie auf einen Schlag wieder zum Leben erweckte. »Durch die Küche«, flüsterte Franzen. »Dort gibt es einen Hinterausgang.« Er riß die Bilder vom Kaminsims und rannte voraus ins Freie, durch den winzigen, von einer hohen Mauer umgebenen Garten und das mit einem Bolzen versperrte Tor, das auf eine schmale Gasse führte. »Mein Auto steht direkt um die Ecke.«

»Ich weiß«, meinte Cyrus. »Genau wie unser Freund mit der Kanone.«

»Halt, eine Minute.« Andre deutete auf die beiden Gemälde unter Franzens Arm. »Darauf hat er es abgesehen. Kann gar nicht anders sein. Nico, ich werde eins von den Bildern tragen, und das andere nimmt Cyrus. Sie halten die Autoschlüssel bereit, und du Lulu, bleibst hinter mir. Nico, hinter Cyrus! Bleibt eng zusammen, dann kann uns gar nichts passieren. Niemand kauft einen von Kugeln durchsiebten Cézanne.«

Paradou war von der Tür ans Fenster getreten und lugte gerade durch die Scheibe; erst als er Holtz' Geschrei vom Rücksitz des Wagens hörte, wirbelte er herum, gerade rechtzeitig, um zu sehen, wie zwei Bilder mit je vier Beinen um die Ecke bogen. Komiker: die Welt schien voll von der Sorte zu sein. Kopfschüttelnd hob er die Waffe und zielte.

Das angsterfüllte Kreischen von Holtz, der inzwischen Kopf und Schultern aus dem Rückfenster des Wagens gezwängt hatte, ließ ihn mitten in der Bewegung erstarren. »Nein! Nein! Um Himmels willen, nicht schießen! Franzen – Nico –, wir finden gewiß einen Weg, uns zu einigen. So hören Sie doch. Es handelt sich um ein Mißverständnis. Ich kann Ihnen alles erklären ...«

Franzen, noch immer hinter dem Schutzschild verborgen, den Cyrus und das Gemälde bildeten, öffnete die Tür des Citroën und ließ den Motor an. Lucy und Andre schlüpften blitzschnell auf die Rückbank. Cyrus gesellte sich in Windeseile zu Franzen nach vorne, und schon setzte sich der Citroën in Bewegung, der so dicht an Holtz vorüberbrauste, daß Andre den Speichel auf seinen Lippen und hinter ihm Camillas blasses, verschwommenes Gesicht ausmachen konnte.

»Er muß rückwärts die Straße hinunter«, keuchte Franzen. »Wir haben also ein paar Minuten Vorsprung.«

Andre spähte durch die Rückscheibe und sah, wie Paradou in den Renault sprang. »Fahren Sie Richtung Autobahn«, sagte er. »Dort ist mehr Verkehr. Wo ist die nächste Auffahrt?«

»Es gibt keine vor Saint-Maximin.« Der große Wagen schlingerte durch eine Kurve. »Glauben Sie, daß Sie uns folgen werden?«

Cyrus betrachtete die Bilder auf seinem Schoß. »Bei dreißig Millionen Dollar? Die werden uns mit Sicherheit auf den Fersen bleiben.«

Sie schwiegen, als Franzen die N7 erreichte und begann, auf der geraden, flachen Strecke alles aus dem Wagen herauszuholen, was er an Geschwindigkeit hergab. Die Straße war so gerade und so flach und ohne Wegbiegungen und Verstecke, daß er nichts anderes tun konnte, als ohne Rücksicht auf Verluste zu fahren und das Beste zu hoffen, während Lucy und Andre unbeirrt durch die Rückscheibe nach ihren Verfolgern Ausschau hielten. Eine halbe Stunde verging so ereignislos, wie eine halbe Stunde sein kann, wenn man in halsbrecherischem Tempo auf einer der unfallträchtigsten Landstraßen Frankreichs dahinjagt, und der Grad der Anspannung im Citroën ließ gewaltig nach, als sie von der N7 auf die Autobahnauffahrt abbogen.

Franzen hielt hinter einer Schlange von Fahrzeugen an, die darauf warteten, den Mautschalter zu passieren, und ließ mit einem tiefen, erleichterten Seufzer Dampf ab. Grinsend blickte er zu Cyrus hinüber. »Ich denke, ich werde künftig lieber bei meinen Fälschungen bleiben. Das muß ich nicht noch einmal haben. Alles in Ordnung? Keine Herzanfälle?«

»Ich möchte zu gerne wissen, wer der Kerl mit der Kanone war...«, sagte Andre.

»Andre?« Lucys Stimme klang leise und angespannt. »Da drüben ist er wieder.«

Aller Augen folgten der Richtung, in die Lucy mit einem Kopfnicken wies. In der Reihe nebenan, sich schrittweise dem Mauthäuschen nähernd, rückte der weiße Renault auf ihre Höhe vor. Paradou erwiderte ihre erstarrten Blicke. Er lächelte.

»Rudi, ich finde das Ganze lächerlich.« Camilla war am Boden zerstört, absolut am Boden zerstört, obwohl sie die letzte halbe Stunde mit geschlossenen Augen verbracht hatte. »Das ist einfach nicht mein Stil – ich meine, Waffen und...«

»Halt den Mund, Weib. Paradou, was meinen Sie?«

»Die Route ist nicht ideal für uns, aber sie können nicht bis zum Sankt-Nimmerleins-Tag auf der Autobahn bleiben. Wir bleiben dran und warten ab.«

Camilla versuchte es noch einmal. »Angenommen, sie gehen zur Polizei?«

»Sie haben ein gestohlenes Bild und eine Fälschung im Wagen«, erwiderte Holtz. »Ich versuche nur, mein Eigentum wiederzubeschaffen. Sollen sie doch die Polizei einschalten, was kümmert's mich, aber darauf werden sie tunlichst verzichten. Sie haben recht, Paradou. Dranbleiben.«

Und sie blieben dran, an Brignoles und Fréjus, an Cannes und Antibes vorbei, nie mehr als zwei oder drei Autolängen hinter ihnen. Camilla hockte zusammengekauert in der Ecke und wünschte sich, sie hätte die friedliche Stille und Sicherheit New Yorks nie verlassen. Holtz sann über die Möglichkeiten nach: An ihrer Stelle wäre er gen Italien gefahren und hätte dann einen Schlenker in die Schweiz gemacht, um das Bild einem Mittelsmann in Zürich zu übergeben. Pine würde wissen, an wen er sich wenden konnte. Aber der Weg dorthin war noch weit. Sie mußten zwischendurch anhalten, um zu tanken. Dann würde es irgendwann auch einmal Nacht werden. Paradou würde seine Chance erhalten. In seiner langen beruflichen Laufbahn am Rande der Legalität hatte Holtz gelernt, welch unschätzbaren Wert die Tugend der Geduld besaß. Früher oder später machte jeder einen Fehler.

Es gibt eine Grenze für das Maß an Nervosität und Angst, das der menschliche Organismus verkraften kann, bevor er sich der Situation anpaßt, die Panik überwindet und zu einer Art logischem Denken zurückfindet. Im Verlauf der nächsten zwei Stunden war den Insassen von Franzens Citroën diese Anpassung gelungen, doch als Cap Ferrat näher rückte, befand sich der weiße Renault immer noch in ihrem Schlepptau, bisweilen in der gleichen Spur, manchmal auf einer der anderen Fahrbahnen, aber stets im Rückspiegel sichtbar.

Es war Andre, der den Umweg zum Flughafen von Nizza vorschlug. »Erstens wimmelt es dort immer von Fahrzeugen, so daß wir eine Chance haben, sie abzuhängen. Und wenn sie sehen, daß wir von der Autobahn abfahren, werden sie denken, daß wir den Rest der Strecke mit dem Flugzeug zurücklegen. Wir biegen in eine der Parkzonen ein, fahren schnurstracks auf die gegenüberliegende Seite und wieder hinaus.« Franzen nickte und packte das Lenkrad noch ein bißchen fester.

»Verdammt«, knurrte Holtz. »Jetzt nehmen sie auch noch ein Flugzeug!« Paradou tat sein Bestes, um den anderen Wagen nicht aus den Augen zu verlieren, der in das Verkehrsgewühl eintauchte und sich seinen Weg durch das Labyrinth der Nebenstraßen bahnte, die parallel zur Autobahn verliefen und sich an drei Seiten des größten Flughafengebäudekomplexes vorüberschlängelten. Seine guten Absichten wurden von einem Reisebus mit Touristen vereitelt, der direkt vor ihnen überholte, wodurch er zwei kostbare Minuten einbüßte, und als die Straße endlich wieder frei war, hatte er den Citroën verloren.

»Fahren Sie direkt zur Abflughalle«, befahl Holtz.

Doch wie sie rasch feststellen mußten, besaß der Flughafen von Nizza zwei Abflughallen, in beträchtlicher Entfernung voneinander. Camilla und Holtz im Wagen vor dem einen Gebäude zurücklassend, rannte Paradou zum anderen und wurde mit dem Anblick der Rückseite von Franzens Citroën belohnt, als dieser wie wild aus dem Parkplatz schoß und die Ausfahrtstraße mit der Aufschrift *Toutes les directions* nahm.

Schwitzend, schnaufend und mit einer mörderischen Wut im Bauch lief er zum Renault zurück, nur um zu entdecken, daß dieser von einer Horde Taxifahrer umzingelt war – zungenfertigen, wild fuchtelnden Taxifahrern; sie brüllten die beiden Gestalten an, die sich auf der Rückbank zusammengekauert hatten, endlich ihren *putain*-Karren vom Standplatz wegzufahren, wo zu halten jedem normalen Sterblichen verboten war und wo sie sich erdreistet hatten, das von Gott verbriefte Recht der Taxifahrer auf jeden Parkplatz unmittelbar vor dem Flughafengebäude zu verletzen. Er bahnte sich seinen Weg durch die aufgebrachte Meute, nicht zu sanft, und stieg in den Wagen. »Diese verdammten Mistkerle haben uns ausgetrickst«, stöhnte er. »Ich habe nur noch glühende Reifen von ihnen gesehen.«

Andre drehte sich um und blickte prüfend auf den dichten Verkehrsstrom, der sich hinter ihnen die Promenade des Anglais entlangwälzte. Es schienen nur weiße Renaults unterwegs zu sein. »Ich bin mir nicht hundertprozentig sicher, aber ich glaube, daß sie uns nicht mehr gefolgt sind, seit wir den Flughafenbereich verlassen haben. Ich denke, wir können aufatmen.«

Franzen schnaufte erleichtert. Cyrus schwieg und überlegte sich genau, was er Denoyer sagen würde. Andre und Lucy hielten weiterhin Wache und blickten angestrengt durch die Rückscheibe, als die Wegweiser nach Villefranche und Saint-Jean auftauchten und der Citroën die Straße zum Meer hinunterfuhr.

Denoyer winkte seiner Frau zum Abschied zu, erfreut darüber, den Nachmittag für sich alleine zu haben, während sie mit Claude nach Nizza fuhr. In früheren Jahren hatte er die ersten Tage nach ihrer Rückkehr immer sehr genossen: den Frieden auf Cap Ferrat, bevor die Sommergäste eintrafen, den weitläufigen Garten mit der sorgfältig zurechtgestutzten Schönheit seiner Pinien und Zypressen, die er nach der ungebändigten Vegetation auf den Bahamas als Wohltat empfand, die Luft, die anders schmeckte, die Annehmlichkeiten seines Weinkellers und seiner Bibliothek. Es gab vieles, was ein Mann genießen konnte. Aber in diesem Jahr hatte sich etwas verändert. Er mochte sich noch so sehr bemühen, den Worten Glauben zu schenken, mit denen Rudolph Holtz ihn bei ihrem letzten Telefonat zu beschwichtigen versucht hatte – der Cézanne ging ihm einfach nicht aus dem Kopf, und der Mangel an Informationen während der letzten Tage war beunruhigend. Er würde Holtz morgen noch einmal anrufen – nein, er würde ihn auf der Stelle anrufen. Gewiß gab es Neuigkeiten.

Er hatte die Eingangshalle zur Hälfte durchquert, als er den Summer hörte.

»Monsieur Denoyer?« war eine unbekannte Stimme über die Gegensprechanlage zu vernehmen. *»Livraison.«*

Wieder irgend etwas, was Catherine bestellt hatte. Während der ersten Tage nach ihrer Rückkehr wurden fortwährend Waren ins Haus geschleppt. Denoyer drückte den Öffner für das Haupttor und ging vor die Haustür, um die Lieferung in Empfang zu nehmen.

Der weiße Renault stand in der Kurzparkzone des Flughafens und briet in der Sonne, eine Situation, die nicht gerade dazu beitrug, die ohnehin schon erhitzten Gemüter der Insassen abzukühlen. Camilla schmollte, gründlich angeödet von Rudi, Paradou, den gräßlich engen Sardinenbüchsen, die man hierzulande als Auto bezeichnet, von Frankreich und den wilden Verfolgungsjagden. Ihre Problemlösung – ins Flughafengebäude gehen und die nächste Maschine nach Paris nehmen – hatte eine vorhersehbar bissige Reaktion bei Holtz ausgelöst. Nun saß sie da, die Lippen fest versiegelt, und starrte mit Abscheu auf den Schweiß, der an Paradous Stiernacken herunterrann. Holtz führte murmelnd Selbstgespräche, er dachte offenbar laut nach.

»Das wäre möglich«, sagte er schließlich. »Sie denken, daß sie das Bild in eigener Regie verkaufen können; vielleicht wollen sie ihm einen Handel vorschlagen. Eine andere Spur haben wir ohnehin nicht. Paradou? Nach Cap Ferrat, so schnell wie möglich.« Camilla duckte sich, als Holtz sich plötzlich an sie wandte. »Du wirst doch Denoyers Haus wiederfinden, oder? Du hast schließlich genug Zeit dort verbracht.«

»Was willst du ihm sagen?«

Aber Holtz war mit seinen Gedanken bereits weit weg, seine Phantasie arbeitete auf Hochtouren, um sich eine glaubhafte Geschichte über Franzens Diebstahl, die gezinkten Karten, mit denen er gespielt hatte, die Kopie und seine eigene heldenhafte Rolle als Retter in letzter Minute auszudenken.

Es war eine bestürzende, beinahe schockierende halbe Stunde für Denoyer gewesen, als er sich bemühte, die von Cyrus und Andre abwechselnd geschilderten Einzelheiten zu begreifen. Während des Gesprächs kehrte sein Blick immer wieder zu den Bildern zurück, die an einem Sessel lehnten. Was immer diese Leute sonst auch auf dem Kerbholz haben mochten, sie hatten ihm wenigstens seinen Cézanne zurückgebracht. Und das deutete auf ein gewisses Maß an Redlichkeit hin. Konnte er ihnen glauben? Konnte er ihnen vertrauen? Mußte er es nicht, da sich das Gemälde wieder in seinem Besitz befand?

»Es wäre durchaus verständlich, wenn Sie nun nichts mehr mit uns zu tun haben wollen«, sagte Cyrus, mit schmerzlicher Miene. »Aber sollten Sie immer noch an einem Verkauf interessiert sein, kann ich Ihnen äußerste Diskretion zusichern, und es versteht sich von selbst, daß ich Ihnen mit dem größten Vergnügen alle gewünschten Referenzen vorlegen werde.«

Denoyer blickte in die vier gespannten Gesichter ringsum, warf erneut einen Blick auf die Bilder – der Fälscher hatte wirklich ausgezeichnete Arbeit geleistet – und zuckte mit den Schultern. »Sie erwarten nicht, daß ich mich auf der Stelle entscheide?«

Natürlich tue ich das, dachte Cyrus. »Natürlich nicht«, erwiderte er.

Draußen in der Halle ertönte der Summer, und Denoyer entschuldigte sich. Er machte ein verdutztes Gesicht, als er zurückkehrte. »Da behauptet jemand, er käme in Begleitung von Rudolph Holtz«, sagte er. »Ich habe das Tor nicht aufgemacht.«

Durch das offene Fenster hörten sie zwei Schüsse in schneller Abfolge, danach einen dritten. »Ich glaube, das hat er gerade selbst erledigt«, sagte Andre. »Gibt es noch einen anderen Ausgang?«

Denoyer spähte durchs Fenster. Am Ende der Auffahrt trat eine Gestalt gegen die Eisenstreben des Tores. »Kommen Sie mit, schnell.« Er ergriff die Bilder und geleitete seine Besucher durch den rückwärtigen Teil des Hauses, über eine Terrasse und in den überdachten Gang, der zum Anlegeplatz führte. »Ich werde die Polizei benachrichtigen«, sagte Denoyer. »Das ist ja unerhört!«

Camilla zuckte zusammen, als der gräßliche Mensch einen neuen Ladestreifen mit Patronen ins Eingangstor jagte. Sie spürte bereits die ersten Anzeichen einer schweren Migräne, da war sie ganz sicher. »Rudi! Rudi! Sorg augenblicklich dafür, daß er aufhört! Wir sind hier auf Cap Ferrat, um Himmels willen!«

Holtz schenkte ihr keinerlei Beachtung; er beobachtete, wie Paradou die Haltbarkeit des Schlosses mit einem weiteren Fußtritt auf die Probe stellte. Der Franzose schüttelte den Kopf. »Sollen wir versuchen, den Wagen als Rammbock zu benutzen?«

Holtz kaute unschlüssig an seiner Unterlippe, starrte durch die eisernen Gitterstäbe und versuchte zu akzeptieren, daß es zu spät war. Denoyer rief in ebendiesem Augenblick vermutlich die Polizei, und es gab nur noch einen Fluchtweg: der Weg, auf dem sie gekommen waren. Es war höchste Zeit, die Fliege zu machen, er konnte es nicht riskieren, hier erwischt zu werden. Und ihm wurde bewußt, daß er das Gemälde nicht in die Finger bekommen würde – nicht hier jedenfalls. Doch Pine würde nach New York zurückkehren, und sobald er sich in New York befand... Eine Bewegung in der Ferne hinter den Baumwipfeln weckte seine Aufmerksamkeit. Holtz kniff die Augen zusammen, um trotz der grellen Sonne etwas zu erkennen. Er sah eine schmale Silhouette den dunklen Meeresspiegel durchpflügen, eine lange weiße Furche auf der Oberfläche hinter sich herziehend, die in einer geraden Linie verlief und irgendwo unterhalb des Hauses ihren Anfang nahm. Er trat vom Tor zurück. »Vergessen Sie's«, sagte er. »Bringen Sie mich zum Flughafen.«

Keiner von ihnen wagte aufzuatmen, bis das Wasserskiboot, das mit fünf Insassen tief im Wasser lag, rund zweihundert Meter vom Ufer entfernt war. Lucy lockerte den Griff, mit dem sie Andres Hand umklammert hielt. »Ich gestehe es nicht gerne ein«, sagte sie, »aber ich werde seekrank, wenn ich mich nicht ablenke.«

Andre blickte sie lächelnd an. Er hatte nie ein Gesicht gesehen, das weniger krank wirkte. »Würde der Gedanke an eine weitere Woche in Paris dich auf andere Gedanken bringen?«

»Das könnte eine Hilfe sein.« Sie streckte die Hand aus, um ein paar Tropfen Gischt aus seinem Gesicht zu wischen. »Zwei Wochen wären bestimmt ausreichend.«

Denoyer drosselte die Geschwindigkeit, drehte sich um und musterte das Haus. »Unerhört!« sagte er noch einmal. »Waffen! Gangster auf Cap Ferrat! *Scandaleux.* Eines kann ich Ihnen sagen, Monsieur Pine: Wir werden schnurstracks zur Polizei in Saint-Jean gehen, und danach wird es keine weiteren Geschäfte mehr mit Holtz geben.« Er lächelte Cyrus zu, der beide Bilder mit seinem Jackett schützte. »Natürlich wäre ich wesentlich glücklicher, wenn es eine Fälschung weniger auf der Welt gäbe.«

»In der Tat«, erwiderte Cyrus. »Sie haben vollkommen recht. Ich verstehe Ihren Standpunkt durchaus. Nico?«

Der Holländer seufzte. Er beugte sich zu Cyrus hinüber und wählte eines der Gemälde aus. Er hielt es dicht vor sein Gesicht, küßte es und warf es rückwärts über seine Schulter ins Meer, mit einer ruckhaften Bewegung, die das Boot zum Kentern zu bringen drohte. Es landete flach und sanft auf und ab schaukelnd auf den Wellen, wobei die Frau mit den Melonen zum Himmel emporblickte, als das Wasser über ihr Gesicht schwappte.

»Ich kann nur hoffen, daß es das richtige war«, sagte Cyrus. Aber er sagte es zu sich selbst.